KB251249

한국소설의 근대성

한국소설의 근대성

심 재 추 著

한국학술정보㈜

저자 서문

　본 연구는 한국소설에 나타난 근대성의 전개 양상을 통해 우리 문학의 근대적 특질과 의미를 발견하는 작업이며, 이를 근거로 하여 근대문학의 기점설정을 새롭게 시도해 보고자 하는 의도에서 출발하였다. 우리 문학의 일관된 흐름이나 특수성을 거시적인 관점에서 다루고자 했기 때문에 연구범위를 개화기에서 출발하여 1930년대 모더니즘까지로 제한하였고, 텍스트 선정에 있어서도 근대의 기점논의의 대상으로 거론되는 주요 소설만으로 한정하였다. 신소설 최초의 작품인 이인직의『혈의루』, 최초의 근대적 소설이라고 평가를 받는 이광수의『무정』, 20년대 기점논의의 중심에 서있는 김동인의『감자』와 염상섭의『만세전』, 신경향파 문학으로서 김기진의『붉은 쥐』· 박영희의『산양개』· 최서해의『탈출기』, 30년대 모더니즘의 대표적인 소설인 이상의『날개』와 박태원의『소설가 구보씨의 일일』등이 그 대상이 된다. 이들 작품들은 새로운 도전을 통해 전대 문학의 유형성을 탈피하고 있으며, 특정 시기의 시대와 문학적 특징을 가장 잘 반영하고 있다고 판단했기 때문이다. 작품 선정에 있어 소설로 한정한 것은 근대라는 역사적 장 속에서 근대 시민사회의 특징을 현저하게 드러내는 문학양식이 바로 소설이고, 소설은 근대성을 기본 원리로 하여 근대와 더불어 성장 발전한 문학 장르이기 때문이다. 우리 문학사에서 근대성을 규명하는데 필수적인 요소를 담고 있는 이들 작품들에 대한 검토, 분석은 결국 오늘 한국문학의 실체를 파악하고, 나아가 내일의 새로운 전망을 획득할 수 있는 기반이 될 것이다.

　이런 입장에 근거하여 제1장에서는 지금까지 간행된 근대문학사와 소설사 연구물을 포괄적으로 다루면서, 기존의 주요 문학사에서 우리 문학의 근대성에 관한 개념과 성격을 어떻게 규정하고 있는가를 검토하였다. 제2장에서는 근대라는 용어의 개념을 알아보면서, 근대성이 문학과 용해되어 생성된 근대소설의 속성이 무엇인가를 논의하였다. 이어 개화기의 근대성 담론을 주시하면서 근대를 수용하고 있는 당시의 시대적 배경과 근대소설이 정착되어가는 과정을 살펴보고, 아울러 ‘근대성’의 이해를 돕는데 필수 사항인 우리 근대문학의 기점에 관한 기존의 논의들을 시기별로 간략하게 정리해 보았다.

　제3장에서는 지금까지의 전개 과정을 통해 우리 근대문학의 개념과 성격이 어느 정도 그려짐으로 해서, 주요 텍스트로 선정된 소설작품을 대상으로 근대성의 투영 양상과 그 전개과정을 분석해 보았다. 다만, 개별 작품의 분석에 일관성을 기하기 위해 로맨스에서 노벨이 천착한 배경과 이안 와트의 근대소설의 양식적 특징을 두루 포괄하면서, 각 작품별로 (1) 언어 (2) 인물 (3) 형식 (4) 주제 등의 측면을 중심으로 한 ‘근대성’의 전개 양상에 관심을 두었고, 나아가 이들 작품들의 근대적 성격과 그 한계를 제시하고자 했다.

　(1) 최초의 신소설 작품인 이인직의 『혈의루』는 고대소설에서 근대소설로 넘어오는 과도기적 성향을 보여주고 있는 작품이다. 언어 일치를 지향하는 구어체의 사용과 묘사의 현실성, 그리고 자아의 각성을 통해 계몽의지를 드러내는 주제 등은 전대소설의 전형성을 상당부분 극복하고 있다. 그러나 보통사람 수준을 넘는 로맨스적 인물의 설정, 고소설과 동일한 플롯 유형, 우연성의 남발 등은 전

근대적 요소가 아직 가시지 않는, 근대소설로의 이행기에 있는 작품임을 확인시켜 주고 있다.

(2) 이광수의 『무정』은 최초의 근대소설로 인정받는 반면, 그릇된 역사인식에서 빚어진 통속물로 규정되는 등 우리 문학사에서 극단의 평가를 받는 작품이다. 이 작품의 근대적 성격은 일상어 표기와 구어체를 통한 언문일치의 새로운 문장체계를 확립시킴으로써 근대소설 문체를 비로소 완성시켰다는 점에 있다. 또한 여러 유형의 과도기적 인물을 설정하여 역사 전환기의 시대상과 가치관을 집약적으로 반영하고 있다는 점에서 근대소설로의 정착에 큰 의미를 주고 있다. 다만, 인물의 이상화가 너무 확대되어 나타나고, 이광수의 역사인식이나 가치성향도 일정한 한계를 드러내고 있어 본격적인 근대소설로 보기에는 무리가 있음을 확인한다.

(3) 20년대 기점논의의 중심에 서 있는 작품으로 김동인의 『감자』와 염상섭의 『만세전』을 들 수 있다. 삼일운동을 통해 자본주의의 부정성을 인지하게 되는 세대인 두 사람은 이인직이나 이광수가 남긴 소설사적 한계를 극복하고 근대적 소설 형식의 자율성을 확립한 공적을 누가 획득하느냐 하는, 어쩌면 우리 근대문학의 최고 정점을 가름하는 문제와 결부된다. 김동인의 『감자』는 입체적 인물의 설정, 냉철한 객관적 묘사와 잘 짜여진 플롯, 자본주의 물신화의 상징인 돈과 성을 주제로 다루는 등 우리 소설사에서는 처음으로 노벨의 영역으로 진입하고 있다. 염상섭은 한국사의 내재적 목표인 근대성을 향해 그의 소설이 포진되어 있다는 점에서 매우 중요하게 다루어지고 있는 작가이다. 특히 『만세전』은 노벨의 요건을 다양하게 갖추고 있는 동시에 식민지 근대에 대한 탐구 역시 동시대의 어느 작가보다 현실적이며 탁월하게 접근하고 있다. 한편, 김동인은 노벨의 작가로

서 근접하는 양상을 보여주고 있지만, 근대소설의 양식적 측면에서 '단편'이 지닌 치명적 한계를 안고 있다. 이에 반해 염상섭은 서울 출신의 중인계층이 지니는 풍부한 어휘와 객관주의자로서의 세계를 기본적으로 함유함으로써 노벨의 작가로서 그 위치를 구축한다.

(4) 사회주의적 근대성에 바탕을 둔 초기 작품으로 김기진의 『붉은쥐』, 박영희의 『산양개』, 최서해의 『탈출기』 등 신경향파 문학을 들 수 있다. 사회주의 사상은 이념 그 자체가 근대주의 산물이며, 제국주의적 자본주의 극복을 최대 과제로 삼고 있다. 프로문학의 출발은 당대 사회주의 이념의 수용과 근대성과의 관련성을 살피는 중요한 작업이 된다. 그러나 초기 이념의 미진함과 리얼리즘 창작방법에 대한 부족 등으로 작가 자신의 과학적 세계관에 의해 사상성이 충분히 용해되지 못함으로써 개인적 증오나 현실의 단편적 고발이라는 수준에 머물 뿐, 문학 작품으로서의 형상화에는 실패하고 있다.

(5) 30년대 미적 근대성의 특징을 보여주는 모더니즘 문학의 대표작으로 이상의 『날개』, 박태원의 『소설가 구보씨의 일일』을 들 수 있다. 이들 작품은 형식적 사실주의(formal realism)에 입각한 관점으로는 전혀 이해할 수 없다는 점에서 근대문학의 새로운 전환점이 되기도 한다. 모더니즘 소설은 사물과 사건에 반응하는 인간의 내면 심리를 중시하며, 부르주아 자본주의의 근대성에 미학적으로 반항하는 형식을 취하고 있다. 이상의 『날개』에서는 '나'의 관념이나 연상들이 그대로 돌출되어 나타나고, 작중인물의 행위나 사건들도 작가의 주관적인 판단이나 느낌에 의해 무질서하게 서술되고 있다. 박태원의 『소설가 구보씨의 일일』에는 어떤 특별한 인물이나 사건이 존재하지 않는다. 인물이 설정되고 서술되는 이야기가 어떤

의미가 있어야 한다는 기존 소설의 당위성을 완전 부정하고 있다. 이를 어떻게 이해하고 해석해야 하는 점이 이들 작품 평가에 있어 중요한 요건들이 된다.

이러한 개별 작품에 대한 분석에 힘입어 제4장에서는 우리 소설에 나타난 근대성을 언어, 인물, 형식, 주제 등 양식사적 관점에서 시기별 변천 과정에 주안점을 두고, 근대문학의 한 원형을 제시해 보고자 했다. 이같이 우리 근대문학의 역사를 거슬러 오르다보면 시대와 더불어 변모하는 형식적 측면과 모든 시대를 통해 변하지 않는 정신적 일면을 동시에 발견하게 된다. 역사의 흐름 속에 변화하지 않고 지속되는 자기 동일성(self identity)은 다름 아닌 '민족성'이라 할 수 있다. 곧 우리의 근대문학은 전근대적 성격을 탈피하고 근대적 성격을 획득하는 가운데, 민족국가의 수립을 역사적 과제로 하는 민족문학의 특성을 피할 수 없게 된다.

결론적으로 역사적 발전을 통해 전개되는 민족성을 지향하는 가운데, "1910년대 계몽주의－1920년대 리얼리즘(비판적 리얼리즘, 사회주의 리얼리즘)－1930년대 모더니즘"으로 진행하며 그 완성을 지향해 나가는 과정이 우리의 근대문학이라고 할 수 있다. 따라서 이를 바탕으로 근대문학의 시대구분을 설정하면, "1) 근대문학으로서의 이행기(19세기 후반부터 1910년대까지)와 2) 근대문학 완성기(1920년대부터 1945년 해방까지), 그리고 3) 근대문학의 성숙기(1945년 해방부터 현재까지)"라는 세 단계로 구분하여 설명할 수 있을 것이다.

目 次

Ⅰ. 서 론

1. 연구목적 및 대상

　우리가 '근대'라고 부르는 특정한 시간대에 대한 성격 파악 및 여기에서 비롯되는 의미규명의 문제는 한국문학의 올바른 방향성을 제시하는 기본 쟁점이 된다는 점에서 무엇보다 유용한 작업이 될 수 있다. 그럼에도 오늘의 한국문학, 아니 전반적인 우리 학문 체계에서 '근대'라는 시간대는 정확한 구분과 성격의 규명 없이 모호한 형태로 적용되고 있는 것이 작금의 실정이다. '근대'라는 시간대가 학문 전반에 걸쳐 난점으로 부각되는 까닭은 우선 "근대가 무엇이냐"라는 원초적 질문과 함께 궁극적으로 서구의 역사성에 기초하는 근대라는 것이 과연 "우리의 역사상에도 존재하는가"라는 의문을 낳기 때문이다. 사실 근대라는 용어는 원시·고대·중세 등의 용어와 관련되어 있는 거대한 시간대를 다루는 일종의 유형론이라 할 수 있다. 모든 분류 체계가 그렇듯이 이 개념은 자의성을 띨 수밖에 없으며, 특정의 문화·사회적 분위기를 담게 된다. 또한 근대라는 시간대는 모든 인간의 보편적 공통성과 역사적 발전개념을 전제하고 있다는 점에서 중세의 질서에 대립하는 서구의 계몽주의를 그 기반으로 하고 있다. 따라서 근대란 좁게는 서구의 삶과 사회를 지배해 왔던 기준으로서의 근대라는 인식론을 의미하기도 하며, 넓게

14

는 그것이 낳았던 전반적인 문화현상과 가치체계를 함축하는 폭넓은 의미를 담기도 한다.[1] 더욱이 근대를 받아들이고 이를 정리하는 시기에 이르러, 우리 역사는 일제침략이라는 뜻하지 않은 충격으로 인해 민족의 주체적 에너지가 전혀 의도하지 않는 방향으로 왜곡되는 특수성을 띠게 된다. 근대의 인식에 관한 이중성은 최근까지 해소되지 않고 있는데, 분단시대라는 특수적인 공간으로 인해 생겨난 구속성이 가장 큰 원인이라 할 수 있다. 이러한 요인들은 역사 진행에서 '근대'를 제대로 이해할 수 있는 선명성을 지워버리게 했고, 근대사회로의 변동과 그 변동과정의 새로움에 대한 지적 성찰의 기회를 잃게 한 것이다. 여기에 역사성과 시간의식을 등한시했던 당대 연구가들은 '현대'라는 또 다른 성격의 시간대를 이러한 '근대'와 혼용하여 사용함에 따라 그 애매성을 한층 가중시켰다.

테싱은 시대(period)란 "그 시간적 길이는 일정하지 않으나 그 자체로서 비교적 종합되어 있고, 다른 것들과 명확히 구별되는 각종의 시간간격"[2]이라고 정의하고 있다. 단위설정의 문제는 원칙적으로, 역사의 흐름을 파악하고 질서를 세우는데 필요한 보조수단으로 고찰된 것에 불과하다. 더욱이 '근대'라는 잣대는 서구의 역사적 토양을 해석하기 위한 그들만의 인식 틀일 뿐 근대라는 것이 우리에게 어떤 의미를 준다고 보기는 어렵다고 할 수 있다. 하지만 오늘의 사회는 동서양의 구분이 없을 정도로 공통된 범주 안에서 동일한 삶의 조건을 바탕으로 살아가고 있다. 그러므로 현재의 입장에

주1) 김성기편, 모더니티란 무엇인가(민음사, 1994) P.5.
주2) Teesing, H.P.H. Literature and Art Other: Some Remarks YGGL 12(1963), PP.27-35. 울리히 바이스슈타인, 비교문학론 (홍성사, 1977) P.97 재인용.

서 과거의 상황을 돌아보고, 미래의 방향을 선택한다고 할 때 '근대'라는 개념을 서구만의 개념으로 한정짓는다든지, 아니면 최소한의 비판의식도 없이 자신의 학문체계에 그대로 이식하려는 태도는 발전적 미래를 준비하는 현대인의 사고로는 무엇인가 부족하다는 생각을 가지게 된다.

반면 모든 나라들은 저마다 자생적인 역사의 틀에 의해 발전 변모해 온 역사적 경험을 어느 정도 보유하고 있기 때문에, 서구적 사고를 바탕으로 형성된 '근대'의 성격규명은 대단히 어려운 문제로 부각될 수 있다. 한 예로 중국에서는 진(秦) 이전과 한(漢)· 명(明)· 청(淸) 초기에 봉건적 지방분권 제도와 같은 부분적 봉건제도는 있었지만 서구와는 전혀 다른 유형이며, 봉건제도 붕괴에 따른 국민국가의 출현도 이루어지지 않았다.[3] 서구에서의 근대화 모델을 그 표준으로 설정하기에는 지역적 환경이나 전통 문화적 차이점 때문에 너무나 많은 난점이 따르게 된다. 우리만 하더라도 17, 8세기의 경우, 자체 내의 구조적 모순과 갈등을 이해하고 그것을 어느 정도 극복하려는 몸부림을 찾아볼 수 있다. 그러나 서구의 개념과 유사한 근대적 파편들이 일부 발견된다 하더라도 이를 곧 서구화와 연결시켜 '근대'라는 식으로 간단히 규정지을 수는 없다. 서구만 하더라도 근대의 개념은 시대와 지역적 환경에 따라 다르게 나타나는 등 단일적 개념으로 쉽게 규정지을 수가 없다. 심지어 역사상의 시대구분 개념이나 모종의 철학적 원리를 가리키기도 하고, 근대 사회의 제도적 특징이나 문학예술의 새로운 경험내용에 국한되어 쓰

주3) 김해종, 역사와 문화-한국과 중국·일본(일조각, 1979) PP.1-60 참조.

16

이는 등 근대라는 용어는 상당히 포괄적인 의미로 사용되기도 한다.

그럼에도 제3세계를 비롯한 일부국가에 있어, ‘근대’라고 지칭되는 시기만큼은 단순한 단위설정의 의미를 초월하여 일종의 가치기준을 가지게 된다.4) 이들이 사용되는 근대라는 용어는 “한 사회(혹은 사회생활의 일부 영역에서의) 발전수준과 다른 사회의 생활영역에서 이미 성취된 보다 진보적이고 근대적인 형태의 갭을 메우는 과정”5)을 뜻하기 때문이다. 이럴 경우 스스로 진보하고 자립하는 진화과정이 아니라 오히려 보다 근대적인 국가가 성취한 제 형태와 생산물을 자신의 나라로 이식하는 과정을 의미할 수 있다. 다만 그것은 다른 나라의 성취를 무조건적으로 받아들이는 것이 아니라 자신의 필요와 상황에 의해 적합한 방향으로 수용, 바람직한 성과를 얻으려는 노력이라 할 수 있다. 이런 안목에서 볼 때 한국사에 있어서 근대의 성격을 규명하고자 하는 노력은 단순한 단위설정의 문제를 넘어 한국사를 이해하는 데 있어 가장 중요한 국면의 하나임을 알게 된다.

따라서 한국문학의 근대성을 파악하는 일도 우선 근대라는 명확

주4) ‘근대’라는 용어가 확산된 배경에는 제2차 세계대전 이후 서구 자본주의 제국의 식민지 상태에서 독립한 아시아, 아프리카와 라틴 아메리카 등 여러 나라들이 제3세계로 등장하여 새롭게 재편된 국제질서와 밀접하게 관련되어 있다. 이들 나라들은 자국의 후진성·식민성을 벗어나 ‘발전된 사회’를 건설하는 것이 당면과제로 등장했기 때문에, 이러한 정치적 자주, 경제적 자립을 추구해야 할 문제들이 ‘근대’라는 개념으로 표출된 것이다.

주5) Szymon Codak, Societal Development(New York : Oxford University Press, 1973), PP.252-302 참조.

한 시간인식과 그 시간대가 담고 있는 인식을 새롭게 정립하는 각
도에서 출발해야 한다. 근대 이전과 근대, 또는 근대와 현대라는
것의 구분조차가 되지 않은 상태라면 근대의 기점을 어디서 설정하
는가의 문제는 전혀 해결될 수 없다. 특히 문학의 경우, 그 사회를
담는 공기로서의 역할과 문학 자체가 담고 있는 문학 장치의 이중
적 속성으로 한층 복잡한 양상을 띠게 된다. 즉 문학이 지니는 특
수성을 정확하게 인지하여 당대의 사회현실과 민족현실에 대한 작
가 나름의 최선의 대응이 이 시기에 어떻게 두드러지게 나타났는가
가 판명되어져야 한다. 또한 문학의 발전이 사회의 그것과 곡 일치
하지 않고 자체 자율성에 작동되기도 한다는 문학의 독자적 성격도
함께 요구되어지기 때문이다.

이러한 까닭으로 지금까지 문학에서 근대의 성격규명에 관한 논
의는 수없이 이루어졌으나 특별한 성과를 거두었다고 보기에는 어
려움이 많았다. 지금까지 많은 학자들은 선행업적을 통해 한국문학
에 있어 근대문학이 지니는 성격 파악과 더불어 이에 대한 기점논
의를 다양하게 분출시켜 왔다. 특히 1970년대 이후 근현대사 연구
의 집중적인 관심을 통해 많은 문제들이 개진되었지만[6], 그럼에도
우리 문학연구 분야 중에서 근대문학의 기점만큼이나 당혹감을 주
는 부분도 그리 많지 않을 듯싶다. 이는 근대를 인식하는 학자들
나름의 기준이 너무 개별적이거나 특수현상에 집착한 나머지, 역사

주6) 1971. 10. 21 서울대 대학신문에서 '한국문학의 기점'에 대한 논의
　　가 좌담회 형식을 통해 시도되면서 근대문학론이 국문학계의 조명
　　을 받기 시작, 다양한 연구업적이 나타났지만 지금까지 객관성을
　　지닌 총체적 시대가치로서 우리 근대문학에 대한 기점은 통일을
　　보지 못하고 있다.

를 지나치게 미화하거나, 아니면 비하하는 태도를 종종 지녀왔기 때문이다. 아마도 시대구분에 대한 철저한 인식이 전제되지 않는 가운데 동시대 관심 분야의 연구량 부족과 시대적 한계, 그리고 인접학문과의 연계성이 이루어지지 않는 학문의 보수적 태도가 그 원인중의 하나가 아닌가 한다. 여기에 한국문학이 전체 의견의 함의를 존중하면서 총체성을 도출하여 주변문학이 지닌 한계성을 벗어나고자 한 노력이 있었는지도 의문이 따른다. 즉 제3세계 일반 내지 그들 개별국가의 근대적 수용에 따른 인식연구와 함께 근대문학의 유형적 비교가 매우 미흡하다는 것이다. 이는 식민지사관의 극복이라는 강박관념과 현 분단시대라는 제약된 조건으로 인해, 시대구분에 있어 균형 감각을 갖추지 못했기 때문일 것이다. 따라서 우리 문학사의 기술이 개별적 문학으로부터 동양문학, 나아가 세계문학의 지향이 목표라면 서구나 인접국가권에 대한 성격과 시대구분을 우선적으로 비교 검토해야 할 것이다. 다시 말해서 초국가적인 문학사의 합동기술을 위해 한국문학의 특수성을 국제적 질서 속으로 끌어들일 필요가 있는 것이다.

연구목적 : 본 연구에서는 한국문학에 나타난 '근대'의 성격을 새롭게 규명하고, 이를 근거로 하여 단위설정까지 시도해 보려고 한다. 우리 문학사에 나타나는 근대의 제반 특성을 살핌으로써, 근대라는 포괄적인 시간대에서 드러나는 문학적 현상의 연속성과 비연속성, 보편성과 특수성 등을 체계화하고 이를 동일선상에 배치하여 한국문학의 반성적 성찰을 통해 새로운 방향성을 모색하고자 한다. 물론, 다양하고 이질적인 요소가 복합적으로 결합되어 있는 문학양식의 속

성상 이런 계열화 작업이 쉬운 일은 아니다. 다만 당대의 시대적 상황을 감안하면서, 근대문학사 전체의 흐름 속에 자리 잡은 작품을 대상으로 한 근대성의 특징과 그 성격을 배태할 수밖에 없었던 동인을 파악, 거시적 체계를 만들어보자는 문제의식에서 출발해보고자 한다. 따라서 선행업적에서 언급되었던 근대문학 연구의 실상을 일차적으로 살펴본 후, '근대'라는 용어의 개념 및 근대성이 문학양식과 어떻게 접맥되어 근대문학이라는 실체를 형성하고, 여기서 생성된 가장 근대적 장르인 소설의 기본적 속성은 무엇인가를 알아보고자 한다. 근대라는 역사적 장 속에서 근대 시민사회의 특징을 현저하게 드러내는 문학양식이 바로 소설이고, 소설은 근대성을 기본원리로 하여 근대와 더불어 성장 발전했기 때문이다. 그리고 우리 문학사에서 근대성이 최초로 포착되는 시대적 상황에 대한 이해와 함께 그 문학적 만남이 이루어진 계기로서, 개화기의 문학적 담론 등을 주시해 볼 필요가 있을 것이다. 개화기 문학적 담론을 살펴보면서 근대성의 논의가 이루어지는 양상과 이것이 근대소설로서 이행되는 장르적 변천과정을 되돌아보고자 한다. 아울러 지금까지 우리 문학의 근대에 관한 기점 논의는 '근대성'의 이해를 돕기 위한 필수적인 사항이라 이를 정리해 본다.

 이러한 전개 과정을 통해 근대문학의 개념과 성격에 대한 윤곽이 어느 정도 그려지면, 우리 문학사에서 근대기점 논의의 대상으로 떠오르는 몇몇 소설작품을 주요 텍스트로 선정하여 근대성의 전개 과정 및 '근대'가 담고 있는 실체가 무엇인가를 추출해 내고자 한다. 본 연구의 범위가 신소설에서 1930년대의 모더니즘에 이르는 방대한 시간대를 아우르기 때문에 작품의 선정을 근대의 기점논의 대상이 되는 주요 작품만으로 한정시킨 것이다. '근대'의 성격을 규명하는데 있어 가장 중요한 요소를 담고 있는 이들 작품에 관한 검토, 분석은 오늘의 한국문학의 실체를 파악하고, 나아가 새로운 전망을 획득하기 위한 기초 작업이 될 것이다. 결국 근대적 양상이 우리의 역사적 토양 안에서 어떻게 형성되어 오늘날까지 존재하는가를 알아보는 것이 본 연구가 지향하는 가장 소중한 의미이다. 따라서 우리 문학의 보편성과 특수성을 전제로 하되, 한국문학이 담고 있는 특질과 성격을 규명함으로써 근대문학의 단위설정이라는 어려운 함의를 도출시키고자 함이다.

연구대상 : 보통 학술논문이라면 특정의 작가론이나 작품론, 혹은 특정 연대를 대상으로 범위를 한정하는 것이 일반적 관례라고 할 수 있다. 하지만 본 연구의 일차적 목적은 한국문학의 근대성 전개 양상을 통해 우리 문학의 근대적 특질과 의미를 발견하는 것이고, 이를 통해 근대의 기점설정을 시도해 보는 것이 최종적 목표가 된다. 문학사적 접근, 다시 말하면 거시적 체계를 바탕으로 우리 문학의 일관된 흐름이나 특성을 파악하고자 하기 때문에, 연구범위가 소설양식이 생성되기 시작하는 개화기에서부터 오늘날에 이르기까지 포괄적으로 다루어질 수가 있다. 이렇게 연구범위가 넓어지면 곧 연구목적을 달성하기도 전에 부실화될 위험성을 지니게 된다. 따라서 범위를 개화기에서 출발하여 그 상한선을 1930년대 모더니즘 문학까지 제한하였고, 텍스트 선정에 있어서도 근대의 기점논의의 주요 대상으로 거론되는 일부 작품만으로 한정하였다. 그런데 막상 작품을 선별하려다보니 시대구분의 경계에 있는 작가나 작품 간의 성격이 애매할 뿐

만 아니라 작품성은 뛰어나지만 시대구분의 영역에서 벗어나 제외되는 경우도 있었다. 패스모어가 지적한 바와 같이 역사적 사실이 어떤 대상에 적용이 안 되어 무의미해지거나, 반대로 적용이 된다하더라도 결과적으로 판별형식으로서의 유용성을 상실하여 오히려 무의미해 질 수도 있다는 위험성을 담고 있다.[7] 그러나 좀 더 분명한 목표를 이야기한다면, 문학을 포함한 더 높은 차원의 수용적이고 재생산적인 형식들이 근대라는 시간대를 통해 우리 삶의 특질과 어떤 연관관계를 맺고 있는가를 알아보고자 하는 것이다. 따라서 선정된 작품이 과연 그 시기를 대표할만한 것인가에 대한 의구심도 따르지만, 이들 작품들은 기존의 연구와 분석에 따라 나름대로 거론된 것이고, 그 형식과 주제에 있어서도 당대 현실의 사회적 내용을 어떠한 방식으로든 반영하고 있다. 따라서 이 책에서는 다음과 같이 대상작품을 확정하기로 한다.

(1) 우선 초기 계몽주의 도입과 관련되어 있는 최초의 신소설 작품인 이인직의 『혈의루』이다. 근대문물이 한꺼번에 유입되는 개화기에서의 소설양식은 자아가 넓어진 세계를 탐구하는 과정에서 크게 부각된다. 이때 개화기의 중심과제는 문명개화를 통한 독립자강 사상의 실천이었다. 제국주의의 침략 앞에 그대로 노출되었다는 민족적 위기의식은 문명개화라는 관점에서 서구의 근대적 제도나 이념을 하나의 여과도 없이 받아들이게 된다. 바로 문명개화의 이념을 소설작품으로 옮긴 것이 『혈의루』이며, 형식에 있어서도 전대소설의 유형성을 대폭 뛰어넘고 있다.

주7) 존 A. 패스모어, 〈역사의 객관성〉, 이기백·차하순 역, 역사란 무엇인가(문학과 지성사, 1976), P.51.

(2) 일반적으로 최초의 근대소설이란 평가를 받는 이광수의 『무정』은 우리 문학의 근대성을 연구하는데 빠질 수 없는 작품이다. 1910년대 중반에 들어서면 전 시대의 개화파에 비해 서구문명에 대한 이해를 보다 구체적으로 수용하며, 정치적 계몽주의 대신에 시민계급의 문화적 근대성 탐구 형태로 전환되는 양상을 보인다. 이인직과 이광수의 계몽주의 성격은 유사성을 띠고 있지만, 그 구체적 내용과 형식에서는 상당한 차이가 존재한다. 그리고 『무정』을 신소설의 범주로 볼 것인가, 아니면 근대소설의 첫 작품으로 인정해야 하는가, 아직도 이 작품의 문학사적 자리가 확보되어 있지 않은 실정이다. 『무정』의 분석을 통해 이를 밝히는 것이 과제이다.

(3) 20년대 기점논의의 중심에 있는 작품으로 김동인의 『감자』와 염상섭의 『만세전』[8]을 들 수 있다. 삼일운동을 통해 자본주의의 부정성을 인지하게 되는 세대인 이들의 문학사적 의의는 근대 초기의 계몽사상에 내포된 과도기적인 근대적 성향을 온전히 극복했다는 점에 있다. 김동인은 『감자』를 통해 소설에 있어 계몽주의 차원을 넘어 예술성까지 확보함으로써 문학 자체의 독자적 범주를 가능하게 한다. 동시대의 염상섭의 경우에는 한국사의 내재적 목표인 근대성을 향해 그의 소설들이 포진되어 있다는 점에서 중요하게 다루어지고 있다. 『만세전』은 리얼리즘이라는 근대소설로서의 형식뿐만

주8) 지금까지 염상섭이 소설로 전환한 첫 작품인 『표본실의 청개구리』가 자연주의 경향을 대표하는 작품으로 주로 거론되고 있으나, 문학적 형상화가 이루어지지 않은 습작의 형태를 보이고 있다. 『만세전』은 『표본실의 청개구리』의 발표시기와 그리 멀지 않음에도 불구하고, 근대문학으로서의 성숙도를 보여주기 때문에 이를 선정하였다.

아니라, 한국적 근대의 특수성을 이해하기 위해 필수적으로 거론되어야 한다.

(4) 사회주의적 근대성에 바탕을 둔 초기 프로문학으로 김기진의 『붉은쥐』, 박영희의 『산양개』, 최서해의 『탈출기』를 들 수 있다. 사회주의 사상은 제국주의적 자본주의 극복을 최대 과제로 삼고 있기 때문에, 이념이나 거기에서 생성된 표현물 자체가 바로 근대주의의 산물이다. 따라서 프로문학의 출발은 당대 사회주의 이념의 수용과 근대성과의 관련성을 살피는 중요한 작업이 될 수 있다. 『붉은 쥐』는 프로문학의 최초 작품으로서, 그리고 『산양개』와 『탈출기』는 임화에 의해 당대 프로문학의 대표적인 두 경향을 보여주는 작품으로 언급되었기 때문에 선정하였다.

(5) 미적 근대성의 특징을 보여주는 모더니즘 문학의 대표작으로 이상의 『날개』, 박태원의 『소설가 구보씨의 일일』을 들 수 있다. 30년대 중반에 이르러서는 전통적 리얼리즘과는 달리 미학적 방법을 전제로 하는 모더니즘을 받아들이게 된다. 이들 작품들은 형식적 리얼리즘(formal realism)의 관점으로는 전혀 이해할 수 없다는 점에서 근대문학의 새로운 전환점으로 인식되기도 한다. 부르주아 자본주의 근대성에 미학적으로 반항하는 모더니즘 소설들은 인간 내면에서 잃어버린 총체성을 포착하려는 또 다른 형태의 리얼리즘 문학이라 할 수 있다.

한편, 본 연구가 문학사적 접근을 기본으로 하고 있기 때문에 근대문학의 기점 논의의 중심에 서 있는 작가와 작품에 대한 선정도 중요하지만, 지금까지 간행된 근대문학사와 소설사 연구물까지 포괄적으로 다루고 있음을 밝힌다.[9] 특히 근대문학의 성격을 논하는

토대의 자료로서 이들 저작들이 언급의 대상이 될 것이며, 작품의
구체적 비교 분석에 있어서도 그때마다 유용하게 사용될 것이다.

2. 연구사 개관

　해방 이후 한국사와 관련된 여러 연구 분야에서는 과거의 잘못된
역사인식을 시정하고 올바른 민족사관을 수립하는 데 모든 힘을 기
울이고 있다. 식민지하에서의 역사인식은 일제의 한국강점을 정당
화하고, 식민지 정책을 합리화하려는 저의의 소산임은 두말할 나위
도 없기 때문이다. 식민지사관의 탈피를 전제로 하는 이런 태도는
역사를 인식하는 태도 내지는 방법을 우리의 입장, 나아가 현재적
관점에서 새롭게 정립해야 한다는 의미와 상통한다. 따라서 근대화
과정이 서구와는 달리 식민지를 거치며 진행되어 왔기 때문에 해방
이후 나타난 우리의 근대사상들은 공통적으로 민족주의적인 형태를

주9) 김동인의 『조선근대소설고』(1929), 임화의 『신문학사』(1939), 백철
　　의 『조선신문학사조사』(1946-1949), 조연현의 『한국현대문학사』
　　(1969), 김우종의 『한국현대소설사』, 김현·김윤식의 『한국문학사』
　　(1973), 이재선의 『한국현대소설사』(1979), 조동일의 『한국통사』
　　(1988), 김재용 외의 『한국근대민족문학사』(1993), 김윤식·정호웅
　　의 『한국소설사』(1993) 등이 주된 대상이 된다. 이 밖에 정한숙의
　　『현대한국문학사』(1982), 『현대문학사』(현대문학사, 1991), 윤병로
　　의 『한국 근·현대문학사』(1991) 등의 저작물도 있으나 개론서 형태
　　나 공동 집필의 형식을 취한 것으로, 본 연구에서는 참고문헌으로
　　활용될 것이다.

지니게 된다. 결국 한국인의 근대화 노력과 이민족에 의한 식민지화가 비슷한 시기에 이루어짐에 따라 우리의 '근대'는 왜곡과 굴절의 형태로 심각하게 변형되어 나타나게 된다. 여기에 르네상스 및 종교개혁을 체험한 서구인들이 그들의 역사를 지칭하던 용어로 사용되던 '근대'라는 것이 과연 아시아 내지 한국의 실정과는 제대로 부합되겠는가 하는 의구심을 역시 떨쳐 버릴 수가 없다.

우리 문학사에서 근대문학에 대한 당혹감도 이러한 속사정에서 비롯되지만, 문학작품을 대상으로 한다는 특수성 때문에 다각적으로 검토되어야 할 것이다. 문학사 자체 내에서 근대의 성격을 제대로 규명하지 못할 때, 근대문학의 시대구분이라든지 새로운 기술방법론의 설정 등은 의미를 잃게 되기 때문이다. 사실 정치에 있어서는 '근대국가의 이념'을 갖고 있을 때가 근대로 통하고, 경제에서는 '통일경제를 이룬 시대'를 근대로 파악될 수 있는 것처럼 어떤 실체적인 사안이 겉으로 드러나는 경우가 많다. 문학이란 그 본질과 기능에 있어서 자신의 법칙성을 내포하면서 역사적으로 형성된다. 문학 작품은 그 자체가 분석의 대상이 되면서, 한편으론 정치·경제·사회 제반사항 등 문학이 표현하고자 하는 주된 제재들을 그 내연으로 포함하고 있기 때문에 문학 독자적으로 근대의 개념을 파악하기란 매우 어려운 일처럼 보인다. 그럼에도 우리는 근대문학의 시대구분 설정이라는 최종적 목표를 완수하기 위해 근대문학의 성격을 필히 규명해야 된다는 과제를 부담감으로 안고 있다. 어떻게 보면 우리 문학의 '근대성'에 관한 연구는 검토 단계에서 머물러 있었고, 다소 실상을 도외시한 이론에 치중하여 도식성에 가까운 언급만을 단편적으로 남긴 경우가 많지 않았나 반성해 본다. 물론 일부

학자들은 광범위한 실증자료를 검토하고, 인접학문의 연구결과를 종합화하거나 개별적인 연구를 통해 하나씩 그 실체를 파헤치려는 노력을 보이고 있다. 그들의 실천은 확실히 지금까지 정체된 근대성 규명 문제를 해결하는데 도움을 주고 있으나, 개별적인 관점에 집착함으로써 우리 문학의 방향을 모색하는 시급함에 비해 더딘 행보를 보이고 있다. 기실 한국문학사에 나타난 근대의 성격 연구는 기왕의 업적에도 불구하고 수정되어 새롭게 정립해야 할 부분이 적지 않다. 따라서 이 책에서는 본격적인 전개에 앞서 기존 논의를 재정리함으로써 선행연구의 과실을 알아보고, 이를 통해 기술적인 도움을 얻고자 한다.[10]

우리 소설문학의 '근대성'에 대해 최초로 언급한 인물은 바로 김동인이다. 『조선근대소설고』(조선일보, 1929. 7. 28-8. 15)에서 김동인은 이인직의 『귀의 성』을 '조선 근대소설의 祖'라고 밝히면서, "작중인물의 통속성 탈피, 인물의 전형성 탈피, 현실의 인식, 동일어 중복사용의 효능, 자연배경의 적절한 활용"[11] 등 전대와는 현저히 다르게 나타나는 형식적 변화에 주목하고 있다. 근대문학에 대한 김동인의 시각은 근대적 문체와 표현 방식의 발견과 함께 조선 문학의 개성을 발견하려는 의욕을 보여준다는 점에서 획기적이다. 다만 이인

주10) 이 책에서는 근대성 규명에 관한 다양한 선행업적 중에서 가능한 한 문학사 서술과 관련된 저서와 내용에 한정하여 다루기로 한다. 근대성의 논의는 곧 작품의 연구와 더불어 문학사 서술에서 그 의미를 더하기 때문이다.
주11) 김동인, 조선근대소설고(조선일보, 1929. 7. 28-8. 16), 김동인전집 16(조선일보, 1988)에 재수록, PP.14-18.

직의 경우, 서양의 아무런 사조에도 영향을 받지 않았다는 점을 강조하면서, 한 예로 『귀의 성』에 그려진 사회는 "당시의 조선사회이고 거기에 나타난 성격은 조선 사람만 가질 수 있는 감정"이라고 밝힌다.[12] 서구의 어떤 사조에도 영향을 받지 않은 '조선사조'를 굳이 '근대'라고 지칭하면서도 근대의 개념을 구체적으로 설정하지 못하고 있다. 기술적인 측면에 있어서도 문학양식의 구체적 분석도 없이 단편적 인상에 의거하여 몇몇 작가 중심의 문학관을 피력하는 수준에 머물고 있는데, 근대의식의 내부적 발단이나 근대정신을 포착하는 단계로까지는 나아가지 못하고 있음을 알 수 있다.

임화는 근대문학의 구체적인 성격을 규명함에 있어 김동인보다 심층적으로 접근하고 있다. 『조선신문학사서설』(중앙일보, 1935. 10. 9-11. 13), 『개설신문학사』(조선일보, 1939. 9. 1-9. 26, 10. 5-10. 31), 『개설조선신문학사』(인문평론, 1940. 11, 1941. 1-1941. 3) 등 일련의 문학사 저술을 통해 근대문학에 대한 관심을 보여준 임화는, 당대 조선의 근대문학을 "근대정신을 내용으로 하고 서구 문학의 장르를 형식으로 한 조선 문학"[13]이라고 정의하고 있다. 근대정신을 서구 근대정신으로 설정하고, 근대문학을 서구적 형식을 갖춘 문학으로 인식하는 태도는 "신문학이 서구적인 문학 장르를 채용하면서부터 형성되고 문학사의 모든 시대가 외국문학의 자극과 모방으로 일관되었다 하여도 과언이 아닐 만큼 신문학사란 이식문화의 역사"[14]라는 인식에서 출발하고 있다. 이런 논리에 대해 김윤

주12) 김동인, 앞의 책, P.18.
주13) 임화, 신문학의 방법 - 조선 문학연구의 일과제(동아일보, 1940. 1. 13-20).
주14) 임화, 앞의 논문

식은 근대정신의 개념 및 장르의 법칙성, 전통양식과의 충돌 등에 대한 구체적인 파악력 결여에서 비롯되었다고 지적한다.[15] 한국 근대문학의 개념을 서구양식에서 이식된 것으로 파악하는 관점으로 인해, 결국 임화는 신문학사에 대한 토대연구, 자료의 중시와 방법론의 수립에서 출발된 최초의 문예학적 업적을 수립하는 공적에도 불구하고, 전통단절론을 규정짓는 대표자로 낙인이 된다. 그러나 이식사관으로 불려왔던 임화의 견해를 새롭게 이해하려는 작업이 일부 연구자에 의해 시도된 바 있다.[16] 우리 문학이 토대의 낙후성과 자생력의 결핍으로 모든 영역에 있어 부자연한 길을 걸어간 결과 서구로부터 근대적 문학을 이식함으로써 출발했지만, 내부적으로는 이식문화 자체를 해체하려는 내부로부터의 문화 창조가 성숙되어 간다는 것이 임화의 본질적 의미라는 것이다.

임화의 문학사 기술이 완결을 보지 못하고 끝난 데 비해, 백철의 『조선신문학사조사』(1949)[17]는 단행본 형태로 저술된 본격적인 문학사 저서로 그 의미가 있다. 그러나 우리 근대문학이 가지는 토대의 낙후성을 지적하면서, 근대문학의 정착과정을 단순한 서구사조의 유입이라는 식의 피상적인 견해를 밝히고 있다. "유럽의 근대문

주15) 김윤식, 한국근대문예비평사연구(일지사, 1982) P.573.

주16) 백철이나 조연현은 전형적인 이식사관의 입장을 보여주나 임화는 본질적으로 이식 속에서 주체적 지향을 시도한다고 본다. 임규찬, 신문학사에 대한 연구(문학과 논리 창간호, 1991). 신두원, 이식과 창조의 변증법(창작과 비평사, 1991 가을). 임화의 문학사 서술에 대한 고찰(현상과 인식, 1991 봄) 등 참조.

주17) 『조선신문학사조사』는 1947과 1949년, 근대편(개화기부터 신경향파)·현대편(프로문학)이 각각 출간되었으나, 1980년에 해방 후의 문학사적 개관과 약간의 첨삭을 더해 『신문학사조사』를 重刊하였다. 본 고에서는 『신문학사조사』(신구문화사, 1982)를 대상으로 삼는다.

학이라는 풍부한 풍경을 비교하면, 한국의 신문학은 너무나 빈약한 풍경"[18]이란 어투로 한국문학의 빈곤함을 내뱉는 백철의 견해는 우리의 근대문학을 서구 문예사조의 이식으로 보는 즉 아시아의 숙명적인 정체성을 대변하는데 불과하다. 다시 말하면 한국문학, 즉 신문학사의 생성을 외부적인 것, 서구사조에 의존해서 외형의 허우대는 멀쩡하지만 영양실조에 걸린 형태로 바라보고 그 이유로 1) 서구에 비해 그 출현시기가 늦었으며 2) 자기 전통에서 출발하지 않았으며 3) 근대문학이란 국민문학이요 민족적 문학일 것인데, 자기 나라가 없고 자기 민족의 독자성을 발휘할 수 없는 식민지 치하에서 생성된 문학이라는 것이며 4) 문학사조가 혼류된 문학이며 5) 현실적 반항성과 현실 및 생에 대한 비애 정서를 표출한 두 가지의 모순 된 성격의 문학이며 6) 역사적이요, 환경적인, 또한 문학사적인 이유로 인하여 사상성이 결여되고 그 심도가 부족하며, 작가적인 교양이 부족한 문학이기 때문이라는 것이다.[19] 이런 발상은 우리의 근대화가 곧 서구화라는 것을 의미하며, 따라서 한국의 근대문학은 서구의 것을 모범으로 하여 그것을 추종한 문학으로 이해한 결과라고 하겠다. 요컨대 근대를 서구의 충격에 의한 자연적인 선물로 인식한다든지, 한국문학을 타율성을 지닌 문학으로 판단하고 있음을 극단적으로 보여준다.

　조연현은 『한국현대문학사』(1959)[20]에서 "신문학이란 봉건적 문

주18) 백철, 조선신문학사조사(신구문화사, 1982 개정판) P.17.
주19) 백철, 조선신문학사조사(신구문화사, 1982 개정판), P.224-228.
주20) 조연현의 『한국현대문학사』는 1955년 6월부터 1956년 12월까지 '현대문학'지에 연재된 후, 1959년 단행본으로 발간되었고, 다시 문학사의 방법론을 정비하여 〈서론·신문학사의 방법론〉을 삽입

학이나 중세적 문학이 아닌 '새로운 문학'을 말하는 것이며, 그 새로운 문학이란 근대적인 문학을 의미한다"고 밝히고 있다.[21] 그는 한국의 문학적 특성으로 1) 시간적 후진성−서구에 비해 2~5세기 늦은 근대의 출발이 우리 문학을 서구의 모방문학으로 만들게 된 요인이며 2) 시대적 미숙성−사회적 풍토가 서구의 근대화를 받아들이지 못한 분위기여서, 서구모방문학 그 자체마저도 기형적인 것으로 만드는 요인이 되었으며 3) 근대와 현대의 혼잡성−무수한 문예사조의 난립으로 시간적(형식적)면에서는 현대요, 성격적(내용적)면에서는 근대적이라는 것이며 4) 정치적 암흑성과 국토양단 등 네 가지를 제시하고 있다[22]. 일단 우리 문학에 근대적 후진성이 나타난 요인을 추출했다면, 향후 전망에 대한 모색이 뒤따라야 하지만 지적으로만 끝나버리고 만다. 또한 조연현은 근대와 현대를 엄밀하게 구분하려고 노력하지만 '근대'라는 개념을 전대 문학과의 연관성 없이 단절시켜 바라보고 있으며, 근대의 성격에 대해서도 어떤 개념 규정과 설명도 없이 모호하게 사용하고 있다.[23] 또한 근대와 현대를 구분하는 방법에 있어서 문예사조에 의한 편의상 편법을 적용하는 문제점을 안고 있다. 즉 "문예사조 면에서 볼 때 자연주의니 낭만주의니 하는 것은 근대적 문예사조에 속한다면, 초현실주의니 모더니즘이니 신심리주의니 실존주의니 하는 것은 현대적 문예사조

하여 1969년 증보개정판을 발행했다.
주21) 조연현, 한국현대문학사(성문각, 1969 개정판) P.20.
주22) 조연현, 앞의 책, PP.23-24.
주23) 현대문학의 개념에 대해 "한국의 현대인이 현대식 표기방식을 통하여 현대 한국인의 생활과 사상을 표현한 문학"이라고 밝힌다. 이 성명 자체가 추상적이고 모호한 개념으로 과학적 엄밀성을 갖추지 못하고 있다.

에 속하고"24) 등으로 파악하는 과정에서 한국문학 내에는 근대와 현대가 중첩되어 있다고 봄으로써 우리 근대문학의 실체를 전혀 파악하지 못하고 있다. 결국 근대성을 잉태한 모태 기술이 충분하지 않고, 분기점에 대한 전환논리 역시 익숙하지 못하다는 약점을 보임으로써 국내문학으로서의 한계를 보여준다.

김우종은 『한국현대소설사』(1968)에서 갑오경장에서 비롯되는 우리의 근대화를 '자의반 타의반적인 묘한 간음형태'로 이루어진 것이라고 설명하고 있다. 이러한 근대화와 더불어 나타난 새로운 문학의 형태로 신소설을 제시한 그는 "백년 천년을 이어온 환경조건과는 전혀 색다른 조건 속에서 형성된 최초의 문학이요, 그것은 한국현대소설이 움트는 최초의 기점"25)이라고 부언하면서, 고대소설과는 다른 새로운 문체, 새로운 구성, 새로운 사상의 작품을 쓰기 시작했기 때문이라고 이유를 밝히고 있다. 그러나 김우종도 근대에 대한 뚜렷한 개념을 규정하지 않고 갑오경장을 근대화의 시발로 보고 있으며, 전대와는 별개의 이질성을 지닌 새로운 양상을 발견하는데 주된 관심을 가진다. 즉, 신소설 자체도 고대소설과는 전혀 다른 형태의 성격을 지니고 있기 때문에 근대성을 지니고 있다고 보는 것이다. 근대에 관한 명확한 인식규명이 없이 우리 문학을 바라다보는 태도는 결국 당대 문학은 물론 오늘 우리 문학의 특성까지 서구의 시각적 편향으로 바라볼 수 있다는 앞서의 약점을 노출시킨다.

임화나 백철, 조연현 등의 근대문학에 대한 인식은 주로 형식면

주24) 조연현, 한국현대문학사(성문각, 1969 개정판), P.23.
주25) 김우종, 한국현대소설사(선명문화사, 1968) P.15.

32

에서 취급되고 있음을 알 수 있다. 특히 임화를 중심으로 대표될 수 있는 서구 중심적 취향은 한국문학의 식민지성, 혹은 주변문화성을 대변하는 것으로서, 근대를 정확하게 수용할만한 역사적 통찰력이 부족했다는 점과 아울러, 정치 사회적인 변동에서 파악된 근대의 개념에 그대로 편승해 받아들이려 했다는 점이 주된 이유라고 하겠다. 이러한 입장을 극복하려는 것이 바로 근대문학의 상한선을 18세기 중기까지 올려 살펴보려는 태도라 할 수 있다.[26] 김현·김윤식은 『한국문학사』(1977)에서 "근대문학, 근대정신에 관심을 쏟은 거의 모든 문학사는 전통단절이라는 문제를 빚어냈다"[27]고 지적하면서, "한국문학의 식민지성, 혹은 주변성을 솔직히 인정하고, 그것을 새로운 의미망"[28] 속으로 끌어내는 방법을 통하여 해소시키고자한다. 새로운 의미망이라는 것은 새로운 한국인의 정신적 궤적을 이해하고자 하는 체계이며, 따라서 근대를 '자아의 발견'이란 측면에서 1) 구라파의 문화를 완성된 모델로 생각해서는 안 된다. 2) 이식문화론과 전통단절론은 이론적으로 극복되어야 한다. 3) 문화 간의 영향관계는 주종관계가 아니라 굴절이라는 현상으로 이해하여야한다. 4) 한국문학은 그 나름의 신성한 것을 찾아야 한다 등 네 가지 극복방안을 제시한다. 이런 관점에서 한국문학사에서 근대문학의 기점은 자체 내의 모순을 언어로 표현하겠다는 언어의식의 대두

주26) 이식문학론의 약점을 극복하기 위해 근대의 기점을 실학시대로 소급시켜 주체적 시각에서 바라보자는 논의는 50년대 말 김일근과 이우성 등 일부에서 제기된 바 있다. 김일근, 연암소설의 근대적 성격(경북대 석사학위 논문, 1956). 이우성, 실학파의 문학(국어국문학 16호, 1957).
주27) 김현·김윤식, 한국문학사(민음사, 1977) P.13.
주28) 김현·김윤식, 앞의 책, P.15.

에서 찾아야 하며, 따라서 한국 근대문학의 기점을 영·정조 시대까지 소급할 수 있다는 것이다. 그들은 근대성을 서구화가 아닌 자체 내의 구조적 모순과 갈등을 이해하고 그것을 극복하려는 정신으로 파악하고 있다. 하지만 김현·김윤식의 근대문학에 대한 재인식, 즉 사회·경제·문화적 변화를 가진 18세기 중기를 근대의 시작으로 보는 것에 대해 적지 않은 의문을 노출시키고 있다. 이런 시도는 스스로의 방법론에서 출발하고 있다기보다 경제사나 정치사적 변화의 논의를 문학사에 적용시킨 것이라 볼 수 있다. 영·정조 시대와 개화기문학 사이에 단절된 시간적 공백과 함께 이 기간 동안 근대성을 제대로 확인시켜 줄 만한 문학적 양식을 찾아볼 수 없다는 사실이 이를 뒷받침해준다. 김현·김윤식은 문학의 근대성에 대한 해명을 당대 사회의 배경이론과 연관성 아래서 찾고자 했으나, '전통단절론', '이식문화론'이란 모순을 극복하기 위한 과정에서 근대의식에 관심을 둔 나머지, 근대문학의 성격과 실체를 규명하는 차원에 있어서는 자의적 판단에 따른 논리의 비약을 보이고 만다.

김윤식의 근대성에 대한 고민은 개인적으로 더욱 심화된다. 그는 토대의 연구에 주목하는 임화의 유물 변증법적 방법이 기실은 지극히 비변증법적인 것이었음을 지적하면서, 그가 내놓은 방법론인 제도적 장치로서의 근대의 개념을 제시한다. "근대의식이란 것이 있기 전에 근대의 여러 제도들이 먼저 있다"29)는 것이 '근대'의 고민을 풀어 가는 김윤식의 방식이다. 이 방법에 입각한 구체적인 성과는 일련의 작가연구, 즉 『김동인연구』(1985), 『안수길연구』(1985), 『이광수와 그의 시대』(1986), 『염상섭연구』(1987), 『이상소설연구』(1990)

주29) 김윤식, 한국문학의 근대성 비판(문예출판사, 1993) P.13.

34

등으로 나타난다. 제도로서의 근대라는 틀을 통해 우리 문학사를 이해하려는 태도는 작품 중심의 토대연구를 통해 탁월한 공적을 이루었으나, 근대라는 것을 초극하기 위해 제도적 장치라는 서구적 관념에서 수입된 '창' 하나만으로 볼 수 없는 또 다른 창이 숱하게 있다는 사실이 당혹스럽게 만든다.

이재선은 『한국현대소설사』(1979)에서 작품의 내적 관련이 이완되어 있는 '근대'만의 해명태도나 기점논의는 극복되어야 한다는 전제아래, "문학의 근대성의 성립과정을 확인함에 있어서 작품 내재적 상황에 있어서의 가치전환이 어떻게 이루어지고 있는가에 대한 보다 철저한 추구와 판단이 뒷받침돼야 한다."고 밝힌다.30) 근대문학이란 문학의 근대성을 가진 것으로서 단순한 연대적 개념에서 뿐만 아니라 근대적 삶과 관련된 문학으로서의 어떤 본질적인 특성을 가진 것이며, 과거의 문학과는 이질적인 변화나 질적인 이행이 실질적으로 이루어진 문학이어야 한다고 규정한다. 따라서 작품의 내재적 질서에서 그 가치의 전환사가 구체적으로 파악될 때 비로소 근대규정이 명료해 질 것이라고 강조한다. 즉 1) 영웅적 현상의 약화, 후퇴 2) 선형적 서술구조의 약화현상 3) 전지적 주관적 서술자의 후퇴현상 4) 시간화에서 공간화 경향으로의 이행 등을 근대소설의 표현적 특성으로 주장한다.31) 문학에 있어서의 근대의 개념을 철저하게 작품 속에서 찾는 이재선은 당대 소설작품의 표현 형태의 최저 공통분모를 추출하여 이를 전대소설과 대비하는 내재적 방법을 택하고 있다. 또한 근대소설이 리얼리즘 또는 '생과 세계에 대한

주30) 이재선, 한국현대소설사(홍성사, 1979) P.13.
주31) 이재선, 앞의 책, PP.4-29 참조.

리얼리스틱한 인식태도로서의 리얼리즘'을 중시하는데 착안하여, 근대소설의 특징을 이루는 기본요소로서 사실주의 또는 리얼리즘이란 용어를 도입하고 있다.[32] 하지만 리얼리즘이란 용어에 집착하지 않고 사실적이거나 반이상적 및 반낭만적 국면들로서의 양식이고, 태도로서의 리얼리즘이나 사실적 경향은 문학의 보편적 현상으로 오래 전부터 있어 왔다고 인식한다.[33] 이런 점에서 이재선은 예술형태로서의 근대적 사실주의 미학이 확립된 것은 20세기라고 밝히고, 개화기소설에 관심을 보이게 된다. 이재선은 문학의 역사에 미적 감각을 도입함으로써 종래 문학사의 방식을 한 단계 상승시키는 역할을 담당하였다. 그럼에도 불구하고 문학연구 방법을 일부 독일 문예학이론에 의존함으로써 자생적인 양식으로서의 우리 근대성의 원천을 찾고자 하는 데는 미흡함을 보인다. 또한 소설 양식의 특질에서 서구적 리얼리즘의 개념을 한국문학사에 도입함으로써 서구 근대소설의 개념을 어느 정도 구분할 수 있게 되었지만, 한국 내에 흐르는 정신사의 범주를 제대로 파악하는 데는 미흡함을 보인다.

조동일은 원시문학으로부터 현대문학까지를 통괄하는 방대한 문학사인 『한국문학통사』(1988)에서 "한국문학사를 통해 세계문학사의 보편성을 찾는 것이 당면한 과제"[34]라고 전제하면서, 漢文學의

주32) 이재선, 한국현대소설사(홍성사, 1979), P.30.
주33) 이재선, 앞의 책, P.47.
주34) 이에 대해 조동일은 국문학의 개별적 사안을 벗어나 주체의 시각에서 수립한 국문학사 이해가 더 넓은 보편의 지평에로 나아가기 위한 의지의 표현이라 밝히고, 제3세계 문학에 관심을 기울이는 일련의 저작을 발표한다. 제3세계연구입문(지식산업사, 1989), 한국문학과 세계문학(지식산업사, 1991), 동아시아문학사비교론(서울대, 1993) 등.

존속기간을 중세라 하고, 한문학을 청산한 민족어문학의 시대를 근대라고 규정지었다. 그리고 근대문학은 "공동문어를 청산하고 자국의 구어를 민족어로 다듬어 언문일치를 이룩하며, 시민이 주도권을 가지고 상·하층의 유산과 관심을 통합하며, 서정시 소설 희곡의 갈래체계를 택해 범위를 좁히며, 당대의 현실을 생동하게 나타나는데 힘쓰며, 상품화되어 널리 수용되는 문학"35)이라고 정리해서 말하고, 근대소설은 세 가지 문학 갈래 중 가장 성공한 근대문학의 핵심적 장르라고 규정하고 있다. 또한 중세와 근대 사이에는 '이행기'36)라는 특수개념을 도입, 임진란 이후의 사회변화와 홍길동전이 쓰여진 17세기 이후부터 근대문학의 이행기가 시작된다고 보고 있으며, 이행기가 끝나는 1919년 이후의 문학을 비로소 근대문학이라고 명명했다.37) 그가 파악한 근대문학이란 단일 민족어문학이며, 민족문학을 확대·심화·발전시키고 민족해방을 이룩하는데 선도적 역할을 하는 시민문학의 사명을 그 과제로 삼고 있다. 즉 중세에서 근대로의 이행기 동안의 축적을 물려받고 이미 형성된 민족어를 활용해, 1920년대에 한문학이 배제된 근대문학을 확립할 수 있었다고 본다.38) 조동일의 작업을 통해 서구문학의 이식여부로 근대를 가름한다던가, 근대를 내부적 동인으로 설명하다 발생되는 보편성에서의 이탈문제는 일단 그 시비를 덜게 되었다. 그러나 전근대 속에 있는 근대적 요소, 근대 속에 있는 전근대적 요소를 되도록이면 분

주35) 조동일, 한국문학통사 5(지식산업사, 1988) 서두에서.
주36) 여기에서 이행기란 중세의 보편주의가 아직 청산되지 않았지만 근
　　　 대문학에 근접하는 변화가 나타나 중세와 근대가 공존하는 시기를
　　　 말하는 것으로, 세계사에 있어 보편적 현상으로 설명하고 있다.
주37) 조동일, 앞의 책, P.13.
주38) 조동일, 한국문학과 세계문학(지식산업사, 1992), P.92.

명하게 구분, 중세와 근대의 한계를 명확하게 가르고자 하는 욕망을 피할 수가 없다. 방법론의 무난함에도 불구하고, 어차피 '이행기'를 설정한다는 것은 무리를 피해가기 위한 편의적이고 잠정적인 방법이라는 비판적 요소를 담고 있다. 이러한 이행기로는 전형적인 중세나 근대로 설명되기 어려운 모든 역사적 사실을 질서 있게 배치시키기는 어려울 것이고, 이행기에도 그 나름의 역사적 단계로 설정하는 이상에는 무엇이 그 시대에 지배적이었는가 하는 종합적인 판단은 피할 수 없는 것이 되고 만다.

김재용·이상경·오정호·하정일 공저의 『한국근대민족문학사』[39]에서는 근대에 이르러 민족문학이 성립되었다고 선언하고 근대문학과 민족문학을 동일한 개념으로 인식하고자 한다. 즉, 계몽기의 문학을 근대의 기점을 잡으면서 근대민족국가의 성립, 민족의식의 성장, 민족 공통어의 형성 등의 배경을 통해 근대 민족문학이 성립되었다고 본다. 이러한 근대 민족문학은 서구의 민족문학과는 다른 독특한 성격을 지니고 있는데, 바로 반봉건적이며 반제국주의적인 과제를 수행할 문학적 이념의 지위를 수행하게 된다.[40] 김재용 외의 문학사 기술은 근대와 민족의 연관성을 중시하여 그로부터 식민지 자본주의가 전개되는 상황 속에서 주어진 역사적 과제, 계급분화에 따른 계급성에 기초하여 민족문학의 전개과정을 적극적인 가치평가로 서술하였다. 아울러 이들은 80년대 이래 축적된 제반 진보적 성과를 총체적으로 정리하고 체계화함으로써 일제하 카프문학

주39) 본 저서는 공동 집필된 문학사로, 총론은 김재용, 소설은 이상경, 시는 오성호, 평론은 하정일 등이 각각 분담하였다. 이하 재인용 시 필자의 경우, '김재용 외'로 약칭한다.
주40) 김재용 외, 한국근대민족문학사(한길사, 1993), PP.55-58.

재정리, 리얼리즘과 민족문학 이념의 적용, 계급적 시각 등 지금까지 우리 문학사의 공백을 보충하려는 노력을 보인다. 다만 짧은 기간 동안 다양하게 변화양상을 보이는 우리 근대문학의 특수성을 직선적으로 조급하게 적용하려는 이론적 태도는 간과할 수 없는 사항이다. 그 예로 과연 민족문학 혹은 리얼리즘 관점에서 보았을 때 그들이 중시한 프로문학이 거기에 합당한 실체를 갖추었느냐 하는 의문을 갖게 된다. 결과적으로 새로운 문제의식을 가지고 과거의 편향적 태도를 불식시키기 위해 시도되었던 방식이 다시 그들을 구속하는 방편으로 작용한다.

김윤식·정호웅의 『한국소설사』(1993)에서는 개화기에서 1980년대에 이르기까지 소설작품 전반을 다루면서, 소설사의 그물을 엮는 데 작가가 아닌 작품 중심으로 기술한다는 원칙을 지니고 있다. 그러면서 형식과 분리된 내용편향이거나 내용과 분리된 형식편향에 기울어져 있는 일반적인 글쓰기방식을 넘어 내적 형식, 즉 소설사적 의미가 큰 작품과 그 아류작을 하나로 엮어 의미망을 창출하는 방법론을 구사한다.[41] 이들 문학사 서술이 기존의 연구와 차별화가 되는 점은 그간 소설사 기술에서 제외되었던 경향소설의 위상을 정립시키는 동시에 통일문학사를 지향하는 관점에서 해방 이후 북한소설을 우리 소설사의 흐름에 삽입하였다는 점이다. 아울러 우리 문학의 근대성을 작품의 내적 형식과의 연계성 아래에서 추출해내고자 한 일면이 그들 소설사 기술의 의의로 부각된다. 그러나 근대문학의 속성이나 근대성의 개념을 명확하게 구분하지 않고 작품의 내적 형식에 우선함으로써 우리 문학의 근대성이나 미래에의 전망

주41) 김윤식·정호웅, 한국소설사(예하, 1993), PP.4-5 참조.

이 일목요연하게 정리되지 않는 약점을 지니게 된다. 그 이유는 새로운 개성이나 관계를 더 중시한다는 그들의 구조주의적 방법론에서 출발하며[42], 문학사가 공동 집필의 형태를 취할 때 일관된 방향성을 부여하기 어렵다는 현실적 문제에서 비롯된다고 본다. 아울러 이들의 논의는 포스트모더니즘 논쟁에 따른 근대성 규명 차원과 병행하여 새롭게 정리되고 모색되어야 할 관심사로 부각되고 있다. 즉 서구 근대성의 이론적 수용과 우리 문학의 근대성을 어떻게 정립, 그 특수성과 보편성을 추출해 낼 것인가 하는 과제와 더불어 최근 탈근대성과의 연결성을 도모하는데 있어 어떠한 방식으로 접맥시킬까 하는 숙제도 남아 있다.

지금까지 우리 문학의 근대성 문제를 점검해보고, 확인하는 과정을 통해 이 시대 한국문학사의 방향성이 어떠한 방식으로 모색되어야 할 것인가를 조명해 볼 때, 다음과 같은 몇 가지 사항을 반성하고 넘어가야 할 듯싶다.

(1) 문학사를 기술하는 과정에서 방법론의 단일화를 극복해야 하겠다는 점이다. 즉 실증적이고 문헌학적인 방법과 역사 해석적인 방법론의 양자를 공히 수렴하는 종합적인 기술 태도가 절실하다는 것이다. 실증주의는 재래의 기본적 문학연구 방식으로 형이상학적 논리를 피하고 자료나 문헌에 강하게 의존하는 방식이다. 지금까지 대부분의 연구방법론이 실증주의적 태도에서 비롯되어 자료의 연대기적 나열이나 피상적 해설의 차원을 크게 넘지 못했다. 반면, 작품의 내적 형식에 치중하다 보면 개별 작품들 간에 일관성 있게 흐르는 문학사의 통일성을 갖추기가 어려워진다는 사실이다. 한국 문

주42) 김윤식·정호웅, 앞의 책, P.5.

40

학사가 총체적인 정신사의 모습을 갖추기 위해 사실사(history as fact)와 해석사(history as interpretation)라는 두 이론과의 거리를 좁히려는 시도가 좀 더 과학적이고 적극적으로 진행되어야 한다고 생각한다.

(2) 문학사에 있어 금기로 되어 있는 주변 과학에 대한 관심을 적극적으로 수용하여 총체사로서의 일면을 보유하는 일이다. 문학사는 과학, 철학, 역사, 예술 등 모든 것을 포용할 수 있는 종합적이며 입체적인 구조물이다. 따라서 인접학문과의 협력 관계는 너무나 절실한 문제로 대두된다. 현실적으로 문학사 나름의 영역 확보가 너무 미흡했기 때문에 문학 외적인 잣대로 문학사를 기술하려는 태도가 많았다. 중요한 것은 이런 태도의 불식이 아니라 문학 자체 내의 요구에 의한 인접 학문의 방법론이 수렴되어야 한다는 점이다. 우리의 문학사도 한국문학으로서의 개성적인 틀을 발견하는 동시에, 한국사의 보완적인 측면으로 작용할 수 있어야 하고, 나아가 세계문학으로 자연스럽게 진입할 수 있는 근거를 확보해야 하기 때문이다.

(3) 우리 문학의 발전과정을 추적하여, 자생적인 방법론을 모색하는 적극적이고 실천적 자세가 요구된다. 모든 비평 태도나 기술 태도는 방법론이라는 잣대를 바탕으로 출발할 수밖에 없다. 문학 연구방법론이 미약한 한국문학은 새로운 방법론의 이론과 논리를 적극 수용, 다양한 측면에서 우리 문학의 실상을 살펴보는 노력을 기울여야 할 것이다. 이 작업을 통해 우리의 전통계승의 모티브를 발견, 현대와의 정신적 사고와의 연속성을 찾아야 하며, 그 실체가 무엇인가도 규명되어야 할 것이다. 따라서 고전과 현대(또는 근대)

라는 단절적 연구 태도를 지양 극복하여야 함은 물론, 무엇보다 중
요한 것은 두 형식의 차이점 규명이 아니라 기저에 깔려 있는 정신
사적 맥락을 오늘에 발견하는 것이다. 본질적으로 한국문학사를 총
체적으로 바라보는 가운데 작품의 독자성과 보편성을 근거로 하여
우리 문학사를 꿰뚫어 가는 공통분모로서의 정신을 찾아내야 한다
는 점이다.

3. 연구방법

　앞서 살펴본 바와 같이 우리 근대문학의 연구경향이 비록 많은 문
제점을 안고 있지만, 이는 문학사가 내부적으로 총체성을 허용하지
않는 다양한 형태와 속성을 지닌 채 복잡하게 흘러왔음을 반증하는
것이다. 우리 문학사를 기술하는데 있어 초기에는 문예사조 중심의
접근 형태를 띠고 거시적 안목에서 시작하였지만, 최근에 다가설수
록 개별 작품의 내용적 분석에 치중하는 현상을 보인다. 두 가지 방
법 중 어느 하나로 고착된다는 것은 곧 참다운 문학사 기술로서의
약점을 보인다는 말이다. 내용이나 형식에 집착하다 보면, 개별 작
품들의 연관성이나 대립관계를 분별하지 못해 일관성 있게 흐르는
우리 문학사의 전망을 제대로 확보하지 못한다. 어떤 작가나 작품,
또는 특정시대의 단편적인 속성을 놓고 이를 전체화하려는 경향이
강하기 때문이다. 반면 사상이나 정신적 측면에 중점을 두다보면,
어떤 방법이나 이론도 공허한 구호에 그칠 수 있는 위험성을 내포하

게 된다. 어느 하나의 유력한 기준을 정해 대강의 구도를 설정하고, 여기에 문학상의 특정 사실을 삽입하게 되면, 문학적 사실이 자의적 판단에 의한 논리적 비약으로 비쳐질 수 있기 때문이다.

결국 두 가지 유형적 연구방법을 통합하여 적절하게 조화시킬 수 있는 종합적인 방법론의 선택이 불가피하게 된다. 사실 문학텍스트는 다루는 이의 문학관과 방법론에 따라 그것이 지니는 의미와 미학적 가치가 재조명되게 마련이다. 방법론상의 다양성을 인정할 때, 한 작품의 의미와 미학적 생명력이 어떤 획일적인 가치에 고정된다는 생각에는 동의할 수 없다. 그러나 문학적 전달은 사실의 교환이라기보다 상상적 체험의 교환이라는 점에서 볼 때 인간적 관점의 동일성 또한 무시할 수 없다. 이러한 동일성의 유추를 통해서 문학적 전달이 가능해지고 예술의 이해가 확산되기 때문이다. 그러한 의미에서 문학사는 순수한 문화운동이나 미학, 혹은 구조주의적 관점과는 다르게 역사발전의 한 통합원리로서 중재된 포괄적인 의미를 가진다.[43] 여기서 종합해석론의 관점이 요청되는데, 이는 해석의 역사주의적 방법론으로서 역사의 변증법적 양상을 이해하며 끊임없는 변화 속에서 전이되는 역사의 진실을 파악하는 넓은 시야를 확보할 수 있다.

따라서 본 연구의 명료한 전개를 위해, 그리고 시대정신을 담고 있는 근대와 작가 개인성에 근거하는 문학, 두 개념의 거리를 좁히기 위한 방법으로 양식사적 접근과 의식사적 접근을 하나로 통합하는 종합적인 방법론을 시도해 보고자 한다. 양식사적 접근이란 근대의 기점으로 논의되는 소설 텍스트의 분석을 통해 우리 문학의

주43) 윤홍로, 한국근대소설연구(일조각, 1980), P.73.

근대성을 체계적으로 정립시키기 위함이다. 그리고 의식사적 접근이라는 것은 이들 작품에 담겨있는 근대정신의 연관성을 일관성 있게 파악함으로써, 향후 우리 문학사가 걸어야 할 바람직한 방향을 제시하기 위한 방편이다. 물론 본 연구가 양식사와 의식사를 관통하는 종합해석방법론을 완벽하게 구성하겠다는 뜻은 아니다. 다만 우리 문학의 근대성의 전개양상을 문학사적 견지에서 볼 때, 그것을 제대로 이해하여 근대문학의 기점을 얼마만큼 타당성 있게 설정할 수 있는가에 대한 제반 조건을 충분히 고찰해 보겠다는 의지의 표명이다. 그런 점에서 이 책에서는 기존 입장을 극복하는 입지점을 우리 문학의 근대성 추출에 두고, 이것이 문학형식으로서의 근대성은 물론, 당대 사회의 현실변화와 어떤 관련을 맺는가에 중점을 두고자 한다. 일단, 주요 텍스트로는 앞에서 제시한 바와 같이 근대문학의 기점 논의의 대상이 되는, 소설사적 의미가 큰 작품만으로 한정하기로 한다. 이들 작품들은 새로운 도전을 통해 전대의 문학적 유형을 탈피하고 있으며, 특정시기의 시대와 문학적 특징을 가장 잘 반영하고 있다고 판단되기 때문이다. 곧 소설사적 의미가 큰 작품은 그 아류작을 하나로 엮을 수 있는 내적 형식이 되며, 이들 의미망의 동적 맥락 위에서 우리 문학을 관통하는 방향성을 찾게 될 것이다.

아울러 본 연구에서는 (1) 언어적 측면에서의 근대성 (2) 작중인물에 투영된 근대적 성격 (3) 작품의 외형에 반영된 근대적 특성 (4) 작가의 시대인식을 보여주는 주제의 근대성 등 네 가지 관점을 기본 잣대로 삼아서 개별 작품을 분석해 나갈 것이다. 다시 말하면, 언어에 나타나는 근대성 양상은 보다 나은 문장표현의 구현이라는 차원에서 근대소설의 문체가 정착되는 과정을 확인할 수 있을 것이며, 인물의 양상을 통해서는 시대적 환경에 적응하는 근대적 인물들의 삶의 양상이 보다 다양하게 포착될 것으로 본다. 그리고 작품의 외형적 측면은 우리 소설양식의 발전과정이 되돌아 볼 수 있을 것이고, 소설에 담겨있는 다양한 주제의식은 근대라는 시대가 어떠한 의식적 차원으로 전개되어 온 것인가를 시사해 줄 수가 있으리라 판단한다. 다만, 형식과 내용의 연관성에서 볼 때, 넓은 의미로 본다면 내용까지 모두 형식에 포괄될 수 있으나, 전자인 형식을 축소하여 생각하면 외적 형식과 내적 형식 다시 두 가지로 구별할 수 있을 것이다. 외적 형식은 문학적 재료의 영향력이 내용보다 강하게 드러나는 형식, 즉 언어, 문장, 기법 및 묘사, 표현기교 등 표현수단을 이루는 요소들을 의미하게 된다. 반면 내적 형식은 문학적 재료와는 상대적으로 관련성이 약하고 오히려 내용과 더 직접적으로 결합되는 형식적 측면이다. '제재'나 '줄거리' 등이 그것으로, 내용인 주제나 작품이념, 혹은 주제사상을 직접적으로 보완해주는 역할을 담당한다. 그리고 내적 형식과 외적 형식을 연결하는 방식이 곧 '구성'으로, 문학작품이라는 전체 구조물의 뼈대이며 기본 줄기가 된다. 결국 이점에서 내용과 형식을 통일적으로 파악한다는 것은 위와 같은 분석 요소들을 체계 있게 파악하여 개별 작품의 성격과 그에 기초하는 작품비교를 효과적으로 수행하는 일이 될 것이다.[44]

주44) 이 책에서는 일관성 있는 작품 분석을 위해 내용과 형식이라는 차원을 잠시 해체하여 1) 언어 2) 인물 3) 외형 4) 주제라는 네 항목을 설정하였다. 따라서 언어항목에서는 어휘, 문장, 묘사 및 기법 등을 포함하고, 외형항목에는 배경과 플롯을 중심으로 작품의 형식 측면에 관점을 두었다.

Ⅱ. '근대'의 개념

1. 용어(Terminology)에 대한 고찰

근대란 용어가 처음으로 사용된 이래, 많은 이들이 근대와 관련된 숱한 논의를 내놓고 있지만 아직까지 근대의 본질에 접근하는 명료한 해답을 우리는 갖고 있지 못하다. 근대를 제대로 규정할 수 없는 까닭은 각자의 학문영역에서 나름의 시각에 따라 다의적 의미를 부여했을 뿐만 아니라, 역사적 변천과정을 겪음으로써 어떤 한 시기의 국한된 개념이 아니라 포괄적이고 다양한 모습으로 우리에게 다가서기 때문이다. 사실 근대란 역사상의 시대구분 개념이나 모종의 철학적 원리를 가리키기도 하고, 근대사회의 제도적 특징이나 문학예술의 새로운 경험 내용을 나타내기도 하며, 한편으론 산업화 과정을 지칭하기도 하는 등 포괄적으로 사용되고 있다. 일반적으로 근대에는 두 의미가 중첩되어 있음을 알 수 있다. 하나는 중세 이후를 가리키는 시대구분의 개념이며, 또 다른 하나는 현재의 역사를 새롭게 체험하는 시대인식을 가리키는 개념으로써 '근대성(modernity)'이라는 우리말 표현은 이 대목을 가리키는 경우가 많다.[45] 이렇게 근대를 이해하는 사람들의 시선에 따라 제각기 의

주45) 모더니티란 사회적 삶의 독특한 형태로서 근대사회(modern society)의 특성을 나타내는 개념이다. 근대사회는 16세기경 서구에서 출현했지만, 모더니티 자체는 18세기 계몽주의 철학에서 그 확실한 이념

미가 달라지고, 근대 또한 역사적 맥락에 따라 다르게 사용되고 있다는 데에서 정연한 개념을 규정한다는 것이 얼마나 어려운가를 느낄 수 있다.

원래 근대(modern)라는 말은 라틴어의 modernus(영어의 just now, '최근에', '바로 지금')에서 기원하는데, 16세기경 영국의 문학 작품이나 일상용어에서 처음으로 등장한 것으로 알려졌다.[46] 그러다가 17, 8세기에 들어와서 서구 역사가들은 자신들의 역사를 새롭게 기술하는 시대구분의 한 방법으로 '근대'라는 용어를 본격 사용하게 되었다. 이들은 고전의 시대(고대)와 자기네의 새 시대(근대)를 단절시킨 암흑의 세계—즉 중세를 새롭게 삽입하면서, 前시대와는 대비되는 1500년대(콘스탄티노플의 함락 혹은 미국 신대륙의 발견)부터 당대까지의 시간적 거리를 근대(modern era)라고 세부적으로 지칭하고 있다.[47] 역사상 시대구분 개념으로서의 '근대(modern)'는 '고대—중세—근대'의 삼분법적 사고를 바탕으로 출발한 것으로, 이후 헤

적 내용을 갖추게 된다. 19세기에 이르면 모더니티는 산업주의(industrialism)를 근간으로 하는 사회적 경제적 문화적 변동의 뜻과 같은 의미로 쓰이게 된다. 김성기, 모더니티란 무엇인가(민음사, 1994), P.16.

주46) M. 칼리니스쿠, 이영욱외 역, 모더니티의 다섯 얼굴(시각과 언어, 1993) P.23. 라틴어 사전에 따르면, 모데르누스(modernus)는 "다소 최근의(qui nunc), 우리시대에 속하는(nostro tempore), 새로운 (novelus), 현재의(praesentaneus)"를 의미하며, 반의어들로는 "고대의(antiquus), 옛날의(vetus), 예전의(priscus)" 등으로 나타난다.

주47) M. Block, 〈역사를 위한 변명〉, 박성수, 역사학개론(삼영사, 1992), P.445에서 재인용. 17세기 말 켈라리우스(Cellarius)라는 독일 사가는 게르만 민족이동으로부터 르네상스까지의 1천 년을 중세라고 지칭하고, 이 삼분법은 그 뒤 기이조, 미슐레에 의해 결정적으로 확정되기에 이르렀다.

겔이나 마르크스의 삼분법을 받아들임으로써 거의 확고부동한 자리를 차지하게 되었다. 일반적으로 근대의 시점은 르네상스, 종교개혁, 지리상의 발견, 상업의 발전 등 현저한 변혁이 일어나는 16세기를 가리키게 된다. 이때부터 오늘날에 이르는 방대한 시기가 근대라고 할 수 있으나, 봉건적 절대주의가 완전 해소되는 18세기 후반을 중심으로 해서 '초기 근대(early modern)'와 '후기 근대(late modern)'로 가르는 경향이 있다. 통상 현대라고 표현하는 시기는 후자에 해당될 것이다. 그러나 현대라는 수식어에는 다분히 '오늘날'이라는 일상성의 의미를 담고 있기 때문에 당대(contemporary)를 사는 사람들은 그것이 언제나 현대일 수가 있는 것이다. 다시 말하면 근대(modern)는 중세 이후 서구역사의 진행과정에서 나타난 현상을 표현하는 시간적 가치적 개념이고, 현대(contemporary)는 본질적, 내재적 관계가 없이 단순히 그 당시에 가장 현재적인 것, 혹은 가장 새로운 모습을 지칭하는 일반적 개념인 것이다. 곧, 현대는 고대나 중세에서도 있을 수 있다는 말이 되지만, 근대는 꼭 서구의 가까운 시간거리에 있어온 역사적 시간을 뜻하는 용어인 것이다. 따라서 시대구분의 개념으로써 근대 이후에 나타나는 시대가 곧 현대라는 사용법은 피해야 할 것으로 보인다.48) 현대라고 하는 용어는 '근대'라는 동일 시간대의 한 부분에 속해있는 개념으로 이해해야 함과 동시에 '당대'와 구분할 필요가 있는 것이다. 우리의 경우 근대와 현대를 혼동하여 사용하는 경우가 많은데, 굳이 '현대'라는 사용법을 피할 수가 없다면 '근대'라는 시

주48) 우리가 통상 현대라고 지칭하는 용어는 엄격하게 '당대'를 뜻하는 contemporary로 이해해야 한다. 최근 현대역사학에서는 과거적 역사만을 연구 대상으로 삼아온 것에 대한 반성으로 당대사(혹은 現在史, contemporary history)에 대한 새로운 관심이 증대되고 있다.

간대 중에서 오늘 현재와 가장 가까운 거리라는 협의의 용어(후기 근대 late modern＝현대)로 개념을 명확히 한 후 사용하는 것이 좋을 듯싶다.

이렇게 근대라는 용어는 역사상의 시대구분을 위한 편의에서 탄생되었지만, '고대'나 '중세'가 고정되거나 결정된 개념임에 반해 '근대'의 개념에는 좀 더 유연하고 탄력적인 의미가 부여된다. 근대라는 용어가 도입된 이후, 당대의 시대를 살고 있는 사람들은 자신의 시대가 역사의 최종점이라는 인식을 지니고 있었으며, 각자의 시대에 '근대'라는 형용사를 붙였던 것이다. 따라서 르네상스, 계몽주의, 혁명의 시대인 19세기, 그리고 20세기를 걸치는 긴 역사 동안, 근대의 개념은 시간의 추이와 함께 정의 및 측정방법이 매번 달라지는 것이다.[49] 바꿔 말하면 근대란 유럽에서 획기적이고 새로운 시대의식이 형성될 때마다 자기 이해의 차원에서 나름대로 표현된 개념이라고 생각하면 무난할 듯싶다. 이런 연유로 해서 오늘을 살아가는 우리들이, 함께 사고하고 행동하고 논의하는 대상으로서 근대가 존재하는 것이다. 우리가 근대의 개념을 찾고 이에 대한 반성과 함께 새로운 전망을 찾고자 하는 것도 결국 오늘 이 시간을 최종적인 역사의 전환점으로 보기 때문일 것이다.

근대사회와 근대성 : 일반적으로 근대(modern age)는 봉건사회가 종료된 후에 생겨난 자본주의(capitalism)를 삶의 기반으로 하는 시민사회를 말한다. 중세 유럽에서는 봉건사회가 8-9세기에 나타나 영국에서는 17세기에 끝나고 기타 유럽에서는 18-9세기에 끝

주49) 김경동 외, 근대화-그 현실과 미래(서울대, 1979) P.29.

남에 따라 천년간을 지속되다가 막을 내린다. 근대사회는 르네상스로부터 비롯된 근대문화 형성에서 시작하여 종교개혁, 지리상의 발견 등으로 자본의 성립과 산업혁명을 통하여 자본주의 사회로 정착된 것이다.[50] 근대사회의 구성계급은 자본가와 노동자이다. 노동자는 완전한 자유인으로 토지속박에서 벗어나 자신의 능력에 의하여 직업과 보수를 받게 되고, 공업의 발달로 자본이 형성되면서 산업자본이 사회의 운영과 구조를 결정한다. 이러한 전환기에 나타나는 것이 시민혁명이며 그것은 1) 토지의 봉건적 소유형태(고율의 지대와 농노제)를 근저로 한 변혁 2) 상품생산과 유통을 실현하여 인간의 자유와 평등의 확립 3) 민주주의 정치적 요구 등 세 단계 과정을 거쳐 시민사회로 성립되는 것이 일반적인 원칙이다.[51] 따라서 근대사회는 자본주의 사회이며, 자본가계급은 시민과 동일시하여 시민사회라고 지칭하게 된다. 여기서 사회적 삶의 다원화와 분화의 폭넓은 과정, 즉 시민사회의 확장이 일어나고 있음을 엿볼 수 있다. 이 새로운 시민사회는 정치, 경제, 사회, 문화 등 여러 측면에서의 상호작용의 과정을 통해 형성된다.

그 결과 나타난 근대사회의 주요 특징을 살펴보면, "1) 경제적인 측면－자본주의 경제가 발전하여 공업화와 도시화가 진행되며 경제성장이 실현된다. 2) 사회적 측면－특권층(신분)이나 특권단체(동업조합)가 소멸되고 자유롭고 평등한 개인이 사회구성원이 된다. 3) 정치적 측면－개인의 기본인권이 보장되는 입헌의회 정치가 확립되며 국민적 통일을 바탕으로 한 국민국가가 성립된다. 4) 문화, 사

주50) 민석홍, 서양근대사연구(일조각, 1975) P.176.
주51) 김호일, 〈근대의 기점에 대한 제설의 분석〉, 한국사의 시대구분에 관한 연구(한국정신문화연구원, 1995) P.434.

50

상, 인간의 이성을 신뢰하는 과학적 합리주의가 사상계를 지배하며 과학기술을 생산과정에 응용함으로써 기아와 질병으로부터의 해방이 성취된다" 등을 제시할 수가 있다.[52] 이러한 근대의 개념은 아무런 가치개념을 수반하지 않는 것으로서, 서구의 경험을 전형적인 사례로 보아 비교의 기준을 삼는다는 가정이 전제되어 있다.

결국 근대란 어휘는 서구사회가 전근대사회로부터 근대사회로 이행해오는 과정에서 나타난 복합적인 여러 가지 변화를 포괄적으로 지칭하는 개념이다. 이러한 근대 사회의 특성이 겉으로 드러나는 현상을 통상 근대성(modernity)이라 부를 수 있다. 근대성이란 서구 근대의 삶과 사회를 지배하여 왔던 기준으로서의 인식론을 말하지만, 넓게는 그것이 낳았던 전반적인 문화현상과 가치체계를 함축하는 폭넓은 용어이다. 우리는 편의상 모더니티를 '근대성'이라고 별 구분 없이 사용하고 있는데, 모더니티와 근대성이란 용어 사이에는 다소간의 변별성이 나타난다. 독일에서는 이를 구분하기 위해 시대구분의 개념을 나타내는 근대(neuzeit)라는 표현과 일반 가치개념을 지닌 모던(moderne)이라는 표현을 별도로 사용하고 있다. 두 용어의 차이를 인정한다면, 근대성이란 중세 이후 서구사회의 발전 양상을 보여주는 역사적 시간적 개념인 데 반해, 모더니티는 시대구분과는 관계없이 나타나는 일종의 태도, 삶의 양식으로 이해할 수가 있겠다.[53] 이렇게 볼 때 근대성이란 말은 지금 이 순간의 삶과 가까운 시대의 특질을 표상하는 용어로써, 때때로 모더니티와 겹칠 수 있지

주52) 박성수, 〈근대와 현대사회의 특징〉, 한국사의 시대구분에 관한 연구(한국정신문화연구원, 1995), P.445.
주53) 이런 경우 굳이 우리말로 표현하고자 한다면, 근대성이란 용어보다 〈현대성〉이란 용어로 사용하는 것도 좋을 듯싶다.

만 본질적으로는 관련이 없을 수도 있다는 말이 된다. 기든스가 "모더니티란 대략 17세기경부터 유럽에서 시작되어 점차 세계적으로 영향력을 확대하고 있는 사회생활이나 조직양상을 일컫는다"54)라고 말할 때, 모더니티란 것은 근대사회 성립과 밀접한 관계를 맺는 '근대성'을 염두에 둔 것이다. '과거에 대한 단절', '극단적으로 새로움을 추구하는 것', '덧없이 사라져 가는 순간 속에서 영원성의 흔적을 찾아내려는 것' 등의 표현은 모더니티로서의 확연한 특징을 보여주는 항목이다. 그러나 근대성이 마련된 바탕에는 끊임없이 새로운 것을 받아들이면서도 기존의 것을 옛 것으로 만들어버리는 모더니티의 역동성이 기본적으로 작용하게 된다. 바로 근대를 만들어내는 원동력은 변화와 개혁의지이며, 곧 자신의 시대에 대한 자의식인 것이다. 그런 뜻에서 야우스는 "오늘날의 것과 어제의 것 사이, 시시각각 새로운 것과 옛 것 사이의 경계"55)로서 '근대'를 인식하고 있다. 결국 거대한 시간의 덩어리인 '근대' 안에는 숱한 '모던'들이 난삽하게 얽혀진 양상을 보인다. 따라서 근대로부터 모던을 구분하는 것이 필요할 뿐만 아니라 근대의 전형적인 모던을 살피는 가운데, 근대의 내용과 형식에 반발하고 앞질러 가는 새로운 모던을 주시할 필요가 있다. 그러한 모던들이 결국은 보다 진보된 근대를 만들어주는 혁명적 계기가 될 수 있으며, 또한 근대의 특성을 완벽하게 보여주는 중요한 요건으로 작용하기 때문이다. 한편, 모더니즘과 모더니스트는

주54) A. Giddens, The Consequences of Modernity(Polity Press, 1992) P.1, 김성기 외, 모더니티란 무엇인가(민음사, 1994) P.22 에서 재인용.

주55) Jauβ, H, R., Literaturgeschite als Provokation, 장영태 역, 도전으로서의 문학사(문학과 지성사, 1983). P.20.

1890-1940년대 예술과 문학에서의 실험적인 경향을 가리키는데 전문적으로 사용되었으며, 이로부터 모더니즘과 요즘 말하는 모던 사이의 구분이 생기게 된다.

근대화, 서구화, 산업화 : 근대의 개념과 관련하여 관심을 더욱 증폭시키고 새로운 반성을 촉구한 용어가 바로 근대화(modernization)이다. 근대화란 흔히 사회 생활방식이 여러 근대적인 특징을 지녀 오는 것을 뜻하는 말이다. 그러나 사회 생활방식이라는 말 자체가 다면적이며, 근대라는 것의 특징을 포착하는 방법도 역시 일정치 않고, 그 말이 뜻하는 내용도 가지각색이다. 서구학자들은 17, 8세기경 자신들의 사회에 일어났던 역사적 변동을 기준으로 삼아 이런 변화가 세계 곳곳으로 번져감으로써 앞서간 서구사회를 닮아가려는 모습을 보인다고 생각했다. 따라서 근대화를 서구화(westernization)와 동일시하기도 했고, 근대화의 모형이 된 서구제국들은 지속적인 산업화를 통해 높은 경제 발전을 이룩함에 따라 산업화(industrialization)는 근대화의 핵심 요소라고까지 인식했다. 서구로부터 근대화를 받아들인 주변부 국가들은 그들이 전통적으로 지녀왔던 규범과 사회체계에 일대 혼란을 겪지 않을 수 없었다.[56] 특히, 이들 국가들은 식민지를 탈피한 이후 서구에서 2, 3세기간 시도했던 근대화를 새롭게 추진하는 과

주56) 이처럼 개념이 혼란이 일어난 배경에는 몇 가지 특징적 전제가 도사리고 있음을 알수 있다. 1) 서구 중심의 민족주의적 안목으로 세계를 내다보는 경향이다. 2) 그러한 면에서 다른 사회들을 비교 분류할 때 어떤 가치판단 혹은 가치평가가 암묵적으로 이루어진다는 점이다. 3) 그 평가의 기준은 주로 경제적인 요소라는 게 두드러지게 나타난다. 이런 까닭에서 근대화란 말을 둘러싸고 여러 잘못된 해석들이 생겨난다 해도 과언이 아니다.

정에서 산업체계와 사회제도뿐만 아니라 의식구조까지 모두 따라야 할 모델로 등장함으로써 근대화가 곧 서구화라고 인식, 전통세력과의 갈등을 불가피하게 만들었던 것이다. 서구화 경향에 대한 반발은 때로 첨예화되기도 했는데, 이때 근대화 그 자체에 대해서도 깊은 의문이 제기되었다.

물론 근대화로의 이행은 서구 중심의 핵심으로부터 주변으로 문화가 거의 일방적으로 흘러내리는 ‘기울어진 문화접변(acculturation)’[57] 형태를 취하게 된다. 이와 같은 과정에서 받아들이는 근대화는 주로 서구사회의 고유한 역사적 경험을 토대로 정립된 것이기 때문에 몇 가지 특징적 면에서 과거 서구사회의 그것과 유사점들을 관찰할 수 있는 것도 사실이다. 또한 서구만의 유력한 증거들로 인해, 근대는 발전과 진보적 행로를 걷는 것으로 이해된다. 하지만 근대로의 이행은 영국·독일·프랑스 등 대국 중심의 논리와 밀접하게 관련을 맺고 있으며, 특히 기저에는 서구민족주의 중심사관에 철저하게 바탕을 두고 있다 해도 과언이 아니다. 근대의 궁극적인 귀착점에는 어떤 움직일 수 없는 거대한 원형(archetype)이 상정되어 있고, 이 원형은 다름 아니라 서구의 성취단계와 동일시하려는 서구인의 자기중심주의를 나타내는 것이라 할 수 있다. 따라서 다른 방향으로 진행된 근대의 얼굴을 보지 못하면 근대의 본질적 측면을 찾기가 매우 어려워진다는 사실을 간과할 수 없다.

역사적으로나 경험적으로, 근대로의 종점이 하나밖에 없다거나

주57) 김경동, 한국사회변동론(나남, 1993) P.74. 국제적 문화접변의 모습은 주로 정치·경제 면에서의 식민지화, 제국주의적 침탈, 그리고 문화적으로는 선교사 종교의 전파와 대중문화의 침투와 같은 내용과 형식을 취하게 된다.

그 목표를 향해 가는 길도 하나밖에 없다는 생각을 정당화할 근거는 아무 데도 없다. 근대란 것도 서구의 근대화가 자신들의 봉건사회를 체계적으로 해체한 뒤, 세계 전체로 확대되면서 인류에게 초래한 보편적 경험일 수도 있기 때문이다. 따라서 각 나라마다 근대가 시작된 시기도 다르게 마련이고, 근대성의 개념 또한 그 국가가 지닌 사회적 환경과 문화적 배경에 따라 상당히 주관적일 수밖에 없다는 점을 인정해야 할 것이다. 경제발전을 주축으로 근대화를 접하게 된 후진 사회들은 자신들만의 문화적 전통과 사회 구조의 특성에 따라 다양한 변화를 초래하는 이질화 현상을 보이기도 하는 것이다.

결론적으로 우리는 근대화를 "서구에서 근대라는 시기가 시작될 때부터 일어난 변동이 국제적인 문화접변에 의해 세계에 번져 나가지만 동시에 사회마다 그것을 토착화하는, 두 가지 상관된 변동이 변증법적으로 일어나는 역사적 과정"[58]으로 이해하는 태도가 바람직할 것 같다. 그러니까 한 사회가 자본주의적 체제를 바탕으로 한 근대를 받아들인다고 해서, 반드시 모든 사회가 민주화되고, 사회이동이 촉진되면서, 문화가 합리적, 세속적이 되고, 근대적 인성이 지배적이 되는 변화를 일률적으로 겪는 게 아님을 알 수 있다. 그리고 서구 중심 모델에 따라 근대화가 진행되기도 하지만 모든 주변국들이 언제까지 중심국에 종속되어 저개발을 경험하는 게 아니라 그들의 가는 길도 다양하고 국제적 계층 체계도 바뀔 수 있다는 점을 알 수 있다. 이와 같은 전제를 통해 식민지라는 타율적인 구조

주58) 김경동, 〈근대화를 둘러싼 쟁점들〉, 근대화-그 현실과 미래(서울대 출판부, 1979) P.30.

적 모순 속에서, 서구의 주변문화권에 머물렀던 제3세계의 근대를 비로소 이해할 수 있는 문이 열리게 된다.

근대성의 원리 : 이제부터는 시대의식으로서의 개념인 근대와 근대의 특성을 표출하는 가치개념으로서의 근대성(modernity)에 주안점을 두도록 하겠다. 즉 ‘근대’는 중세 이후의 시대를 가리키는 개념으로, 그리고 ‘근대성’은 독특한 사회 문화적 현상의 인식 형태로 구분하는 태도가 필요하다. 본 연구에서 사용하고 있는 ‘근대성’이란 번역은 현재 모더니티에 대한 전면적인 검토가 진행되고 있다는 점[59]을 강조하면서, 왜 우리가 이 문제를 심각하게 전면적으로 검토해야 하는지 살펴보기 위한 것이다. 근대문학에 담겨있는 근대적 성격을 추출해내기 위해서는 새로운 시대의식을 지닌, 즉 모더니티의 변별성을 확인하는 작업이 무엇보다 중요하기 때문이다.

서구 근대사회는 중세시대의 봉건제가 일소되고 자본주의 경제가 발전하여 부가 증대되며 민주주의와 민족국가가 성립되는 과정을 의미한다. 새로운 근대사회는 정치, 경제, 사회, 문화 등 여러 측면에서의 상호작용의 과정을 통해 전대에 비해 현저한 변화를 보인다. 단적으로 ‘근대성’은 근대사회의 성립과 불가분의 연관성을 가지게 된다. 근대성의 가장 기본적인 속성은 자신의 시대에 대한 자의식을 바탕으로 “자기 스스로를 개진하려는 내적 논리(역동성)를 가지고 있다”는 것이다.[60] 끊임없이 새로운 것을 받아들이면서도, 현존하는

주59) 서구에서 모더니티란 주제는 오래된 지적 쟁점중의 하나로 사회이론, 문학 및 철학 분야에서 논의의 초점이 되고 있다. 우리 학계에서도 최근 포스트모더니즘에 대한 해석과 탐색과정을 거치면서 우리 문학의 근대성 해명에 관심을 기울이고 있다.

것에 결코 안주하지 않으려는 변화와 개혁 의지가 근대성의 원천이며, 여기에는 현 시대가 새로운 것이며 앞으로 진보할 수밖에 없다는 역동성의 원리가 담겨있다. 새로운 것이, 옛 것을 항구적으로 점유해 가는 것으로서 파악된 근대성은 '변화'와 '진보'를 그 이념으로 하면서 17, 8세기 역사적 전환점에서 구체적으로 드러난다.[61] 먼저 코페르니쿠스에서 케플러와 갈릴레이에 이르는 17세기 과학혁명은 근대로의 세계관을 열어간 일대 혁명적 계기를 마련했다. 철학에서는 데카르트, 홉스, 로크 등이 자연과학적 인식에 바탕을 둔 합리주의적 사고로 인간 자신을 인식주체로 삼으면서 이성에 의해 인간의 삶의 질을 생각하는 방법론의 확립과 자연법의 재발견, 그리고 진보이념 등을 정립시키며 기존의 형이상학과 신학을 해체시킨다. 이들 합리주의 철학에 기초하여 18세기 중엽부터 확산되기 시작한 계몽주의는 시민적 공공성의 확립을 통한 시민사회의 형성, 자본주의 경제의 확립, 개인의 해방, 이성의 일방적 지배, 진보에 대한 믿음 등 전통과의 단절을 확연히 보여주는 현상들을 통해 근대의 중요한 특징인 '계몽'과 '진보'에 대한 신념을 보여주고 있다. 그러면서 서구인들이 찾고자 했던 것은 다름 아닌, 기존의 신(神)이 차지했던 자리를 무엇으로 대체해야 하는가 라는 점이었다. 인간이 신적 질서가 주는 필연성과 견고함을 버릴 때에는, 스스로의 이성과 불굴의 의지로 자기 삶의 기반을 마련해야 됨을 뜻한다. 근대적 인간의 '새로운 시대의 원리'로서 헤겔은 주관성(subjectivity)을 제시한다.[62] '이성'과

주60) 아그네스 헬러, 역사의 이론, 강성호역(문예출판사, 1988) P.348.
주61) 임정택, 〈계몽의 현대성〉, 모더니티란 무엇인가(민음사, 1994), PP.55-57 참조.
주62) 근대에 대한 명확한 개념을 발전시킨 최초의 철학자는 헤겔이다.

‘시민사회’도 특정한 형태로 이 주관성을 구현하고 있는 것이라고 할 때, 근대성의 핵심은 결국 주체(subject) 혹은 자아(self)의 문제로 귀결된다. 하버마스는 헤겔의 주체성이란 표현 안에는 1) 개인주의 2) 비판의 권리 3) 행위의 자율성 4) 관념론 철학 등 네 가지의 함의가 주어진다고 본다.[63] 주체성의 원리는 나아가 근대문화의 모습을 새롭게 규정하며, 고대와 근대를 구별하는 전환점 내지 중심점을 이루게 된다는 것이다. 또한 개인의 주체적 자유, 즉 자신이 당연히 하는 것을 타당한 것으로 인식하는 자기만의 권리에 기반을 두면서도, 다른 한편으로 각자는 특수이익을 얻으려는 자신의 목적을 타인의 이익과 조화를 이루는 한에서 추구해야 한다는 요구에도 기초하고 있다. 따라서 주체적 의지는 일반 법칙 아래서 ‘합리주의’라는 자율성을 자연스럽게 획득한다.

헤겔은 이러한 시대를 가장 새로운 시대로 이해했다. 그는 『정신현상학』서문에서, “우리의 시대가 하나의 탄생의 시대이자 새로운 시기로 이행하는 시대라는 것을 아는 것은 어렵지 않다. 정신은 지금까지 그가 존재하고 표상해 온 세계와 결별했으며, 바야흐로 그것을 과거 속으로 가라앉히려 하고 있다. 그리고 바야흐로 자신의 모

근대성의 의미와 합리성과의 내적 관계를 알기 위해서는 헤겔로 되돌아갈 필요가 있다.

주63) J. Habermas, 서도식역, 〈근대의 시간의식과 자기 확신요구〉, 모더니티란 무엇인가, 앞의 책, PP.387-388 참조. 1) 개인주의-근대 세계에서, 무한히 많은 개별적 특수성은 각자 자신의 요구를 주장할 수 있다. 2) 비판의 원리-근대 세계의 원리가 요구하는 바, 개개인이 당연하게 인정하는 것은 그의 입장에서 보면 정당한 것이다. 3) 행위의 자율성-근대에 속하는 바, 우리는 우리가 한 일에 책임을 지고자 한다. 4) 마지막으로 관념론 철학-헤겔이 근대의 업적으로 고찰한 바, 철학은 스스로를 인식하는 이념을 파악한다.

58

습을 바꾸려고 하고 있다."64)라고 이야기하고 있다. 이 새로운 시대, 곧 근대세계는 미래에 대해 열려 있다는 점에서 낡은 세계와 구별되며, 새로운 시작은 현재의 매순간마다 자기 자신으로부터 새로운 것을 낳는 일을 변함없이 되풀이한다. 또한 가장 새로운 시대가 실현된 것으로 이해되는 현재는 그 자신이 과거에 대해 실행했던 단절을 다시금 지속적으로 새롭게 실행해야 한다. 이러한 근대성의 개념에는 현존하는 것에 결코 안주하지 않으려는 개혁의지가 숨어있고, 현시대가 새로운 것이고 진보라고 하는 의식이 내포되어 있다. 그래서 근대성이 자주 과거와 대비를 통해서 규정되어지고 있는 것이다. 근대적이란 말은 과거보다 우월한 현재의 높은 요구를 충족시키는 것을 의미한다. 근대성은 결국 현재를 역사적으로 체험하는 방식이라고 인식할 수 있겠다.

한편, 근대성의 진행이 그와 관련된 폭넓은 지식, 그리고 사회와 도덕의 개선을 향한 무한한 진보에 의해 처음 발단되었다면, 미학적 측면에서는 17세기말 프랑스에서 일어난 신구논쟁(querelle des anciens et des modernes)65)으로부터 시작되었다고 보는 것이 일반적이다. 샤를 페로가 고대 예술에 대해 자기시대 예술의 우월성을 선언하면서 야기된 이 논제의 쟁점은 고대인이 근대인보다 지적으로나 예술적으로 더 우수하느냐 그렇지 않느냐에 관한 것이었다. 고전주의를 옹호하느냐의 여부에 따라 고대인과 근대인이 갈렸으며, 이로

주64) G. W. Hegel, J. Habermas, 서도식역, 〈근대의 시간의식과 자기
　　　확신요구〉, 모더니티란 무엇인가, 앞의 책, P.373 재인용.
주65) M. 칼리니쿠스, 모더니티의 다섯 얼굴, 앞의 책, PP.33-47. 공식
　　　적으로 1680년대에 샤를 페로와 퐁트넬에 의해 시작되었던 신구논
　　　쟁은 고전적 고대에 대한 르네상스의 우상화가 강요했던 제한된
　　　질곡으로부터 이성을 해방시키는 결과를 낳았던 16, 7세기 철학
　　　및 과학논쟁에 깊이 뿌리박고 있다.

부터 고전주의의 동시대적 적합성이나 우월성에 대한 문제 제기가 처음으로 명백하게 부각되었다. 당대인의 입장에서는 영원한 미학적 규범이라는 이념을 의문시 할 수밖에 없었고, 대신 초월적이며 독특한 미의 모델에 대해 사유하기 시작했다. 이 문제는 미학비평의 분야에서 처음 일반적으로 다루어졌고, 특히 보들레르는 근대가 막 개화하는 시점에서 '불안, 역겨움, 그리고 전율'을 일으키는 새로운 세계에 미학적 반응을 보인다. 결국 이 논의는 현재를 고대라는 잣대로 잴 수 없고, 각 시대의 특수성이 인정되어야 한다는 일반적 합의로 끝났지만, 이를 통해 '근대적'이라는 개념의 확산과 함께 '근대적·고대적'이라는 용어 대립을 떠나 문학적이며 예술적인 면에서 근대성의 유형이 창출되었던 것이다.

종합하면, 서구만의 특수한 근대성의 프로젝트는 17세기 사상에서 그 이론적 근거를 마련하고, 18세기 계몽주의를 거치면서 확립되었다. 우선 합리적이고 경험적인 지식의 누적이 사물의 자연 질서를 밝혀내고 이를 통해 사물의 발전, 경로를 지배, 통제할 수 있다는 신념이 싹튼다. 이런 신념은 근대적 진보의 개념을 밑바탕으로 구성하였고, 게다가 지식이나 예술의 영역 차원에서 일반적인 삶의 영역에까지 확대된 것이다. 근대성의 원리에는 새로운 시대에 대한 자각을 바탕으로 한 개혁의지(역동성)가 작용하고 있으며, 역동성은 곧 '이성'과 '진보'라는 형태로 발산되고 있음을 알 수 있다. 그리고 이성과 진보는 각 시대의 삶의 영역 전반에 안착하면서, 권위적 전통에 반발함과 동시에 자신의 동적인 역사에까지 저항하는 모습을 드러낸다. 예를 들어, 이성과 진보를 표방한 서구 계몽사상은 이성주체와 과학에 의해 진보된 사회를 제시하고, 마르크스주의는 모순으로 가득한 자본주의가 붕괴되고 사회주의로 나아가는 과정을 시사한다. 현재의 시점에서 보면 적절치 못한 면도 발견하게 되지만, 특정한 역사 시기에는 사회발전을 위한 자신의 역할을 제대로 수행한 것으로 보인다. 아무튼 계몽에 대한 열광과 진보에 대한 믿음은 서구만의 특수한 근대성의 프로젝트로서 서구 근대사회를 관통하게 되고, 이로부터 사회적 삶의 재편을 통한 인간해방의 성취라는 근대적 사유가 오늘에까지 그 명맥을 이어오는 것이다.

근대소설과 리얼리즘 : 당대의 삶의 모습을 가장 올바르게 이해하는 길은 무엇일까. 역사적으로 각 시대에는 당대의 물질적 조건에 근거하면서 삶의 양식을 구체화하는 담론이 존재하게 마련이다. 이런 점에서 역사를 이해하는 중요한 담론으로 인식적 담론과 서사적 담론을 들 수 있다.[66] 인식적 담론이란 사상이나 지식들을 통해 당대의 인식구조를 직접 제시하는 담론 형식으로 인식론뿐만 아니라 존재론, 가치론의 영역까지 포괄하는 개념이다. 서사적 담론은 당대의 삶의 모습을 형상적으로 보여주는 담론형식으로 언제나 그 시대 삶의 양상을 전제로 진리를 주장하며, 인물이 세계 속에서 살아가는 이야기를 객관적으로 그리고자 한다. 반면, 인식적 담론은 역사의 장으로부터 형성된 최종적 인식물을 대상으로 삼아 그것을 진리라고 부른다. 따라서 서사적 담론은 세계 속의 인간의 이야기라는 점과 그것이 객관적으로 형상화된다는 사실에서 인식적 담론에 비해 한결 역사성을 잘 드러내고 있음을 알 수 있다.[67] 바로 근

주66) R. Scholes · R. Kellogg, The Nature of Narrative(Oxford University Press, 1979) PP.3-16 참조.
주67) 나병철, 근대성과 근대문학(문예출판사, 1995) P.27.

대소설은 근대라는 역사적 장 속에서 인식적 담론과 서사적 담론이 상호 매개하며 등장한 문학양식이다. 그러한 의미에서 근대 시민사회의 특징을 드러내는 문학양식이 바로 소설이고, 소설은 이러한 근대성으로 인해 탄생된 문학 장르라고 할 수 있다. 다시 말하자면 근대소설은 근대 시민사회가 추구한 자유와 평등과 개인주의의 산물이며, 각성한 시민계급의 성장이라는 역사적 맥락과 나란히 해서 성장해 왔다고 볼 수 있다.

헤겔은 『미학』에서 '소설(roman)은 근대적 시민서사시(modernen burgliche Epopoe)'68)라하고, 여기에서 나타내는 관심사·상황·인물·인간관계가 복잡해진 것을 기본 특징으로 들었다. 루카치는 그런 견해를 구체화하여 『소설의 이론』을 마련했다. 소설을 '신이 떠나간 세계의 서사시'라고 규정한 루카치는 서사시 시대의 총체성이 사라진 다음에 소설이 나타나 주관과 객관의 분열을 넘어선 삶의 총체적인 의미를 다시 찾는 어처구니없는 모험을 한다고 했다.69) 루카치의 견해를 비추어 생각해 볼 때 근대소설이 시민사회의 성립과 개인주의 사조의 팽창과 그 시대를 같이하여 발생한 것도 우연이 아니다. 중세적 우주관이 허용하던 총체성이 깨어지자 문학은 소외된 상태에서 자율적 삶을 홀로 영위할 수밖에 없는 개인들을 그 대상으로 삼게 되고, 그 결과로서 소설이 나오게 되었다는 것이 루카치의 관점이다.

이에 반해 바흐찐은 고대 그리스 서사시가 서사문학의 영원한 전

주68) G. W. F. Hegel, Asthetik Ⅲ, die Poesie(Stuttgart: Philippe Reclam, 1971), P.177.

주69) Georg Lukacs, Die Theorie des Romans(Neuwied: Luchterhand, 1971) P.77.

범이며 서사시와 소설이 오랫동안 공존해 왔다고 밝히고 있다.[70] 즉 서사시는 고급문학이며, 형식이 완결되고, 언어사용이 공식화되어 있는 반면에, 소설은 저급문학이며, 형식이 개방되어 있고, 언어사용 또는 공식화를 거부한다고 이야기한다. 바흐찐의 소설적 개념은 "다양한 사회·이념적 언어들의 예술적 묘사"로서 표현되는데, 그에 있어 언어란 현실과의 독립적인 어떤 실체가 아니라 현실세계에 대한 구체적인 발전이자 세계관이며, 현실세계 내부의 다양한 관점들의 갈등과 대화의 장인 것이다. 그리고 이러한 문학 언어의 특징을 가장 잘 구현하고 있는 것은 오직 소설장르뿐이며, 그 예술성과 현실성은 민중성으로부터 유래한다고 본다. 즉 소설장르의 뿌리는 오히려 민속에 있으며, 중세의 구심적 지배문화가 붕괴되고, 민중들의 다양한 목소리와 세계관이 세력을 얻게 되는 르네상스 시대에 이르러 현실을 보다 원심적이고 복합적으로 파악하는 민중적인 문학의 전통이 고급문화의 전통과 만나면서 성립되는 것이 근대적 장르로서의 소설이라고 본다.

바로 루카치는 '소설'을 근대소설로 한정하고 있으며, 바흐찐은 고대 그리스시대부터 있어 온 것이지만 민중성을 강조한다. 헤겔과 루카치는 소설이 곧 시민문학이라 하고, 바흐찐은 막연한 의미의 통시대적 민중이 소설의 주인공이 된다고 보는 것이다. 실제 소설을 분석한 사례를 보면, 루카치는 세르반테스(돈키호테)를, 바흐찐은 라블레의 작품을 크게 중요시한다. 중요한 것은 이들 작품들이 근대로의 이행기에 있는 작품이라는 것이다. 독서물이 된 소설은

주70) 미하일 바흐찐, 전승희 외 역, 장편소설과 민중언어(창작과 비평사, 1988) P.8.

산문을 사용하고 일상생활의 관심사를 확대하고 해서, 자아와 세계의 상호 우위에 입각한 대결을 다채롭게 구현하면서 독자의 흥미를 끌었다.[71] 이렇게 해서 중세에서 근대로의 이행기 소설이 이루어졌다. 여기에서 소설이 꼭 근대 유럽의 전형이 아니라 세계 도처에서 발견되는 보편적인 현상일 수도 있다는 사실을 간과할 수 없다. 한편으론 루카치는 근대소설이라야 소설이라고 주장하는데, 소설이 담고 있는 형식적 측면에 대한 이해와 함께 근대사회의 전형성을 찾을 수 있을 것이다.

보편적으로 고대나 중세의 세계관과 구분되는 근대의 인식방법으로는 과학적 합리주의에 따른 개인 이성의 자각과 현실 중심의 성향을 들 수 있을 것이다. 바로 고대문학이나 중세문학과는 전혀 다른 새로운 근대문학의 출발은, 곧 리얼리즘을 통해 그 완성을 지향해 나간다. 리얼리즘은 세계를 ‘현실적 세계관’을 통해 형상화하는 원리로서, 현실에 대한 인식능력이 전면에 놓이는 예술적 방법을 뜻한다.[72] 리얼리즘은 ‘현실성’, ‘합리성’, ‘주체성’ 등을 근본원리로 한다는 점에서 근대성의 원리에 의해 작용되고 있으며, 고대문학의 신화적 세계관이나 중세문학의 관념적 세계관과 그 차원을 달리한다. 물론 리얼리즘은 문예사조 면에서 고전주의나 낭만주의 이후에 놓이게 되나, 르네상스, 계몽주의, 고전주의 등 근대 초기의 예술적 유파에도 어떤 형식이든 리얼리즘적 요소가 스며들게 되어 있는 것이다. 이러한 이유는 리얼리즘이 문예사조 상의 한 유파적 성격보다는 ‘근대 이후의 현실에 대한 인식’을 담는 창작방법으로서의

주71) 조동일, 〈서사시의 전통과 근대소설〉, 한국문학과 세계문학(지식산업사, 1991) P.183.
주72) 나병철, 근대성과 근대문학(문예출판사, 1995), P.53 참조.

광의의 개념을 가지기 때문이다.[73] 근대주의 문학론에서 이성을 중
요시하는 이유는 당대의 철학적 사고 및 논리적 방법과 무관하지
않다. 합리적인 명증만을 인식의 유일한 근거로 삼은 데카르트의
수학적 사고와 판단은 중세적 스콜라 철학의 획일성을 비판하는 논
리와 분석 방법에 발전을 가져온다. 관념적이고 추상적인 이론을
불신하고 인간의 척도를 유일한 규제원리로 삼은 합리사상은 세계
와 인간을 구체적 인식 대상으로 보고 그것에 접근하는 객관적인
법칙을 정리했다.

　결국 이성과 진보라는 근대성의 원리를 앞세운 서구 근대의 출발
은 문학에서 리얼리즘을 생성시키며, 이는 자본주의 성장과 밀접한
관련 아래에서 진행되고 있다. 그러나 자본주의는 부르주아라는 특
권 지배계급의 권리를 옹호함에 따라 리얼리즘은 이에 저항하는 비
판적 리얼리즘과 사회주의 리얼리즘의 형식을 낳게 된다. 비판적
리얼리즘의 경우에는 자본주의를 비판하면서도 그 예술적 관습은
자본주의적 근대성에 기반을 두고 있었고, 사회주의 리얼리즘에 이
르러서는 프롤레타리아 혁명의 과정을 통해 자본주의적 근대성을
전면적으로 부정하는 데까지 이르렀다. 비판적 리얼리즘과 사회주
의 리얼리즘은 똑같이 현실의 본질인식을 지향하는 리얼리즘의 원
리에 지배되기 때문에 서로 동일선상에 놓여 있게 된다. 이에 반해
모더니즘은 자본주의적 근대성에 근거한 기존의 예술적 관습에 대
한 저항이라 할 수 있다. 자본주의 모순이 심화됨에 따라 현실인식
에 입각한 리얼리즘으로서는 더 이상 비판력을 견지하기 어려워진

주73) R. 윌리암스, 〈리얼리즘과 현대소설〉, 백낙청 역, 문학예술과 사
　　　회상황(민음사, 1979) PP.151-154.

시점에서 모더니즘은 부르주아적 예술 관습에 대해 미학적 반발을 시도하였던 것이다. 바로 이런 서구 근대문학의 발전양상은 우리 근대문학의 발전과 밀접한 영향관계를 맺고 있다. 특히 근대화의 순탄한 발전보다는 그 모순과 반항을 겪어온 우리에게 근대성의 다면성은 훨씬 복잡하게 나타난다. 즉 우리는 자본주의적 근대성과 사회주의적 근대성, 그리고 미적 근대성 및 최근에는 포스트모더니즘까지 차례로 경험했으며, 그 역사적 근대성들은 오늘까지 공시적으로 존재하고 있다. 이런 근대성의 여러 모습을 살펴보고, 이를 통해 우리 문학과 변별력을 이루어내는 작업은 이 시대를 옳게 이해하는 동시에 우리 자신의 모습을 바로 보고자 하는 태도가 될 것이다.

우리의 근대 : 그렇다면 우리가 받아들인 근대를 어떻게 이해하고, 어느 시점에서 근대의 시작을 잡아야 하는가. 한국에서 언제부터 근대가 시작되었는가를 명확히 규정하는 것은 쉬운 일이 아니며, 근대의 개념에 대해 학자들 사이에서도 의견이 분분하다. 일단, 한국사에서 '근대'라는 개념을 받아들인 것은 개항 이후 서구 사조의 도입과 더불어 이루어졌으며, 이는 서구인이 인식한 시민혁명을 완수하고 자본주의적 공업화를 이룩한 시대의 역사개념이라 할 수 있다. 이와 관련하여 조기준은 우리 근대사의 기점에 관한 논쟁을 세 가지로 분류하고 있다. 1) 한국 근대사는 개항 이전, 즉 서구문화가 적극적으로 한국에 유입되기 이전의 시기에서 이미 시작되었다는 주장으로, 조선조 후기의 한국사회 내부에서 나타난 변화를 근대의 기점으로 끌어올려 평가한 결과이다. 2) 조선조 후기에 나

타난 변화는 높이 평가하나 근대의 시작이 되기에는 변화 양상이 너무 미약하다고 보고, 개항 또는 그 이후의 어느 시기에 근대사의 기점을 찾아내야 한다는 주장이다. 3) 일제 치하의 한국사회는 주권을 상실하고 봉건적인 잔재도 일소되지 못하였으니, 이 시기의 어느 시점도 근대사의 기점이 될 수 없다는 주장이다. 제2차 대전이 끝난 후에야 비로 한국의 근대화가 시작되었다고 보는 것이다.[74]

이러한 근대사의 논쟁에도 불구하고, 우리의 '근대'는 세계적인 근대화의 흐름을 직접 경험함으로써 일단 국제적 문화접변에 들어가고, 이에 대한 반응으로서 주체적인 접근을 시도하게 되는 시기로 잡아야 할 것이다. 이때는 표면상 19세기 이후 쇄국의 탈을 씻고 정식으로 문호를 개방하는 개항을 전후로 하는 시기가 적당할 듯싶다. 그러나 겉으로 드러나 공식적인 접촉을 인정하는 행위일 때의 이야기이지, 서구문물의 도입이나 천주교 전래 등 문화접변의 경험 자체로 보면 그 이전까지도 거슬러 올라갈 수도 있다. 서구의 문화적 경험에 대한 첫 반응은 양면성을 띤 것이었다. 일반 대중이나 권력의 중심부로부터 소외당했던 일부 지식인 사대부 계층은 호의적으로 받아들였으나, 대신 권력층의 정치적 선택은 일단 배척하는 쪽으로 기울어졌다. 이런 문화접변은 생각과 신념의 체계, 행위와 관습 체계 등에 일정한 변화를 자극하였고, 실학과 같은 새로운 기풍의 학문촉진에도 기여한 바 있다. 다만 그러한 세력들은 당시의 권력의 배분과 조직 원리, 결정행사의 규칙으로 보아 정치적 선

주74) 조기준, 〈한국사에 있어서의 근대의 성격〉, 한국사시대구분론(한국경제학회, 1970), P.190.

택과정에서 배제 또는 소외당한 계층이나 집단들인 까닭에 근대로의 이행에 구심적 역할을 하지 못하고 오히려 핍박의 대상이 되고 만다.

좀 더 본격적인 근대의 수용은 개항 이후 개인의 자각을 통해 국가적 존망에 대한 위기의식을 느끼기 시작한 개화기를 전후한 시기가 될 것이다. 이때는 서구 자본주의 체제가 제국주의적 팽창에 열을 올려 식민지 경영에 한창이던 시기이다. 물론 혼란스런 격동기에 일부 선각자적인 지도층과 지식인들은 나라의 독립과 부강을 목표로 삼는 개혁운동을 시도하였으나, 실제 권력에 가까이 있던 정치지도자들의 정치적 선택은 식민지적 굴복으로 낙착되고 만다. 그런 중에도 독립과 민주적 발전을 꿈꾸는 세력의 움직임이 민중의 호응을 받아 삼일운동과 같은 전국민적 사회운동을 일으킬 수 있었지만, 결과적으로는 힘이 부족하여 좌절의 쓴잔을 마셨다. 더욱이 우리의 식민 종주국은 당시 세계체계 속에서 핵심국 위치에 있던 서구국가가 아니라 세계 근대화 과정에서 뒤진 주변국에 불과했다가 갑자기 반주변국의 자리로 상승한 일본이었다는 사실은 역사의 비극성을 더욱 두드러지게 한다. 이 경우의 근대화란 봉건제의 붕괴와 근대적 제도의 도입만을 의미하는 것이 아니라 반대로 주권의 상실과 식민지화, 그리고 빈곤화와 식민지 저항을 수반하게 된다. 그런 까닭에 민주적 민족독립을 겨냥한 주체적 근대화의 노력은 그늘에 가린 채 일제하의 근대화는 식민 종주국의 자본주의적 근대화의 계획에 따라 강제로 진행되었고, 그 결과 우리의 사회발전에 역행하는 왜곡된 근대화였다고 규정할 수 있겠다.[75]

주75) 한·중·일 동양 삼국의 근대화 과정을 비교해 볼 때, 세 나라 공히 외압(개항)에 의한 근대화라는 점에서 동일하지만 일본은 주권의 상실이나 식민지화가 이루어 지지 않았고, 중국은 행정권의 일

이렇게 서구의 근대와 우리의 근대 사이에는 항상 간격이 있게 마련이어서, 근대성 수용의 모습은 언제나 '근대화'의 틀에서 머무르게 된 것이다. 서구의 근대성은 서구인에게 신이 없어진 자리에 새로운 신을 대치하는, 즉 개인을 중심으로 하는 기본 축을 형성하기 위해 만들어진 것이다. 반면 우리의 경우에는 인간 개인으로의 중심 이동이 이루어지지 않고, 오히려 식민지적 상황으로 인해 삶의 기본요건까지 상실 당한다는 점에서 서구와는 이질적인 양상을 보인다. 더구나 근대성의 수용이란 것이 위기에 봉착한 당시 지배 체제의 존속을 위해 모색된 것이기 때문에 개인 중심적 근대성의 측면보다는 기존 체제의 유지와 독립을 위해 필요한 집단적 통제 측면이 부각되었다. 결국 전통과의 결별을 통해 우리의 과거가 부정 일변도로 평가됨에 따라, 이같이 선택적인 근대성 수용은 "완전하고 충족된 서구에 비해, 무엇인가 불완전하고 결핍된 열등한 모습"[76]만을 남기게 된다. 근대의 수용에 대한 비판적 시각은 근대성이 지닌 한계를 파악하지 못하게 하기 때문에 그 가능성에 대한 인식까지 방해한다. 따라서 근대성에 의해 이루어진 피상적이고 외형적인 근대화 모습을 실체로 인식하며, 근대성의 분류체계가 걸러준 내용 안에서 항상 맴돌게 된다.

지금까지 우리를 당혹하게 했던 근대의 개념에 대해 알아보기 위해 근대의 어원으로부터 출발해서, 시대구분 개념으로서의 근대,

---

부인 외교·통상·사법권만을 상실한 데 지나지 않았으나 한국은 입법·사법·행정 삼권 모두를 그것도 일본에 탈취 당함으로써 피해의 정도가 더욱 심각했다.

주76) 장성만, 개항기의 한국사회와 근대성의 형성, 〈모더니티란 무엇인가〉, 앞의 책, P.292.

근대성과 모더니티 개념의 차이점, 그리고 근대화와의 상관성, 한국에 있어 근대의 수용과정 등을 개괄적으로 살펴보았다. 이를 바탕으로 추출된 근대의 개념을 다음과 같이 정리할 수 있겠다.

첫째, 근대라는 어휘 자체는 서구에서 유래하는 개념임을 인정할 필요가 있다. 이 말은 결코 근대를 서구화와 동일시한다거나, 비서구 사회에서 근대적 변화를 겪지 않았다는 뜻이 아니다. 다만 근대가 서구의 근세에서 시작된 특이한 변화라는 점을 인식하면서 그 역사성을 분명히 하자는 것이다. 여기에서 '현대'라는 용어는 역사성이 결여된 일반개념으로서, 시대구분 개념으로 사용되어지는 '근대'와 그 성격을 엄격하게 구분할 필요가 있다고 생각한다. 굳이 이 용어를 사용할 때는, 근대라는 시간대 중에서 후기 근대(late modern)를 지칭하는 제한된 용어로 분리시키자는 것이다.

둘째, 근대는 다양성과 포괄성을 띄고 있는 복합개념이라는 점이다. 다시 말하면 유럽 역사상에서 획기적이고 새로운 시대의식이 형성될 때마다 자기 이해의 차원에서 나름대로 표현된 개념으로 이해해야 할 것이다. 최근의 의미로 볼 때, 르네상스, 계몽주의, 혁명의 시대인 19세기, 그리고 20세기를 걸치는 긴 역사 동안, 시간의 추이와 함께 정의 및 측정방법이 매번 달라지기 때문에 근대의 개념이 다의적 특성을 보이는 것이다.

셋째, 근대의 개념이 역사성과 역동성을 지니게 된 이면에는 근대성의 원리가 작용한다. 변화와 개혁의지, 자신의 시대에 대한 자의식은 근대성의 원리로 작용하며, 이렇게 끊임없이 새로운 것을 받아들이면서도 기존의 것을 옛 것으로 만들어버리는 특성으로 인해 근대의 다양성이 표출되는 것이다.

넷째, 서구에서 비롯된 근대는 그 뒤로 오늘에 이르기까지 전 세계로 번져나가는 국제적 팽창을 주요 특징으로 삼고 있다. 후진 국가들은 전통사회에서 근대사회로 이행하는 과정에서 자신들의 의도에 상관없이 '기울어진 문화접변'을 경험한 후, 근대화를 서구화 내지는 산업화로 인식하는 경우가 많다. 그렇지만 후진사회에 있어 문화적 전통과 사회 구조의 특성에 따라 다양한 변화를 초래하는 이질화 현상을 새롭게 주목할 필요가 있다.

다섯째, 서구의 근대는 서구인에게 신이 없어진 자리에 새로운 신을 대치하는, 즉 개인을 중심으로 하는 기본 축을 형성하기 위해 만들어진 것이다. 반면 우리의 경우에는 인간 개인으로의 중심 이동이 이루어지지 않고, 오히려 식민지적 상황으로 인해 삶의 기본 요건까지 상실 당한다는 점에서 서구와는 이질적인 양상을 보인다. 따라서 근대에 대한 부정적 시각은 근대성이 지닌 한계를 파악하지 못하게 하기 때문에 그 가능성에 대한 인식까지 방해할 수 있다는 것이다.

여섯째, 우리 문학의 근대를 설정하기 위해서는 무엇보다 실증적인 접근이 필요하고, 한국의 역사적 배경 및 그 전개과정에 맞는 옷을 입혀야 한다. 따라서 기존의 연구에 대한 검토와 더불어, 문학에 나타난 근대성을 추출하기 위해 해당 작품 중심의 철저한 분석과 해석이 뒤따라야 한다는 점이다. 여기에 곁들여 연관 학문과의 성과를 취사선택하고 이를 문학과의 대비를 통해 '총체사로의 근대'를 정립할 수 있는 기반을 구축해야 할 것이다.

2. 개화기의 근대성 담론

　우리의 근대문학이 서구문학의 일정한 영향 아래 밀접한 연관성을 지니고 있음을 부정할 수는 없다. 그렇다고 한문학이 중심이 된 고전문학과 근대문학을 동일선상에 놓지 않고 단절된 형태로 연구하는 태도는 바람직하지 못하다. 외형의 틀은 서구의 그것과 유사하나 정신적 내면까지 한꺼번에 바뀌었다고 단정 지을 수 없기 때문이다. 즉 외형적인 변화로서 근대의 성취는 어느 정도 가능하다고 보지만, 전통적 도덕감, 삶의 질서, 정서적 유대, 지적·문화적 공감대 등을 모두 한순간에 넘어설 수는 없는 법이다. 따라서 우리 문학도 자체의 축에 의해 변모되고 다듬어진 일관성 있는 문학으로 보아야 할 것이다. 이는 한국 근대문학이 서구의 영향으로 인해 그 문학정신과 문학적 기법으로 형성되어, 주로 중국문학의 영향권 내에서 성장해 온 고전문학과 차원을 달리하고 있다는 '전통단절론'에 대한 반성을 의미하기도 한다. 동시에 서구 근대의 보편성과 특수성, 그 적극성과 부정성을 극복하고 오늘 우리의 구체적인 조건 속에서 한국문학에 대한 전면적 성찰을 요구하는 것이다. 새 세기를 준비하는 우리에게 있어 내일에의 새로운 전망은 결코 서구 모델의 단순한 답습에 그칠 수가 없기 때문이다. 그렇다면 크든 작든 간에 우리가 영향을 받았다고 일컬어지는 서구의 근대적 성격이 어떻게 수용되었으며, 이것이 우리 근대문학 속에서 어떤 방식으로 정착하고 있는가 하는 문제들을 조심스럽게 접근해 보려고 한다. 즉 근대성이 수용 정착되는 시대적 상황에 대한 이해와 함께 문학적 만남이 처음으로 시도되는 개화기의 근대성 담론을 주시해 볼 필요가 있을 것 같다. 특히 개화기 문학 양식 중에서 신문의 논설양식을 살피는 일은 근대의 수용 양상과 이것이 소설양식으로 이행해 가는 과정을 보여준다는 점에서 매우 의미가 있는 일이라고 본다.

우리 문학사에서 '근대'라는 문제가 구체적이고 현실적인 논의의 대상으로 처음 등장하게 된 것은 대략 19세기 말, 근대화를 앞세워 개방체제로의 전환을 강요하는 일본과 서구열강들의 심각한 도전에 직면하면서부터 시작한다고 할 수 있다.[77] 최초의 근대화는 일종의 계몽사상 형태를 띠며 나타났으나, '이성과 진보'를 바탕으로 한 서구 계몽주의와는 달리 나름의 한계를 전제로 한 것이었다. 특히 우리 사회는 자생적으로 근대화를 정착시킬 풍토가 미미했을 뿐만 아니라, 서구 열강들이 제국주의 세력으로 밀려오는 상황 속에서 '새로운 과학과 지식', 그리고 '자주성 혹은 주체성', 이 두 가지의 근대성을 받아들이기에는 많은 어려움이 따랐다. 이때 '근대'의 수용이라는 것은 단순한 정보 지식적 차원이 아니라 외국의 군사력으로 인해 국가의 존립이 위태롭게 되는 현실적 문제로 심각하게 다가선다.

이에 체제적 과제를 해결하고 위기상황을 극복하기 위해, 당대

주77) 신용하, 한국근대사와 사회변동(문학과 지성사, 1980) PP.11-13.
　　　이러한 도전은 근대 사회체제의 전근대 사회체제에 대한 도전으로
　　　1) 정치적으로는 근대 국민국가의 제국주의적 팽창정책에 의한 도
　　　전이었으며, 2) 경제적으로는 산업혁명을 거쳐 이룩한 공장제도란
　　　근대 산업체제에 대한 도전이었으며, 3) 사회적으로는 근대 시민
　　　사회 체제의 전근대 양반사회에 대한 도전이었으며, 문화적으로는
　　　근대 합리적 과학 기술 문화의 전근대적 인문 교양 문화에 대한
　　　도전이었고, 또한 군사적으로는 철제군함과 함포와 근대 군대의
　　　전근대적 군사장비와 구식 군대에 대한 도전이었다.

지식인들은 발전된 서구모델을 절대 가치로 인식한 '개화사상'과 국권수호를 지상명제로 파악했던 '위정척사'라는 대별되는 두 이념 중에서 어느 하나를 극단적으로 택할 수밖에 없게 된다.[78] 동일선상에서 해석되어지고 이해되어야 할 근대화와 주체성 확보라는 과제가 외래의 자본주의적 충격으로 말미암아 갈등과 대립의 구도로 전개되는 특징을 이 시기는 보여주고 있다. 당대의 시대적 질곡을 현실인식으로 받아들일 뿐 아니라, 시대 재편의 욕구까지 시도하려는 지식인으로서의 계급적 자아각성은 갑신정변을 통해 분명한 형태를 띠며 겉으로 드러난다. 기존에 자신들 삶의 양식이었던 성리학적 세계관으로는 근대적 사회에서 생존할 수가 없었기 때문이다. 지식인들은 지배계급과 피지배계급 사이에 자리 잡으며 역사의 흐름을 제시하며, 그 시대의 핵심을 자아의 내면을 통해 이해하고 표현하는 존재이다. 이들은 변혁기의 시대적 논리를 펴기 위한 표현양식으로 문학적 담론을 갖게 된다. 개화기 지식인들은 당대의 과도기적 위기의 대응방식으로서 주로 토론 혹은 논설 등을 선택한다. 이 토론, 논설 양식은 지식계급이 중심이 되어 당대의 사회·정치·문화적 담론의 중심 역할을 하는 양식이며, 혼란과 위기에 대처하고 처방하는 보편적 표현양식으로 나타난다.[79]

개화기 문학적 담론 형성에 중요한 계기를 만들어낸 매체는 신문이나 잡지 등의 대중 매체이며, 각종 단체의 회보, 혹은 독립협회나 만민공동회, 교회, 학교 등의 토론회도 일정 부분 영향을 미친다. 여기에서는 기존의 논문을 변형시켜 대중에게 접근할 수 있는

주78) 김영호, 침략과 저항의 두 가지 양태(신동아, 1979. 6).
주79) 전기철, 한국근대문학비평의 기능(살림터, 1997) P.17-18 참조.

74

양식으로서 사설이나 개인적 견해를 밝히는 논설, 혹은 여러 사람들이 모임을 통해 함께 의논하는 토론의 양식을 새롭게 끌어들였다.80) 그러나 각종 서적과 학교교육, 혹은 토론회 등은 활동 범위의 제한성과 그 필요성에서 개화기 지식인 사회로 국한되기 때문에 대중적 확산에 어려움이 따른다. 반면, 근대적 산물인 신문이라는 신매체는 근대화의 필요성 제기와 함께 이를 수용하는 독자를, 지식인은 물론 일반 대중까지 일거에 확보하는 장악력을 발휘한다. 바로 신문을 통한 문학적 담론의 확산은 소설의 전달방식에 획기적인 변화를 초래했고 결국의 소설의 양식에까지 영향을 미치게 된다. 다시 말하면, 신문을 통한 전문적인 작가의 등장과 이를 수용하는 독자와의 만남이 처음으로 연결됨으로써 소설의 근대적 전환의 핵심적 계기를 만들게 된 것이다.81) 작가들은 그들의 이름을 작품 속에 기록함으로써 자신의 존재와 권리를 명시한 한국 최초의 근대적 문학가로 성장하는 것이다. 즉 우리 소설사는 이를 통해 작가를 알 수 없는 시대에서 작가가 분명한 시대로 한 단계 비약할 수 있었으며, 비로소 창조적 개인이 주도하는 근대소설의 시대를 열어가는 것이다.82)

당시 발간된 신문 중 〈독립신문〉, 〈매일신문〉, 〈제국신문〉 등의 역할이 특히 두드러지게 나타났으며, 초기의 경우 신문의 논설이나

주80) 전기철, 한국근대문학비평의 기능(살림터, 1997) P.21.
주81) 신문을 중심으로 한 근대적 출판물들은 근대소설 형성에 보다 직접적인 영향을 준다. 신소설을 포함한 근대 초기 문학적 담론들의 상당수가 신문을 통해 발표되었다는 사실이 이를 입증해 준다. 한원형, 한국개화기 신문연재소설연구(일지사, 1990), PP.88-90 참조.
주82) 한기형, 한국 근대소설의 시각(소명출판, 1999), P.244.

논문 형태로 문학적 담론을 구현한다. 개항 이후 급격하게 진전되는 근대화는 국제적 정체성을 일깨우는 계기가 되었으며, 신문은 이를 수용하여 민족성에 대한 자기 확인과 서민 대중의 계몽을 적극적으로 유도하는 역할을 담당한다. 따라서 여기에서 전달되는 핵심적 내용은 ‘문명개화론’으로 귀결되며, 남녀평등·미신타파·봉건제도와의 갈등·신교육의 중요성·조혼의 폐해 등 신문에서 일관되게 주장한 근대화의 요구는 이후 신소설의 주제와 그대로 연결되는 사항이기도 하다.

　(a) 서양에 문명하고 부강한 나라들을 보거드면 그 나라가 처음부터 문명 부강한 것이 아니라 국 중에 유대한 선비들이 경향 각처에 신문사들을 많이 설치하고 좋은 학문 있는 논설을 게재하여 우매한 인민의 마음을 열게 할 뿐만 아니라 첫째 정부의 득실과 민간의 질고를 날마다 신문 상에 게재하여 정부에서 하는 바를 백성이 한 가지도 모를 것이 없게 하고 백성의 경과하는 사정은 고락간에 정부에서 알지 못하는 바 없게 하는 고로 정부와 백성 사이에 도무지 서로 막히지 아니하나니

―〈독립신문〉, 1899. 10. 16

　(b) 세상에 불쌍한 인생은 조선 여편네니 우리가 오늘날 이 불쌍한 여편네를 위하여 조선 인민에게 말하노라 여편네가 사나이보다 조금도 낮은 인생이 아닌데 사나이들이 천대하는 것은 다름이 아니라 사나이들이 문명개화가 못되어 이치와 인정은 생각지 않고 다만 자기의 팔심만 믿고 압제하려는 것이니 어찌 야만에서 다름이 있으리오.

―〈독립신문〉, 1896. 4. 21

(a)는 당시의 신문의 발행이 학문을 통한 일반 대중의 계몽에 일차적 목표를 두고, 아울러 정부와 백성 간의 경계 및 그 의사소통에 관심을 가지고 있음을 보여준다. 즉 개화기 지식인들은 신문의 공공적인 성격을 확산시켜 국민 여론의 형성과 근대적 계몽의 주도권을 확보하려는 의도를 드러낸다. 따라서 당대의 신문들은 (b)에서 단적으로 보여주듯이, 전례가 없는 당대의 위기적 상황 아래에서 구체적인 현실 대응의 방안으로 문명개화를 선택하였으며, 봉건적 인습에 대한 탈피와 근대제도를 수용하기 위한 신교육 사상을 실천적 대안으로 모색한다. 바로 신문의 논설란은 개화기 지식인의 사상을 결집하는 곳이며, 그들은 인쇄매체의 힘을 빌어 대중을 계몽하고 자신의 생각을 공론화 했으며, 동시에 다양한 글쓰기를 실험한다.[83] 어떻게 보면 서구의 근대적인 제도나 지식을 수용하여 근대국가의 기틀을 마련하려는 사고가 개화기를 맞는 지식인들의 기본적인 자세라고 할 수 있다. 이에 반해 근대국가로의 열망과 함께 제국주의 침략 앞에 그대로 노출된 현실로 인해 독립국가로의 인식도 동시에 가지게 된다. 이런 이유로 개화기 지식인들은 계몽을 위한 교육을 가장 중요한 사상으로 인식하며, 이를 발 빠르게 도입하여 개화기라는 변혁적 시대에 적응하려는 것이다.

바로 개화기 교육사상은 일반 대중을 계몽하는 형태로 이루어지기 때문에, 그 과정에서 서민 대중의 문체인 '순 한글' 문장이 실체를 드러낸다. 당대의 위기적 상황을 극복하고자 하는 지식인에 있어 문체의 선택 문제는 단순한 표현의 차원이 아니라 그 시대 삶의 방식과도 관련되어 있다. 문체는 사회 역사적 과정을 통해 형성되며, 그만

주83) 정선태, 개화기 신문 논설의 서사 수용 양상(소명출판, 1999), P.63.

큼 문체를 사용하는 구성원들의 삶의 방식과 감정을 결정해 주기 때문이다. 따라서 개화기에 어떤 문체를 선택하느냐 하는 문제는 개화기의 문학적 담론뿐만 아니라 개화기의 정치·사회상이나 감각까지를 결정하는 기본적인 요소가 된다. 그런 의미에서 조선조 사대부의 지배적 표현체인 한문체는 이미 시대에 역행하는 봉건적인 문체로 전락하고 말았으며, 개화기에서 자신의 사상적 배경을 담을 수 있는 문체는 국한문체와 국문체만이 남게 된다. 그러나 국한문체 역시 사용하는 어휘의 중심이 한문이 되기 때문에 서민 대중을 상대로 한 계몽의식의 전파에는 부정적일 수밖에 없다. 반면, 국문체는 나름대로 근대의 민족주의를 배경으로 개화기의 대표성을 주장할 수 있기 때문에 시대적 전망이 가능한 문체라고 할 수 있다.

> 우리 신문이 한문은 아니 쓰고 다만 국문으로만 쓰는 것은 상하귀천이 다 보게 함이라 또 국문을 이렇게 구절을 떼어본즉 아무래도 이 신문이 보기가 쉽고 신문 속에 있는 말을 자세히 알어 보게 함이라 각국에서는 사람들이 남녀 무론하고 본국 국문을 먼저 배워 능통한 후에야 외국 글을 배우는 법인데 조선서는 조선 국문은 아니 배우더라도 한문만 공부하는 까닭에 국문을 잘 아는 사람이 드물 매라
>
> —〈독립신문〉, 1896, 4. 7 창간호

이렇게 〈독립신문〉의 창간호에서 밝힌 순 한글 문장의 선택은 〈매일신문〉과 〈제국신문〉으로 이어지면서 개화기의 대표적 문체로 자리잡는다. 특히 한글을 주로 사용하되, 띄어쓰기를 강조하는 것은 단순히 시각적 차원을 넘어 독자들이 신문에 보다 쉽게 다가설 수 있도

록 하는 근대적 발상이라 할 수 있다.[84] 사실 개화기 문체는 문학을 담는 현실적 공간으로서 신문이나 잡지와 같은 매체의 자본주의적 발달에 의존하는 바가 컸다. 다시 말하면 개화기 신문, 잡지의 대중화나 판매, 그리고 이를 통한 독자의 확보가 문체의 선택과 직접 연결되기 때문이다. 따라서 개화기 지식인들은 시대에 대한 관심을 넓히고 그 시대적 관심사를 대중적 시각으로 확대하여 서구 시민사회의 보편적 의식을 전달하기 위한 수단으로 한글 중심의 문학적 담론을 사용하게 되는 것이다. 서민 대중의 가치 상승과 함께 일기 시작한 국문에 대한 새로운 인식은 개화기 글쓰기에 상당한 영향을 주었으며, 이는 단순한 이야기로 치부되던 소설을 대중사회를 주도하는 예술형식으로 까지 승화시키는 직접적인 계기가 된다.

개화기의 글쓰기는 조선조의 글쓰기를 일부 계승하면서도 새로운 글쓰기로 전환해 가는 과도기적 성격을 띠고 있다. 그중 소설은 개화기에 본격적으로 발달한 양식으로서, 개화기의 급박한 상황전개를 비판적으로 대응할 수 있는 문학적 담론이다. 다시 말하면 근대 세계의 문물이 한반도로 한꺼번에 밀려드는 상황에서 자신의 역사를 점검하고 타자와의 관계를 설정하여 대상을 객관화시키는 양식이다. 특히 조선조 말부터 1900년대로 내려오며 전기(傳記)와 야담, 기담, 전(傳), 문답(問答) 등 전대의 문학적 담론을 대체하고, 개화기 대표적인 서사양식으로 자리를 잡는다. 소설이 갑자기 부각하게 된 까닭은 현실주의적인 근대적 소설인 소설이 영웅대망론이

주84) 띄어쓰기 문장의 시도는 영어문장의 번역에서 비롯된다고 할 수 있다. 김윤식은 〈독립신문〉의 핵심적 사상을 보여주는 논설들은 영어문장을 번역한 것이라고 지적하고 있다. 김윤식, 한국근대문학양식논고(아세아문화사, 1980).

나 지도자 갈망 의지를 보여준 전대 전기(傳記)의 허구적인 요소를 대체했기 때문이다.

근대적 양식을 갖춘 새로운 소설이 등장하게 된 이면에는 앞에서 언급한 대로 신문이라는 근대적 매체의 역할이 획기적이었음은 부정할 수가 없다. 신소설을 포함한 개화기 문학적 담론들의 상당수가 신문을 통해 발표되었으며, 신문에 게재된 논설이나 논문들은 '지금, 여기'라는 현실성을 확보함과 아울러 일정한 수준의 서사구조까지 담고 있어 소설로서 이행해가는 길목에 서 있다.[85] 개화기 신문에서 찾아볼 수 있는 서사적 성격의 글은 기술방법에 따라 문답식, 토론식, 일화식 구성으로 대별되며, 특히 문답 및 토론식 구성의 논설은 직접적인 자기주장이나 선명적 기술의 차원을 넘어 일정한 서사요건까지 갖춤으로써 소설로의 이행을 암시하고 있다.[86] 이 점과 관련하여 김영민은 한국 근대소설 발생의 전 단계로 '서사적 논설'과 '논설적 서사'를 설정하고 이를 중세문학과 근대문학을 이어주는 서사양식으로 설명하고 있다.[87] 다시 말하면 홍미 위주의 전통적 서사양식과 당시대적 근대성 및 현실성을 띤 문화양식의 만

주85) 개화기 신문의 창간일은 〈독립신문〉 1896년 4월, 〈경향신문〉 1898년 3월, 〈매일신문〉 1898년 4월, 제국신문 1898년 8월로서, 이인직의 『혈의루』가 발표된 1906년과 10년의 시간적 거리를 보인다. 이 기간은 신소설이 구체적 모습을 확보하기 위한 이행기라고 할 수 있다.

주86) 정선태, 개화기 신문 논설의 서사 수용양상(소명출판, 1999), PP.47-50 참조.

주87) 김영민, 한국근대소설사(솔, 1997), P.79. '서사적 논설'은 전통적 이야기 문학의 양식인 야담이나 한문단편 등과 근대적 문화양식인 신문의 논설이 결합하여 생긴 문학이며, '논설적 서사'는 역시 신문이 만들어내는 현실성이 반영된 문학으로 소개하고 있다.

남이 '서사적 논설'로 귀결된 것이고, 이 '서사적 논설'에서 외형상 서사가 강조된 문학양식이 '논설적 서사'라는 것이다. 이 연구를 통해 '서사적 논설—논설적 서사' 단계를 거쳐 신소설이 정착되는 과정을 보여줌으로써, 개화기 신문의 역할과 함께 근대초기 소설의 발생적인 측면을 엿볼 수가 있다. 그러나 개화기 신문을 통해 발표된 서사 양식이 있는 논설들의 일부는 일정한 수준과 품격을 구비하여 문학작품으로 볼 수도 있지만 대부분 계몽적 글쓰기의 일환으로 보아야 할 것이다.[88] 다만, 신문에 게재된 서사적 논설은 순 한글 중심의 문장과 당대의 시대정신으로서의 계몽을 대중에 전파하는 역할을 적극적으로 담당함으로써 소설양식으로서의 발돋움을 준비하고 있는 것이다.

소설은 개화파의 현실주의적이고 허구적 의식이 만들어낸 감정적이고 풍속적인 서사양식으로서, 순 한글 문장의 대세 장악과 함께 1906년 이인직의 『혈의루』를 통해 처음 선보이게 된다. 1910년대에 들어서면 전 시대의 개화파에 비해 서구 문명에 대한 이해를 보다 구체적으로 수용하게 된다. 이 시기 지식인들은 식민지 현실에 타협적인 태도를 보이는 동화적 실력양성론(이광수)과 친일세력에 의해 비판적 태도를 지닌 자주적 실력양성론(현상윤)으로 대별되며, 특히 이광수의 계몽사상은 문명개화라는 목적론에 우선한 까닭에 관념적이고 타협적인 삶의 과정을 받아들인다. 반면 현상윤 등의 계몽사상은 현실모순을 극복하기 위해 자주적 실력양성이란 목표를 설정하지만 식민지하에서 신념을 가질 수 없는 현실인식으로 비극적 전망을 노출한다. 결국 근대 초기의 계몽사상에 내포된 과도기

주88) 한기형, 한국 근대소설사의 시각(소명출판, 1999), P.21.

적인 근대적 성향은 식민지 시대에 대한 자기반성과 함께 1920년대
에 이르면서 온전히 극복된다고 볼 수 있겠다.

3. 근대문학의 시대구분 논의

　역사적 시간은 인위적인 노력으로 단절할 수 없는 연속성을 띠기
때문에, 이를 토막 내어 전후로 가르는 그 자체가 모순이 된다. 따
라서 시대구분이라는 것은 일종의 범주화의 문제로 귀결된다. 문학
사를 올바로 이해하기 위해 현재까지 이어지는 문학의 흐름을 어찌
되었든 구분하여 설명하지 않을 수 없었고, 이때 문학적 실상을 확
연하게 단절시킬 수 있는 방법론을 찾지 못해 혼란에 빠졌던 경험
을 지니고 있다. 그럼에도 이를 회피하지 못하는 것은 일정한 역사
적 단위설정을 전제하지 않고는 역사라는 거대한 시간의 과정을 살
피거나 이해한다는 일은 불가능하기 때문이다.
　한국문학사에서 근대에 대한 시대구분도 같은 맥락에서 출발하지
만, 대상이 문학작품이라는 특수성 때문에 좀 더 다각적으로 검토
되어야 할 줄 안다. 문학이라는 형태가 독자적 장르를 구성하며 역
사와는 다른 일부 속성을 지니고 있기 때문이다. 더구나 한국인의
근대화에 대한 노력과 일제의 식민지화가 거의 비슷한 시기에 이루
어짐으로 해서 주체적 역사가 제대로 형성되지 못하고, 근대화의
모습 또한 왜곡되고 굴절된 형태를 보이게 된다. 따라서 우리 근대
문학의 시대구분을 객관성 있는 조건을 바탕으로 일목요연하게 제

시하기란 결코 쉬운 일이 아니다. 이제까지 기술된 문학사 대부분이 관점이나 구분에서 서로 어느 정도 차이가 있다 할지라도 한국문학사의 전개를 이해하는데 기여하고 있다고 평가할 만하다. 그러나 시대구분이라는 것은 하나의 잣대로 명확하게 단정 지을 수는 없지만, 궁극적으로는 역사와 일반사의 연계 하에서 포괄적인 일치를 이루어내야 한다. 특히 문학사의 경우에는 문학이 지니는 논리의 명확성과 함께 이를 뒷받침할 구체적인 문학적 실체를 제시해야 한다는 가정에서 출발해야 한다. 이런 관점을 유지하면서 우리 근대문학의 기점에 대한 기존 논의를 간단하게 정리해 보기로 한다. 우리 문학의 근대에 관한 기점 논의는 '근대성'의 이해를 돕는 필수적인 사항이며, 본 연구의 최종적인 과제라고 할 수 있다. 지금까지 우리 문학사에서 '근대'의 분기점으로 논의된 단계를 시기별로 분류하면 다음과 같이 정리할 수 있겠다.

(1) 17, 8세기(영·정조시대): 김태준, 김일근, 이우성, 김현·김윤식의 『한국문학사』

(2) 1860년대(동학혁명): 임헌영, 황패강, 전규태의 『한국현대문학사』

(3) 19세기 말(갑오경장): 임화의 『조선신문학사』, 우리어문학회의 『국문학사』, 백철의 『조선신문학사조사』, 조연현의 『한국현대문학사』 김동인의 『조선근대소설고』, 김우종의 『한국현대소설사』 이재선의 『한국현대소설사』 김재경·이상경·오성호·하재경의 『한국근대민족문학사』

(4) 1910년대(무정의 발표): 박영희의 『현대한국문학사』, 홍효민의 『한국문단측면사』, 김병익의 『한국문단사』, 정한숙의 『현대한국

문학사』

　(5) 1920년대(삼일운동): 조동일의『한국문학통사』, 임헌영(8.15 이후)

영·정조시대 소급론 : 김현·김윤식의『한국문학사』에서 제시된 영·정조 기점소급론[89]은 타율성·정체성이론으로 대표되는 식민지사관의 극복문제로부터 출발한다. 갑오경장 기점론이 가지는 비주체성을 극복하기 위해 근대의 시작을 영·정조시대로 거슬러 올라가 생각해보자는 것이 이 견해이다. 어떻게 보면 영·정조 시대를 살펴보는 것은 문학사 자체 내에서 발생한 방법론이 아니고, 경제사나 정치사적인 변화의 논리에 근거를 둔 것이라 할 수 있다. 근대사의 기점이 개항 이전이라는 주장은 김용섭의 양안연구, 김재진의 전결제연구, 강만길의 수공업연구, 김영호 교수의 이조후기의 도시상업에 관한 연구 등 다수 학자들의 이조 후기사회의 발전적 양상에 관한 지적들이 나타나면서 구체화되기 시작했다.[90] 특히 유원동 교수는 이들 업적을 바탕으로 영·정조 기점론을 주장하면서, 난전의 대두, 신흥수공업자의 상인으로 진출, 상업자본의 생산부분과의 연결, 국제무역의 새로운 전개, 상공업으로 성장 발전한 도시화 등을 근대 자본주의사회로 이행하는 경제적 현상으로 제시한다.[91] 영·정조에 대한 인식은 근대화 의식을 지니면서 새로운 시

주89) 김현·김윤식, 한국문학사(민음사, 1973).
주90) 조기준, 〈한국사에 있어서 근대의 성격〉, 한국사시대구분론(한국경제학회, 1979) P.191 참조. 이 논의는 경제사학회 주최로 1967년 12월과 68년 3월에 걸쳐 〈한국사의 시대구분 문제〉란 논제를 가지고 한국사의 근본적 모순을 탈피하려는 노력을 보이면서 시도되었다.
주91) 유원동, 〈한국사에 있어서의 근대의 기점〉, 한국사시대구분론, 앞

대로의 전환을 준비하고 있었던 일면도 있었으나, 연구과정에 있어 실체에 대한 논리의 비약을 보이게 된다.

김현·김윤식의 『한국문학사』에서도 이같은 현상이 비슷하게 노출되어 나타난다. 그들은 "근대문학의 기점은 자체 내의 모순을 언어로 표현하겠다는 언어의식의 대두에서 찾지 않으면 안 된다"[92]고 전제하고, 일기·서간·담론·기행문까지 한국문학의 대열로 흡수하면서 근대문학의 맥락을 영·정조까지 끌어당기고자 한다. 그 이유로 영·정조 시대에 이르면서 1) 이조사회의 기반을 이루었던 신분제도의 혼란 2) 상인계급의 대두와 화폐의 전국적 유통 3) 상류계층에서는 몰락한 남인계 양반이 주가 되어, 이조사회의 여러 문물제도를 근본적으로 회의하기 시작하는 소위 실사구파가 성립 4) 관영수공업이 점차 쇠퇴하고 독자적인 수공업자들이 점차 대두하여 시장경제의 형성이 가능 5) 시조 가사 등 재래적 문학 장르가 집대성되면서 점차로 판소리 가면극 소설 등으로 발전 6) 서민계급이 점차 진출하면서 서민과 양반을 동일한 인격체로 보려는 경향 등이 나타났다는 것이다.

영·정조 시대에 대한 새로운 인식은 이전까지 해결방안을 찾지 못했던 식민지사관의 오류에서 벗어나 자기의 주체성을 높이려는 시도로서 긍정적인 일면을 지니고 있다. 근대문학의 발단을 영·정조 시점으로 소급 적용함으로써 기존 문학사에서 논의되어 왔던 강제적 개항, 또는 일제 식민지 등 비주체성과 관련된 부분까지 포괄적으로 감싸 안을 수 있기 때문에 큰 장점이 될 수 있다. 김현·김

의 책, P.139.
주92) 김현·김윤식, 한국문학사(민음사, 1977) P.20.

윤식의 주장은 역사학계를 비롯한 인접학문의 성과를 바탕으로 식민지사관을 극복하고 한국사 내부의 자생적, 주체적인 변화에서 근대성의 발단을 찾아본다는 데에 나름의 의의를 가진다. 그러나 염무웅은 논리적인 배경과 현실인식, 한 문명권의 이동관계, 실증적인 자료 등의 기본적인 배경과 논리분석이 없이 영·정조시대로 근대의 기점을 소급하는 데에는 무리가 따른다고 지적한다.[93] 소급론자들이 주장하는 근대양상은 일부 개별적 현상으로 보이는 파편적 요소일 뿐, 전형적인 사례로 내세울 수는 없다는 것이다. 이 시기 문학은 봉건적 잔재를 부정하고 새로운 문학으로 이행하는 과정의 일단을 보여주고 있다는 점에서 이해할 수 있으나, 그것이 새로운 시대를 열어간 전환점으로 보기는 어렵다. 어쩌면 서구문학의 이식이라는 객관적 사실을 일시적 목표 때문에 감추거나 은폐하려는 감정적 논리로도 비쳐질 수도 있다. 또한 소급론 자체가 과연 주체성을 확보하는 길인가 생각해 볼 필요도 있다. 우리 사회가 자신의 의도에 상관없이 서구에 의한 문화적 충격을 경험하긴 했지만, 그 자체가 비주체적인 것은 아니기 때문이다. 중요한 것은 외래적 충격으로 굴절 수용된 문화현상 속에서 우리만의 보폭으로 전개 형성되어온 문학적 요인을 찾고, 이를 통해 우리 문학이 보유하고 있는 근대적 특수성을 규명해야하는 점이 아닌가 한다.

1860년대(동학혁명) : 최근에는 갑오경장의 타율성과 영·정조 기점론의 정체성을 극복하기 위해, 사회 경제사적 관점을 수용하면서 개항을 전후로 한 한국사회의 충격적 변화에 주목하고 있다. 임헌

주93) 염무웅, 근대문학과 민족문학(삼성출판사 60, 1982) P.263.

영[94]은 1860-70년대를 근대의 전환기로 보고, 그 이후 8.15까지를 근대문학으로 부를 것을 주장하고 있다. 전규태[95]는 정신사를 주축으로 하는 방법론을 원용하면서, 1860년대 동학을 근대문학의 한 구심점으로 보고 있다. 황패강[96]도 1860년대에 접어들면서 근대적인 민중운동과 외형적 제도화가 자의적이든 타율적이든 가장 다양하게 나타나면서, 봉건적 체제로부터 근대 시민사회로 급변해 갔다고 본다. 1860년대를 주목하는 이들은 당대에 동학이 창시하는 등 몇 가지 근대적 성격이 지적될 만한 사실이 있다고 주장하면서, 한국 민중의 근대의식의 발상과 관련하여 동학가사·천주교가사·판소리사설의 문자화·방각본 국문소설의 대량 출간과 보급 등을 문학적 증거물로 제시하고 있다. 이 견해는 영·정조 기점론의 약점을 보완하는 방편으로서, 최근 인접학문과의 연계 속에서 새로운 기점론으로 부각되고 있다. 그러나 사회 경제사적 변화와 문학사적 변화를 어떻게 일치시키느냐에 대한 논의와 함께 영·정조 소급론이 담고 있는 "근대성이 포함된 문학적 실체가 과연 무엇인가" 하는 의구심을 동일하게 자아내고 있다.

1860년대 기점론과 관련, 조동일의 관심을 주시할 필요가 있다. 조동일은 17세기 이후부터 1918년까지의 문학을 '중세문학에서 근대문학으로의 이행기문학'으로 보면서, 다시 1860년대를 이행기 제1기와 2기와의 경계선으로 설정하고 있다. 이 시기를 새로운 전환점으로 보는 것은 앞서와 마찬가지로 동학의 창건을 비롯하여 민족 종교의 출현 때문이다. 이에 따라 동학경전을 비롯하여 증산교, 대종교

주94) 임헌영, 근대문학사론고, 창조와 변혁(형성사, 1979).
주95) 전규태, 한국현대문학사(서문문고, 1976.)
주96) 황패강, 〈한국문학사와 근대〉, 한국문학의 이해(새문사, 1991).

의 경전, 가사 및 구비문학들이 이 시기의 주요한 문학사적 사실들로 포함된다. 19세기 민중운동의 문학적 표현들이 문학사에 포함되어야 한다는 원론적 주장은 있어 왔지만, 구체적인 문학사 서술로 나타난 것은 이것이 처음이다. 1860년대에 대한 견해는 반봉건·반외세 성격을 지니고 있는 동학혁명의 근대적 의미로의 평가와 함께 대두된 기점 논의로서, 특히 용담유사의 연구가 상당한 진척을 보이면서 새롭게 정립된 부분이다.[97] 또한 외세와 봉건적 제도에 대응했던 동학의 움직임이 우리만의 사회변동 범주에 한정된 것이 아니라, 명치유신·아편전쟁 또는 북경함락 등 동양의 서구적 충격이라는 보편적 사건으로 연결됨으로써 근대의 기점을 정립하는데 유리한 이점을 지니게 된다. 다만 신문학운동 발생 이후의 문학적 형태와 커다란 격차를 보이는 구시대적 장르가 과연 근대적 문학양식으로서 인정해야 될 지도 동시에 규명되어야 할 것이다.

갑오경장 기점설 : 임화가 "신문학사란 이식문화의 역사"라고 주장한 이래 설정된 종래 문학사의 통설로서 갑오경장의 역사적 성격에 문학사적 의미를 연결시킨 것이다. 우리의 근대문학은 갑오경장과 때를 같이 하면서, 서구 근대문학의 영향을 받은 서구적 개념의 근대문학이 시작되었다는 것이다. 그러나 갑오경장의 경우, 표면적으로는 근대 개혁의 성격을 노출시키고 있으나, 개혁주체가 위로부

주97) 정재호, 〈용담유사의 근대적 성격〉, 한국고전문학연구회편, 근대문학의 형성과정(문학과 지성사, 1983). 정재호는 용담유사의 근대적 성격을 밝히는 글에서 전통사회의 부정, 한글의 실용성 인정, 만민평등의 정신, 여성의 사회지위 인정, 서학에 대한 비판, 자주의식과 참정의식을 노래, 서민의 대중문학 등 7개 항을 제시하고 있다.

터 추진되었으며 이 또한 침략의도가 동기화 된 사대적 근대화, 곧 파행적 근대화로 규정지을 수밖에 없다. 문학적인 면에서도 근대문학의 형식만을 도식화하여 규정할 뿐, 예술기법을 통한 근대적 전개과정이나 근대정신을 시도하려는 노력을 찾아보기가 힘들다. 결국 갑오경장 기점설은 19세기 말 한국의 근대화에 대한 지향작용과 실제 개혁이 구체화되기 시작하면서, 경제·역사·정치사의 발전이론을 받아들여 문학의 역사를 그럴듯하게 꾸미기 위한 방편으로 출발하였다. 때문에 심리적 위안을 가장 많이 받는 논리이면서도 가장 회의와 반론을 받을 수밖에 없는 견해이다.

임화는 고전문학사에 대한 논의를 완전 배제한 채 신문학사를 서술하면서, 거의 무의식적으로 근대화를 서구화와 연결시키는 논리를 전개하고 있다. 그는 〈신문학사의 방법〉에서 "신문학사의 대상은 물론 조선의 근대문학이다. 무엇이 조선의 근대문학이냐 하면 물론 근대정신을 내용으로 하고 서구문학의 장르를 형식으로 한 조선의 문학"이라고 밝히고 있다.[98] 이러한 관점은 전대의 우리 문학을 백지상태로 보고 외국 문학의 수용을 단순히 이식사적 측면으로 바라보는 것이다. 서구적 충격을 내부의 질서로 통합시키지 못한 임화의 한계는 결국 그로 하여금 "신문학사는 이식문화의 역사"란 자조적 진술을 토해내게끔 만들어 버린다. 결국 임화의 입장에서 보면 근대의 개념과 근대문학의 기점에 대해 전혀 논리성을 갖추지 못한 채, 이인직의 소설과 이광수의 『무정』을 근대문학의 일정한 성과물로 인정하게 만드는 것이다. 백철도 근대화와 서구화의 논리

주98) 임화, 신문학사의 방법-조선 문학연구의 일과제(동아일보, 1940. 1. 13-20).

를 한국적 특수성으로 정당하게 인정하지 못하고 공식적으로 다룬다. 근세의 한국은 근대사조에 대해 받아들일 아무런 준비도 없었을 뿐만 아니라 하나의 반동적 현실을 이루고 있다고 본다.[99] 그는 즉 당대 현실을 서구화의 갈등과 모순에서 빚어진 상황으로 인식하지 않고 임화의 공식적인 논리에 수긍하는 태도를 보이고 있다. 때문에 근대문학의 기점을 그대로 답습하면서 사조 또는 잡지별 구분을 바탕으로 한 역술·창가·신소설 등 문학 장르에 우선하여 관심을 둔다. 그것도 자연스럽게 발생한 양식의 변천사가 아니라 서구 근대문학의 형식을 그대로 옮겨놓은 모방 양식으로 보고 있는 것이다. 백철의 시대구분의 모호성은 결국 근대화를 서구화로 보는데서 기인하며, 한 걸음 나아가 근대화에 대한 구체적인 인식이 결여된 것으로 판단된다.[100] 조연현은 신문학의 범위와 대상을 갑오경장 이후 우리나라의 근대적 또는 현대적 문학이라고 단정 짓고, 그 이유로 갑오경장을 통해서 우리 사회가 근대사회로 전환되었으며, 사실상 그 시기에 근대문학도 등장했다고 밝히고 있다.[101] "일정한 역사적 변화는 필연적으로 문화적 변화를 초래한다", "일정한 문학적 변화에서 일정한 시대적 변화를 볼 수 있다" 등 문학 외적인 변화와 내적인 변화의 상호 연계성을 전혀 파악하지 않는 그의 주장에서 느낄 수 있듯이, 시간적 후진성과 시대적 미숙성으로 인해 우

주99) 백철, 신문학사조사(신구문화사, 1982 개정판) P.19.
주100) 백철은 〈한국문학의 근대화에 대하여〉란 논문에서는 1920년대를 대표한 춘원 이광수의 작품시대를 근대문학의 기점으로 보기도 하며, 〈한국문학과 근대인〉이란 글에서는 20년대까지 내려보는 등 혼란을 보인다.
주101) 조연현, 한국현대문학사(성조각, 1969) P.21.

리 근대문학은 서구 모방문학의 범주에 있으며, 이것까지도 기형적인 것으로 만드는 요인이 됐다고 밝히고 있다. 이러한 인식은 근대화의 과정을 서구의 그것과 단선적으로 동일시하는 측면임과 더불어 임화나 백철이 안고 있는 한계인 전통맥락의 부재를 다시금 드러내는 것이라 하겠다.

갑오경장 기점설에 관한 종래의 주장은 근대의식에 대한 의미가 부족한 가운데 근대를 서구의 충격에 의한 자연적 산물의 발생으로 파악한다든지, 한국문학을 타율성을 지닌 문학으로 인식하고 있기 때문일 것이다. 또한 고전문학과의 교섭을 거치지 않고 근대문학의 특성만을 논의하는 실수를 범하고 있다. 문학사의 정신적 맥락을 염두에 두고 있기는 하지만, 실제 문학사 서술과정에는 경험 위주의 문단사・잡지사・사조사 등으로 일관하고 있다. 이러한 약점은 문학작품의 내적 질서를 파악하여 정신사를 구성하는 것이 아니고, 시대상황의 범주 내에서 문학 전반을 이해하려는 선입관이 강하기 때문이다. 결국 문학 외적인 요소를 근거로 해서 문학사를 기술한다는 것은 문학사를 정치・경제・사회사에 예속화시킴으로써, 문학 특유의 상상력으로 표현되는 정신사적 해석을 불가능하게 만들 수가 있는 것이다.

갑오경장 기점설과 직접적인 관련을 갖는 문학적 사실로서 20세기 초 개화기문학의 등장을 빼놓을 수 없다. 개항 이래 서구문화의 유입과 함께 빚어진 신・구의 갈등적 상황 속에서 근대화라는 역사적 임무수행이 강조되는 시대를 배경으로 한 개화기문학은 신・구 문학요소들이 공존해 있어 문학양상도 매우 혼탁함을 보여주고 있다. 이는 개화기 문학양식이 새로운 성립을 위해 나아가는 과도기

형태를 취하고 있음을 암시한다. 갑오경장을 통한 새 것에 대한 적극적인 수용은 그 문학적 사실로서, 특히 소설사의 관심으로 두드러지게 나타난다. 안확은 통사적 국문학사의 최초의 시도라 볼 수 있는『조선소설사』에서 개화기 문학을 역사소설류와 신소설로 구분하면서, 이인직의 신소설에서 진정한 신문학이 출발한다고 보고 있다.102) 김태준은 개화기문학을 계몽기(1894-1910)와 발아기(1910-1919)로 구분하여, 전기에는 번역과 국문운동을 통한 역사소설이 성행하였으며, 후기에는 이인직에 의하여 창안된 신소설이 대중화된 시기라고 보고 있다.103) 이후 개화기문학에 대한 논의는 임화, 백철, 조연현 등 갑오경장 기점론자들에 의해 이인직 소설이 지니는 거짓된 진보의 정신에 초점을 맞춤으로써, 근대문학의 정통적 흐름을 차단하는 방해물로 상당기간 작용하게 된다.

개화기문학에 대한 본격적인 연구는 전광용, 조지훈, 송민호, 홍일식 등으로 이어지며 문학적 형태와 기교에 대한 탐구가 계속된다.104) 이를 통해 이인직의 개인사적 면모가 드러났을 뿐만 아니라

주102) 안확, 조선소설사(한일서점, 1922) PP.124-125. 안확이 말한 역사소설에는 중국과 일본의 역사소설을 번역 또는 번안한 것과 신채호의 창작이 들어있으나, 고대소설의 권선징악적 관점과 한문학의 낡은 문체가 남아있어, 이인직의 소설을 신문학의 진정한 시발이 된다고 기술한다.
주103) 김태준, 조선소설사(청진서관, 1933), PP.234-247. 김태준은 근대문학을 제1기 애국운동시의 문학(1894-1910), 제2기 발아기의 소설(1910-1919), 제3기 신문학의 발전(1920년 이후) 등 3단계로 설정하고 있다.
주104) 이 시기 개화기 소설에 관한 연구로는 전광용의 이인직연구(1957), 신소설연구(1956), 송민호의 한국 개화기소설의 사적 연구(1959) 등이 있다.

신소설의 근대문학사적 중요성이 크게 부각되었다. 반면 이인직의 소설이 근대소설의 최초의 장으로 설정됨으로써 한국 근대문학의 자기 주체성은 크게 위협을 받게 된다. 신소설을 '한국 현대소설이 움트는 최초의 기점'으로 제시한 김우종은 고대소설과는 다른 새로운 문체, 새로운 구성, 새로운 사상의 작품이 등장했기 때문이라고 그 이유를 밝히고 있다.[105] 그러나 70년대 이후 과연 개화사상이 19세기 한국사회의 모순을 전면적으로 감당하는 능동적인 것이었느냐 하는 반성과 함께 이재선, 김학동, 조동일 등은 외국 문예이론에 대한 깊이가 있는 학습을 통해 장르별 문학사를 기술하려는 노력으로 이어진다. 특히 이재선의 경우는 작품 내재적 현실을 존중하는 표현형태 및 인식방법의 측면으로 보아 전대소설과 근대소설의 각각 특수성이 해체되는 시기를 19세기 말부터 20세기 초 전후로 보고 있다. 나아가 양극의 표현 양식상의 특질에서 근대문학으로의 전환기를 20세기 초로 선택하는 이재선은 "전대소설에서의 우세했던 영웅적 현상이 약화 후퇴 현상을 보이고, 선형적인 서구구조의 약화·전지적 서술자의 후퇴·시간화 경향에서 공간화 경향으로의 이해 등 전대소설의 요소가 현저하게 변화되어 간다"[106]는 점을 그 이유로 제시하고 있다. 그러나 작품만의 내적 관계를 기술하는 태도는 작품 본연의 미학적 구조나 형태를 분석하는 데는 도움을 줄 수 있으나, 문학현상의 사회적 배경이나 변천의 역사적 의미를 파악하는 데는 수월하지 못하다. 최원식은 개화기문학의 주체에 대한 파악이 극히 잘못되어 있다는 판단에서 개화의 미명아래 매국운동

주105) 김우종, 한국현대소설사, 앞의 책, P.15.
주106) 이재선, 한국현대소설사(홍성사, 1982) PP.4-29 참조.

에 종사했던 이인직·최찬식 등의 친일문학인을 배제하고, 개화를 자강의 방편으로 삼은 이해조의 소설을 근대적 발단으로 받아들일 것을 주장하고 있다. 또한 신동욱·조동일 같은 학자들은 개화기문학, 특히 신소설의 근대성 자체에 대해 근본적인 의문을 제기하기도 한다. 신소설은 구소설의 상투형에 근거하고 있는 '양장한 고대소설'이라고 비판하였으며, 또한 침략에 대한 위기의식을 전혀 발견할 수 없고, 민족문화의 약점과 민족의 역량을 부정하는 친일적 의도의 문학이라고 매도하기도 한다. 이런 연구를 통해 개화기문학의 방향성을 어디에서 구해야 될 것인가를 새롭게 인식할 수 있게 된다. 이른바 개화기문학에 대한 재인식은 기형적인 것으로 파악된 근대문학사를 정상으로 되돌리는 작업이며, 민족문학사의 주체적 시각을 정립하는 새로운 각도가 되는 것이다.

이광수 『무정』의 발표 : 춘원의 『무정』이 매일신문에 발표되기 시작한 1917년을 근대의 기점으로 삼는 경우도 많다. 이광수는 『어린 희생』, 『윤광호』 등의 발표 이후 『무정』을 통해 1) 일상어 문장의 확립 2) 작품구조의 확립 3) 장편소설의 가능성 등 전대 문학과 확연하게 구분할 수 있는 몇 가지 형식적 변화를 보이게 된다. 주제에 있어서도 봉건적 질서를 극복하는 새로운 대응방식의 도덕 방식을 제시함으로써 근대사회와 함께 발생 성장해 온 소설양식의 완성도를 높이고 있다. 결국 '조선 초유의 양과 질을 지닌 작가'[107]라는 평가와 함께 이광수의 『무정』은 근대문학의 기점으로 선택되기에 이른다. 『무정』에서 근대문학의 기점을 잡는 태도는 소설사의

주107) 김동인, 〈춘원연구〉, 동인전집 16(조선일보, 1988), P.28.

관심에서 두드러지며, 반면 시에서는 1908년 〈소년〉의 발간연대를 선택한다. 따라서 이 두 장르를 함께 만족시키기 위한 기점으로써 1910년대 전후라는 추상적인 시대구분이 이루어지게 된다. 정한숙은 『한국현대문학사』에서 두드러진 작품 중심의 문학사를 기술하면서, 근대문학의 기점을 1910년으로 잡고 있다. 그는 근대 기점의 출발을 최남선의 신시로 놓고, 소설에서는 『무정』을 배치한다. 그러나 『무정』을 단순한 기점으로 이용하는 것이 아니라, 작가의 투철한 작가정신과 재질에 의해 문학적 성과를 획득했다는 이유로 근대소설의 첫 장으로 삼고 있다.[108] 다른 한편으로 『무정』을 본격적인 근대문학의 성격을 구비하지 못한 과도기적 형태로 규정하기도 한다. 이광수는 올바른 역사의식을 정립하고 있지 않았기 때문에, 당대의 긴급한 정치적 상황을 외면하고 친일적 반민족적 활동에 적극성을 보였고, 이념이나 원칙이 없는 단편적 지식의 퇴적으로 인해 사고의 합리화, 근대화를 역행한 면도 없지 않다. 그가 의도한 개화나 계몽사상은 식민지 현실의 실상을 제대로 이해하지 못한 상태에서 의도된 것이었기 때문에 문학작품 속에서도 다만 이념형의 그것으로 제시되고, 실제 실행능력은 미약한 것으로 드러난다. 한편, 이광수의 『무정』을 기점으로 삼는 견해에는 문학사를 경험 위주, 또는 문단이면사 측면으로 기술하는 문학사가 주로 포함된다. 이들 문학사에서는 전대 문학의 배경이나 사상적 측면을 전혀 구체화시키지 않고 육당이나 춘원의 활동 대상이었던 잡지나 신문, 기타 간행물들을 주요 문학적 성과로 삼고 있다.[109] 이른바 작가와

주108) 정한숙, 한국근대문학사(고대출판사, 1982), P.8.
주109) 초창기 이면사 기술은 대부분 1950년대에 서술된 것으로 과거 문단활동의 경험을 중심으로 기술되는데, 역사에 대한 인식태도를

작품의 정통적인 해석을 피하고 이면사의 입장을 취하는 문학사는 문단사·측면사·잡지사·논쟁사 등의 형태로 기술된다. 이러한 태도로 기술되는 문학사에서는 근대문학의 시작을 최남선과 이광수로 선정하고 있으며, 문학의 근대적인 인식을 언어의식의 탈피, 언문일치 문장의 완성이라는 데에서 찾고 있다. 그러나 이면사라는 자체가 경험적인 안목에서 대상 요소를 인상적으로 처리해 버리는 약점을 지니고 있어, 근대의 기점이론에 도움을 줄 수 있는 배경사적 측면의 장점을 전혀 살리고 있지 못하다.

1919년 신문학운동 : 삼일운동이 계기가 되어 확산된 문화운동의 일환으로 각종 신문 잡지와 동인지 등이 급증하는 이 시기에 이광수의 독무대에 도전하면서 새로운 근대적 성격의 문학이 정착되었다고 보는 견해이다. 사실 민족자주와 해방을 위해 민족적 역량을 분출시킨 대대적인 민족해방운동인 삼일운동은 우리 근대사에 새로운 전환의 계기를 마련해 준 획기적인 사건이었다. 이 운동 자체가 근대적 민족주의 확립이라는 명제아래 진행된 만큼, 1919년 이후의 근대문학은 민족문화를 새롭게 개편하고 창달해야 한다는 기본 사명을 뚜렷하게 자각하며 전개되었다. 특히 삼일운동 결과로 나타난 문화통치로 인해 발언 영역의 진폭과 발표지면이 넓어지고 각종 신문 잡지 및 동인지가 격증됨으로써 근대적 성격의 문학이 개화하는 계기를 마련한다. 이 때 문학 활동의 양적 확대와 내용상의 다양성을 밑받침해 주게 된 구체적 현상의 하나가 동인지시대의 개막이라고 할 수 있다. 1920년대 이후의 문학은 이러한 문학적 상황을 배

고려하지 않고 흥미 위주의 소재를 선택하고 있다.

경으로 하여 토대를 확보하게 되었고, 근대적 문단 형성의 저변을 마련하였다는 데에 중요한 의의가 있다.[110] 그러나 신문학운동을 근대문학의 기점으로 잡는 견해에서는 문학사를 경험 또는 문단사 위주로 기술하는 경우가 많았다. 따라서 1919년 신문학운동 기점론은 자체적인 근대성의 확대에 따른 성과로 보기보다는 갑오경장부터 설정한 근대문학과 1919년 이후 현대문학이라는 용어적 구분에 따라 설정되는 경우가 대부분이었다.[111] 다만, 조동일은 중세문학에서 근대문학으로의 이행기를 거쳐, 1919년 이후를 근대문학의 전환점으로 보면서 문학사 기술을 전개하고 있다. 이 시기에 "중세적 보편주의의 기반인 한문학이 구시대 문학의 잔존물로 취급되고, 문학은 오직 구어체의 국문문학이어야 하며, 서정시·소설을 기본 갈래로 삼아 널리 개방된 다수의 독자를 상대로 당대의 문학을 다루어야 한다는 커다란 전환이 이루어졌다"[112]는 것이다. 조동일의 성과는 기존의 시대구분에서 느껴지는 한계성을 벗어나 종합적인 면모를 보여주면서 그것이 보다 문학적인 시대구분이 되었다는 데 있다. 그는 시대구분의 목적이 편의 문제인가 실상의 문제인가를 제기하고, 역사의 연구가 그 실상을 밝히는데 있다고 주장한다. 이 견

주110) 이 시기의 대표적 동인지로는 문학적 성과와 당대적 위상에서 차지한 영향력을 고려하는 측면에서 〈창조〉, 〈개벽〉, 〈폐허〉, 〈장미촌〉, 〈백조〉, 〈금성〉, 〈영대〉 등을 들 수 있다. 이들 주요 동인지들의 몇 가지 주요 양상을 살펴볼 때, 먼저 간행횟수가 단명했다는 점을 들 수 있다. 이 점은 동인지로서 갖추어야 할 기본적 속성인 사상적 경향이나 표방된 노선의 통일이 진지하게 모색될 없었다는 문제점을 안고 있다.

주111) 특히 조윤제, 장덕순, 박성의 등 국문학사 통사의 저작물들에서 이러한 사례가 종종 발견된다.

주112) 조동일, 한국문학통사 5권(지식산업사, 1989), 서두에서.

해에 따르면 1920년대 동인지를 중심으로 한 문학적 상황을 배경
으로 이후의 문학은 보다 발전되었으며, 그 방법과 인식의 관점에
서 상당한 전환을 이룩한 것으로 평가된다.

1919년 이후 : 1919년 이후 신문학운동을 '근대'의 마지막 종착역
으로 삼으며, 현재와의 거리를 단축시키기 위한 또 하나의 시대구
분으로 '현대'를 설정하는 경우가 있다.[113) 이때 기점대상으로 선정
되는 중요시기는 1) 카프결성 2) 모더니즘 3) 8.15 해방 이후 등
으로 구분할 수 있다.

먼저, 근대문학의 다음 단계로서 '현대'라는 기점을 선택할 때,
1923년 카프결성 이후 한국 프로문학 소설들을 그 효시로 제시하는
견해이다. 김우종은 개인의 독자적 사고나 발상형태에 기초를 두고
있는 '근대'에 반발한 새로운 시대적 사고로 '현대'를 설정하고 있
다. 그 시작을 프롤레타리아 문학이 처음 도입되기 시작한 1923년
경으로 보고 있다.[114) 그 이유로 "프롤레타리아문학은 근대문명 사
회에 대한 회의와 반성과 비판의 한 형태로 나타난 것"이라고 밝히
면서, 서구사회에서 근대 산업혁명이 일어남으로써 자본가와 노동
자 등 새로운 계층이 생기고, 이로 인한 빈부격차로 새로운 사회문
제로 등장할 만큼 근대사회가 성숙하게 되자 나타난 것이 사회주의
이고, 프로문학은 그 이데올로기를 테마로 한 것이기 때문이라는

주113) 근대의 다음 단계로서, 현대를 시대구분의 한 단계로 설정하는
　　　것은 근대의 개념을 명확하게 규정짓지 못하고 편의상으로 기술
　　　할 때 이루어진다. 만일 현대를 삽입한다면, 근대라는 시간대 내
　　　에 속해있는 '후기 근대'를 대체하는 용어로 제한하여 사용함이
　　　옳을 듯하다.
주114) 김우종, 한국소설의 이해(이우출판사, 1980) P.17.

것이다. 한국의 프로문학은 1924년을 전후하여 일어난 일련의 사회주의 사상과 관련된 작품경향에서 비롯하는 것으로, 박영희는 이를 신경향파 문학으로 지칭했다. 신경향파문학이란 프롤레타리아문학의 전 단계, 즉 목적의식에 기초하고 있는 계급성이 확고하게 드러나지 않은 채로 사회적 모순을 개인적인 차원에서 폭로와 고발로 표현하던 시기를 말한다. 신경향파 문학운동이 본격화되기 시작한 데에는 1922년 무렵부터 급속히 확산되던 사회주의 운동에 이끌린 김기진과 당시 〈백조〉파의 일원으로 사상 전환을 한 박영희 등의 활발한 비평 활동이 지대한 역할을 하였다. 여기에 당시 사회 전반에 걸쳐서 파급되던 사회주의 운동의 관심으로 조직된 〈염군사〉 〈파스큘라〉 등의 단체와, 그리고 〈개벽〉을 비롯한 출판매체의 역할에 힘입은 바가 컸다. 그러나 새로운 경향이라 했을 때 대체로 자연발생적인 측면만을 문제로 삼았을 뿐, 일종의 궁핍소설을 지칭한 것으로 방법론은 극히 빈약한 것이었다. 한국의 프로문학은 당파적 생활과는 무관한 기껏해야 지주대 소작인의 대립 및 궁핍화 등을 관념적으로 묘사함에 그친 것이었다. 이 점은 이념적 기준에 의한 성급한 재단으로 바라보는 관점에서 벗어나 좀 더 확고하고 체계적인 원칙을 확보하려는 노력이 부족했음을 보여주는 근거가 된다. 또한 신경향파 문학에 대한 기존의 연구가 극히 제한적 관점에서 수행되었다는 점에서 더욱 폭넓은 실증적 연구가 요청되는 부분이기도 하다.

모더니즘의 현대적 요소를 바탕으로 하여, 근대문학의 범주에서 벗어나 현대문학의 기점으로 삼기 위한 견해도 등장한다. 즉 전대의 낭만주의와 상징주의, 프롤레타리아문학의 편내용주의를 부정하고 대두한 점이 시대전환의 의의를 가지며, 모더니즘의 수용과정이 바로 현대문학의 기점문제와 관련을 갖는다는 것이다.[115] 모더니즘의 한국적 전개는 일본 군국주의의 급격한 대두로 인해 정치 사회적 불안과 긴장이 표출되는 1930년대라는 상황과 깊이 연관되어 있다. 또한 한국 프로문학의 성립 및 전개과정과 이에 대한 반동으로서의 시조부흥운동 등 민족주의운동, 그리고 1930년 〈시문학〉의 발간에 따른 순수 서정시운동과의 연관성을 갖는다.[116] 모더니즘 작가들은 리얼리즘 작가들의 내용의 사회성을 형태의 사회성으로 대체시키면서 새로운 문학의 가능성을 추구하였으나, 실제 작품들은 소외와 퇴폐성, 도피의 징후를 보이고 있다. 이러한 현상은 그들이 집단에서 분리한 채 이성이 아닌 지성과 감각으로써 근대문명에 직면하고자 했던 만큼 어느 정도 예견될 수 있는 성질의 것이다. 이들은 서구의 현대적 문예사조의 활발한 이입과 깊은 관련성을 갖지만, 형상의 정밀함이나 자기 내면심리의 솔직한 표현에 주

주115) 문덕수, 한국 모더니즘시 연구(고려대 박사논문, 1981) P.11. 그는 이 논문에서 주로 시사적인 관점에서 모더니즘을 파악하고 있다.

주116) 지금까지 한국적 모더니즘에 관한 연구는 문학사적 연구와 비교문학적 연구 및 개별적인 작가론으로 나눌 수가 있다. 문학사적 연구는 모더니즘이 근대문학적 요소를 현대문학적인 것으로 전환시켜 현대적 기점이 됨을 논한 것이며, 비교문학적 연구는 서구문학 특히 영미문학이 한국문학에 미친 영향과 그 차이점을 논한 것이다. 또한 작가연구는 김기림·정지용·김광균·이상·최재서 등의 문학적 특성과 이론을 전개함으로써 모더니즘의 전개과정과 특성, 외국이론과의 영향과 원천관계, 그리고 문학사적 위치에 관한 어느 정도의 성과를 거둔 것은 사실이다. 그러나 많은 연구가 모더니즘을 서구적 개념에 집착하여 비교 검토한 결과, 한국문학의 자생적인 모더니티를 추출하는데 실패하고 있다.

안점을 두면서 문장과 기교의 숙련을 통한 묘사의 발전으로 나타난 것이라 할 수 있다. 이로써 새로운 문학형식의 발견과 창작기술이 확대되고(심경·세태소설·알레고리 방법·의식의 흐름 수법 등), 문학에 대한 공리효용의 우선적 흐름에서 일탈경향이 확고하게 정착하게 된 계기를 만들었다. 다만 서구적 개념만으로 모더니즘을 정의하고 그 모델로 현대의 기점을 설정하는 것은 한국문학의 자율성과 주체성을 확립하는데 저해요인이 될 수가 있다.

해방 이후 우리의 문학은 과거 식민지 시대의 잔재를 청산하기 위해 민족문학의 수립을 모색하게 되고, 이와 함께 분단 이데올로기 대결의 극복이라는 두 가지 명제를 동시에 수행하게 된다. 이 기간의 문학은 민족과 국토가 단절된 상황에서 자라온 그 속성으로 인하여 하나의 경험적 사실로 인식되고, 한국사회의 당대적 현실과 직접적으로 대응하고 있었기 때문에 종합적인 해석을 얻지 못하고 상당부문 문단적 관심의 영역 속에 머무른 느낌이었다. 따라서 해방 이후 전개된 우리 문학에 대해 체험적 현실의 영역에서 벗어나 문학사적 관점에서 새롭게 규정하는 것은 의미 있는 작업이라 할 것이다. 그런 의미에서 일부 문학사 기술에서는 8.15 해방이 기점의 대상이 되기도 한다. 권영민은 『한국현대문학사』(1945-1990)에서 해방 이후의 문학을 분단시대문학으로 지칭하면서, 전 시대의 개화 계몽시대-식민지시대 문학에 이은 연속적 실체로서의 의미로 파악한다.[117] 이 밖에 이재선의 『현대한국소설사』에서도 해방 이후의 문학을 최근 근거리로 잡으면서 해방공간을 '근대'에 이은 현대문학의 기점으로 삼는데 이견을 보이지 않는다. 사회적 제 모순이

주117) 권영민, 한국현대문학사(민음사, 1993), P.23.

다각적으로 분출되는 충격적 계기가 되면서 새로운 시대로 전환되는 해방공간은, 제2차 세계대전의 종결이라는 확장성을 보유함으로써 한국사의 일획을 긋는 시기로 자리 잡는다. 다만 해방 이후 분단 반세기 남짓한 시기에 문학만으로 만족할 수 없다는 현실인식은 앞으로 우리 문학이 갖는 정신적 좌표가 분단 이데올로기를 극복하는 통일문학사를 지향하고 있다는 것을 암시하고 있다. 그러므로 해방공간에서 비롯되는 분단시대의 문학연구는 그 규명 여하에 따라 재조명됨으로써 향후 문학 판도를 결정할 수 있는 중요한 자리를 부여받고 있다.

이렇게 우리 문학사에서 있어서 근대의 기점으로 거론되고 있는 시기는 영·정조시대(1780-1880)부터 1919년(삼일운동), 그리고 8.15 해방에 이르기까지, 200년에 가까운 커다란 시차를 가지고 있다. 이들 시기들은 나름대로 우리 문학사에서 중요한 의미를 담고 있는 전환점이 되면서, 상당기간 연구해 온 선행업적들로 인해 객관적이면서도 타당성을 지니고 있다 해도 큰 무리가 없을 줄 안다. 또한 기점논의의 기본 줄기는 문학 내적 질서의 연구를 근간으로 하고 있지만, 한국사에서 역사의 전환점을 가지는 변동시기와도 거의 일치하는 특성을 보인다. 아울러 우리 문학의 독창적인 자리 매김을 위해 사회변동의 실체를 문학적 양식에서 찾아내려는 연구자들의 비평적 안목이 점점 돋보인다는 점이다. 물론 문학사 기술이 초보적 단계에 머물렀을 때는 문학과 역사의 기본 속성을 혼돈, 사회변동 맥락 속에 문학적 사실을 접목시키려는 의도가 노출되기도 했다. 그럼에도 한국문학의 본류를 찾아내려는 의지는 착실한 성장을 보여 이제는 문학사의 기술에 있어, 어느 정도 장르적 인식도 자리를 잡고, 한국 정신사의 방향성을 모색하는데 커다란 보탬이 될 수 있는 단계에까지 도달한 느낌이다. 다만 현재까지 우리 근대 문학의 기점론에 관한 관련 학자들의 의견을 종합해 본 결과, 각자의 견해가 독특하고 주장하는 바가 강해서 공통점을 발견하기가 매우 어렵다는 사실이다. 이는 한국문학사에 있어 근대에 대한 연구가 보다 심화되지 못하다는 단적 증거이며, 동시에 인접학문 각 분야와의 연계 하에 보다 내실이 있는 연구의 결실이 있어야겠다는 아쉬움을 남기게 된다.

지금까지 내용을 종합하면, 우선 타율성·정체성이론으로 대표되는 식민지사관의 극복에서 출발한 영·정조 기점론은 18세기 봉건적 잔재를 부정하고 새로운 문학으로 이행하는 과정의 일단을 보여줌으로써 중요한 의미를 지니고 있다. 그러나 근대 양상의 파편적 성향은 보이지만 근대의식의 성숙도가 낮고 이 시기의 성격을 특징적으로 보여줄 수 있는 근대문학적 성과물을 찾는 것이 쉽지 않아 재고의 대상이 된다. 개항을 전후로 한 외래적 충격에 주목하는 1860년대 기점론은 최근 들어 활발한 검토가 이루어지고 있는 부분이나, 영·정조 기점론과 마찬가지로 문학 집적물로서의 근대성이 과연 어느 정도 성숙함을 보여주는가 하는 점이 관건이 된다. 갑오경장의 문학적 의미에 초점을 둔 갑오경장 기점설은 우리 문학의 근대성을 서구적 개념과 동일시함으로써 서구적 편향 및 타율성에서 극복하려는 한국문학에 장애요소로 작용된다. 신구문학의 양상이 혼재되어 있는 개화기 문학은 본격적인 근대문학의 형성에 기여한 일면으로 애국계몽기문학으로 지칭되며, 새로운 입지를 위해 재검토 작업이 활발하게 이루어진다. 이광수의 『무정』은 전대와는 인물의 심리묘사나 구성적 배려를 보여줌으로써 근대문학 발전에 공로를 인정받고 있으나 그 내용적 핵심이 아직까지 계몽기문학 단계에 머물고 있음을 본다. 문학 활동의 다양성을 제공해 준 삼일운동은 근대문학의 인식방법과 기법의 측면에서 일대 전환점을 안겨주며 근대문학의 기반을 완성시키는 역할을 담당한다. 이 시기 문학성을 대표할 수 있는 작가로는 김동인과 염상섭의 역할이 두드러져 보인다. 우리 문학사에 있어서 근대성이 성숙된 현상으로 검토될 수 있는 프로문학은 근대화가 완성되기도 전에 도입됨으로써 서구적 양상과는 거리감을 둔 한계성을 보이게 된다. 새로운 감각과 방법을 주창하고 나선 모더니즘 역시 형식적 실험성에 관심을 집중시킴으로써 완전한 근대성으로 나아가지 못한다. 결국 한국문학의 새로운 지평을 열어준 것은 해방 이후의 시기라고 할 수 있겠다. 식민지 유산을 청산하고 일제에 의해 잃었던 민족적 자긍심을 찾고자 하는 작업은 민족의 독립과 자유민주주의에 대한 이상을 실현할 수 있는 기반이 되었다.

이상의 내용을 근거로 할 때, 우리 문학사에 있어 근대의 시작은 일단 조선조 후반의 개항이후 시기를 주시해 보는 것이 어떠할까 한다. 영·정조 기점론의 경우, 너무 주체적인 시각에서 편향된 일면과 함께 문학사를 성립시키는 당대 문학적 집적물에서 근대의식을 인정하는 것은 무리가 따르게 된다. 이 시기는 근대로의 이행기 정도로 규정하는 것이 바람직할 것으로 보인다. 서구의 충격으로 인해 근대의식에 대해 경각심을 갖고 근대 시민사회로의 진입이 전면적으로 시도되는 조선조 후반은 역사적 동인이 배태되는 시점이며, 우리 문학이 자생력을 갖춤으로써 다양한 문학적 담론을 확인할 수 있는 시점이다. 그렇다면 근대문학이 성숙함을 갖춘 시기를 찾는 것은 그리 어려운 일이 아니라고 본다. 바로 삼일운동은 근대적 시민운동의 한 형태를 갖추며 전근대적인 요소를 다수 해체시키는 역할을 담당한다. 문학에서도 구어체의 완성과 함께 소설형식을 완비함으로써 사회 주체가 누구인가를 명확하게 확인할 수 있다. 현대에 대한 기점은 아직 현재의 시간은 더욱 흘러간다는 전제와 시간이 멀어질수록 다시 준거점이 변화할 수 있다는 가정을 내포하고 있다. 그러므로 일단 해방을 기점으로 설정하여, 세계와 동시성을 가지는 현재 우리의 시간을 적절하게 이해할 수 있는 전환점으로 삼는 것이 좋을 듯하다.

자료. 문학사 분류현황 목록

저 자	저 자	발행 연도	기 점 근 대	기 점 현 대	세 부 내 용	비고
안자산	조선문학사	1922		갑오경장	근대기점설명 모호	
임화	조선신문학사	1939 -1941	갑오경장		갑오경장-1910년대 유물론적 방법	
우리 어문학회	국문학사	1948		갑오경장	고전문학과 현대문학 상대개념으로 규정	문단중심
이명선	조선문학사	1948	영정조		방법론제시 부재	
백철	조선신문학 사조사	1948	갑오경장	신경향파	문예사조, 문단사 중심	사조사
조윤제	국문학사	1949	육당, 춘원	1945년	유기체론	통사
김사엽	改稿국문학사	1954	갑오경장		기점논의 부재 왕조사/시대사 혼합	통사
이병철 백철	국문학전사	1957	갑오경장	신경향파	문예사조, 문단사 중심	통사
박영희	현대한국 문학사	1958 -1959		육당, 춘원	문단, 잡지중심	문단사
김기진	한국문단 측면사		육당, 춘원		문단, 잡지중심	문단사
홍효민	한국문단 측면사	1958	창조		문단, 잡지중심	문단사
조지훈	한국현대 시문학사	1964 1965	불노리	시문학파		시사
김우종	한국현대 소설사	1968	개화기	신경향파		소설사
조연현	한국현대 문학사	1969		갑오경장	10년 단위시대구분 시대사, 잡지사	
김현 김윤식	한국문학사	1973	영정조	(1945년)	방법론, 이론적체계 역사주의, 실증주의	
여증동	한국문학사	1973	영정조		실학파/성찰시대 방법론제시 부재	사조사
정한모	한국현대 시문학사	1974	갑오경장	1925년	김소월, 한용운, 모더 니즘 중심	시사
김석하	한국문학사	1975	개화기	무정 이후		
박성의	국문학사	1975	갑오경장		왕조사, 양식사 구분 10년 단위 시대구분	

저 자	저 자	발행 연도	기 점		세 부 내 용	비고
			근 대	현 대		
장덕순	한국문학사	1975	1870년대			
전규태	한국현대 문학사	1976	1860년대 (동학)		10년 단위 시대구분 정신사적 방법론	
김동욱	국문학사	1976				
이재선	한국현대 소설사	1979	개화기			소설사
박철희	한국시사연구	1980	불노리		육당가사, 개화가사 로 처리	시사
조병춘	한국현대시사	1980		1908년 (최남선)		시사
정한숙	현대한국 문학사	1982	1910년대	1930년대 (모더니즘)	문학작품 위주 방법론 부재	
이청원	한국민족 문학사론	1982	1960년 (4.19)		민족주의개념 일제하/관리문학으로 처리	
김열규	한국문학사	1983			구조주의, 기호학적 관점	
김용직	한국근대시사	1986	개항기			시사
조동일	한국문학통사	1982 1988	1919년		통사론적 접근 근대문학이행기 설정	통사
정과리 홍정선	한국현대 문학사	1988		1945		
윤병로	한국 근·현대 문학사	1991	1900년대		근, 현대 용어 혼용 언문일치 작품중시	
김재용 외	한국근대 민족문학사	1993	19C말	프로문학	80년대 이후 진보적 연구성과 체계화	
권영민	한국현대 문학사	1993		1945	개화계몽시대-식민 지시대-분단시대	
김윤식 정호웅	한국소설사	1993	개화기		개화기-해방 이후- 당대소설까지	소설사

Ⅲ. 한국소설에 나타난 '근대성' 전개 양상

　　이 장에서는 우리 문학사에서 근대성의 문제와 관련되어 중점적으로 논의되는 몇몇 작품들을 대상으로 근대성의 투영 양상과 그 전개과정을 분석해 보기로 한다. 근대성을 규명하기 위한 수월한 방법은 현재의 입장에서, 오늘의 문학과 가장 유사한 형태가 어느 시점에서, 어떠한 형태로 발아되어 왔느냐 하는 점이다. '근대'라는 실체는 변증법적 방법을 통해 자신의 모습을 부단히 바꾸어 가는 진보적 속성을 지니고 있기 때문이다. 근대와 더불어 탄생하여 성장·발전했으며, 근대 시민사회의 특징을 그대로 표출하고 있는 문학양식은 다름 아닌 소설이다. 소설은 그 자체로서 근대성의 전형을 보여주고 있으며, 소설 속에 내재하고 있는 작가의식 또한 근대성을 표출하기 위한 방편으로써 우리 앞에 다가선다. 따라서 이 책에서는 소설을 통하여 근대성의 문제를 추적하는 작업을 선택할 것이다. 김태준이 지적하듯이[118] 이야기책에서 신소설을 거쳐 본격적인 근대소설의 경계를 그은 것이 춘원의 『무정』이었다는 것은 후세의 연구가들에 의해 흔히 근대로 시인되고 평가되어 왔다. 하지만 춘원의 『무정』에 이르러 근대문학적 성격을 지닌 소설이 비로소 우리 문학사에 등장했다는 지적만큼이나 중요한 것은, 춘원의 소설을 포함한 이후의 근대소설들이 근대성을 얼마나 여실히 반영하고 있는가에 대한 객관적 검증이다. 출발에 있어서 적어도 우리의 근대소설은 자아각성이나 산문성 및 현실성, 그리고 심리묘사나 성격창

주118) 김태준, 증보 조선소설사(학예사, 1944), PP.268-269 참조.

조에 있어서 제대로의 면모를 갖추지 못해 파행적인 모습을 띠고 있었다는 지적이 있을 수도 있다. 작품에 따라 혹은 사조나 작가적 지향에 따라 다소 달라질 수는 있어도 우리의 근대문학, 그 가운데서도 소설의 경우 출발기로부터 여러 가지 미숙성을 내포하고 있기 때문이다. 문제는 이러한 미숙성이 이후 어느 단계에 이르러 극복되고, 어떤 작가의 어떤 작품에서 성숙도를 보이는가에 대한 체계적 고찰이다. 바로 한국 근대소설의 정착과정을 일관해서 파악할 수 있다면, 우리의 근대문학 내지 근대소설의 특징적 성격을 올바로 정립시킬 수 있기 때문이다. 다만 우리 문학의 근대성을 논할 때 획일적인 판단기준과 몇몇 특징적 사실들을 방법적 자각이 없이 확대 해석하는 것을 지양하고, 시대적 상황과 연계된 근대에 관한 작가적 의식 차원과 작품 자체 내에 내재된 근대성의 세부적 특징들을 신중히 검토해야 할 것으로 생각된다.

이미 언급한바 같이, 초기에 기술된 대부분의 문학사는 근대문학의 기점을 갑오경장에 두고 창가와 신소설을 문학적 대상으로 삼고 있다. 특히 소설에서는 이인직의『혈의루』를 그 효시로 삼고 있으며, 이후 1910년대 계몽기문학에 관심을 갖는 이들은 이광수의『무정』에 관심을 집중하고 있다. 하지만 서구문학의 영향을 그대로 이식하려 한 태도로 인해, 그것이 결국은 전통의 단절을 가져온 비주체적인 관점이라는 비판과 함께 영·정조 시대 혹은 1860년대로 근대의 기점을 대폭 소급시켜 적용하고자 한다. 그러나 미미한 근대성의 발아로 인해 구체적 문학적 사실을 발견할 수 없음에 따라[119], 이 시기를 중세

주119) 이때 시대구분의 구체적 자료로 선택되는 문학적 성과물로, 영·
　　　정조 기점론에서는 언어의식의 대두를 바탕으로 둔 일련의 국문

에서 근대로의 이행기로 설정하여 근대문학의 시작을 1919년 이후로 보기도 한다. 이때 기점의 대상으로 주로 신문학운동의 주도적 인물인 김동인과 염상섭을 선택하는데 김동인의 경우『감자』를, 그리고 염상섭은『표본실의 청개구리』혹은『만세전』을 그 정점에 놓고자 한다. 최근에는 민족현실에 대한 자각의식이 뛰어난 염상섭 문학에 대한 재조명 작업이 활발하게 이루어지면서『만세전』이 한층 부각되고 있다. 이 밖에 역사적 시간대를 '근대'라는 용어에 집착하지 않고 '현대'를 근대 이후의 시간대에 삽입함으로써 1920년대 카프문학, 1930년대 모더니즘문학, 1945년의 해방공간 등도 시대구분의 한 정점에 서 있게 된다. 카프소설에서는 김기진의『붉은 쥐』나 박영희의『산양개』, 서해의『탈출기』등 초기 경향파 소설들을, 1930년대 모더니즘을 전환점으로 보는 경우에는 이상의『날개』및 박태원의『소설가 구보씨의 일일』등을 각 시기를 대표하는 작품으로 주시하고 있다. 결국 기점론의 중심부에 위치하는 이들 소설을 중심으로 하여 근대의 수용에 관한 발전 과정을 구체적으로 분석한다면, 우리 문학의 근대성을 찾아내는데 한결 수월해질 것이다.[120]

　　소설을, 그리고 1860년대 기점론에서는 동학경전 및 천주교가사, 구비문학 등을 제시하고 있다. 이들은 주로 정신사적 기술을 통해 근대의식을 추출하고자 함으로써 한국문학사에 있어 자기 탄력성을 부여하는 성과를 가져왔으나, 개화기를 피해가기 위해 강박증을 보일 정도로 주체적 기술에 의존한다.

주120) 이 책의 텍스트로는 1995년 동아출판사에서 출간한 한국소설대계를 주로 참조하였고, 문체상의 논의와 결부되는 일부분은 원전을 채택하였다.
　　〈혈의루(1권), 무정(2권), 감자(4권), 만세전(5권), 붉은 쥐·산양개(9권), 탈출기(12권), 날개(18권), 소설가 구보씨의 일일(19권)〉.

이 책을 진행하기 위해서는 우선 넓은 의미의 소설(fiction)이란 장르적 개념 아래에서, 그 하위개념으로 분류되는 로맨스와 노벨의 특성을 구분해내는 작업이 일차적으로 요구된다. 일반적으로 서양에서의 소설의 발달 과정은 고전적 서사시가 중세의 로맨스를 거쳐 오늘날의 노벨로 이어져 왔다고 할 수 있다. 다시 말하면, 신화 혹은 영웅시대의 서사문학이 중세의 로맨스문학으로 이행하면서 소설 양식은 인간의 삶의 문제에 직접적인 관심을 갖는 계기를 마련하였고, 다시 로맨스에서 근대의 소설문학인 노벨로 접어들면서 보다 평범하면서도 보편화된 삶의 구조를 추구하게 되었다는 것이다.[121] 웰렉과 웨렌은 로맨스와 노벨을 구별함에 있어, 노벨이 꾸며낸 이야기이되, 실제로 있을 법한 이야기라야 한다는 것은 곧 그것이 현실생활에 뿌리를 내리고 있다는 말로서 인간의 실생활보다 높은 차원의 현실이나 표방하는 로맨스와는 본질적인 차이를 가진다고 본다.[122] 프라이는 두 장르 간의 본질적 차이는 성격구성의 개념에서 찾고 있는데, 바로 영웅을 다루는 로맨스는 인간을 다루는 노벨과 신을 다루는 신화의 중간에 놓이는 장르라고 파악하고 있다.[123]

주121) 조남현, 소설원론(고려원, 1982), P.48.

주122) Rene Wellek & Warren Austin, Theory of Literature(Penguin Book, 1970), PP.205-206. "노벨은 서간문 일기 회고록 연대기 혹은 역사와 같은 비허구적 설화형식의 계보에서 발전해 나왔기 때문에 말하자면, 문서에서 발전한 형태라고 할 수 있다. 스타일상으로 볼 때 소설은 세부사항의 표상화, 즉 좁은 의미에서의 '모사(mimesis)를 강조한다. 한편 로맨스는 서사시와 중세 로맨스의 후계자로서 예를 들어 개별적 대화내용의 재현과 같은 세부사항의 박진성을 무시할 수도 있으며 보다 고차원적 현실과 보다 깊은 심리세계를 대상으로 할 수 있다."

주123) Northrop Frye, Anatomy of Criticism: Four Essay(New York:

소설의 성격에 대한 구별은 가장 근대문학인 노벨과 그 이전 단계인 로맨스가 그 서열상의 명백함에도 불구하고, 그 특성을 분명하게 판별하기란 쉬운 일 아니다. 현재까지도 두 장르가 공존할 수 있으며, 심지어 한 작가의 작품 내에도 로맨스와 노벨의 요소가 어느 일정부분 함께 나타나는 것이 상례이기 때문이다.124) 다만, 근대소설 속에 담겨있는 로맨스적 요소는 그 작품이 상대적으로 로맨스적 경향을 띠고 있다는 것일 뿐, 이를 로맨스 문학이라고 규정지을 수 없다. 따라서 '로맨스＝중세소설, 노벨＝근대소설'의 원칙을 지켜가면서, 이들 로맨스와 노벨 간의 차이점을 항목별로 정리한다면, "1) 내용에 있어서 로맨스는 비현실적이거나 경이로운 사건을 주로 다루는데 비해, 노벨은 근대사회에서 실제로 일어날 수 있을법한 인간사를 다룬다. 2) 수법에 있어서 로맨스는 비리얼리스틱한데 비하여 노벨은 리얼리즘의 원리에 따라 쓰여진다. 3) 작품의 독자층이나 후견인에 있어서 로맨스는 지배자 계급이나 귀족계급을 지향하는 데 비해 노벨은 평범한 시민들을 대상으로 한다. 4) 시대적 배경에 있어서 로맨스는 봉건시대의 산물이라고 할 수 있는 데 비해 소설은 시민사회의 산물이다."라고 요약할 수 있다.125) 이처럼 소설은 근대적 산물로서 근대 시민사회의 개인주의적 각성을 통해 그 기틀이 마련되었다. 서구 시민사회의 새로운 계급으로 등장한 부르주아 인간은 봉건사회의 질서로부터 자유롭기 위해 보다 솔직하게 현실사회를 반영해 주는 문학형태를 필요로 하게 되었고,

---

Athemeum, 1969), P.306.
주124) 강인숙 편, 한국근대소설 정착과정연구(박이정, 1999), PP.3-4.
주125) 이상옥, 소설의 발생과 리챠드슨의 '패밀라', 백낙청 편, 서구리얼리즘소설연구(창작과 비평사, 1982), P.21-22 참조.

노벨이라는 새로운 장르의 문학은 곧 이 시기에 등장한 부르주아 계급의 취향에 맞게 떨어졌던 것이다.

지금까지 소설의 근대성을 살피는 방편으로서, 서사시-로맨스-노벨이라는 역사적 계보는 공시적 관심이지만, 근대소설의 양식적 특징에 대한 접근도 필요하다고 본다. 소설이 '산문으로 쓰여진 허구성을 지닌 이야기'라는 통상적 개념은 로맨스와 공통되는 성격이기 때문에, 두 장르를 분명하게 구별하기 위해서 등장인물의 성격구조와 리얼리즘의 전개 등 전대를 극복할만한 추가요소를 들어 비교 검토해야 한다. 특히 등장인물의 성격구조는 소설의 주제 및 그것을 감당할 플롯 전개와도 직접적 관계를 맺고 있기 때문에 소설에서 가장 중요한 문제이기도 하다. 우리가 소설을 읽는 이유도 따지고 보면 주인공의 성격이 어떻게 변하고 그에 따라 운명을 개척해나가는 방법에 관심이 주어지기 때문이다. 근대 이전의 소설에서는 등장인물이 어떤 이념이나 덕목 혹은 악덕을 대표하는 유형으로서 이른바 평면적 인물인데 반해, 본격적인 근대소설에서는 근대에 대한 자아의 각성을 통해 내면적 자율성을 획득한 주인공들이 주변 환경이나 인물에 반응을 보이면서 자신의 운명을 개척하려는 이른바 입체적 인물들로 성장하게 되는 것이다.[126]

단순히 한 관념의 원형을 대표하는데 그치지 않고 스스로 생각하고 체험하고 성장하는 인물이 근대소설에 등장하였다는 말은 곧 소설이 현실적인 인물, 즉 리얼리스틱하게 그린 인물을 다루게 되었다는 말이기도 하다. 서구에서 리얼리즘의 등장은 근대소설의 발생

주126) 여기서 flat와 round란 말은 E. M. Foster, Aspects of the Novel(London: Arnold, 1949)에서 인용한 개념이다.

과 그 시기를 함께 하고 있는데, 이는 근대소설의 발생이 그 성격
상 리얼리즘이란 말속에 함축되어 있는 수법, 철학적 태도 및 소재
등의 등장을 불가피하게 했을 것이다. 요컨대 자아를 각성한 인물
이 등장함에 따라 인물의 묘사뿐만 아니라 시·공간적 상황과 그것
의 변화에 따른 여러 가지 의미까지 효과적으로 그려내기 위해 리
얼리스틱한 수법에 의존할 수밖에 없었을 것이다. 이렇게 근대소설
이 리얼리스틱한 성격을 지니게 된 것은 작품 속에 드러난 가치관
의 관련에서 살펴볼 수도 있는데, 시공간을 초월하는 로맨스와 달
리 인간의 현실적인 삶에 천착하는 것을 그 장르적 특징으로 하기
때문이다.

이안 와트는 이러한 소설장르를 리얼리즘 형식으로 파악하고 근
대소설의 특징을 다음과 같이 제시하고 있다.[127] 1) 개인적 경험의
중요성-노벨의 기본적인 기준은 개인의 새롭고 유니크한 경험에
의해 파악된 진실이기 때문에 노벨은 근대의 개인주의를 그대로 반
영하는 문학이다. 2) 특수한 것의 창조-문학적 인습에 의해 결정
되던 배경에다 전형적 인간에 의해 수행되던 플롯이 특수한 환경의
특수한 인물에 의해 전개된다. 3) 개별적 주체성-명명법(命名法)
에 있어서 과거 역사에 나오는 실제 이름이나, 어떤 특징을 드러내
는 이름이 아니라 당대 사회생활에서 조우하는 현실적 이름들이 붙
여진다. 4) 시간관의 전환-이전의 문학이 가치에 의한 삶을 기술
하는데 집착하고 있었다면 근대소설에서는 시간에 의한 삶을 기술

주127) Ian Watt, The Rise of the Novel(Harmondsworth: Penguin
　　　 Books, 1963) PP.12-31. 김상태, 한국현대소설론(학연사, 1993),
　　　 PP.24-31. 김상태는 여섯 항목 외에 원근법적 시각의 정립, 분석
　　　 적 사고의 심화라는 두 항목을 더 삽입하여 보완하고 있다.

114

하는데 관심을 모으고 있다. 5) 구체적 공간에서의 전개-로맨스의 막연한 공간 제시와는 달리 구체적인 공간 속에서 인물의 행위가 일어나도록 배려하고 있다. 6) 실제 경험의 충실한 기록성-개인의 실제 경험을 충실하게 기록하기 위해 비유적이거나 장식적인 요소를 가급적 피하고 언어의 지시적 성격을 중요시하는 산문을 채용한다.

이상에서 소개한 몇 가지 단편적인 이론을 종합 정리하면, 서구 사회의 성장과정과 소설 양식의 발달과정 사이에는 밀접한 관련성을 지니고 있음을 알 수 있다. 서구에 있어 소설은 역사적 사회적 현상을 설명하기 위한 하나의 장르이며, 다른 각도에서 본다면 소설 양식의 출현을 통해 사회의식과 역사의식의 발전이 촉진될 수 있었던 것이다. 우리의 경우에도 서구의 근대 소설양식의 이입과 전통적 문학형식이 함께 어우러져 소설이란 새로운 장르가 출현·성장하여 왔으며, 우리 삶의 양식과 소설양식의 관련성도 서구와 크게 다르지 않음을 이미 살펴본 바가 있다. 따라서 본 연구에서는 로맨스에서 노벨이 천착하게 된 배경을 참고하면서, 이안 와트의 근대소설의 양식적 특징을 두루 포괄하여 개별 작품을 분석하기 위한 몇 가지 기준 잣대를 만들도록 하겠다. 바로 당대의 시대적 상황과 소설양식의 발달과정을 관심있게 주시하면서, 개별 작품의 (1) 언어 (2) 인물 (3) 외형 (4) 주제 등 네 가지 측면에서 우리 소설에 나타난 '근대성'의 전개 양상을 규명하고자 하는 것이다.

(1) 언　어

　소설의 언어적 측면에서의 관심은 우선 작품의 사용 어휘에 대한 성격과 문장표현의 지향점으로서 기법상의 문제를 다루게 된다. 먼저 불톤이 주장하는 노벨의 언어적 특징인[128] 1) 평소에 사용하는 일상적 언어 2) 외래어가 아닌 토착어 3) 추상어가 아닌 구체적 언어 4) 운문이 아닌 산문이라는 점을 근거 기준으로 삼아 우리 문학의 사용어휘에 대한 근대적 성격을 알아볼 것이다. 우리 근대소설이 한자문화권 내의 공용어인 한문을 사용하지 않고 일상어인 한글을 사용한다는 사실은 소설이라는 장르가 생활어의 사용을 통해 언문일치를 지향한다는 것과 한글의 사용 주체인 일반 시민들을 대상으로 하는 문학이라는 점에서 시사하는 바가 크다. 사실 한문은 외래어의 일종이기 때문에 추상적, 관념적 성향을 띨 뿐만 아니라 비일상적인 언어이며, 학습된 언어여서 엘리트층의 전유물이기도 했다. 따라서 한자어나 외래어의 사용빈도수가 줄어든다는 것은 그만큼 언문일치에 접근하고 있다는 것이며, 독자의 정서적 반응을 유발하는 언어의 구체성 확보가 이루어짐을 뜻한다. 마지막으로 일상어 사용, 국문체 지향, 구체성 존중 등은 소설의 공통과제인 만큼 노벨과 로맨스가 같은 특성을 보이기도 하지만, 소설의 산문성을 확인하는 작업은 이 두 양식의 차이를 가름하는 가장 확실한 기준이 된다. 이른바 '듣는 문학에서 읽는 문학'으로의 전환은 노벨이 근대사회를 재현할 수 있는 유연한 장르라는 점을 검증할 수 있기

─────────────

주128) M. Boulton, Anatomy of Prose(Routledge & Kegan Paul Ltd: London, 1955) 2장, 강인숙 편, 한국근대소설정착과정연구 (박이정, 1993), P.5 참조.

116

때문이다. 이러한 산문성의 확장은 인쇄문화의 발달로 인해 독자층
의 대상이 사대부 중심에서 일반 시민계층으로 넓어졌다는 것이며,
추상적인 한자어로는 근대가 진행될수록 늘어나는 막대한 정보의
양을 감당할 수 없음을 의미하는 것이다.

다음은 문장표현의 지향점으로서 기법상의 문제이다. 로맨스와 노
벨을 구별하는 방법 중 또 다른 하나가 작품을 다루는 작가의 수법이
과연 리얼리스틱 하느냐 하는 점이다.[129] 친리얼리즘적 장르인 노벨
은 현실을 '있는 그대로(as it is)' 재현하는 리얼리즘의 공식에 따라
과장법의 사용이 완전 배제된다. 따라서 문장의 정확함과 분명함을
지켜야 하는 노벨의 작가는 외면화의 수법에 의거하는 묘사방법으로
객관성을 확보해야 하며, 사실에 입각한 과학적 명증성을 확보하는
차원에서 디테일의 정밀묘사를 요구받게 되는 것이다.[130]

결국 언어적 측면에 대한 확인작업은 작가의 언어에 대한 창의성
과 깊은 유대감을 맺는다. 언어에 대한 창의성이란 작가의 경험적
인식과 그 인식을 조직화하는데 있어 자기만이 지니고 있는 독특한
기법이라 할 수 있다. 이런 기법은 후천적인 훈련에 의해 이루어질
수도 있고, 선천적인 개성에 의해 좌우되기도 한다.[131] 따라서 거
의 동일한 시대에 속하는 작가 사이에도 문장의 색채가 서로 뚜렷
하게 다른 경우도 있다. 이러한 서술상의 근대적 특징들은 경험과
성취된 내용, 즉 문학작품 사이에 개재하는 것이며, 구체적인 드러
남이 곧 문체라고 할 수 있다. 그래서 쇼러는 '스타일은 곧 주제

주129) 여기서 리얼리즘이란 현실이나 실체를 그대로 모사하는 넓은 광
　　　 의의 개념을 가진다.
주130) 강인숙 편, 한국근대소설정착과정연구(박이정, 1993), P.6.
주131) 최창록, 한국소설의 문체론적 연구(형설출판사, 1973), P.30.

(style is subject)'라고 말함으로써 주제가 스타일을 결정하는 것이 아니라 오히려 문체에 의해 주제가 결정된다고 까지 말하고 있다. 우리의 경우 국문체의 사용이 늦어진 까닭에 그 변천과정이나 양상이 제한되어 나타났으나, 근대에 들어서면 작가들의 지성 및 문체의식의 자각 등으로 서구문학이론의 일방적 수용에서 벗어나 그들의 문체에 있어 나름의 독창성을 획득하게 된다.

(2) 인 물

근대소설을 구성하는 가장 중요한 요소 중의 하나가 인물의 설정이다. 소설의 대상은 인간이며, 소설의 인물이 바로 사건을 발생시키는 행동의 주체이기 때문이다.[132] 다만 소설의 인물은 사건 속의 인간, 현실 속의 인간에 그치지 않고 소설적 현실의 질서를 세우기 위하여 선택된 창조적 인간이라는 데에서 보통의 인간과 그 성격을 달리한다.[133] 이러한 소설적 인물은 작가의 자유로운 창작의지를 통해 설정되지만, 한편으로 그것은 시대적 부산물로서 작가가 속한 당대의 경험적 세계가 투영되어 있게 마련이다. 물론 인간과 그 존재에 대한 연구는 역사가 진행되어 온 이래 줄곧 이어졌는데, 대상의 본질은 달라지지 않았음에도 불구하고 이에 대한 해석은 시대에 따라 그 양상을 달리해 왔다고 볼 수 있다. 이러한 인물은 작가가 그 개인적 감각에 의하여 성격의 특성을 선택하고 정상적으로 정돈된 순서에 따라 그것을 형성시킨다.[134] 즉, 작가는 그가 사는 시대

주132) E. M. Forster, Aspects of the Novel(Penguin Books, 1957), P.52.
주133) 홍석영, 현대소설의 연구(원광대, 1980), P.180.

의 새로운 인간상을 재창조하고 생의 현실적 의미를 발견함과 아울러 생의 새로운 미학을 창조하게 되는 것이다. 소설의 인물은 근대라는 역사와 더불어 더욱 다양해지고 폭넓은 개성을 보여주게 된다. 가령 고대 그리이스 시대의 인물은 오직 영웅만을 선택해야 한다는 제약성 속에서, 윤리적으로는 선인(善人)이며, 또한 용감하고 행동적이며 모두 운명에 순응하고 있다는 전형성을 띠고 있다. 우리 고대소설의 주인공들도 초인적이며 이상적 형태로 그려지는 규범성을 보이고 있는데, 사건의 주체가 되는 인물은 선인이되 사건의 갈등은 곧 상대역인 악인과의 싸움이며, 결국 선의 승리로서의 '권선징악'이 중요한 주제로 부각된다.

근대에 들어서면 근대 산업사회의 발흥과 함께 출현한 과학적 세계관에 바탕을 두기 때문에 자신을 영웅시하고 영웅적 행위를 찬양했던 전대와 달리 일상적이고 평범한 인물들이 등장하게 된다. 이른바 보통사람들이 주인공이 되기 때문에 인물의 왜소화 경향과 함께 인물의 계층 하락의 양상을 보이게 된다. 어떻게 보면 소설의 발달사는 한마디로 작중인물의 신분이 점차 하락하는 과정이라고 할 수 있다.[135] 우리의 경우에도 남성, 영웅 위주의 주인공이 『혈의루』에서는 여성·보통사람으로 하강되다가 『감자』에 와서는 여성·매음녀로, 그리고 『날개』에서는 여성·직업적 창녀로까지 인물이 극단적으로 하강하는 현상을 보인다. 이처럼 소설의 주동인물의 계층이 낮아지는 것은 현실에서 개개인의 역할이 점점 소멸되어 가는 과정일 수도 있으나 현실을 있는 그대로 보는 안목의 차이에서

주134) 박동규, 소설의 배경에 나타난 시간과 공간에 관한 소고(서강대
　　　　인문연구논총 2집, 1969), P.4.
주135) 조남현, 소설원론(고려원, 1982), P.131.

비롯되었음을 알 수 있다.

이때 인물들은 선하거나 악하기보다는 도덕적으로 복합되어 있고, 이들이 활동하고 추구하는 현실은 우리 보통사람들이 거주하는 일상적인 공간이다. 로맨스의 인물은 선인이나 악인, 미인이나 추녀로 양분되는 전형성을 보이지만 노벨의 인물들은 선악혼합형이거나 개성적 유형(personality)을 띠며 당대 사회의 보편적인 인물들을 대변하게 되는 것이다. 이는 로맨스가 가능한 전대 시대보다 근대사회 규모 자체가 엄청나게 커지고 복잡해졌으며, 현실에서의 삶의 양상과 가치관도 그만큼 다변화되어 나타나기 때문에 그것을 반영하는 인물들의 모습도 복잡하고 다양한 모습으로 나타나는 것이라 할 수 있다.

(3) 외 형

문학작품을 형성하는 여러 가지 요소들을 일반적으로 나누면 내용과 형식, 두 가지로 분류할 수 있다. 내용과 형식은 상호 보완적인 성격을 지니고 있으나, 이 책에서 규정하는 '외형'이란 문학작품의 구성원리만을 협의적으로 규정하는 것이라고 할 수 있다. 물론 문학작품의 부분적인 요소들은 과학적이고 필연적인 배합으로 통합되어야 하나, 그 부분들이 유기체에서 떨어져 나왔을 때는 아무런 의미가 없는 요소들이 되고 만다.[136] 다시 말하면 문학의 부분적인 요소들은 내용과 형식이란 하나의 유기체로 통합되어 있을 때라야 비로

주136) 김정자, 〈소설의 구조〉, 현대소설론(평민사, 1994), P.69.

120

소 의미를 획득하는 존재가 되는 것이다. 이런 의미를 감안하면서, 이 책의 외형적 측면에서는 우선 소설의 배경이 되는 환경적 요소를 알아보고, 이들 시·공간 안에서 사건의 짜임새를 가능하게 하는 플롯을 중심으로 하여 근대소설의 특징적 면모를 살펴보도록 한다.

먼저 소설에서의 환경이란 사건이 일어나며 플롯이 전개되는 동안의 특정한 시간과 공간을 의미한다. 소설의 이야기는 사실 행위나 사건의 진행이어서, 다시 말하면 그것은 어떤 상황에서 다른 상황으로 변화하는 것으로 생각할 수 있다. 상황이 바뀌어 가는 동안 새로운 인물이 등장하고 오래된 인물이 사라지고, 이들의 행위나 사건들은 일정한 시간과 공간의 영역 내에서 이루어진다. 본질적으로 로맨스는 이러한 환경의 구체성 여부에 신경을 쓰지 않으나, 노벨의 배경은 관념이나 상상이 아닌 일상적 현실을 다루고 있기 때문에 그때의 시간과 공간은 개별적이며 구체적인 것이 된다. 노벨은 현실을 있는 그대로 재현해야 한다는 리얼리즘 원칙에 따라 작가가 경험한 범주 내에서 시공간을 정확하게 그려내는 태도가 요구된다. 그것은 역사 속에 갇힌 시간이며, 체험적 범주로서 '여기, 지금'의 시공간인 것이다.137) 바로 노벨의 배경이 되는 당대성의 원리는 근대 시민사회의 성장과 밀접한 관련성을 가지고 있고, 이것은 근대소설의 출발을 가능하게 한 동적 요인으로 작용한다. 로맨스에서는 상상이나 관념을 배경으로 하고 있기 때문에 자잘하며 현실적인 풍속도를 그려낼 수 없다. 즉 모험소설이나 낭만주의 소설에서의 환경은 비현실적이거나 현실과는 거리가 먼 시·공간으로 이루어진다. 그러나 노벨에서는 구체적이고 현실적인 시·공간으로

주137) 강인숙 편, 한국근대소설정착과정연구(박이정, 1993), PP.9-10 참조.

나타나며, 심리주의 소설의 경우에는 인물의 심리에 따라 환경이 끊임없이 교체되면서 전개된다. 노벨은 제한된 시공간에 갇혀 사는 현실적 인물을 그려내기 때문에, 번지수가 분명한 공간과 일부인이 분명한 시계 공간(clock time) 속에 자리 잡고 있어야 하는 것이다.138) 이처럼 소설에 있어서의 배경은 인물들의 행동이나 생각을 둘러싼 장소로서 단순히 공간적 의미뿐만 아니라 작가가 작품 속에서 표현하는 정신적 환경까지 의미하는 것으로 주제를 부각시키고 분위기를 만들어낸다.139) 따라서 사건을 전개하는데 있어 단순히 정적인 환경으로 존재하는 것이 아니라 역동적으로 플롯의 진행에 참가하여 사건에까지 영향을 미치게 된다. 어쩌면 소설이란 연계된 사건이 쌓여서 이루어진 일종의 건축물이라 할 수 있다. 그 정점에는 원인(cause)이, 그리고 그 기저에는 개개의 사건 즉 결과 (effect)가 놓여 있어 인과법칙에 의해 사건들의 연결 고리로 이어지는 것이 노벨의 플롯이 된다. 그러나 제한된 '지금, 여기'의 시공간 속의 사건들을 있는 그대로 재현해야 하는 노벨의 사건들은 보통사람들의 평범한 일상사를 묘사할 수밖에 없다. 이때 합리적인 척도로 보아 현실에서 충분하게 일어날 수 있는 가능성을 담고 있어야 하는데 그것이 '개연성(probability)'이다. 개연성은 노벨의 플롯을 지배하는 가장 중요한 법칙 중의 하나로서, 이 원리에 충실하다 보면 사건이 약화되고 인물의 성격이 강조되는 특징을 보인다. 그래서 노벨에는 로맨스에서 쉽게 발견되는 비일상적이고 초자연적인 사건이 별로 등장하지 않으며, 플롯의 경우에도 클라이맥스나

주138) 강인숙 편, 한국근대소설정착과정연구(박이정, 1993), PP.10-11 참조.
주139) 전혜자, 현대소설사연구(새문사, 1943), P.6.

사건의 극적 긴장, 과감한 결말 등의 효과가 두드러지게 보이지 않는다. 바로 로맨스는 '인물을 강요하는 무리한 행동의 율법'에 의해 해피엔딩으로 유도되기 때문에 인물의 성격은 단순화되어 알레고리에 접근하는 것이다. 이러한 개연성의 원리는 노벨의 사건 연결고리가 '합리성'에 의해 전개된다는 사실을 뒷받침해주고 있다. 따라서 '갑자기-때마침(suddenly-by chance)'과 같은 우연적 요소의 배제를 통해 플롯의 전후관계가 인과법칙에 의해 하나의 약점도 없이 짜여 있어야 하는 것이 바로 노벨의 플롯이다. 결국 현실에 집중적인 관심을 가지다 보니, 작품의 결말도 비극 지향적으로 종결되거나 무해결로 끝나는 경우가 많다. 실제의 삶에서는 행복한 결말보다는 개인의 독특한 생이 겉으로 돌출되거나, 평범하면서도 일상화된 삶의 결론으로 끝을 맺는 것이 일반적이기 때문이다. 이렇게 플롯의 구성에 있어 리얼리티를 획득하지 못했을 때 근대소설로서의 완성 또한 기대할 수가 없는 것이다.

(4) 주　제

　현실은 자유로운 상상력을 요구하는 작가에 있어서 언제나 저항감으로, 그리고 꿰뚫을 수 없는 단단한 이물질과 같은 세계로 다가선다. 작가는 이러한 현실과의 치열한 대결을 통해 예술로 굴절시킴으로써 인간의 생활과 운명, 그의 내적 세계가 '사상과 가치'라는 장치를 거쳐 우리들에게 인식된다. 소설의 주제란 작품 속에 용해되어 있는 중심사상으로, 작가가 의도하는 사상이나 욕망, 동기, 그 자체의 표현이라고 할 수 있다. 즉, 어떤 소재에 대해 그 작가가 어떠한 해석을 내리고 있으며, 어떠한 의미를 부여하고 있는지가 구체적으로 나타난 것이 곧 주제라고 하겠다.140) 주제는 소설의 여러 구성 요소들이 모아진 것으로서, 그것은 전체의 이야기 속에 형상화된 사상과 의미, 성격과 사건의 해명, 보편적이며 통일된 인생관을 말한다.141) 그러므로 인간의 본성, 인간행위에 가치를 부여함으로써 우리들이 살고 있는 현실세계에 대한 신념과 믿음을 표현하게 되는 것이다.

근대소설에 등장하는 인물들은 주로 추한 자, 반역자, 하층민 출신들로서, 그들은 영웅이나 귀족보다 철저히 성격적으로 복잡하고, 사회 속에 살며 그의 운명은 사회에 의해 거의 결정된다. 이러한 노벨의 주제는 '영웅주의보다는 일상적인 것이 보다 진실하다는 가정'을 포함하고 있어서 현실의 인간세계를 다루게 된다. 특히 과학문명과 자본주의가 똑같은 가치를 추구하는 근대사회를 반영하는 문학답게, 노벨에서 가장 두드러지게 나타나는 주제는 '돈과 성'으로 집약할 수 있다. 이 밖에도 노벨이란 장르는 '개인과 사회의 갈등(the conflict between the individual and society)'142)이라는 문제를 다루고 있어, 여기에 나타나는 인간과 사회와의 복잡한 관계로부터 야기되는 인간의 갈등과 운명을 모두 포괄할 수 있는 유연성을 지니고 있다.

주140) 구인환·구창환, 문학개론(삼지사, 1987), P.373.
주141) Brooks & Warren, Understanding Fiction(New York, 1959), PP.272-273.
주142) A. Swingewood, The Novel and Revolution(The Macmillan Press LTD, 1975), P.4.

1. 개화 공간과 낙관적 계몽주의
-이인직의 『혈의루』

　개화기의 정신을 구현한 다양한 문학 양식 가운데서도, 특히 신소설은 이 시기를 대표할 만한 여러 사실을 함축하고 있기 때문에, 그 구체적 면모를 살피는 작업은 그만큼 중요한 의의를 지닌 것이라 할 수 있다. 신소설이란 우선 개화기에 형성된 새로운 소설양식이라고 일반적으로 인식되고 있으며, 그 명칭은 '낡은 것에 대하여 단순히 새롭다'는 고대소설과 대립된 용어로 사용된 것이다.[143] 따라서 신소설이라는 역사적 실체로서의 장르는, 우리의 봉건적인 중세 전통사회가 역사적 전환기를 맞아 새롭게 변모하면서 근대로의 이행을 지향하던 시기에 이루어진 하나의 문학형태로서의 소설을 지칭한다고 할 수 있겠다. 특히 개화기의 소설양식은 근대세계의 문물이 한반도로 한꺼번에 유입되는 가운데 자아가 넓혀진 세계를 탐구하는 과정에서 크게 부각된다. 자아는 자신의 역사를 점검하고 타자와의 관계를 설정하여 대상을 객관화시키려고 한다. 바로 전통

주143) 신소설이란 명칭은 1906년 2월 1일자 〈대한매일신보〉 광고란에 처음 등장하고, 이어 1907년 4월 3일자 〈만세보〉 광고란에 이인직의 『혈의루』를 지칭하면서 본격 사용된다. 그러나 개화기 당시에 〈신소설〉이란 특정한 문학 장르를 지칭하는 용어가 아니라, 단지 새롭다는 의미의 新이란 관형사에 소설이 합성된 일반적 명칭으로 사용되었다. 오늘날 〈신소설〉이라고 지칭하는 특정의 문학형태는 후대의 연구가들에 의해 규정된 것이다. 김태준은 1939년 『증보 조선소설사』에서 신소설과 현대소설의 관계를 설정하고, 최초로 〈신소설〉의 문학사적 의미를 설명하고 있다.

사회에서 열린사회, 혹은 개방된 사회체제로 전환해나가는 사회변동을 배경으로 등장하는 신소설은 고전소설의 영역에서 벗어나 근대소설로 이행해나가는 경향을 띠고 있다. 말하자면 전통적인 가치관과 질서가 새로운 역사 전환기의 시점에서 어떻게 변모 수렴되는가를 여실히 드러내주며, 어떠한 관점에서 또 새롭게 혁신되는가를 보여주는 하나의 현실적 경험공간인 것이다.[144]

근대 초기의 소설양식으로서 신소설은 당대 현실에 대한 사실적 반영으로서 내용이나 형식에 있어 구소설보다 한 단계 진보한 면모를 보이고 있다. 우선 언문일치를 지향하는 새로운 문체는 앞 시기의 문학과 신소설의 성격적 특색을 구별하는 큰 이정표의 역할을 하게 된다. 한문체와 국한문 혼용체가 주류를 이루던 당대로서는 한글 중심의 문체로의 전환은 혁신적인 것이었다. 여기에 고소설의 문장과 대비할 때 운문성을 극복한 것은 물론 한문직역체의 서술문에서도 탈피하였고, 대화문장과 묘사문장이 두드러짐으로로써 사실의 적확한 기록을 통한 묘사의 현실성 확보라는 차원도 어느 정도 보완하고 있다. 또한 신소설은 제재의 다양성과 배경의 당대성을 유지하여 전대 문학에 비해 상대적으로 사실적 성격을 담으려 했으며, 이런 요소들을 통해 새로운 가치질서와 시대의식을 구체화했다는 점에서 상당히 진보적 측면을 담고 있다. 그러나 인물설정과 갈등의 해결에서 선악의 대립이 신구대립으로 대치되었을 뿐 내적 필연성이 없이 권선징악의 구도가 그대로 유지되고 있으며, 언어사용에서도 완전한 언문일치를 구사하지 못하고 있다. 여기에 신소설이 내세우는 반봉건 문명개화의 사상도 풍속개량과 서구적인 근대문물

주144) 윤병로, 한국 근·현대문학사(명문당, 1991) P.41.

제도의 수입이라는 차원에 머물고 있는 등 새로운 소설양식으로서의 한계성도 드러난다.

이렇게 근대소설로서의 새로움과 고소설의 낡은 수법을 함께 담고 있지만, 신소설은 새로운 역사 전환기에 있어 삶의 양식을 작품으로 형상화하려는 작가의 의도와 아울러 인쇄문화의 활발한 진전으로 일간신문 등에 연재됨으로써 이른바 독자를 전제로 한 상업적 성격을 띠었다는 점에서 근대성의 일면을 보여 주고 있다. 물론 신소설에 등장하는 다양한 주제와 시대의식이 흔히 상업적 성격을 지닌 통속소설 내지 개화를 긍정적으로 받아들여 그 계몽적 교화를 의도하는 목적성 문학으로 일컬어지기도 하지만, 이 신소설을 통해 우리의 본격적인 근대문학의 출발 거점이 마련되었다는 점에서 결코 경시할 수 없는 중요성을 지녔다고 할 것이다.

신소설의 문학사적 가치와 한계를 감안하면서, 이제부터는 우리 서사문학의 새로운 장을 연 『혈의루』(만세보, 1906년)를 중심으로 작품의 규명을 위한 분석에 들어가고자 한다.[145] 당대의 선도적 지식인이었던 이인직이 문명개화의 이념을 소설작품으로 옮겨 시도한 이 작품은 전대의 소설적 면모를 탈피한 근대소설의 방향성을 제시해주는 작품으로서 주목을 받고 있다. 송민호는 『혈의루』를 신소설 최초의 작품으로, 또한 과도기 소설양식으로 평가하면서 갑오경장

─────────────

주145) 『혈의루』에서 『무정』이 발표된 1917년 무렵까지를 신소설이 존속된 기간으로 볼 수가 있는데, 대략 이 시기에 47명의 작가에 의해 126종의 작품이 조사될 수가 있다. 이렇듯 상당수에 이르는 작가와 작품의 정리 작업을 통해 신소설의 총체성이 밝혀질 것으로 보이지만, 본 연구는 기점논의의 대상이 되는 작품을 중심으로 근대의 성격 변이를 논의하는 것이 관건이기 때문에, 기점 논의 정점에 있는 『혈의루』의 근대적 성격을 알아보기로 한다.

이후의 형식적 근대화에서 정신적 근대화를 이끌어 가는 선각자의 이념을 표현한 것이라는 매우 긍정적인 평가를 내리고 있다.146) 전광용은 『혈의루』의 출현으로서, "비로소 이 땅의 소설은 형식 및 내용 면에 있어서 고대소설의 구각에서 탈피하여 서구적인 근대소설의 제일보를 내딛을 수 있는 문학사적인 새로운 계기를 마련할 수 있었다"147)고 작품의 가치를 평가하고 있다. 본 연구에서 『혈의루』를 텍스트로 삼은 이유는 이렇게 신소설의 첫 작품으로 꼽히기도 하지만, 신소설의 보편적 특징을 담고 있음으로 해서 전대 소설과 비교·분석하기가 상대적으로 수월하기 때문이라는 판단이 섰기 때문이다.

(1) 언 어

우리 소설의 근대성을 논의함에 있어 작품 자체가 지닌 언어적 면모를 분석, 이해하는 일은 매우 중요하다. 특히 『혈의루』가 고대소설과 근대소설의 중간 고리이거나, 아니면 근대소설의 선두를 점할 수 있다고 할 때, 사용언어의 변화와 문장기법의 발전이란 측면에서 본다면, 근대소설로서의 완성을 지향한다는 점에서 가장 기초적인 사항이라고 할 수 있다. 이런 의미는 『혈의루』가 구어체 문장을 사용하며 언문일치 지향의 태도를 보임으로써 전대 소설의 언어나 문장에 비해 현저한 차이점을 가져 왔다는 사실을 포함한다. 개

주146) 송민호, 신소설과 혈의루 소고(국어국문학 제14호, 1955).
주147) 전광용, 〈이인직의 생애와 문학〉, 신문학과 시대의식(새문사, 1981)
   PP.20-21.

화기에 어떤 언어를 사용하느냐 하는 문제는 개화기문학의 표현 방식으로서 뿐만 아니라, 이 시기의 정치·사회적 사상이나 감각까지를 결정짓는 근원적인 요소가 된다. 사실 조선조의 사대부들은 오랜 동안 자신의 생활과는 전혀 무관한 중국의 한자를 빌어 사상과 감정을 표현해 왔다. 한문은 학습이 필요한 추상적이고 관념적인 성향을 띠는 외래어로서 민중의 삶과는 유리되어 있는 비일상적 언어이다. 따라서 한문은 우리 근대화의 과정에서 청나라의 몰락과 함께 보수적 문체로 전락하고 시대의 저항을 받게 된다. 근대화의 진전과 함께 수많은 정보의 양을 감당하기에는 부적절한 양식이었기 때문에, 당대의 표현 방식은 국한문혼용체나 국문체라는 이중구조로 대치된다. 한문의 사용이 제한되고, 대신 국한문혼용체나 국문이 개화기 문체로 사용된다는 것은 전대의 지배원리 및 사상에 대한 저항정신이나 근대성이 그 배경으로 자리 잡고 있음을 반증하는 것이기도 하다.[148] 여기에서 국한문혼용체가 당시의 공식적인 문체로서 자강론자들이나 관보의 문체라면, 국문체는 서구적 개화를 지향하는 문체이면서 신문·잡지 등 자본주의적 대중화와 밀접하게 관련되어 있는 문체이다. 결국 국문의 가치에 대한 재인식은 서민 대중의 지위 상승과도 관련이 되어 있으며, 나아가 곧 민족성에 대한 자기 확인과 우리 민족문화에 대한 존엄성의 회복을 뜻하게 되는 것이다.[149]

그럼에도 불구하고 『혈의루』가 처음부터 구어체를 사용하고 언문일치를 지향한 것은 아니었다. 일본어와 우리말이 혼용되어 사용된

주148) 전기철, 민족문학과 비평정신(새미, 1994) P.159.
주149) 한기형, 한국 근대소설사의 시각(소명출판, 1999), P.12.

만세보의 『혈의루』와 그 이듬해 이를 개작하여 발행한 광학서포판 『혈의루』 사이에는 언어의 표기에 있어 많은 차이점이 발견된다.[150] 만세보의 『혈의루』는 일본식 한자와 우리말을 병기한 것으로 우리말도 아니고, 일본말도 아닌 무국적어라고 할 수 있다. 그런데 광학서포판에서는 한자가 없어지고, 한자 옆에 달았던 일본식 루비의 표기가 소멸되었으며, 일본말이 우리말로 바뀌는 등 획기적인 변화를 가져온다.[151] 불과 반년 만에 사용 언어의 변화가 급격하게 이루어지는 까닭은 일반 독자층을 겨냥한 출판업계의 상업적

주150) 『혈의루』는 1906년 7월 22일부터 1906년 10월 10일까지 만세보 (23호−88호)에 연재된 후 개작되어 그 이듬해 단행본으로 출간된다. 현재 확인된 것은 광학서포에서 펴낸 1907년 발행본(3월 2일 인쇄, 17일 발행)과 1908년 발행본(3월 20일 인쇄, 27일 발행) 두 종류가 있다. 그리고 1940년 2월 〈문장〉지에 개작되어 다시 실리게 된다. 한편, 『혈의루』의 하편으로 알려진 『모란봉』은 매일신보에 1913년 2월 5일부터 6월 3일까지 65회를 연재하던 중 중단되었는데, 전편에서 거론되었던 개화의 문제가 제거되고 삼각의 남녀관계를 둘러싼 음모를 다룸으로써 독자의 현실인식을 둔화시키고 일제 당국자의 요구에 부응하는 부정적 작품으로 평가되고 있다.

주151) 김윤식 · 정호웅, 한국소설사(예하, 1993) P.40−41. 이러한 사실은 개화기 언어가 국한문혼용체에서 구어체인 국문체로 확립되어 갔음을 인정하는 것인데, 중요한 이유로 일본문체의 영향과 언어의 기능상 당대 사상을 감당할 수 있다는 사실을 들 수 있겠다. 우리 문체의 발전에 일본 영향이 있었다는 측면은 개화기 지식인의 계층문제를 보면 알 수 있다. 즉 일본은 우리와 지리적으로 가깝다는 것과 이미 서양 학문을 수용, 성공한 것으로 인정했기 때문에 가장 효과적으로 생각한 것이다. 1908년까지 일본에 유학한 관비생은 126명이나 되었는데 이중 이인직이 끼어 있음은 국한문체의 수용과 일본문체의 영향을 설명하는데 그 해답이 될 것이다.

130

인 이유와 함께 소설이라는 장르가 가진 고유한 특성의 작용이 궁극적일 것이다. 또한 창작 초기에 보이는 루비식 표기는 국문 독자층과 국한문 독자층 모두를 포용하려는 개화 인텔리작가 이인직의 의도라고 할 것이다. 하지만 개정판에서 바로 순국문체로 전환하고, 이후 소설에서 다시 사용하지 않았다는 점에서 이인직의 언어의식에 대한 진보성을 발견할 수 있다. 확대된 독서시장의 주된 대상은 국문을 인식할 수 있는 일반 대중이 되며, 소설은 이들 일반 시민을 주체로 하여 성장하기 때문에 관념적이고 추상적 외래어인 한문의 사용은 배제될 수밖에 없는 것이다.

다음으로 『혈의루』의 서술적 측면에서 전대 소설에 비해 가장 특징적 면모를 보여주는 부분은 어휘나 문장의 표현적 차이점일 것이다.[152]

1) 어휘－고대소설에서 흔히 쓰이던 도입어(화셜, 각셜, 차셜)나 막연한 시공간을 나타내는 시공부사(일일은, 선시에, 차시에 등) 혹은 장면전환을 나타내는 화두어(각셜, 차셜 등) 등이 이때 와서는 거의 소멸되었거나 나타나더라도 아주 드물고, 고대소설에서 찾아볼 수 없는 새로운 어휘가 많이 등장한다는 사실이다.[153] 상투어가 사라진다는 것은 근대소설로서의 형식적 측면을 인정할 수 있는 것

주152) 김상태, 〈근대적 문체의 성립〉, 한국문학연구입문(지식산업사, 1982) P.554-557.
주153) 『혈의루』에 나타나는 신조어는 전대소설에서 찾아볼 수 없는 서구적이며 근대적 어휘들이 다수 발견된다. 연희장, 목욕집, 호외, 만국공법 적십자기, 군의관, 자명종, 기차, 정거장, 호각, 여인숙, 火輪船, 프록코트, 노동자, 화성돈, 서중휴학, 호텔, 명함, 보이, 광고, 태평양, 우편사령, 우편국, 북아메리카, 철도회사 등 이러한 언어들로 이미 보편화된 시대상을 반영하는 일반적인 어휘들이다.

이며, 여기에 서구적 용어나 신조어가 다수 구사됨으로써 인생관과 세계관에 커다란 변화를 일으켰을 것이다. 『혈의루』에서 고대소설에서는 찾아볼 수 없는 신조어나 외래어가 다수 등장한다는 사실은 당대 사회현실을 있는 그대로 묘사하는 과정에서 자연스럽게 유입되는 것이다.

2) 문장 — 신소설에 와서 지문과 대화의 구분이 분명하게 이루어지고 있으며 문장이 짧아지고 리듬 또한 달라지고 있다는 점이다. 지문과 대화를 구별하는 방식은 일본이나 서구의 영향에서 비롯된 것이겠지만 소설의 현실성을 확보하는데 큰 도움을 주게 된다. 문장이 짧아진다는 것은 사고의 흐름에 따라 분절하려는 의도가 크기 때문인데, 근대소설로 다가설수록 이러한 경향이 더욱 많이 나타난다. 곧 문장리듬의 변화는 고대소설의 전형적 특징인 운문성이 제거되고 산문성을 획득하는 과정을 의미하며, 우리 문학이 낭독·변사조와 같은 듣는 문학에서 읽는 문학으로 옮겨가는 노벨적 변화라고 할 것이다.

3) 묘사 — 고대 소설류의 상투적 묘사를 벗어난 작가의 개성적 특징을 드러내는 독특한 묘사가 많이 나오며, 현실에 대한 구체적인 묘사뿐만 아니라 각 인물의 성격묘사까지도 병행하여 이루어지고 있다. '묘사의 현실성'이라는 점에서 『혈의루』가 문학적 예술성을 완벽하게 확보하지 못하고 있지만, 고대소설보다는 유형적인 표현에서 벗어나 있음을 알 수 있다.

이상과 같은 특징은 전대 소설의 전근대성을 극복하는 요소이며 『혈의루』가 지니는 노벨적 요소라고 할 수 있다. 반면, 아래의 예문처럼 설명적 묘사에 있어 고소설의 표현형태가 아직 완전하게 가

시지 않고 있음을 발견하게 한다. 고소설의 일반적인 잔상 현상인 '-라'체가 아직 잔존하고 있다는 사실은 근대소설로서의 완성을 기다리기에는 아직 시기상조라 할 것이다.

> 기다리는 사람은 아니 오고, 인간 사정은 조금도 모르는 석양은 제 빛 다 가지고 저 갈 데로 가니 산 빛은 점점 먹장을 갈아 붓는 듯이 검어지고 대동강 물소리는 그윽한데, 전쟁에 죽은 더운 송장 새 귀신들이 어두운 빛을 타사 낱낱이 일어나는 듯 내 앞에 모여드는 듯하니, 규중에서 생장한 부인의 마음이라, 무서운 마음에 간이 녹는 듯하여 숨도 크게 쉬지 못하고 않았는데, 홀연히 언덕 밑에서 사람의 소리가 들리거늘, 그 부인이 가만히 들은즉 길 잃고 애쓰는 소리라.
>
> —『혈의루』, P.12

사실 '이라'체를 사용하는 문장에 있어서 서술자는 절대적 존재자의 위치에서 인물의 행위나 성격, 나아가 주제까지 소설의 모든 부분을 고압적으로 관장하게 된다. 그만큼 언문일치가 제대로 실현되지 않았음을 뜻하며, 나아가 로맨스에서 노벨로 이행하지 못하고 있는 상태라는 것을 말해준다. 아울러 중요한 사건의 진행과정에 있어서 구체적 묘사가 아닌 설명으로 대치되고 있는 경우가 많고, 속담의 잦은 인용이나 상투적인 중국 고사의 인용 등도 아직 극복되지 않고 남아있는 고대소설의 잔재들이다. 이렇게 볼 때 신소설 『혈의루』가 서구적 형식을 갖춘 첫 번째 소설이라고 하지만, 이 작품은 서구적인 소설 기법에 직접 연결되는 것이 아니라, 일본에 체제하는 동안 본격소설이 아닌 정치소설의 영향을 받아 일본식 언문일치와 묘사법을 원용한 것이라 할 수 있다.

결국 서술적 측면에서 볼 때 『혈의루』는 근대소설의 구심점으로 보기에는 무리가 따르지만, 고소설에서 근대소설로 넘어가는 과도기적 표현양식을 보여준다는 점에서 그 의의를 간과할 수는 없다. 아울러 당대의 현실을 그대로 재현하려는 사실적 묘사를 통해 고대소설의 운문성을 상당부분 해소했다는 차원에서 근대적 문체로서의 그 가치를 어느 정도 인정받을 수 있다고 판단된다.

(2) 인 물

소설작품은 어떤 특정한 인물이, 특정한 사실에 대해, 특정한 어조로 특정한 사람에게 말하는 허구적 서사양식이다.[154] 소설에 등장하는 인물은 작가가 의도하는 특정한 사실을 환기하는데 적합하도록 선택된 것이다. 특히 소설은 행동의 주체로서의 인물의 역할이 커지는 장르이며, 인물을 형상화하는 여러 요건은 소설의 본질과 직결된다. 그런데 이러한 인물은 로맨스의 경우 줄곧 초자연적인 힘에 의해 운명이 결정되는 형식을 취하지만, 노벨에서의 인간은 같은 사회 속에서 함께 살아가는 인간들과 주위의 환경적 조건에 의해 지배를 받게 된다.

신소설이 전대 소설과 구분되는 특징적 면모로서 다양한 개성을 지닌 인물들이 처음으로 등장한다는 사실을 들 수 있을 것이다. 구소설의 주인공이 재자가인 내지 영웅적 특성을 지닌 주인공인데 비

주154) 이상섭, 문학비평용어사전(민음사, 1973), P.200.

해, 신소설에서는 평범하고 나약한 인물을 주인공으로 내세우는 등 인물의 현실성과 왜소화 현상이 두드러지게 나타난다. 이러한 인물들을 통해 틀에 박힌 권선징악적인 주제가 신소설에 와서는 인간의 다양한 정서를 드러내게 되며, 소재에 있어서도 신화와 전설적 소재를 생각하던 구소설과는 달리 갑오경장 당시의 사회에서 벌어지는 실제적 사건 속에서 여실히 진행된다.

신소설에서 보여주는 인물들의 보편적 특징을 잘 반영하면서 고소설과의 변별성을 유지하고 있는 작품이 바로 『혈의루』이다. 이 작품의 주요 인물은 주인공 옥련을 중심으로 그 가족들인 최씨부인(옥련모), 김관일(옥련부), 최주사 등이 한 축이 되며, 부차적인 인물로 나오는 구완서는 작가 이인직의 정치이념을 대변하는 긍정적 인물로써 소설 전개에 중요 부분을 차지하고 있다. 먼저 인물의 계층을 볼 때, 옥련의 가족들은 청일전쟁으로 온 집안이 해체되어 큰 어려움에 처해 있으나 전형적인 중산층에 속하며, 부모의 도움으로 외국유학을 하는 구완서는 작품의 흐름상 양반 신분의 상류층으로 분류된다. 이들 인물들은 전대소설에 나타난 인물의 전형성이 매우 약화된 채 평범함이 부각된 일반 대중적 계층으로 조정된 것이 특징이다. 특히 남성 위주에서 탈피, 여성인 옥련을 주인공으로 선택함으로써 독자의 흡인력을 이끌어 내려는 작가 의도는 고대소설보다 한 단계 진일보한 것이라 할 수 있다. 그런 가운데 주인공 옥련을 비롯한 구완서, 김관일 등 주된 인물들은 모두 외국 유학생으로, 주인공 옥련이 일본인 군의관의 도움으로 일본으로 가서 성장, 공부하고 거기서 구완서를 만나 미국에 유학을 간다던가 하여 국제적 스케일을 띠고 있는데, 그것은 소설의 공간적 확대와 더불어 인물 행동이나 성격 범위를 현저하게 넓힌 것으로 볼 수 있다.

이렇게 『혈의루』에는 옥련을 중심으로 생애의 역경을 거치면서 근대 문명국의 과학, 교육, 평등사상, 연애와 사랑에 의한 새로운 혼인풍속의 소개 등이 다루어진다. 영웅 중심의 뛰어난 인물이 이별에서 만남으로 가는 전형적인 고대소설의 전개에 식상해 있던 당대 독자층에게 그런 내용은 나름대로 신선한 것이었다. 이들 인물들은 자유로운 결혼과 남녀평등을 주장하고 몽매한 현실에서 하루빨리 계몽되기를 고대한다. 계급의 타파와 민주정치의 필요성을 역설하며 서구 문화수입에 대해서도 최소한의 비판의식을 보유하고 여성의 사회적 지위를 향상시키고자 하는 등 인간을 스스로 구속해온 낡은 인습에 반발하는 인물로서 우리 문학에 처음으로 등장하는 자아를 인식하며 근대를 지향하는 인간형들이라 할 수 있다.

> 우리나라 사람들이 조혼하는 것이 옳은 일이 아니라. 나는 언제든지 공부하여 학문 지식이 넉넉한 후에 아내도 학문 있는 사람을 구하여 장가들겠다. 학문도 없고 지식도 없고 입에서 젖내가 모랑모랑 나는 것을 장가들이면 짐승의 자웅같이 아무 것도 모르고 음양배합의 낙만 알 것이라. 그런고로 우리나라 사람들이 짐승같이 제 몸이나 알고 제 계집 제 새끼나 알고 나라를 위하기는 고사하고 재물을 도둑질하여 먹으려고 눈이 벌겋게 뒤집혀서 돌아다니는 것이 다 어려서 학문을 배우지 못한 연고라.
>
> —『혈의루』, P.54

이처럼 자아를 각성하고 그 주체성과 개성을 찾아가려는 근대적인 개성 또는 근대적인 민족적 집단을 표현함으로써 전대 소설과 다른 위치에 놓이게 된다. 곧 『혈의루』는 자아에 눈을 떠 새로운 문명개화를 찾으려는 인간형을 등장시킨 최초의 작품이라 할 수 있다.[155] 『혈의루』는 근대적으로 각성하는 새 인간형들이 등장, 인물의 혁신적인 전환을 보임으로써 노벨적 요소를 띠기도 하지만 전근대적 요소 또한 다수 포함하고 있음을 부인할 수 없다. 전대 소설에서 보여주는 영웅적이며 특출한 인물의 전형성이 다소 해소되었다고는 하지만, 주인공 옥련과 구완서 같은 인물들은 특출한 외모나 능력, 덕성 등을 보유하고 있는, 보통 사람의 그것을 넘는 로맨스의 인물에 가깝다. 범속한 인물이 노벨의 주인공이 되는 왜소화 경향은 현실을 있는 그대로 재현한다는 차원에서 이해한다면 보통의 생활인으로 남을 수밖에 없기 때문이다. 한편, 옥련은 일본인 군의관의 도움을 받아 일본식 교육을 받으며 성장하는 과정에서 군의관이 죽고 나자 개가할 뜻이 있는 부인으로부터 버려지게 된다. 고소설의 전형적인 모습을 보여주는 이 대목에서 정상부인은 선과 악의 갈림길에서 갈등하는 인물이고, 정상부인에게 시집갈 것을 유혹하는 노파는 악인형의 인물로 그려진다. 이렇게 옥련이란 인물은 서사 환경과 분리된 고소설의 전형적인 인물유형과 밀접한 관련성을 갖게 된다. 특히 소설의 결말 부분에서 근대적 인텔리로 변모되는 과정은 그것이 현실과의 갈등을 통해서 획득되어진 것이 아니라 우연성을 통해 얻어졌다는 점에서 서사적 필연성을 잃어버리고 비현실적 인물로 전락하는 요인이 된다.

주155) 김우종, 한국현대소설사(성문각, 1980) P.28.

(3) 외 형

신소설과 가장 깊은 관계를 맺고 있는 전대소설은 귀족적 영웅소설이다. 양자의 공통점은 행복에서 시작되어 행복과 고난의 빈번한 교차를 거쳐 행복으로 끝나는 구조로 되어 있고 모해나 남녀의 이별과 만남이 주요 모티프로 나타난다. 반면 귀족적 영웅소설에서는 지상계에서 전개되는 자아와 세계의 대결이 천상계에서 마련되고 초자연적 힘에 의해 해결되는데 반해, 신소설에 이르러서는 천상계가 제거되고 지상계에서 자아와 세계의 대결이 남는다.[156) 전대소설과 신소설의 플롯을 비교해 볼 때 그 차이점을 다음과 같은 정리할 수 있다.

〈유충렬전〉-
1) 유충렬은 부귀공명을 누리는 유심의 아들이다.
2) 늦도록 자식이 없어 산천에 빌어 태어난 외아들이다.
3) 전상 선관의 하강이며 기상이 특출했다.
4) 간신 정한담 때문에 부모를 잃고 죽게 되었다.
5) 물에 빠졌으나 구출되고 강승상 집에서 화를 피하고 강소
   저와 혼인했다
6) 강승상마저 투옥되고 강소저와 이별했다
7) 도승을 만나 화를 피하고 무술을 익히고 무기를 얻었다.
8) 정한담이 난을 일으키고 나라가 위기에 처했다
9) 정한담과 싸워 이기고 가족들을 만나 부귀를 누렸다.

『혈의루』-
1) 옥련은 개화인 김관일의 딸이다.

주156) 조동일, 신소설의 문학사적 성격 참조.

138

2) 무남독녀이다.

3) 재질이 뛰어났다

4) 청일전쟁으로 부모를 잃고 죽게 되었다

5) 일본 정상 군의관이 구출해 일본으로 데려가 성장시켰다.

6) 정상 군의관이 죽고 그의 집에서 나와 자살하려고 했다

7) 순검에게 구출되고 구완서를 만나 미국으로 갔다.

8) 나라의 형편을 근심했다.

9) 큰 포부를 품고 문명개화를 익혔으며 구완서와 혼약을 맺었다.

두 작품이 모두 영웅 일대기가 갖는 플롯의 요소를 공통적으로 구비하고 있으며, 단락의 수와 배치까지도 유사하다. 다만 『혈의루』는 『유충열전』에 비해 천상계의 질서가 모두 제거된 양상을 살필 수 있다. 다시 말하면, 유충열은 천상선관이 죄를 지어서 하강한 초월적 존재인 반면 옥련은 개화주의자의 딸이다. 전자가 광덕산 백룡사에서 초자연적 능력을 지닌 도승을 만나 수학을 했다면, 옥련은 일본과 미국에서 선진문물을 익힌 것으로 나온다. 즉 현실을 넘는 초월적 존재와 초자연적 세계가 당대의 개화기 지식인 및 문명개화국이라는 현실공간으로 단순 대치된 것이다.

그렇다면 전대소설과 동일한 플롯을 지니고 있으면서도 근대소설로서의 과도기적 평가를 받는 이유는 무엇인가. 그것은 다름 아닌 개화기 소설의 전범인 영웅소설의 환상적인 세계가 제거되고 시공간의 현실적인 확장이 이루어지기 때문이다. 현실과 환상의 중첩이 사라짐으로써 개화기 신소설이 표면적으로는 현실재현의 문제를 성공적으로 수행한 것같이 보이는 것이다.[157] 아울러 『혈의루』의 노

주157) 최혜실, 한국현대소설의 이론(국학자료원, 1994), P.244.

벨적 요소로서, 소설 고유의 장치가 지닌 '흥미성'에서 일정수준 균형을 이루고 있다는 점을 들 수 있다. 옥련의 입장에서 이 작품을 보면 한 여인의 전기(일대기)를 그린 일종의 모험소설 형태로 볼 수도 있다.[158] 7세의 여자아이가 청일전쟁이라는 천재지변으로 말미암아 본격적인 인생행보에 올라 일본과 미국 등지에서 자수성가하여 결말에까지 이르는 과정은 그 자체가 모험이자 전기인 셈이다. 여기에 모험에 담긴 문명개화의 '풍속묘사'가 적절하게 배치되어 독자의 흥미성을 유도한다. 이인직이 『혈의루』라는 독특한 소설 형식을 창출한 것은 이야기의 서사구조를 주축으로 하는 고소설의 방식에 당대의 풍속묘사라는 노벨의 요소를 결합시킴으로써 가능했던 것이다. 당대의 풍속묘사는 곧 조선의 현실을 정확하게 포착한 이인직의 균형 감각이었으며, 그가 『혈의루』 이후 현실이념을 포기했을 때 남게 되는 것은 『귀의 성』, 『치악산』으로 대표되는 작품처럼 지나치게 흥미 위주로 흘러 오직 통속성만이 살아남고 만다. 동시에 『혈의루』의 경우, 작중인물 옥련의 행복이 그 첫 단락이 되어 '고난-구출-위기-극복'으로 이어지는데, 서술의 시간은 청일의 전쟁으로 부모를 잃고 죽게 된 옥련의 고난에서부터 시작, 허구의 시간과 서술의 시간에 있어서의 순서의 변화를 가져온다. 이야기의 전개를 '과거-미래'로 진행시키는 것이 아니라 '현재-과거'로 역행시킴으로써 시간의 계기성이나 연대기적 순서를 깨뜨리고, 그리하여 이야기의 극적 반전을 노리는 근대소설의 서술기법을 시도하고

주158) 김윤식·정호웅, 한국소설사(예하, 1993), P.46. 『혈의루』의 흥미 성을 일종의 보물찾기로 보고, 보물은 곧 개화이념이며, 그것의 의뢰자는 시대(시국)로서 일본·미국을 거쳐 가는 주인공의 곡절 을 보물찾기 모험으로 설명하고 있다.

있는 것이다.[159] 또한 서두에서 앞으로 전개될 이야기의 기초상황을 비교적 구체적으로 제시함으로써 당대적 삶의 조건이나 작가의 현실인식에 있어서의 기본조건 등을 요약해서 암시하는 서술기법의 변화도 보인다. 그러나 우연의 남발이 빈번하게 이루어짐으로써 서사구조의 리얼리티를 상실하는 결과를 나타낸다. 우연성이 곳곳에서 남발되는 현상은 고대소설을 물론 신소설, 이광수의 무정에 이르기까지 쉽게 극복되지 못하는 요소로서, 근대소설의 정착을 가름하는 주된 요인이 된다. 『혈의루』에서 '난데없이 철환 한 개'를 맞고 쓰러진 옥련은 공교롭게도 일본 간호수의 도움을 받아 야전병원에 보내지고, 이로 인해 구출되는 등 작품 전편에 우연의 작위성이 상당 부분 노출되고 있다. 작중인물이 처한 고난과 위기는 '갑자기 −때마침(suddenly−by chance)' 나타난 어떤 사람이나 사건에 의해 구출되는 것이다. 뜻밖의 고난이 뜻밖의 구출로 이어지는 서사구조의 우연성은 뜻밖의 위기가 뜻밖의 사건으로 극복되고, 그리하여 '행복한 결말'로 끝을 맺는 결말구조에서 더욱 두드러지게 나타난다. 노벨은 '지금, 여기'의 시공간의 현실을 그대로 재현해야 하기 때문에 현실에서 일어날 수 있는 가능성, 즉 개연성을 지니고 있어야 한다. 따라서 『혈의루』를 비롯한 신소설에서 흔히 보이는 고난과 구출, 위기가 지닌 우연적이고 예외적이며 비인과적인 요소들은 고대소설에서처럼 이야기의 객관성은 물론 리얼리티를 약화시키는 결과로 나타나는 것이다.

주159) 전광용, 〈한국소설발달사/하〉, 한국문화사대계 5권(고려대 민족문화연구소, 1967). P.1177.

(4) 주 제

　개화기 공간에서의 중심과제는 문명개화를 통한 독립자강 사상의
실천이었다. 제국주의의 침략 앞에 조선이 그대로 노출되어 있다는
위기감과 이를 극복하기 위해서는 서구의 근대적인 제도나 지식을
수용하여 근대국가의 기틀을 마련하려는 의식이 개화를 맞는 지식
인들의 자세였기 때문이다. 지식인들은 그 위기를 극복하기 위해
성리학적 지식보다는 서구적 지식이나 이념에 의존한다. 신문이나
잡지를 만들고 연설회를 열면서 그들은 서구적 논리를 배우고 서구
적 논리에 의해서 현실에서 생존하는 방법을 탐구한다. 따라서 초
기단계의 신소설은 민간신문에 연재된 뒤 다시 출판사에 의해 단행
본으로 발간되었기 때문에 1) 자주독립 2) 문명개화 3) 풍속개량
구습타파 4) 신교육예찬 등으로 대변되는 계몽적 주제의식과 함께
대중적 흥미에 영합하려는 상업주의적 성격도 짙게 띠었다. 현실적
삶의 여건과 이에 대한 의미가 있는 비전 제시에 작가의식을 투영
시키기보다는 막연한 개화의식과 신문명 도입에 의한 소박한 낙관
주의에 기울어져 있었던 것이다.160) 곧, 새로운 풍습과 지식 문물
은 아름다운 미래에의 약속이며, 그러한 것들의 원천인 바깥세계는
동경과 선망의 대상이 된다. 주인공들은 위기상황에서 흔히 일본인,
서양인들의 도움을 받으며 무한한 기대를 품고 외국으로 유학을 떠
난다. 이런 안이한 낙관주의로 인해 신소설은 천박한 개화주의로
전락하였다는 평가를 듣게 되며, 이인직 등의 작품에서는 당대의
역사적 정황을 망각한 친일적 환상을 보이기까지 한다.

주160) 윤병로, 한국 근·현대문학사(명문당, 1991), P.47.

142

이인직이 『혈의루』를 쓴 배경도 청일전쟁을 통해 국가적 위기의
식을 느낀 급박한 시대적 상황 속에서 근대의 방향성을 찾기 위한
일환이었음을 간과할 수 없다. 작품 서두에 청일전쟁을 배치하면서
'일청전쟁'이라고 명기하는 이인직의 태도는 과거와는 전혀 다른 차
원의 새로운 인식이다.

> 일청전쟁(日淸戰爭)의 총소리는, 평양 일경이 떠나가는 듯하
> 더니, 그 총소리가 그치매 사람의 자취는 끊어지고 산과 들에
> 비린 티끌뿐이랴.
>
> —『혈의루』, P.11

> 본래 평양성 중 사는 사람들이 청인의 작폐에 견디지 못하여
> 산골로 피난 간 사람이 많더니, 산중에서는 청인 군사를 만나
> 면 호랑이 본 것 같고 원수 만난 것 같다. 어찌하여 그렇게 감
> 정이 사나우냐 할 지경이면, 청인의 군사가 산에 가서 젊은 부
> 녀를 보면 겁탈하고 돈이 있으면 빼앗아 가고, 제게 쓸데없는
> 물건이라도 놀부의 심사같이 장난하니, 산에 피난 간 사람은
> 난리를 한층 겪는다.
>
> —『혈의루』, P.16

예문에서 보는 바와 같이 청인 군사는 일본 군인에 비하면 군사
적으로나 도덕적으로 도무지 상대가 되지가 않는다. 여기에 일본군
들은 위기에 처한 옥련의 어머니를 구출해주고, 일본 군의관은 부
상당한 옥련을 치료해 줄 뿐만 아니라 고아가 된 그녀를 자기 고향
집으로 보내 딸자식까지 삼는 선행을 보인다. 제국주의 침략국인
일본을 정의와 박애의 사절단으로 바라보고, 오랜 동안 중국을 종

주국으로 삼고 따르던 관행을 일체 버리는 이러한 시각은 구한말까지 이어온 주자학적인 세계를 완전히 벗어나는 새로운 세계관, 즉 문명개화를 의미한다.[161] 그리고 청일전쟁을 거치고 러일전쟁을 거치는 동안 남다른 정치 감각을 보여 온 이인직으로써, 당시 개화공간 내에서 선택할 수밖에 없는 문명개화란 이념이 일본을 매개로 한 그것이었음을 보여준다.

어떻게 보면, 문학의 발달이란 개인이나 한 민족적인 집단이 자신의 주체성, 자기만의 개성을 발견해 가는 과정이라고 볼 수 있다. 그런 면에서 『혈의루』가 전통적인 성리학적 이념을 버리고 일본의 근대성을 추종하였다는 점은 문학적인 면에서 별 다른 의미가 주어지지 않는다. 이러한 모순을 제외하고, 『혈의루』의 주제를 살펴보면 곧 '근대적 각성' 또는 '자아의 발견'이라는 말로 귀결되고, 그 주제의식이란 반봉건이 놓여있음을 인식할 필요가 있다. 자아의 각성을 통해 봉건제도의 구습을 타파하고 근대문명을 받아들임으로써 우리 민족이 생존할 수 있는 길이라고 받아들이는 것이다.

> 나라는 양반님네가 다 망하여 놓셨지요. 상놈들은 양반이 죽이면 죽었고, 때리면 맞았고, 재물이 있으면 빼앗겼고, 계집이 어여쁘면 양반에게 빼앗겼으니, 소인 같은 상놈들은 제 재물 제 계집 제 목숨 하나를 위할 수가 없이 양반에게 매였으니, 나라 위할 힘이 있습니까? 입 한번을 잘못 벌여도 죽일 놈이니 살릴 놈이니, 오금을 끊어라 귀양을 보내라 하는 양반님 서슬

주161) 김윤식·정호웅, 한국소설사(예하, 1993) P.36. 이들은 『혈의루』가 일청전쟁이라는 승리자 일본의 감각에 따라 제작된 것으로 구소설과 신소설의 과도기적 양식이라는 점은 피상적 관찰이라고 지적하고 있다.

에 상놈이 무슨 사람값에 갔습니까. 난리가 나도 양반의 탓이
올시다.

-『혈의루』, PP.26-27

이처럼 대부분의 신소설 작품들은 봉건사회의 가치질서를 개화의
반대개념으로 설정하고 이를 극복의 대상으로 삼았다. 그리하여 전
통적 가치와 질서 또는 정치현상 등을 철저히 비판 부정하는 반면,
문명개화를 당대 사회의 필연적 귀결로 부각시킨다. 따라서 『혈의
루』에서 취급되는 주제 양상 역시 '개화의식' 또는 '근대에의 의지'
에 바탕을 두면서 자주독립사상 고취, 향학과 교육열, 남녀 평등사
상에 의거한 자유결혼·조혼폐지·재가허용 등으로 요약된다.

(a) 옥련이가 구씨의 권하는 말을 듣고 조선부인 교육할 마음
이 간절하여 구씨와 혼인언약을 맺으니, 구씨의 목적은 공부를
힘써 하여 귀국한 뒤에 우리나라를 독일국(獨逸國)같이 연방도
를 삼되, 일본과 만주를 합하여 문명한 강국을 만들고자 하는
비사맥 같은 마음이요, 옥련이는 공부를 힘써하여 귀국한 뒤에
우리나라 부인의 지식을 넓혀서 남자에게 압제받지 말고 남자
와 동등권리를 찾게 하며, 또 부인도 나라에 유익한 백성이 되
고 사회상에 명예 있는 사람이 되도록 교육할 마음이라.

-『혈의루』P.61

(b) 이보게 옥련, 지금은 우리가 동무이지, 귀국하면 내외가
될 터이니. 우리가 자유로 결혼하자 언약을 맺은 사람이라. 언
약을 맺어도 자유, 언약을 파하여도 자유, 어느 때로 행례할 기
약을 정하는 것도 자유로 할 일이라.

-『혈의루』, P.75

(c) 조선 풍속 같으면 청상과부가 시집가지 아니하는 것을 가장 잘 하는 일로 알고 평생을 근심으로 지내나, 그러한 도덕상 죄가 되는 악한 풍속은 문명한 나라에는 없는 고로 젊어서 과부가 되면 시집가는 것은 천하만국에 부끄러운 일이 아니라.

-『혈의루』, P.37

(d) 이애 옥련아, 어어 실체(失體)하였구나. 남의 집 처녀더러 또 해라 하였구나(중략) 그러나 우선 말부터 영어로 수작하자. 조선말로 하면 입에 익은 말로 외짝 해라하기 불안하다.

-『혈의루』, P.61

위의 예문에서 (a)는 자주독립사상과 향학과 교육열을 고취시키는 장면이고, (b)(c)(d)는 자유결혼관, 재혼허용, 남녀평등관 등을 보여주는 장면이다. 자유결혼관이나 재혼허용, 남녀평등사상은 개인의 자유를 짓밟은 과거 인습에 대한 비판으로, 이 땅에 비로소 근대적인 자아가 등장하고, 이를 발견해 가는 과정이라고 할 수 있다. 자아를 발견하고 그 개성을 주장하는 것은 신소설이 노벨의 요소를 담고 있는 가장 중요한 부분이라고 하겠다. 자주독립사상과 교육열은 고대소설의 학문을 통해 입신양명을 달성하는 차원과 달리, 민족적 위기 앞에서 모두가 같이 배워 몽매에서 탈피하고 민족적으로 각성하자는 데 있다. 다만 일제의 조선침략의 흔적을 여실히 드러내고 있는 이 작품은 당대에 일본의 모델이었던 후발 제국주의 국가를 전범으로 삼아 개화를 구상하고 있다는 점에서 이인직의 역사적 인식에 대한 그 허약성이 드러난다. 이렇게 표면적으로 의도된 주제는 작품의 내용과 괴리되어 개화의식 자체를 추상화시킨다. 작중인물들은 이른바 정치·사회 개혁을 열렬히 주장하지만,

현실적으로는 개화를 위해 어떤 일도 주체적으로 수행하지는 못한다. 그리고 문명개화만이 구국의 유일하고도 절대적인 방안이라고 믿고 또 강력히 주장은 하지만 그것은 민중의 자주적 역량으로 추진하고 성취하겠다는 의지와 신념의 현실적 행동이 뒷받침되지 못한다. 개혁이 이루어지는 날만을 '날마다 때마다' 기다릴 따름이고, 연애 유학에 만족한다. 개화는 곧 서구화요 문명강국의 본질로 이해한 이들은, 그들이 개화인의 전범들로 삼은 서양인 또는 일본인들의 도움에 의해 고난과 위기에서 구출되고 극복되어지는 서사구조에서 짐작할 수 있는 것처럼, 구출되어지는 인물로 남아있을 뿐 근대의식을 가진 개혁 주체로써 변신할 수가 없는 것이다.

한편, 『혈의루』가 발표된 1906년 5월의 상황은 의병장들의 대일본 선전포고와 대한매일신보를 중심으로 국채보상운동이 전개되는 등 국권회복의지가 충전해 있는 시점이었다. 이런 민중의 시대의지에 비추어볼 때 연방국 건설로 귀착되는 개혁만을 절대가치로 내세우는 신소설 주인공의 현실인식은 개화의 피동성, 자기비하의 무주체적 패배주의를 드러낸다고 할 수 있다.[162] 이인직의 시대인식은 도래하는 근대사회에 대해 냉철한 안목과 비판적 의식으로 일관한 것이라기보다, 계몽의지를 고취시키고자 하는 강한 목적의식의 발로가 시대이념의 제시와 전달에 급급한 나머지, 그것을 당연한 과제로서 부과하려는 측면에서 진열해 놓은 것이라 할 수 있다.

결국 『혈의루』의 주제와 사상을 통해 알 수 있는 사실은 합리적이고 과학적인 삶의 인식이나 전통적 가치관의 토대 위에서 새로운 문물과 사조를 받아들이는 비판적 정신보다는, 계몽적 인간상을 중

주162) 정덕준, 한국문학개론(새문사, 1992), P.351.

심으로 관념적 차원의 의미전달이나 설명적 이해를 의도하는 작가 의식으로 인해 생경한 구호의 나열에 그치고 만 점을 지적하지 않을 수 없다. 하지만 『혈의루』에서 내세운 주제의 면모나 사상적 성향들은 그것이 현실을 바탕으로 한 시대적 요구에서 출발하였다는 사실과 전대소설에서 시도되지 않았던 구체적 현실성의 확보에 어떤 식으로든 관여하고 있다는 점 등 긍정적인 면까지 모두 도외시하는 잘못은 지양되어야 한다고 생각된다. 이러한 측면들이 바탕이 되어 후대 문학에서 이인직을 비판적으로 극복되는 토대가 마련되었다고 볼 수 있다.

(5) 결 론

지금까지 신소설 최초의 작품인 『혈의루』를 분석하면서 주목해야 할 점은 이 작품이 고대소설에서 근대소설로 넘어오는 과도기적 성향을 보여주고 있다는 사실이다. 전대소설을 극복하는 다양한 노벨의 요소를 갖추는가 하면, 작품의 여러 부분에서 고소설의 잔재들을 상당수 발견하게 되기 때문이다. 이런 특성으로 인해 『혈의루』는 최초의 근대소설로 인정을 받기도 하고, 고소설의 잔영으로 취급되기도 하는 등 문학적 평가에 혼선을 빚는다. 『혈의루』의 근대적 성격은 사용 언어와 주제적 측면에서 두드러진다. 언어일치를 지향하는 구어체의 사용과 묘사의 현실성, 그리고 자아의 각성을 통해 계몽의지를 드러내는 주제 등은 전대소설에서 찾아볼 수 없는 노벨의 요소라고 하겠다. 그러나 보통 사람의 차원을 벗어난 로맨스적 인물, 고

소설과 똑같은 틀을 가지고 있는 플롯과 우연성을 남발하는 서사구조 등은 전근대적 요소가 가시지 않고 있음을 확인시켜 준다. 본 연구에서는 이러한 사항을 점검하기 위해『혈의루』가 지니고 있는 노벨적 요소를 추출, 이 작품이 담고 있는 근대적 성격을 규명해 보고자 한 것이다. 이제 앞에서 언급된 내용을 바탕으로『혈의루』의 노벨적 요소와 반노벨적 요소를 정리하는 것으로 결론을 내리기로 한다.

1)『혈의루』의 노벨적 요소들

첫째, 언어─일상어가 중심이 된 구어체 문장을 사용하며 언문일치 지향의 태도를 보인다. 상투어가 사라지고, 현실에 대한 구체적인 묘사뿐만 아니라 각 인물의 성격묘사까지도 병행하여 이루어지는 등 전대의 유형적 표현에서 벗어나고 있다. 이렇게 당대의 현실을 있는 그대로 재현하려는 사실적 묘사를 통해 고대소설의 운문성을 상당부분 해소함과 동시에 산문성을 획득하고 있다.

둘째, 인물─남성 위주에서 탈피, 여성인 옥련을 주인공으로 선택하는 등 전대소설에서 나타나는 전형적인 영웅 중심의 인물 유형의 평범성이 부각된 일반 계층으로 하향 조정되었다. 이들은 인간 스스로를 구속해 온 봉건적 인습에 반발하는 자아를 인식하는 근대적인 인간형의 전형들이다.

셋째, 외형─시공간의 확장으로 영웅 귀족소설의 환상성이 제거되고 현실의 재현이 가능하게 된다. 여기에 풍속묘사, 즉 당대의 조선현실을 그려보려는 작가의 현실적 감각이 어우러져 작품의 흥미성을 돕게 된다.

넷째, 주제-'근대적 각성' 또는 '자아의 발견'에 바탕을 두면서, 자주독립사상 고취, 향학과 교육열, 남녀 평등사상에 의거한 자유결혼, 조혼폐지, 재가허용 등의 내용으로 요약된다. 자아의 각성을 통해 봉건제도의 구습을 타파하고 근대문명을 받아들임으로써 우리 민족이 생존할 수 있는 길이라고 생각하는 것이다.

2)『혈의루』의 반노벨적 요소들

첫째, 언어-'이라/더라'체의 종결어미를 그대로 사용하고 있어 언문일치가 불완전하게 이루어지고 있으며, 사건의 진행과정에 있어서 구체적 묘사가 아닌 설명으로 대치되거나, 속담의 잦은 인용, 상투적인 중국 고사의 인용 등도 아직 극복되지 않고 남아있는 고소설의 잔재들이다.

둘째, 인물-전대의 영웅적이고 특출한 인물로서의 전형성이 해소되었다고는 하지만, 주인공 옥련과 구완서 같은 인물들은 특출한 외모나 능력, 덕성 등을 보유하고 있어, 보통 사람의 그것을 넘는 로맨스적 인물에 가깝다. 시대를 선도하고자 하는 지도자의 위치에 있는 인물들은 주변의 보통 사람을 초월하고 있어 노벨의 인물로서는 부적절하다.

셋째, 외형-뜻밖의 고난이 뜻밖의 구출로 이어지는 서사구조의 우연성은 고소설에서처럼 이야기의 객관성은 물론 리얼리티까지 약화시키는 결과로 나타난다. 이런 현상은 뜻밖의 위기가 뜻밖의 사건으로 극복되고, 그리하여 '행복한 결말'로 끝을 맺는 결말구조에서 더욱 두드러지게 나타난다.

넷째, 주제-합리적이고 과학적인 삶의 인식이나 전통적 가치관의 토대 위에서 새로운 문물과 사조를 받아들이는 비판적 정신보다는 계몽적 인간상을 중심으로 관념적 차원의 의미전달이나 설명적 이해를 의도하는 작가의식으로 인해 생경한 구호의 나열에 머무르고 만 점을 지적하지 않을 수 없다.

2. 계몽성과 개인주의의 확장
-이광수의 『무정』

1905년을 전후로 하여 민족 근대화에 대한 논의가 통제되면서, 일본 유학생 출신을 중심으로 한 지식인층에서는 기존의 정치적 담론 대신에 시민계급의 문화적 근대성 탐구에 몰두한다. 즉 갑신정변이나 갑오개혁 이후 자주적인 정치혁명이 더 이상 불가능해지자 내면적인 시민의식이 겉으로 드러나 확대되는 양상을 보인다. 특히 민족문제를 표출시켰을 때 직접 행동이 요구되어 지하운동이나 국외 독립운동 등 극한적인 행동주의로 그들을 몰고 가기 때문에 비정치적 근대에 기댈 수밖에 없는 것이다.

최남선과 이광수로 대표되는 이들 지식인들은 개화기의 국문체론자로서 민족의 근대화에 적극성을 보이면서도 근대를 일본을 중심으로 놓고 사고하는 개화파들이다.[163] 따라서 근대를 일본적 의식

주163) 개화기 지식인들은 1900년대로 오면서 분화과정을 겪게 된다. 성

을 통해 드러내며 민족의 근대화 개념도 일본에서의 수입을 통해 이루어진다. 그들의 민족적 의식의 문학이란 개화기적 민족의식과 유학을 통한 근대의식이 동시에 나타나는 이중성에서 출발한다. 이런 인식으로 근대정신에 적극적일 뿐만 아니라 '근대에의 지향'을 민족주의 운동으로 간주하기도 한다. 그들에게 조선의 민족주의 문제는 조선의 봉건을 개혁하여 근대정신을 확대하는데 있는 것이다. 그러나 민족의 근대화가 일제에 의해 철저하게 통제된 현실에서 근대정신은 필연적으로 내면화의 길을 걷게 되고, 그 내면화는 일차적으로 문학적 상상력과 쉽게 영합하게 된다.

　바로 최남선과 이광수로 대별되는 이들 지식인들은 근대에 적극적으로 참여하여 자아의 혼을 불태우기 때문에 개화기의 사회나 역사에 대해 상상력이 약한 반면 문학적 의식이 강하게 표출된다. 또한 개화기 문학양식 아래 성장해 왔기 때문에 체질적으로 민족의 근대적 개혁의식이 내면에 강하게 깔려 있고, 이들이 역사나 민족혼을 문학적 양식으로 대체하려 한 것도 이것과 무관하지 않다. 이들의 문학적 확대가 이루어지는 〈소년〉 〈청춘〉 〈학지광〉 등의 잡지는 봉건적 세계관에 대한 저항을 철저한 시민정서로 이행하기 위해 발간된 잡지이다. 따라서 최남선과 이광수는 문학을 통해 근대적 시민계급의 세계관을 드러내기 때문에 문학주의 혹은 문학적 정감의 전도사가 된다.[164] 그들은 반유교주의와 개인주의에 근거하면서, 문학의 기반인 감정을 키우는데 열정을 쏟았으며 그 감정의

리학파들은 항일의병으로 나아가고 자강론자들은 중국으로, 서재필 등 서구적 개화파는 서구로 탈출하는데, 결국 1905년을 전후로 하여 일본 유학파 중심만 남게 된다.
주164) 전기철, 한국 근대문학비평의 기능(살림터, 1997), P.45.

성장을 통해 감정적 인간형을 창조하고자 한다. 문학적 정감의 표현을 통해 나타나는 감정적 인간형은 시민계급의 체제 내적 자의식의 최대치이다. 그런데 이광수는 중인계급의 세계관에 철저한 최남선[165]과 달리, 몰락 양반의 후예로서 자의식이 크기 때문에 반봉건에 특히 적극적이다. 그의 저항은 주로 정서적 자아의 해방으로 나타나고 있으며, 문학적이고 감정적이다. 이광수는 문학이라는 구체적인 형식의 옷을 입으며 정서적 자아의 해방론으로 나타나고 이것이 그의 소설 세계로 옮아가는 것이다. 이광수는『어린 희생』,『윤광호』등의 발표 이후『무정』(1917)을 완성시킴으로써 초기 작품의 결산과 본격적인 근대소설로의 면모를 어느 정도 갖추게 된다. 그의 초기 습작들, 예컨대 구시대의 혼인풍속에 내재한 봉건적 인습의 문제를 다룬『소년의 비애』나 민족의식을 주제화 하는『어린 희생』등의 단편은 아직 형식상의 기교가 미숙해 본격적 근대소설로 평가하기는 어렵다.

이광수 초기작품의 결산이며, 근대소설로서의 면모를 갖춘 것으로 공인되는 것은『무정』이다. 이 작품은 한국문학사의 근대성을 논의하기 위해서는 빼놓을 수 없는 작품으로 중요시되고 있다. 그래서 '그의 전 작품과 정신적 연대성을 지닌 대표작'(김우종)[166]이요, 우리 문학사에 있어, '한국 최초의 근대소설'(조연현)[167], 초창

주165) 최남선의 부친은 관상감을 지낸 최헌규로 청나라에서 한약재를 수입하여 돈을 모은 전형적인 중인계급이다. 최남선의 민족적 관심은 심정적 문화가치로서의 역사관으로서, 조선조의 자강적 개념과는 거리가 멀다. 그가 신문관이나 광문회를 세우거나 번역사업에 충실하는 것도 중인적 계급관에서 비롯한다고 볼 수 있다.
주166) 김우종, 한국현대소설사(성문각, 1980), P.74.
주167) 조연현, 한국현대문학사 개관(정음사, 1964), PP.97-98.

기 신문학을 결산해 놓은 '시대적인 거작'(백철)168) 등의 긍정적 평가를 받고 있는 것이다. 그런 반면 '계몽주의와 민족주의 시대'(김현·김윤식)169) 혹은 '근대문학으로의 이행기의 마지막 문학'(조동일)170)으로 보면서, 본격적인 근대문학의 성격을 구비하지 못한 과도기적 형태로 규정되기도 한다. 『무정』에 대한 이중적인 시각은 과연 이 작품이 이인직과 이해조의 신소설과 확연하게 구별되는 근대문학의 성격을 구비했는지, 아니면 그러한 신소설 성격을 아직 탈피하지 못했는지 하는 근대소설 양식을 둘러싼 논의를 발생시킨다. 따라서 『무정』이 개화기 신소설의 과도적 형태를 어떻게 극복하고 근대소설로의 이행이 이루어지는가를 고찰하는 것이 이 장의 목적이 된다.

이광수의 『무정』이, 그것도 장편소설이라는 장르로서 생성된 배경에는 『무정』을 연재한 매일신보라는 매체의 성격을 간과할 수가 없다. 〈매일신보〉는 총독부의 기관지로서 당시로서는 경영난이나 검열을 피할 수 있는 가장 안정되고 자유로울 수 있는 매체였기 때문이다. 이러한 성격이 곧 『무정』을 창작한 이광수의 작가적 의도를 한정짓는 속박의 틀로 작용하게 된다. 훗날 일제의 식민지 통치 전략과 일치되는 이광수의 문화적 민족주의와 같은 연장선에 이해될 수 있는 성질의 것이었다. 어떻게 보면 〈매일신보〉의 편집진들은 자신들의 편집의도에 가장 안전한 인물인 이광수를 선택함으로써 이광수의 개인적 역량을 활용한 것으로 추측할 수가 있다. 실제 김동인은 『무정』의 창작동기에 대해 "한 가지로는 물론 문학적 창

주168) 백철, 신문학사사조사(신구문화사, 1982), P.96.
주169) 김현·김윤식, 한국문학사(민음사, 1973), P.116.
주170) 조동일, 한국문학통사 4권(지식산업사, 1989), P.440.

154

작욕이나, 또 한편으로는 약소한 고료로나마 학비를 벌어보겠다는 욕망에서였다"171)라고 『무정』의 창작의도를 비하하고 있다. 이같이 개화 식민지시대의 선구적 작가 또는 지식인으로서 이광수가 지닌 과오도 이 시대를 파악하는데 간과할 수 없는 중요한 문제이다.

이광수는 올바른 역사의식을 정립하고 있지 않았기 때문에, 당대의 긴급한 정치적 상황을 외면하고 친일적 반민족적 활동에 적극성을 보였고, 이념이나 원칙이 없는 단편적 지식의 퇴적으로 인해 사고의 합리화, 근대화를 역행한 면도 없지 않다. 그가 의도한 개화나 계몽사상은 식민지 현실의 실상을 제대로 이해하지 못한 상태에서 의도된 것이었기 때문에 문학작품 속에서도 다만 이념형의 그것으로 제시되고, 실제 실행능력은 미약한 것으로 드러난다. 바로 한국 근대소설의 첫 걸음으로 놓여있는 『무정』이 이를 대변한다고 할 수 있겠다. 그러나 『무정』에서 보여준 작중인물의 심리묘사나 작가 나름의 구성적 배려는 근대적 성격의 문학을 당대의 문학적 풍토 속에서 제시했다는 차원에서 이후 작가들의 기법적 자각을 일깨우는데 상당한 기여를 했음을 부인할 수 없다. 이렇게 볼 때 이광수는 개화기시대를 문학적으로 완성하면서 다음 세대에 새로운 형태의 문학적 도전을 가능케 한 작가로 일컬어질 수 있겠다. 그가 우리 근대문학사의 기점 논의의 대상이 될 수 있는 것도 이상과 같은 격변의 시기에 문학 활동을 전개한 전환기적 성향 때문일 것이다.

주171) 김동인, 춘원연구, 〈동인전집 6〉(삼중당, 1976) PP.88-87.

(1) 언 어

우리의 근대 문장의 시작이 일본의 언문일치와 같은 범주에서 설명될 뿐만 아니라, 이인직에서 보듯 일본문체를 그대로 옮겨왔음은 이미 밝혀진 일이다. 그래서 〈소년〉지를 통해 계속된 최남선의 신문장 건설운동은 우리 문체 정립을 위한 개척자적 모색이었으며, 춘원의 『무정』에 와서는 이를 딛고 최초의 근대소설의 문체를 확립함으로써 우리 문학의 근대적 문체에 대한 본격적인 지향점을 구축하게 된다. 따라서 근대소설을 가능하게 한 근대적 문체의 첫 시도자는 이광수이며, 언어적 측면에서 『무정』의 근대적 속성을 이야기할 때 가장 중요한 점이 일상어 표기를 통한 구어체, 언문일치의 새로운 문장 체계를 확립시켰다는 사실이다.[172]

이광수는 평소 한문 중심의 문체를 탈피할 것을 주장하며, 현대를 묘사하는 데에는 생명력 있는 현대어를 사용하여야 할 것과 이에 대한 구체적 대안으로 가장 평이하게 일상어를 써야할 것을 제안한다.[173] 그의 이러한 국문체 표기방식이 최초의 국문체 소설인 『무정』을 낳게 하는 것이다. 현대인의 사상과 감정을 생명 있는, 누구나 다 아는 현대어로 쓰자는 것이 신문학 발생의 요구이며, 이 요구를 자각하고 실행한 최남선의 선구자적 업적을 발판으로 새로운 문체를 갖추게 되어 조선의 신문학이 출발하였음을 주장하는 것이다.

주172) 근대소설 문체의 완성자로서 이광수 아닌 김동인으로 알고 있으나, 이는 김동인의 자기 선전적인 주장을 후대 문학사가들이 그대로 받아들였기 때문이다.

주173) 이광수, 〈문학이란 하오〉(매일신보 1916. 11. 17). "故로, 신문학은 반드시 純現代語, 즉 日用語, 즉 今 何人이나 知하고 用하는 語로 作할 것이니라."

> 산들은 물먹(水墨)으로 그린 묵화 모양으로 골짜기도 없고 나
> 무나 들도 없고 모두 한 빛으로 보인다. 달빛과 밤빛과 구름 빛
> 을 합하여 커다란 붓으로 종이 위에 형세 좋게 그린 그림과 같다
> 하였다. 이렇게 생각하는 형식의 정신도 실로 이와 같았다.
>
> —『무정』, P.117

일반적으로 『무정』이 신소설을 극복하고 있다는 지배적인 이유 중의 하나가 문장의 세련됨이다. 위의 묘사와 같이 풍경을 생생하게 표현하기 위해서는 이미지를 살리기 위한 정서의 직접적 표현으로서만 가능하다. 한문체나 국한문혼용체는 관념적이며 추상적 언어이기 때문에 사상이나 이념을 담기에는 용이하지만, 감각적 표현에는 어울리지가 않다. 오직 국문체를 통해서만 가장 잘 드러날 수 있기 때문에 이광수는 순 한글 문장에 필연적으로 매달리게 되는 것이다. 물론 국한문혼용체의 언어사용과 문어체 표현의 잔재가 남아있기는 하지만, 『무정』의 문체를 이광수 개인의 다른 작품들과 비교해 보거나, 당시 문단 전체의 문장 사용 관습에 견주어 볼 때 매우 큰 변화를 보이고 있는 문장임에 틀림없다.

신소설이 고대소설의 구투를 극복하려는 특징으로 1) 운문체의 탈피와 언문일치 2) 한문투 탈피 3) 고사·격언의 폐기 4) 과장, 김빠진 비유의 구투 탈피 5) 과거지사 회고형의 탈피 등을 들 수 있다.[174] 이러한 새로운 변모들은 객관적인 현실추구와 개인의 자아각성이라는 근대적 정신에서 출발하기 때문에 노벨적 요소에 해당될 수 있지만, 아직까지는 미숙한 형태의 것이었다. 이광수 역시 초기에는 이와 같은 문체를 그대로 답습했지만, 『무정』을 연재하는

주174) 김우종, 한국현대소설사(설문각, 1980), P.80.

과정에서 이를 신속하게 시정, 극복하고 있다.

> 그네들에게는 그 학생들의 모양과 노래가 지극히 분명하게 청신하게 인상이 박힌 것이라. 영채는 가만히 그 노래 부르던 학생들과, 지금껏 같이 놀고 소위 신사들과 비교할 때에 아무리 하여도 그 학생이 정이 든다 하였다. 영채는 근래에 더욱 가슴속이 서늘하고 몸이 간질간질 하고 자연히 마음이 적막함을 깨닫는다.
>
> ―『무정』, P.106

위 문장에는 고소설의 잔재인 '이라'가 1번, 완료형을 나타내는 종결어미 '하였다'가 1번, 진행적 상태를 표시하는 종결어미 '안다'가 1번 나온다. 이광수는 이 셋을 엄격하게 구별하는데, "'이라'체는 작가의 서술을 나타내는 곳에, 진행형의 사용은 긴박하게 전개되는 현장감을 나타내기 위해 주로 활용되었다. 나중에는 '이라'체가 완전 삭제되고, 진형형과 완료형을 적절하게 사용하여 과거와 현재의 거리, 또는 진행과 정지의 상태를 구분하는 문체를 확립해 놓고 있음을 확인할 수 있다. 그러나 『무정』이 상당기간 연재되는 동안, 현재형을 주로 사용하는 가운데, 완료형과 현재형의 쓰임새가 명확하게 구분되지 않고 사용되고 있다. 전대의 신소설이 종결어미의 미숙성을 드러냄에 따라, 이광수 역시 여기에서 자유로울 수 없음을 보여준다. 무정의 첫 장면을 다시 한 번 인용해 본다.

> 경성학교 영어교사 이형식은 오후 두시 사년급 영어 시간을 마치고 내려 쪼이는 유월 볕에 땀을 흘리면서 안동 김장로의 집으로

간다. 김장로의 딸 선형(善馨)이가 명년 미국 유학을 가기 위하여
영어를 준비할 차로 이형식을 매일 한 시간씩 가정교사로 고빙하
야 오늘 오후 세시부터 수업을 시작하게 되엿음이라.

-『무정』, P.11

위의 문장을 볼 때 흔히 전대의 봉건적 잔재로 지적되는 '되엿음
이라' 투의 종결어미가 그대로 남아 있다. '-이라'체는 조선의 의
식의 엄격성이 규격화한 것으로 개인의 판단력에 의한 용어가 아니
라 하나의 진리를 전파하는 설교체의 언어이다. '이라'체가 '이다'로
완전하게 전환된다는 것은 사물을 인식하고 판별하는 기능이 한 인
간의 개성에 의해 가능할 때 이루어지는 것이다. 또한 서술자가 수
직적 관계에서 독자 위에 존재하는 권위적 담론을 점점 벗어나 독
자와 수평적 관계와 화자의 자주성, 주체성이 가능해진다.[175] 바로
이광수는 초기의 문어체에서 출발하여 국문과 한문의 과도기 시대
의 문체를 극복하고 종결어미의 구어체를 사용, 근대소설의 문체를
형성하는데 큰 공헌을 남긴 것이다. 그러면 『무정』에 나타난 문체
적 특징에 대해 정리해 보기로 한다.

1) 어휘-우선, 순 한글의 표기방식을 사용하고, 언문주종형의 언
문일치라는 점을 들 수 있다. 대체로 지방이나 계급, 개인의 감정
등과 상관이 없는 일반어가 주축이 된다. 그러나 이광수의 언어는
교육을 통하여 습득된 표준어의 어휘들이다. 우리말의 표준어가 서
울 중류사회의 말을 근거로 제정되었다고 할 때, 실제 경아리 말을
사용하고 있는 염상섭과 비교해 보면 이광수가 사용하는 말은 특징
이 없는 중립적 어휘들로 이루어져 있다. 순 한글로 되어 있고, 누

주175) 유영윤, 근대소설의 형식과 사회현실(박이정, 1999), P.43.

구나 이해할 수 있다는 일반적 특성을 띠고 있기 때문에 일반 독자들이 그의 작품에 쉽게 접근할 수 있다.

2) 문장-문장의 길이가 대체로 긴 편에 속하지만, 우리나라 작가 중에서 중간 정도로서 장문과 단문이 고루 섞여 있다.176) 바로 이인직에서 김동인으로 넘어가는 근대소설의 이행 과정을 보여준다. 또한 언제나 논리가 명확하기 때문에 이해하기가 쉽고, 문장의 리듬도 급박하거나 단절감이 없이 완만하게 이어져 조화로움을 준다.

3) 묘사-문장의 수식이 많고 직유적 수사법을 많이 쓰고 있으며, 표현기법에 있어 처음으로 사실적 묘사를 의식적으로 시도했다. 그러나 사물을 있는 직관으로 파악하고 이를 구체화하려는 것이 아니고 논리와 추리로써 파악하려 했기 때문에 그의 문체는 불톤이 말하는 개성적인 문체가 아니라 일반적인 문체라고 할 수 있다.177)

『무정』의 문체적 특징을 볼 때, 전대 신소설에 비해 통사와 어휘 사용에 있어 한 단계 발전했음을 확인시켜 주고 있으며, 아직 리얼리즘적 사고에는 미치지 않지만 대상을 객관적으로 묘사하려는 의식적 노력을 보였다는 점에서 근대소설로의 문체를 형성하는데 큰 의미를 던진다. 다만, 사용 어휘가 교육을 통해 습득된 언어라는 점, 문장이 대체로 길고 묘사에 있어서도 논리와 추리력으로 파악하려 했다는 점, 이 밖에도 '춘산을 그리고', '옥으로 깎은', '추소

주176) 이동희의 문장길이에 대한 분석표를 보면, 이인직에 비하면 상당히 짧은 편이며, 현진건과는 비슷하고, 김동인에 비하면 조금 긴 편으로 나타난다. 〈작가의 의식 구조와 문체 특성〉(안동교대 논문집 3집, 1970) P.34.

주177) M. Boulton, Anatomy of Prose, (Routledge & Kegan Paul Ltd: London, 1955) PP.73-74.

같은 밝은 눈' 등 추상적이고 상투적인 직유의 남발 등은 노벨적
요소를 완전하게 습득하지 못한 『무정』의 전근대적 요소라 하겠다.
『무정』이 이렇게 노벨로서의 완벽함을 갖추지 못하고 로맨스적
경향을 보이는 것은 작가 이광수가 계몽기의 문학자라는 사실과도
관련이 있다. 그는 문학자로서 개척자이기 전에, 민족주의자로서
정치인으로서 자기 존재를 자인한 사람이었다.178) 그러나 자신의
욕망이 뜻대로 이루어지지 않자 새로운 방향을 모색한 것이 그의
문학이며 소설이 된다. 이러한 정서적 자아는 당연히 반봉건의 기
치와 자연스럽게 연결되고, 순 한글 문체에 대한 관심 역시, 단순
한 언문일치의 일환으로 나타났다기보다는 그의 계몽주의, 민족주
의 사상을 피력하기 위한 수단으로 활용된 것이라 할 수 있다. 계
몽주의자 이광수가 순 한글 문체를 의도적으로 시도하게 된 이유는
소비 주체인 대중, 즉 근대적 독자층을 겨냥했다는 점에서 특기할
만하다.
　이광수는 『무정』을 게재하면서 매일신보라는 발표 매체와 대상
독자를 생각한 후 문체의 변화를 의도적으로 시도한 것으로 보인
다. 『무정』이 발표되면서 같은 시기에 매일경제에 게재한 해명기사
를 통해 이 사실을 확인할 수 있다. 애초에 국한문 혼용체의 문장
으로 사용할 것을 구상하다가 이 문체는 신문에 적절치 못하다는
사실과 혹시 일부 교육을 받은 청년들 간의 신토지를 개척할 수 있

주178) 이광수, 다난한 반생의 도전, 이광수전집 14권, P.399. "내가 『무
　　　정』을 쓸 때에 의도로 한 것은 그 시대 조선의 신청년 이상과 고
　　　민을, 그리고 아울러 조선청년의 진로에 암시를 주자는 것이었
　　　다. 이를테면, 일종의 민족주의·자유주의의 이데올로기를 가지
　　　고 쓴 것이다."

었으면 하는 기대로 문체를 변경했다고 설명하고 있다.[179] 이광수는 순 한글 문체를 사용하면서 대중적 신문소설 독자들뿐만 아니라 국한문 혼용체에 익숙한 일부 지식인 청년들까지 한글소설 『무정』의 독자로 끌어들이려는 의도를 지니고 있었던 것이다.

이러한 관점은 이광수의 한글 중심의 문학관을 엿볼 수 있는 부분이나, 실제 그의 일상 언어는 동일계층의 일반 독자를 대상으로 한 평범한 설교조의 언어이다. 따라서 언어에 대한 미적 감각이 부족하고, 언문일치가 완전하게 이루어지지 못한 봉건적 잔재들도 일부 남아있음을 부인할 수 없다. 즉, 이광수의 끝없는 노력에도 불구하고 근대성에는 쉽게 닿지 못하고 있음을 발견하게 되는데, 이 점은 바로 『무정』이 노벨이 되지 못하고 로맨스에 가까운 문체적 특징을 보이기 때문이다. 그러나 이광수의 새로운 언어의식은 이후 여러 소설을 써 가는 과정에서 상당수 극복되며, 당시로는 참신하다고 할만한 표현들을 자유롭게 구사함으로써 우리 문학사의 문체의 발전을 가져온 신기원으로 주목받게 된다.

(2) 인 물

소설은 궁극적으로 인간의 문제를 다루는 문학양식이다. 소설에서 작가의 해야 할 일 중 최우선의 과제는 인물의 창조라고 할 수 있다.[180] 소설의 인물은 작가의 의도를 대변하는 전위의 역할을 하며, 그 소설의 이해를 확산시키는 방편이 되기 때문이다. 따라서

주179) 이광수, 소설문체 변경에 대하여(매일신보, 1917, 1. 1).
주180) 오양호, 한국 현대소설과 인물의 창조(집문당, 1996), P.13.

162

한 작가가 어떤 유형의 인물을 설정하고, 그 인물의 어떤 문제에 관심을 가지는가 하는 질문은 기교상의 차원을 넘어서 한 작가의 특질을 본질적으로 가늠해 볼 수 있는 근거가 되기도 한다.[181] 이광수가 근대시민사회의 이념인 계몽주의를 표방하면서, 새로운 근대적 인간상을 형상화하여 제시하고자 한 작품이 『무정』이다. 바로 『무정』의 인물을 통해, 그 성격과 유형적 특징을 분류해 내는 작업은 이광수 문학의 본질은 물론, 우리 문학의 근대성을 규명하는 중요한 방법이 된다는 점에서 시사하는 바가 크다.

『무정』에는 당대를 살아가고 있는 다양하고, 개성적인 인간이 다수 등장하고 있다. 이중 근대적인 인간상으로 몇 명의 주인공이 제시된다. 고아출신으로 일찍이 신학문에 눈 떠 영어교사를 하는 주인공 '이형식', 이광수가 근대적 인간상으로 제시하고 있는 다분히 작가의 분신적 요소를 지닌 인물이다. 그리고 형식과 어릴 때 정혼한 구여성으로 몰락한 구가치를 대변하는 박진사의 딸 '박영채'와 형식의 약혼녀인 신여성으로 개화문명 세력인 김장로의 딸 '김선형' 등 두 인물이 주인공과 함께 삼각관계를 이룬다. 그리고 신문기자를 하며 당대의 악의 없는 현실주의자로 그려진 친구 신우선, 또한 죽음을 택하는 영채를 구하고 정신적인 감화를 주어 일본으로 음악 공부를 하러 가게 하는 당대 전형적 신여성으로 그려진 김병욱 등이 보조인물로 나타난다.

『무정』에 등장하는 인물의 계층은 주인공이나 보조인물, 대부분 중산층 내지는 상류층으로서 당대의 지성을 대표하는 형이상학적 인간들이다. 기생인 영채는 비록 몰락하긴 했지만 전통적인 양반계

주181) 조남현, 소설원론(고려원, 1982), PP.155-156.

급인 박진사의 딸이며, 이형식도 고아출신이지만 박진사의 도움으로 공부를 하여 경성학교 영어교사가 된 인텔리이다. 특히 작가는 이형식의 생각을 통해 '영채는 생동하는 인물이요, 선형은 부처님 같다'라고 표현하고 있다. 작중인물이 중산층 이상의 남다른 사람으로 설정되어 있다는 것은 신분계층의 하락이 근대소설의 요소로서 작용하는 것과는 일정한 거리가 있다. 노벨에서는 일상적인 삶을 다루고 있기 때문에 '우리 중의 하나(one of us)'인 보통 사람들이 주인공이 되기 마련이다. 『혈의루』에서 옥련이 전쟁으로 부모와 헤어지지만 구원자의 도움으로 중류층 이상의 유학생활을 영위하며, 『무정』에서도 형식이 박진사의 후원으로 지식인층으로 신분 상승을 이루고 있다. 심지어 기생인 영채까지도 구원자의 힘을 얻어 나중에는 외국의 유학길에 오르게 된다. 구한말에서 식민지사회로 이행되는 시기는 식민지적 근대사회로 전환되는 시기이므로 전통적인 가치관의 붕괴와 함께 필연적으로 인물의 계층하락 현상이 수반된다. 따라서 노벨의 작가는 당대 사회와 개인의 대립을 중시하고 이를 통해 시대이념을 구현한 인물의 형상화를 목표로 하게 된다. 이런 점에서 『무정』의 인물설정, 그리고 인물 간의 대립, 그 속에서 사회와 주인공의 대립은 매우 미약한 편이다.[182] 작중인물의 계층적 차원에서 볼 때, 『무정』의 인물들은 『혈의루』와 마찬가지로 인물의 하락이 아닌 인물의 이상화로 상승함으로써 로맨스의 경향을 띠고 있는 것이다.

반면, 이들 인물들이 계층 면에서는 로맨스 성향을 지니고 있지만, 근대사회에 적응하기 위해 혹은 개인적 고민에 휩싸여 내적으

주182) 임규찬, 한국근대소설의 이념과 체계(태학사, 1998), P.169.

로 번민하고 방황하는 인물로 그려짐으로써 전대 신소설의 전형적인 유형을 상당수 해소하고 있다. 서구에서 말하는 근대소설의 특징이 인물의 심리나 성격 추구를 내면 성찰과 개성에 두고 있다면, 『무정』은 근대소설로서의 가치를 지니게 된다.[183] 『무정』에서 그런대로 고유한 성격과 심리가 배어있는 인물이 이형식이다. 신학문을 통해 계몽적 선각자로 내세워진 주인공이 은인의 딸인 영채에 대한 의리와 연민, 부호의 딸인 선형에 대한 현실적 이익과 선망 사이에서 갈등을 일으키는 부분은 개성 표현의 첫 시도라는 차원에서 큰 성과라고 할 수 있다.

이형식의 성격에 대해 김동인은 '흔들리기 쉽고 줏대가 없는 주인공'이라고 지적하고 있지만, 우유부단한 성격 자체와 인물의 통일성이 없다는 것은 분명 별개의 문제이다. 영채와 선영 사이에서 갈등하는 이형식의 인물됨 역시 변화하는 시대를 사실적으로 반영한 것이다. 어떻게 보면, 영채와 선영 사이에서 일어나는 이형식의 갈등은 전대와 현재와의 시간적 거리에 대한 갈등이라고 할 수 있다. 영채가 과거 자기를 교육시켜준 박진사의 딸이라면 선영은 미래에 자기를 유학시켜줄 김장로의 딸로서, 구세대와 문명개화를 지향하는 당대인의 현실적 고민을 보여주는 근대성의 한 단면일 수도 있는 것이다. 결국 이형식은 구사상과 인습으로 상징되어지는 영채를 잊어버리기로 하고 신문명의 상징인 선형과의 결혼을 결심한다. 그리고 이상적인 인간상으로서의 두 사람은 서양문명을 직접 수용하기 위해 미국 유학을 떠나던 중, 죽지 않고 살아나 역시 유학길에 오른 영채를 같은 열차 안에서 만나게 된다. 이 돌발적인 만남에서

주183) 김우종, 한국현대소설사(성문각, 1982), P.84.

이형식은 선형과의 약혼을 파기하고 다시 영채와의 결혼을 생각하다 이를 번복하는 것이다. 작가는 이러한 태도에 대해 기묘한 형식으로 변명한다.

형식의 사랑은 실로 낡은 시대, 자각 없는 시대에서 새 시대, 자각 있는 대로 옮아가려는 과도기(過渡期)의 청년 - 조선 청년 - 이 흔히 가지는 사랑이다. 자기의 사랑이 이러한 사랑인 줄을 깨닫는다 하면 형식의 전도에는 대변동이 일어나지 아니치 못할 것이다.

-『무정』, P.325

선형과 약혼을 했음에도 그때까지 영채와의 결혼을 생각하는 이형식의 우유부단함은 봉건과 근대의 가운데에서 방황하고 고민하는 작가 이광수의 한 단면인지도 모르겠다. 결국 혼란스러움에 대한 결과는 삼랑진 대합실에서 수재민구호 자선음악회를 공동 개최함으로써 일단 해소가 되지만, 수해를 만난 삼랑진역에서 동포애를 발휘하고 민족계몽을 외치는 '형식'이 과연 당대 지식인의 귀감인가에는 의문이 가지 않을 수 없다. 작가 이광수는 분명 역사적 인물로서의 새로운 지도자 상을 제시하고 있으나, 무정의 배경이 된 1917년대라는 당대적 환경이 과연 미개화에 대한 불만, 보수에 대한 혁신으로서의 이상사회의 구현이 요구되었던 시대인가를 자문하지 않을 수 없다. 여기에서 신문화건설이라는 이광수의 의도적인 계몽기획이 구체적인 실천성을 확보하지 못하고 일제라는 시대에 순응하는 이유를 새삼 발견하게 된다.

(3) 외 형

『무정』의 근대성을 확인할 수 있는 특징으로 당대 현실 속에서 소재를 채택하고 있다는 점과 이것을 통해 작품의 사실성이 부여된다는 점을 들 수 있다. 소설의 소재에서의 당시대적인 현실성과 작품 자체의 사실성 여부는 전근대적 성격을 확연히 구분하는 노벨의 요소 중의 하나이다. 그러나 이 지표는 너무나 막연하고 무엇보다 작품의 내용·형식의 통일이라는 견지에서 이 양자의 공통점을 형성하는 플롯을 중시할 필요가 있다.

『무정』의 플롯 전개에 있어, 형식과 영채의 삶의 궤적을 중심으로 놓고 볼 때, 과거 구소설의 영웅의 일생을 반복한 것에 불과하며, 거기에 김선형이 이형식을 차지하도록 함으로써 장한몽식 삼각관계를 끌어들여 새로운 흥미를 보탰을 뿐이라는 지적이 있다.[184] 다른 한편에선 형식과 영채, 선형 사이의 삼각관계를 통해 보여지는 내적 형식을 주목하고 그 의미를 추적하여, 고전소설과 신소설의 이원적 특질을 이루고 있는 권선징악의 구조 혹은 선악의 이분법이라는 이원적 인식 틀이 해체됨으로써 본격적인 근대 장편소설로서의 면모를 갖추었다고 평가한다.[185] 『무정』의 성격에 대한 이러한 이중적 논의는 이 작품의 과도기적 성격을 잘 대변해 준다고 하겠다.

현실을 있는 그대로 재현하려는 근대소설에 있어 배경은 리얼리즘 원칙에 따라 작가의 체험의 범주 안에서 한정되는 당대성을 띠게 되고, 그 시공간은 개별적이며 구체적인 것이 되어야 한다. 『무

주184) 조동일, 한국문학통사 4권(지식산업사, 1989), PP.437-439.
주185) 서영채, 무정연구(서울대 석사논문, 1992).

정』의 주요 활동 무대는 서울과 평양을 중심으로 작가가 살아왔으며 체험한 공간으로 이루어져 있고, 주요 서술공간은 방이나, 집, 학교 등 주로 옥내를 배경으로 하고 있다. 전대의 『혈의루』가 국제적 스케일을 가지기는 하지만 체험 공간으로서의 범위가 너무 확대되어 있는데 비해, 『무정』에서는 사실적이고 구체적인 공간 혹은 주위에서 일어날 수 있는 일상의 삶을 그리고 있다. 그렇다고 해서 『무정』의 공간이 노벨의 요소를 완벽하게 구비하고 있다고는 할 수 없다. 바로 당대의 현실적인 삶과 체험이 작품의 공간적 성격과 얼마나 근접성을 가지느냐가 관건이기 때문이다. 『무정』에서는 인물의 이상화가 너무 확대되어 나타나는 까닭에 공간의 역할이 크게 부각되지 못하고 있다. 시간적 배경에 있어서도 현재에서 과거를 회상하는 방식으로 이야기 시간과 서술시간을 전환시키는 역전의 기법을 주로 사용한다. 먼저 일어난 사건이 나중에 서술되는 회상 형식은 박영채의 삶의 변모과정을 그리는 부분에서 두드러지게 나타난다. 이는 지나간 과거에 대한 연민과 안타까움을 반영하는 것이며, 복고적이고 현실 도피적인 작가의 취향으로 해석할 수 있다.[186] 『무정』에서의 당대 현실을 사실적으로 묘사하는 부분에 있어서는 노벨적 요소를 보이지만, 고대소설처럼 과거의 회상 부분이 너무 많이 삽입됨으로 인해 당대성과의 일탈이 이루어지는 약점을 보인다.

　『무정』이 신소설의 로맨스적 요소를 일정 부분 극복하면서도 노벨로 정착하지 못하는 까닭은 이광수가 로맨스 작가라는 사실을 입

주186) 유영윤, 〈이광수편〉, 한국근대소설의 정착과정연구(박이정, 1999), P.156.

증하는 것이다. 그럼에도 이광수는 작가가 신문학의 세례를 받은 증거 가운데 하나를 이상적인 것으로부터 탈피하여 현실적으로 돌아온 사실에서 찾는다.[187] 문학은 현실에서 출발하여야 한다는 사실을 강조하고 있는데, 우리 문학사에서 사실적인 묘사를 의식적으로 시도한 작가는 이광수가 처음이다. 작품의 현실성에 관한 논의는 사실주의에 관한 논의로 이어진다. 다만, 이광수가 말하는 사실주의란 소재를 현실에서 취한다는 점과 그 묘사가 사실이라는 모사론적 측면에 기울어져 있다. 고소설의 비현실성에 대응하는 배경의 현실성을 강조하는 개념인 것이다. 사실 『무정』이 소재를 현실에서 취하고 있으며, 새롭게 변화하고 있는 조선의 모습을 다룬 것이라는 사실에 대해서는 이론의 여지가 없다. 이러한 관점은 등장인물의 도덕적 갈등에서 두드러진 문제로 나타난다.[188]

(a) 영채씨도 이러한 낡은 사상의 종이 되어서 지금껏 속절없이 괴로움을 맛보셨습니다. 그 속박을 끊으십시오. 그 꿈을 깨십시오. 자기를 위하여 사는 사람이 되십시오. 자유를 얻읍시오.

—『무정』, P.275

(b) 아들은 매양 아버지보다 나아야 하나니 그렇지 않으면 진보라는 것이 있을 수 없을 것이다. 그러나 낡은 사람은 새 사람이 자기 아는 이상을 싫어하는 법이니 신구사상 충돌의 비극은 흔히 낡은 사람에 있는 것이다.

—『무정』, P.206

주187) 이광수, 현상소설고선여언, 〈이광수전집 제16권〉, P.375.
주188) 김영민, 한국근대소설사(솔, 1997), P.468-470 참조.

(a)는 정절을 빼앗겼다는 이유 때문에 죽음을 선택하는 영채에게 과거의 도덕적 가르침에서 오는 속박으로부터 벗어나 자유로운 삶을 살도록 권고하는 장면이다. (b)는 병욱의 집안에서 일어나는 세대 간의 갈등을 작자가 서술한 부분이다. 정조관념으로부터의 해방과 함께 『무정』에서는 병욱의 집안을 묘사하는 부분에서 세대 간이나 조혼제도에 대한 갈등 등을 내세움으로써 당대적인 사실성을 보여주고 있다. 세대 간의 갈등은 집안의 장남이며 병욱의 오빠인 병국이 사업을 일으키는 문제, 그리고 딸인 병욱이 공부를 계속하는 문제에서 아버지와의 갈등으로 구체적으로 나타난다. 또한 병국에게 있어서 아내와의 갈등도 존재하는데, 작가는 갈등의 원인을 개인의 문제가 아닌, 시대적 풍습이라 할 수 있는 그릇된 조혼을 비판한다. 이광수는 새로운 문명과 사상이 들어오면서 부모와 자식 사이에 마찰이 생기는 현상에 대해 우려하며, 이 경우 부모는 아들의 사상을 간섭함이 없어야 사회가 진보한다는 의견을 주장한다.

이같이 소재를 작가의 체험적 세계에서 찾으며, 현실의 삶을 재현하려는 작가적 태도는 이광수의 노벨적 요소가 돋보이는 부분이다. 그리고 이러한 행위는 사실적 시간의 흐름에 대한 엄밀한 고려, 주요 인물에 대한 개별화와 그들 환경에 대한 세부적 묘사, 인물과 사건의 상호 관계에 의한 인식, 특정한 행동 전에 행동을 뒷받침하는 묘사 등에 영향을 미치게 된다. 그러나 실제 작가의 작품 서술에 있어 얼마나 완벽하게 구사하고 있는지 하는 문제에 있어서는 한계점에 부딪친다. 가령 우연적인 것의 남발(기차상의 우연)은 인과관계의 해명에 있어 문제점을 노출시킨 것이고, 인물과 사건의 관계 형성이 사회 전체와는 거리가 있는 개인적 차원의 문제라는 사실, 그리고 작가적 의도의 지나친 남발 등은 노벨의 플롯과는 거리가 있는 부분이다.

(4) 주 제

우리는 일반적으로 비합리주의에 대한 과학적 합리주의 정신의 관철을 서구의 근대화과정이라고 이해하고 있다. 계몽주의는 인간을 자의식적, 이성적 존재로 파악하면서 그러한 자율적 주체가 이성을 통해서 신과 세계에 대한 개념을 만들며 그럼으로써 인간을 모든 종교적 권위와 전통 제도들로부터 해방시키는 것을 의미한다.[189] 계몽주의의 과학정신은 믿음의 세계를 어둠으로 생각하고 자신들이 암흑의 세계를 이성과 지식으로 밝혔다고 생각한다. 바로 계몽주의 사상은 이광수가 선택한 이념으로, 그의 문학적 목표는 서구사회에 있어서의 근대적 계몽성과 관련된 정치 경제 사회 문화 교육의 개화를 어떻게 이루는가 하는 것이다. 아울러 공식화되고 예견된 주제를 어떻게 문학적으로 형상화하느냐 하는 점이 이광수의 최대 과제가 된다. 따라서 이광수 문학의 성격을 결정하는 가장 중요한 요소가 바로 계몽의식에서 비롯되는 '반봉건'이며, 『무정』의 속성을 나타내는 것도 계몽성에서 출발하고 있다. 이때의 계몽성이란 서구의 인간의 주체적 확립을 위한 이성이 중심이 된 계몽의 이념이 아니고, 어떻게든 반봉건적인 조선 민중을 계몽하여야 한다는

주189) 임정택, 〈계몽의 현대성〉, 모더니티란 무엇인가(민음사, 1993), PP.68-69 참조.

엄격한 교훈주의에 입각한 계몽성인 것이다. 계몽주의는 합리적 이성을 토대로 개인의 자각을 시도하는 것이 특징이지만, 이광수는 개인의 감성에 바탕을 둔 비이성적 접근으로 시도되는 것이다.

무엇보다 『무정』의 작가가 인식하는 조선의 현실은 미개한 것이며, 조선인의 속성 가운데 하나는 게으름이다. 현재의 어두움을 탈출하기 위해서는 과거의 껍데기를 버리고 새 용기를 내어 서구의 과학문명을 받아들여야 한다고 생각한다. 그리고 이 무지하고 게으른 사람들을 새롭게 각성하는 길은 오직 교육에 있음을 역설한다. 이광수는 평양 대성학교 교장 함상모의 연설을 통해 자신의 신사상을 고취한다.

조선 사람도 남과 같이 옛날 껍데기를 벗어버리고 새로운 문명을 실어 들여야 할 일과, 지금 조선 사람은 게으르고 기력이 없으나 새롭고 잘사는 민족이 되려거든 불가불 새 정신을 가지고 새 용기를 내야 한다는 것과 이렇게 하려면 교육이 으뜸이나 아들이나 딸이나 반드시 새로운 교육을 받아야 한다.

-『무정』, P.107

이광수는 함 교장을 천하사람 모두 꿈을 꾸고 있는데 혼자 깨어나 애쓰는 선각자로 그리고 있다. 이광수는 무지한 조선을 깨우치는 길은 교육에 있고 그 교육은 일본과 서양을 배우는 일에서 시작된다고 믿는다. 전근대와 구별되는 근대란 지식에 대한 인식의 변화를 의미하며, 그것을 가능하게 한 것은 증기기관으로 말미암아 이루어진 산업혁명과 자본주의 생산체제였다. 근대국가의 존립에 가장 강력한 힘은 바로 근대성을 지향하는 것이며, 이를 받아들이고 배우는 것이 국권상실에 대한 구체적 회복과 연결되는 것이다. 따라서 『무정』의 주인공들은 너나없이 이광수의 사상을 대변한다. 겸손하게 행동하는 이형식이 '조선사회에 대한 자랑과 교만함'을 가지는 이유도 '그가 서양철학을 보았고, 서양문학'을 보았기 때문이다. 더욱이 형식은 일본을 서양과 비교해 손색이 없는 문명한 민족으로 판단하기까지 한다. 이형식은 미국유학의 목적을 교육을 통한 계몽에 있음을 거듭 확인한다. 유학을 가는 기차 안에서 만난 영채와 선형, 그리고 병욱 역시 미국과 일본유학을 통한 조선 여성사회의 계몽의 꿈에 부풀어 있다. 이같이 이광수는 자신의 목소리를 소설 속에 직접 드러내면서 사람들이 깨어있지 못함을 걱정하고 있다. 서울에 아직 문명을 상징한다는 소리가 부족하며, 또 그것을 이해하는 사람의 숫자 또한 부족하다는 것이 이광수의 생각이다. 김동인은 『춘원연구』에서 이광수의 『무정』이 지닌 계몽적 속성을 비판한다. 문학의 독자성을 주장하며 형식주의적 비평관을 갖고 있던 동인에게 설교조의 어투로 조선의 과도기 모양을 그려가던 『무정』류의 계몽소설은 분명 비판의 대상이 될 수밖에 없었다.

결국 『무정』에 나타난 계몽주의는 주인공 이형식을 통해 현실을 비판, 지배층 및 대중의 도덕적 각성을 고취하는 것을 주제로 삼아 부르주아 자강주의, 자유연애 사상을 그 실천사항으로 주창한다. 그러나 냉혹한 식민지 현실 속에서 도덕개량에 기초를 둔 계몽주의 이념으로는 시혜자적 입장에 선 계몽적 화자의 자의적이고 기만적인 화술에 불과한 것이다. 한편, 『무정』에 나타난 자유연애의 문제는 1910년대 소시민적 지식인 계층이 주창했던 '개성의 해방'이라는 시민적 인성론이 실제 풍속의 문제와 결합되어 나타난 것으로 보아

야 할 것이다. 따라서 정치성이 거세된 계몽운동은 당연히 소시민
적 취미에 영합하는 자유연애, 혼인 등 감각적인 문제에 관심을 경
주함으로써 작품의 흥미성 만이 살아남는 통속소설 범주로 떨어질
수 있는 것이다.

『무정』의 계몽적 측면과 같은 연장선에 놓여 있는 것이 이광수의
민족주의에 대한 인식태도이다. 문학의 근대성 규명에서 민족주의
의식의 발현을 주요 동인으로 보는 것은 서구 민족국가의 성립과 시
민혁명 및 자본주의 발달과정과 연관성을 지니고 있기 때문이다. 이
미 오래 전부터 우리는 민족국가의 형태를 지녀왔기 때문에 민족국
가의 형성 자체가 근대성 구현의 지표가 될 수는 없다. 그럼에도 불
구하고 민족주의 의식의 발현을 한국 근대문학의 지표 가운데 하나
로 선택하는 것은 우리 근대사의 출발이 서구 열강의 제국주의적 침
탈 속에서 민족 주체성을 지키려는 시기와 맞물려 있기 때문이다.

우리 역사 속에서 개화기에 존중받아야 할 이념의 하나가 자주적
근대화였다고 할 때, 이 자주성이란 곧 당시의 민족자존을 지키려
는 민족주의 의식과도 연관되는 개념이다. 이광수는 여러 글에서
자신이 민족주의 문학가임을 자처한 바 있다. 한 예로 〈여의 작가
적 태도〉라 글에서 자신의 소설 쓰는 동기가 "민족의식·민족애의
고조, 민족운동의 기록, 검열관이 허하는 한도의 민족운동의 찬미,
만일 할 수만 있다면 선동, 이것이 과거에만 나의 주의가 되었을
뿐만 아니라 아마도 나의 일생을 통할 것"190)이라고 밝히고 있다.
그러나 이광수의 민족주의가 민족의 자주와 자강을 도모하는 진정
한 의미의 민족주의가 아님은 전술한 바 있다. 그는 이른바 개량적

주190) 이광수, 여의 작가적 태도(이광수전집 제16권) P.196-196.

문화적 민족주의를 주장하며, 외세에 의한 식민통치 체제는 그대로 인정하면서 오로지 일시적인 문화적 활동의 자유로움을 추구했다. 결국 이광수의 개량적 민족주의는 일제 식민 통치자에 대한 적극적인 협력의 의도 속에 노골적인 친일문학을 잉태하는 당연할 결과를 낳게 된다.

『무정』을 집필하게 된 동기에 대해 "그 시대의 조선 청년의 이상과 고민을 그리고 아울러 조선청년의 진로에 한 암시를 주자는 것이었다. 이를테면 일종의 민족주의·자유주의의 이데올로기를 가지고 쓴 것이다"191)라고 자신의 의도를 밝히고 있다. 이광수의 민족에 대한 관심은 『무정』의 마지막 장면인 126회에서 가장 확연하게 드러난다. 『무정』의 결말은 작가의 논설적 주장이 강하게 나타나는 부분으로 민족에 대한 이광수의 관심과 조선 민족의 미래에 대한 그의 작가적 전망을 보여준다. 작가가 해설자로 직접 등장하여 조선의 현실을 점검하고 미래를 낙관하는 결말은 식민지 통치를 정당화하려는 일제 당국과 암암리에 묵시적으로 합의하고, 이를 기획한 이광수의 그릇된 민족주의가 담겨 있는 것이다. 이광수에 있어 '근대'란 서구적 자본주의를 유일한 모델로 하는 일종의 보편주의적 이념이었다. 봉건이란 바로 전근대 자체였고, 따라서 봉건체제만 무너지면 근대화가 가능한 것으로 본 것이다. 이광수의 현실인식에 대한 몰인식은 『무정』의 끝에서 "경성을 머리로 하여 각 도회에 석탄연기와 쇠망치 소리가 아니 나는 데가 없으며 연래에 극도로 쇠하였던 우리의 상업도 점차 진흥하게 될 것이다. 아아, 우리 땅은 날로 아름다워 간다"고 말한 부분에서도 확인이 된다. 1910년대에

주191) 이광수, 문단생활 30년의 회고(조광, 1931. 5).

신문명의 유입과 교육 덕분으로 상당한 자본주의의 발전을 이루었다는 것이다. 주로 일본 자본으로, 일인에 의한 상공업의 발달로 우리의 미래에 밝아진다는 몰주체적·친일적 개화관을 보이고 있는 부분이다. 그것도 작중인물의 입을 통해서가 아니라 작가의 해설로서 직접 마무리를 짓고 있다. 근대화를 식민지 문제와는 무관한 반봉건, 즉 문명개화와 산업화로만 이해했던 보편주의적 근대관 자체가 이러한 계몽주의의 추상성을 만들어 낸 것이다. 그런 의미에서 『무정』의 주제는 형이상학적 세계관에 바탕을 둔 윤리적, 도덕적 인간의 보편성 추구라고 할 수 있다. 그러나 이상주의를 지향하는 형이상학적 세계는 관념적이고 추상적인 개념을 만들어낸다. 그의 계몽성이나 민족주의가 구체적인 실천성을 얻지 못하는 까닭도 여기에서 출발한다고 하겠다.

(5) 결 론

이광수가 우리의 문학사에 이루어 놓은 업적들은 사실 실제보다 확대되어 있거나 그 반대의 측면에서 부정되고 있는 것이 대체적 경향이다. 전자의 경우는 본격 근대소설이 등장하지 않은 신소설적 풍토에서 『무정』을 발표하여 문학사의 한 분기점을 이루었다는 것에 중점을 두어 높이 평가한 것을 말하며, 반면 후자는 그 실체가 바람직한 방향으로가 아니라 그릇된 역사인식의 결과에서 빚어진 설교적 통속적 성향의 문예물이라는 점을 부각시킨 것을 말한다. 그런 면에서 볼 때 이광수의 『무정』은 주권을 잃은 식민지 시대에

176

성장한 작품으로서의 부정적 면모 역시 적나라하게 보여주고 있으며, 이광수의 역사인식이나 가치성향도 일정한 한계와 미숙성을 드러내고 있다. 그가 의도한 개화나 계몽사상은 식민지 현실의 실상을 제대로 이해하지 못한 상태에서 의도된 것이기 때문에 문학작품에서도 다만 이념형의 제시로 끝나고 실제 실행능력은 미약한 것으로 드러난다. 이는 역사 속에서 방향을 잃고 헤매는 우리 근대적 소설이 가는 길과 그 한계를 동시에 보여준 것이다. 따라서 『무정』은 근대소설사를 정리하는 완결된 소설이기는 하지만 그 소설사를 완성해 보이는 작품은 아니다.[192] 그것은 이광수 개인의 한계성이기보다는 식민지 시대라는 비정상적인 시대에서 나타나는 어쩔 수 없는 장벽에 막혀버린 한계라고 할 것이다.

1) 『무정』의 노벨적 요소들

첫째, 언어-일상어 표기와 구어체를 통한 언문일치의 새로운 문장 체계를 확립시킴으로써 순 한글 중심의 근대소설의 문체를 완성시켰다. 특히 구어체를 완성시키는 종결어미 '이라/엇다'체의 정착으로 권위적 담론이 아닌 독자와의 수평관계를 유지하게 되었다. 사용어휘는 누구나 알 수 있는 일반어가 주축이 되어 있고, 문장의 길이는 긴 편에 속하지만 논리가 명확해 독자들이 그의 작품에 쉽게 접근할 수 있다. 또한 리얼리즘적 사고에는 미치지 못하지만 대상을 객관적으로 묘사하려는 의식적 노력을 보였다는 점에서 전대소설을 한 단계 극복하고 있다.

주192) 김영민, 한국근대소설사(솔, 1997), P.477.

둘째, 인물―여러 유형의 과도기적 인물들을 설정하여 상호 갈등을 전개함으로써 역사전환기의 시대상과 가치관을 집약적으로 반영한 점에서 근대소설로의 이행에 큰 의미를 지닌다. 특히 이형식은 근대사회에 적응하기 위해 혹은 개인적 고민에 휩싸여 내적으로 번민하고 방황하는 인물로 그려진다. 신학문을 통해 계몽적 선각자로 내세워진 주인공이 은인의 딸인 영채에 대한 의리와 연민, 부호의 딸인 선형에 대한 현실적 이익과 선망 사이에서 갈등을 일으키는 부분은, 인물의 개성 표현의 첫 시도라는 차원에서 큰 성과라고 할 수 있다.

셋째, 외형―주요 활동 무대는 서울과 평양을 중심으로 작가가 살아왔으며 체험한 공간으로 이루어져 있다. 주요 서술공간은 방이나 집, 학교 등 주로 옥내를 배경으로 하고 있으며, 사실적이고 구체적인 공간 내에서 주위에서 일어날 수 있는 일상의 삶을 그리고 있다. 소재를 작가의 체험적 세계에서 찾으며 현실의 삶을 재현하려는 작가적 태도는 이광수의 노벨적 요소가 돋보이는 부분이다. 이러한 관점은 등장인물의 도덕적 갈등에서 두드러진 문제로 나타난다.

넷째, 주제―『무정』의 주제를 대변하는 두 개의 이념은 계몽주의와 민족주의 사상이며 계몽주의는 부르주아 자강주의나 자유연애사상이 그 실천사항으로 제시된다. 특히 자유연애의 문제는 1910년대 소시민적 지식인 계층이 주창했던 '개성의 해방'이라는 시민적 인성론이 당대 풍속의 문제와 결합되어 나타난 것으로 보아야 할 것이다. 자유연애사상은 후대에도 큰 영향을 미쳤고 그 여파로 인해 후배작가들의 상당수의 소설적 주제를 이루어 왔다.

2) 『무정』의 반노벨적 요소들

첫째, 언어—초기 문장에 '이라/더라'체의 종결어미를 그대로 사용되어 있어 언문일치가 불완전하게 이루어지고 있다. 또한 사용 어휘가 교육을 통해 습득된 언어라는 점, 문장이 대체로 길고 묘사에 있어서도 논리와 추리력으로 파악하려 했다는 점 등은 관념적인 로맨스의 경향을 보이는 부분이고, 이 밖에 추상적이고 상투적인 직유의 남발 등도 발견되고 있다.

둘째, 인물—인물의 계층은 주인공이나 보조인물, 대부분 중산층 내지는 상류층으로서 당대의 지성을 대표하는 형이상학적 인간들이다. 작중인물이 이렇게 중산층 이상의 남다른 사람으로 설정되어 있다는 것은 신분계층의 하락이 근대소설의 요소로서 작용하는 것과는 일정한 거리가 있다. 따라서 인물설정, 그리고 인물 간의 대립, 그 속에서 사회와 주인공의 대립은 매우 미약한 편이다. 작중인물의 계층적 차원에서 볼 때, 인물의 하락이 아닌 인물의 이상화로 상승함으로써 로맨스의 경향을 띠고 있다.

셋째, 외형—인물의 이상화가 너무 확대되어 나타나는 까닭에 공간의 역할이 크게 부각되지 못하고 있다. 시간적 배경에 있어서 현재에서 과거를 회상하는 방식으로 이야기 시간과 서술시간을 전환시키는 역전의 기법을 주로 사용한다. 그러나 과거 회상이 다수 삽입됨으로 인해 당대성과의 일탈이 이루어지는 약점을 보인다. 또한 우연적인 것의 남발(기차상의 우연)은 인과관계의 해명에 있어 문제점을 노출시킨 것이고, 인물과 사건의 관계 형성이 사회 전체와는 거리가 있는 개인적 차원의 문제라는 사실, 이 밖에 작가의 지나친 의도적 개입 등은 노벨의 플롯과는 거리감을 준다.

넷째, 주제-이광수의 계몽성은 반봉건적인 조선 민중을 계몽하여야 한다는 '교훈주의'에 입각한 것으로, 개인의 감성에 바탕을 둔 비이성적 접근으로 시도되고 있다. 그러나 이상주의를 지향하는 형이상학적 세계는 관념적이고 추상적인 개념을 만들어낸다. 냉혹한 식민지 현실 속에서 도덕개량에 기초를 둔 계몽주의 이념으로는 시혜자적 입장에 선 계몽적 화자의 자의적이고 기만적인 화술에 불과하다. 따라서 정치성이 거세된 계몽운동은 당연히 소시민적 취미에 영합하는 자유연애, 혼인 등 감각적인 문제에 관심을 경주함으로써 통속소설 범주로 떨어질 수 있다.

3. 예술성과 개인 내면의 탐색
-김동인의 『감자』, 염상섭의 『만세전』

삼일운동을 기점으로 식민지적 현실을 재편하는 과정에서 다시금 전개된 문학적 상황은 소설의 경우에 두드러진 변화를 보여주었나. 문예동인지와 여타의 잡지들을 매체로 하여 발표된 이 시기의 소설들은 1920년을 전후하여 구체적인 움직임을 보이기 시작했고, 1920년대 중반에 이르러서는 본격적인 창작활동과 함께 그 작품적 성과에 있어서도 주목할 만한 결과를 이루어내기도 했다. 이 시기의 새로움은 우선 이광수로 대표되는 계몽적 목적성의 탈피에서 찾을 수 있으며, 그 결과로 추구된 예술성의 확보 및 폭넓은 문예사

180

조에의 관심 등으로 대변된다. 뿐만 아니라 다양한 서술유형을 통하여 구체적 작중현실을 제시함으로써, 주인공의 성격창조와 이를 통한 사회현실의 개별적 안목을 확보하여 문학의 내재적 속성을 보다 구체적으로 드러내 주었다는 점을 주목하게 한다.

개화기 이후 우리 근대문학의 수용은, 주로 서구 근대문학이라는 보편적인 개념을 조선의 근대문학 전반에 그대로 대입시키려는 의식에서 출발하였다. 다시 말하면, 서구문학을 근대의 표본으로 삼고, 서구문학의 지향을 통해 우리 근대문학을 최종적으로 건설할 수 있다는 의식, 혹은 그 같은 관념을 개념화하는 방향으로 전개되어 온 것이다. 이런 사고로 생성된 문학양식은 서구 근대문학의 사상이나 단계에 자신의 의식 차원을 동일시하려는 부정적 인식을 담게 된다. 20년대에 들어서면서 근대 일반, 혹은 근대 보편으로서의 의식을 같이 한다는 것은 제국주의의 의도된 위험성을 불러올 수 있다는 자각으로 발전한다. 그 전환점이 삼일운동이고, 이를 통해 최남선과 이광수를 비롯한 다양한 지식인층이 하나로 통합할 수 있는 계기가 되었다. 민족적 운동과 역사적 계급의식을 집중할 수 있는 삼일운동은 내면과 외면 사이의 통일을 통해 민족적 역량을 모을 수는 절호의 기회였던 것이다. 그러나 결과적으로 삼일운동은 실패로 돌아가고, 일제는 문화정치라는 시민의식의 내면을 확대할 수 있는 길을 열어주면서 일제에 의해 제시된 근대성을 보편화시키려 했다. 위장된 근대적 시민의식의 표본을 제시함으로써 시민계급의 민족적 의식을 의도적으로 차단시키고자 한 것이다.

1920년대 동인들은 1910년대의 시민적 개성론 혹은 감상적 인생론에서 발전하여 전문적 작가로서 문학양식을 새롭게 건설하려는 의식을 가지고 있다. 하지만 이광수로부터 물려받은 시민혁명의 이상을 통하여, 혹은 이광수를 매개로 하여 근대로의 지향을 꿈꾸어 보지만 삼일운동의 실패로 실망감과 좌절을 느끼면서 자아의 내면으로 빠져들게 된다. 삼일운동을 통한 근대성의 좌절은 곧 현실의 조선, 개별로서의 조선을 새롭게 인식하는 계기를 만들지만, 제국주의의 지배를 극복하고 자신의 자의식을 상승시킬만한 실천의 단계에까지 이르지 못한다. 그들은 반역사주의자로 굳어지면서 자아의 내면 탐구에 더욱 적극적이 되어가고, 문학적이면 문학적일수록 현실의 폭은 좁아들면서 문학은 전문화되고 발전할 수 있는 계기를 마련한다. 말하자면 1920년대 동인지시대부터 문학은 문학다운 면모를 갖추게 되며, 특히 근대문학으로서의 틀을 갖추게 된다. 이런 결과를 바탕으로 여러 문학사 서술에서는 근대적 문학의 완성된 형태를 이 시기의 것에 주목하면서, 당대의 문학적 실상을 대표적으로 보여주는 작가로 김동인과 염상섭을 선택하는 데는 이의를 달고 있지 않다, 주지하는 바와 같이 한국 근대문학의 선명한 출발을 보여주는 것 중의 하나가 김동인으로 대표되는 〈창조〉지와 염상섭으로 대표되는 〈폐허〉지의 역할이다. 삼일운동을 전후해 우리 근대문학의 한 걸음 앞서 나갈 수 있는 원동력으로, 두 동인지의 역할은 매우 중요하게 작용되었다. 그리고 김동인과 염상섭은 그 동인지의 실질적 대표자이며, 같은 동경 유학생으로 연령상에서 뿐만 아니라 역량에 있어서도 라이벌 관계에 있었다.[193]

주193) 창조파의 동인인 김환의 작품 〈자연의 자각〉을 둘러싸고 벌어진 김동인·염상섭의 유명한 논쟁은 한국 초창기 비평의 서장을 장식하는 동시에, 이 논쟁은 둘 사이의 라이벌 의식의 표면화로 볼 수 있다.

처음 염상섭은 시, 평론으로 시작했지만 『표본실의 청개구리』를 기점으로 소설로 전환함으로써 애초부터 소설을 써왔던 당대 최고의 실력가 김동인과 쌍벽을 이루게 된다. 두 사람은 근대로의 전환기를 동시에 경험하면서 그 시대에 대한 반응에서 상반되는 현상을 보여주고 있다. 염상섭은 작품 속에 그가 살고 있는 시대의 현실을 투영시켰을 뿐만 아니라 사회적 인간으로도 그 사회변동에 대한 양심을 솔직하게 표현하고자 노력했다. 특히 민족현실을 작품 속에 그려내는 『만세전』 『삼대』에 이르면 자본주의화 되어 가는 식민지 조선의 중산층의 모습을 담아냄으로써 근대라는 문제가 기형적으로 형성된 식민지 중산층의 손으로는 해결할 수 없다는 현실인식을 느끼게 된다. 반면 이광수의 계몽주의에 반발하여 순문학적 입장을 취하게 되는 김동인은 단편을 중심으로 독자적인 표현기법과 문체를 모색해가며 문학만의 독자적 의의를 강조했던 작가이다. 김동인 자신은 "작가란 창조자이기 때문에 작중인물을 마음대로 지배할 수 있어야 된다"는 이른바 인형조종술을 사용한다.[194] 창작의 의미를 이처럼 전지전능한 자리로 상승시킬 때 나타나는 결과로 '예술성'이 새로운 이념의 인식범위로 들어옴으로써 문학예술의 독자성 확립에 크게 기여할 수 있다는 이점을 보인다. 그러나 이로 인해 그의 인생과 예술은 현실성을 상실하고 예술지상주의 내지 탐미주의의 폐쇄성에 사로잡히고 만다.

지금까지 일반적으로 김동인은 독자 반응이나 작품성에 있어 염

주194) 김동인, 자기의 창조한 세계(창조 7호, 1920. 7). 김동인은 톨스토이와 도스토예프스키를 비교하면서, 이 두 작가 중 톨스토이가 더 위대한 참 예술가인데 그것은 자신이 창조한 세계와 인물을 인형 놀리듯 했기 때문이라는 것이다.

상섭을 항상 압도하는 것으로 평가받고 있었으나, 최근에는 염상섭에 대한 시대의 안목과 작품들에 대한 재평가가 이루어짐으로써 김동인을 넘어선 20년대를 새롭게 대표할 수 있는 작가로 부상되고 있다. 이는 이광수의 계몽주의가 남긴 소설사적 한계를 극복하고 근대적 소설 형식의 자율성을 확립한 공적이 누구에게 돌아가느냐 하는, 어쩌면 우리 문학사에 있어 근대문학의 사실상의 분기점을 가름하는 매우 중요한 문제인 것이다. 이 점과 관련하여 김동인과 염상섭, 두 사람이 그 정점으로 부각되는 것은 일반론이고, 단편소설과 장편소설 중심이라는 각각의 장르적 성격을 감안할 때, 최근 다수 연구자들은 단일한 작품으로 염상섭의 『만세전』을 능가할만한 작품을 찾아볼 수 없다는 점에 공감하고 있다. 어쩌면 식민시대 전 기간에 거쳐 당대의 식민지적 현실과 봉건적 현실의 중첩 상황을 이보다 잘 묘사한 작품을 발견하기가 어렵다는 점에서 염상섭 문학의 재인식과 그 작품에 대한 연구가 활발하게 진행되고 있다.

가. 김동인의 『감자』

　새로운 시대의 조류나 문학적 사조가 안정된 기반에서 고무적으로 작용하지 못한 채 답보상태에 머물고 있었던 내부적 실상을 감안할 때, 1920년대 초반 김동인의 등장은 활발한 동인지의 출간과 함께 우리 문학의 새로운 지평을 연 셈이다. 우리 근대소설의 독자성을 처음으로 천명하고 또 그것을 지속적으로 한 시대의 정점에서 설득력 있게 추진한 무대가 동인지 〈창조〉이며, 중심인물이 김동

184

인이라 함은 주지의 사실이다. 지금까지 김동인은 잡지 〈창조〉와 함께 자연주의의 문학의 개척자로 알려져 왔으며, 오늘의 한국문학과 결부된 완전한 근대적인 의미에서의 근대소설을 개척한 인물로 평가받아 왔다. 임화는 신소설의 영향으로부터 완전 분리된 조선의 현대소설은 김동인에게서 시작한다고 주장하고 있으며[195], 백철이나 조연현도 가장 엄격한 의미에 있어 이 땅의 최초의 근대적인 소설이라고 밝히고 그 특징으로 '성격창조와 심리묘사'를 든다.[196] 반면, 김현·김윤식, 조동일, 김재용·이상경 등은 초기 작품들의 분석을 통해 그의 예술주의적인 성격을 비판적 안목에서 바라보고 있다. 그럼에도 불구하고 이인직과 이광수 등으로 비롯되는 초기 계몽적 이념주의에서 한 차원 넘어선 그의 등장으로 우리 소설은 사상성이나 흥미성을 넘어선 형식의 예술성이란 새로운 범주를 가능하게 한다.

> "소설은 인생의 회화(繪畫)이라―이는 만년불변의 진리이다. 소설은 인생의 벤취이어도 안 될 것이요, 스케치이어도 안 될 것이요, 표본화(標本畵)이어도 안 될 것이요, 엄정한 의미의 인생의 회화라야 소설로서의 가치가 이에 있다"[197]

소설가는 인생의 회화는 될지언정 그 범위를 넘어서서는 안 되는 것이며, 될 수도 없다는 이 말은 인생을 객관적으로 파악하여 그려내는 회화가 소설이라고 한 점에서 리얼리즘적 발언이라고 볼 수 있다. 문학이 어떤 다른 목적을 위한 수단이어서는 안 되고 문학을

주195) 임화, 소설문학의 20년, 동아일보, 1940. 4. 16.
주196) 조연현, 한국현대소설사(성문각, 1980), P.281.
주197) 김동인, 춘원연구, 동인전집 8(홍자출판사, 1967), P.185.

위한 문학이어야 한다는 주장, 곧 예술지상적 선언이라 볼 여지도 있다. 반춘원론에서 출발하여 나름대로의 시각을 구체화시킨 김동인의 문학적 지향은 '문학의 독자성을 옹호한 것이며, 내용편중의 기존 문학에 대한 기법적 자각을 보인 것'이라는 긍정적인 평가를 받는 한편, 당대의 시대상황을 무시한 반역사주의 지향의 과오를 범했다는 혹평을 받기도 한다.

이렇게 보면 김동인에 대한 문학적 평가도 대단히 혼란스러운 양상을 보여준다. 그럼에도 김동인은 1919년 〈창조〉지에 게재된 처녀작 『약한 자의 슬픔』 이후 여러 편의 단편들을 발표하면서 독자적인 표현기교와 문체를 모색하는 가운데 자신의 작품세계를 이루어 갔다. 이들 작품들은 춘원의 작품경향에 반발하고 계몽성을 극복한 나름대로 우리의 소설사상 중요한 위치를 차지하고 있다. 그러나 작품의 구성이나 기교적인 측면에서 어느 정도 성공을 거두었다고 판단할 수 있는 것은 『감자』(조선문단, 1925)라고 할 수 있다. 구어체를 통한 언문일치도 완벽하게 이루어지고, 인물의 설정이나 구성의 치밀함에서도 근대소설로서의 성숙도를 보여주고 있다. 따라서 『감자』는 김동인 소설의 특징적 일면을 대변하는 작품인 동시에 1920년대 우리나라의 자연주의 내지 사실주의적 기법이 낳은 대표적 성과로 인정을 받고 있다.

(1) 언 어

백철은 '근대적인 문체운동의 선구자요, 그 확립자'로서 김동인을 인정하고 있다.[198] 이러한 진술은 김동인 스스로 자기의 회고록이나 기타 문학적 발언에서 한국소설의 문체를 자기 혼자의 힘으로 개척했다는 투로 자화자찬하고 있다는 점을 그대로 인용하는 데에서 기인한다. 김동인에 의하면, 이인직이나 이광수는 불완전한 구어체이며, 자신에 와서야 구투의 종결어미가 사라지고, 현재사 대신 과거사로 된 종결어미를 씀으로써 완전한 구어체를 달성했다는 것이다.

> 처음에는 무의미하게 써 나아가든 나는 어떤 때에 우연히 『유서』 가운데서 강렬한 동인미(東仁味)를 발견하였다. 지금 보기 싫은 작품이다. 그러나 오랫동안 계획하는 일이 무의식중에 발아 생장한 의미로 『유서』는 결코 내게는 잊지 못할 작품이다.
> 나는 마침내 동인만의 문체, 표현 방식을 발명하였다. 그리고 거기에 대한 충분한 긍지와 의식 하에 『명문』과 『감자』를 발표하였다.[199]

동인이 여기서 '동인만의 문체요, 동인만의 표현 방식'이라 하고 한 말은 자기만의 대표적인 문학경향, 오직 자기만이 지닐 수 있다고 생각한 문학경향은 문체나 표현방법에 주안점을 둔 것이다. 종래 통설로서 문체운동에 동인이 남긴 공헌은 1) '더라' '이라' 등 구투의 탈피 2) 현재법에서 과거형 서사체로 3) He, She에 해당하는 대

주198) 백철, 신문학사조사(신구문화사, 1982), P.121.
주199) 김동인, 조선근대소설고, 김동인전집 16(조선일보, 1988), PP.33-
34.

명사 '그'의 사용 4) 사투리의 사용 등으로 요약된다. 그러나 이 네
가지 공적 중 4)항의 사투리의 사용 외에는 그의 노작이었다고 하더
라도 공적이란 명칭에는 상부하지 않는다고 지적한다.[200] 사실 '더
라/이라' 등의 구투나 대명사 '그'의 사용문체는 이미 『무정』의 여러
곳에서 불식되었고, 2)항의 과거법 서사체의 경우, 현재진행형 완료
형 미래형 부정형 등 모든 종결어미는 모든 사건의 시간관계나 공간
관계에서 적절하게 선택되어야 할 것으로 어느 한 형태만 고집한다
면 오히려 내용상의 혼란만을 가중시키기 때문에 무의미한 것이다.
다만 동인의 작품에선 인물의 대화를 사투리로 진행시켜 그 인물의
개성적 표현에 구체적 효과를 보고 있는 것이다. 그럼에도 불구하고
김동인을 비롯한 창조파들은 구어체 사용 의지를 표면화시킨 최초의
그룹이라는 차원에서 나름대로의 의미를 보유하고 있다. 그들은 종
결어미 문제뿐만 아니라 3인칭 대명사 사용을 위해 구체적 배려를
하였고, 동일어의 사용의 효능도 알고 있었으며, 적합하지 않은 단
어는 새로 만들어내는 조어창출의 노력까지 보였던 것이다.[201] 이런
사실은 김동인과 창조파가 노벨의 언어적 층위에 대한 자각적 의식
을 지니고 있음을 확인시켜준다. 한편, 김동인의 구어체 문체의 성
과가 당시 일본 문체의 '영향권에 힘입은 바가 크다는 자신의 솔직한
언급은 논의가 되어야 할 사항이다.

　　이때에 있어서 일본과 일본글, 일본말의 존재는 꽤 큰 편리함을
　　주었다. 그 어법이며 문장변화며 문법 변화가 조선어와 공통되는

주200) 김우종, 현대소설사(성문각, 1980) P.120.
주201) 강인숙, 〈김동인편〉, 한국근대소설정착과정연구(박이정, 1999),
　　　　P.157.

데가 많은 일본어는 따라서 선진의 역할을 하게 되었다.[202]

김동인의 이 말은 명치·대정기 일본 소설문체와의 관련성을 보여주는 장면이다. 춘원과 동인 및 당시 대부분의 문인들이 일본 유학생이라는 계층적 문제, 춘원 동인의 처녀작은 모두 일어가 먼저였다는 점, 김동인의 한국어 첫 작품 『약한 자의 슬픔』이 한국적 배경과 무관하다는 점 등도 같은 맥락에서 출발하지만, 소설 창작법과 묘사 방법조차도 일본식으로 착상되고 그것이 조선어로 번역되었다는 차원은 이식문학의 한 특성을 보여준다는 점에서 우리 문학의 근대성 정착에 자유로울 수 없음을 보여주는 단면이다. 김동인의 『감자』는 『배따라기』로 출발하여 어느 정도 작품의 미숙성이 사라진 뒤 나타나는 일련의 작품들의 경향을 대변해주는 작품이다. 우선 『감자』의 문체적 특성을 간략하게 알아본다.

(1) 어휘 – 이인직이나 이광수의 불완전한 구어체를 완전한 구어체 문장으로 끌어올리려는 작가적 태도로 인해 생활어가 반영된 순 한글 중심의 어휘로 이루어져 있다. 그의 일상어 사용원칙은 노벨의 작가로서 인정하는 요건이 되지만, 자국어에 대한 어휘 사용량의 빈곤 현상을 보이고, 이는 곧 풍속묘사에 대한 지식의 결핍으로 이어져 결핍 사유가 된다.[203] 어휘력을 보완하는 방편으로 평안도 사투리가 배어있는 방언의 적절한 활용과 쌍말·비속어 등을 사용하고 있다.

주202) 김동인, 조선근대소설고, 김동인전집 16(조선일보, 1988), PP.31.
주203) 김동인의 자국어에 대한 어휘력의 부족은 한국적 생활과 고립되어 있는 북방출신(평양)에다가 상류층의 기독교 가정이라는 고립된 생활에서 개인적 환경의 영향으로 미루어 짐작된다.

(2) 문장—과감한 생략과 비약적 전개를 구사하면서도 간결하고 박력 있는 문장을 구사하고 있다. 문장의 길이도 매우 짧고 템포가 빠른 간결체 문장을 사용함으로써 동인만의 독보적인 문체미학을 보여준다. 이러한 간결체는 단편소설에 적합하지만, 표현대상에 대해 꼼꼼하고 정확하게 기록되어야 할 노벨의 특성으로 볼 때, 단점으로 작용한다. 군더더기를 모두 생략해 버리고, 디테일의 정밀묘사를 포기한다는 것은 '대상의 구체화'를 저해하기 때문이다.

(3) 묘사—작가의 주관적, 주정적 묘사 대신에 객관적 묘사를 냉철하게 지향함으로써 노벨로서의 특성을 가장 잘 반영하고 있다. 독자 위에 군림하는 고압적이고 오만한 작가적 태도에도 불구하고, 환경과 인물에 대해 철저하게 객관성을 유지함으로써 전대소설의 주관성을 극복하고 있다. 김윤식이 "감자의 드라이터치는 너무 고압적 완결이어서 한국 소설사는 아직도 그 높이에 이르지 못하고 있는 것"204)이란 표현은 이를 잘 지적한 것이라고 하겠다.

이렇게 『감자』는 김동인 특유의 간결하면서도 직선적인 문체를 통하여 그 구체적인 성격창조와 장면묘사가 이루어지고 있다. 이는 단편소설의 구성과 전개에 긴밀히 관여하여 작품적 성과를 거두는 데 크게 기여하고 있다. 한 예를 살펴본다.

"복네, 애 복네."
"왜 그릅네까?"
그는 약통과 집게를 놓은 뒤에 돌아섰다.
"좀 오나라"
그는 말없이 감독 앞에 갔다.

주204) 김윤식, 반역사주의의 과오(문학사상 통권2호), P.292.

190

"야, 너, 음…… 데 뒤 좀 가보디 않갔니?"
"뭘 하레요?"

-『감자』, P.117

이 장면은 송충이잡이 감독이 매음을 수작하기 위해 복녀와 나누는 대화이다. 춘원의 작중인물이 모두 표준어 사용으로 통일되어 있는데 비해, 동인은 평안도 사투리를 적절하게 배열함으로써 인물의 개성을 뚜렷하게 살려나간 것이다. 또한 사건의 진행과정을 설명하는데 극히 필요한 말만으로 대화를 주고받다 보니 템포가 상당히 빠른 편이다. 이런 템포는 주어와 목적어를 과감히 생략한 동인 특유의 장점이다. 문장스타일은 이처럼 최대한 생략법을 지니고 있기에 그만큼 사건의 진행이 빠르고 경쾌한 느낌을 준다. 특히 소설의 결말인 복녀의 시체처리 과정에서 단 여덟 줄의 분량으로 짧게 끝내는 장면은 김동인만의 간결체의 특성과 냉철한 객관주의를 엿볼 수 있다. 이 의외의 살인행위를 감추기 위해 왕 서방과 복녀 남편과의 관계, 시체의 이동, 한방의의 부정진단 등 복잡해지기 쉬운 사건을 단 몇 줄로 요약 처리해 단편의 특징을 충분히 살리고 있는 것이다. 동인만의 단편적 특성은 구성에 별로 빈틈이 없다는 것, 주제 형성과정에 있어 불필요한 사건은 모두 생략되었다는 점, 인물의 구체적 묘사보다는 일원적 묘사를 통해 전체를 부각시키고 있다는 점 등에 성공하고 있다. 사실 김동인의 소설방식은 전대의 이인직과 이광수에 비해 여러 가지 면에서 현저한 차이를 보여주고 있다. 그가 전대 소설의 약점을 극복하고 우리 소설 형식에 서구의 노벨적 요소를 의도적으로 끌어들였다는 점을 간과해서는 안 될 것이다. 춘원 이전의 소설들이 대개 장편이고 인습적인 형식에 매여 있는데 비해, 동인의 경우에는 인습적 형식들을 배제하고 개인적 체험의 독특함을 표현하기 위한 정교한 언어적 기능을 채택하고 있다는 점을 평가해야 할 것이다.

(2) 인 물

『감자』는 궁핍한 생활환경 때문에 윤리적인 파탄과 인생관의 변이를 가져온 복녀가 끝내 환경적 갈등의 희생물이 되고 마는 비극적 인간의 한 모습을 리얼하게 보여주고 있는 작품이다. 주인공 〈복녀〉는 얌전한 농가에서 태어났으나 그의 환경이 변화함에 따라 빈민굴의 매춘녀로 타락하는 입체적 인물의 전형이다. 반면 『감자』의 반동적 인물로 그려지는 사람들은 중국인인 왕 서방, 20살 연상인 게으르기 만한 남편, 한의사, 감독 등의 남성들이다. 이들 남성들은 여성인 복녀를 노동력으로 착취한다든지, 성의 도구로 만들어버리는 추악한 인물들로 그려진다. 이들 인물의 계층을 보면, 전대 『혈의루』나 『무정』에서는 전혀 찾아볼 수 없는 하층민들이다. 인물 계층적 하락이 로맨스와 노벨을 가르는 중요한 특징이라고 할 때, 『감자』의 인물은 여기에 부합된다. 특히 주인공 〈복녀〉라는 캐릭터가 윤리적으로 파괴되어 가는 심리적인 과정은 전대 소설에서 볼 수 없었던 입체적인 인물의 전형이라 할 수 있다.205) 몰락한 양반이며 농민의 딸이 도둑질을 본업으로 삼고, 창녀 행세를 인간 본능으로 여기게 형상화한다는 주제는 고결한 이상으로 일관하는 춘원소설의 개념적이

주205) 정한숙, 현대한국문학사(고대 출판부, 1982), P.26.

고 평면적인 인물에서는 결코 기대할 수 없었던 개성적인 성격 창조에 의한 작품의 효과라고 하겠다. 『감자』에 이르러 고대소설이나 개화기 소설에서 보여주었던 두드러진 인물이 한 개인의 성격에 집중됨으로써 개성적 인물이 처음으로 만들어진 것이다. 또한 능력이 뛰어나 민족을 계도할 수 있는 지도자 내지 지식인 유형에서, 일반 하층민 그것도 가장 천한 매음녀를 주인공으로 설정하였다는 사실은 로맨스에서 근대소설로서의 전환이 완성된 형태를 보여주는 것이다.

이 소설은 어떻게 보면 밑바닥 삶의 비극을 그린 듯하며, 더 나아가 현실의 이면, 다시 말해 도덕에 대한 야유가 담긴 것처럼 보인다. 그러나 세부적으로 보다보면, 인간이란 유전과 환경에 철저하게 결정될 수밖에 없는 숙명론에 기울어져 있다. 이런 환경에 지배되어 있는 숙명론적 시각은 자연히 소설 형상화에 극단적인 인간상을 추구하게 마련이다.206) 특별한 성격의 일단을 과도하게 부각하여 그것이 일으킨 사건과 행위에 초점을 맞춘다. 복녀는 애초에는 '마음속에는 막연하나마 도덕이라는 것에 대한 기품'을 가지고 있었고, 그런 가치를 긍정적으로 수긍하는 보수적인 인물이었다. 그러나 본래의 선량함은 제거되어 당 시대의 비극적인 사회 환경으로 자기의 삶이 황폐화되고 끝내는 이로 말미암아 공격성이 강해져 죽음에까지 도달하고 마는 것이다.

이렇게 『감자』의 복녀를 통해 노벨의 요소로서 가장 확연하게 드러나는 것은 도덕감이 상실된 'morality type'의 소멸 현상이다. 사실 봉건적 권위와 질서를 지키기 위한 유용한 방법은 인간의 개인적 행동을 최대한 억제하며 무의식까지 통제할 수 있는 '도덕성'을

주206) 임규찬, 한국 근대소설의 이념과 체계, 앞의 책, P.191.

강조하는 것이다. 김동인 이전까지 우리 소설들은 권선징악이라는 획일화된 주제 아래, 인물을 선과 악이라는 이분법적 방법으로 분류해 왔다. 그러나 근대에 이르러서는 인간의 본성을 억압하는 세계의 권위에 도전하며 자아의 각성을 통한 개성적 인물이 등장하게 된다. 『감자』에서 복녀라는 개성적 캐릭터는 위선을 모르는, 따라서 도덕과 윤리에 전혀 개의치 않는, 물질에 의해 사고하고 행동하는 인물유형이다. 외간 남자와의 혼외정사도, 도적질마저도 아무런 죄의식을 갖지 않고 오직 자신의 생리적 욕구에 의해 살아가는 생리적인 인간들이다. 이런 유형들은 인간의 이상화를 추구하는 형이상학을 배제하고 형이하학에 대한 긍정에서 출발한다. 바로 『감자』를 통해 우리 소설사에서 돈과 성이 지배하는 노벨의 세계가 처음으로 생성되고, 최초의 노벨적 인물이 완성된 것이다. 다만, 노벨의 인물이 '우리 중의 하나'이며, 일상적인 생활인의 그것이라면 노벨에서 다소 멀어지는 느낌을 준다. 인물의 계층이 너무 하강함으로써 보통 사람의 영역을 이탈해 버린 것이다. 인물유형도 약한 자나 악인을 주동인물로 선정함으로써 평범성을 초월해버린다. 극과 극은 통할 수가 있고, 반대를 위한 반대는 처음의 입장과 동일하게 만들어 버릴 수 있다. 춘원을 극복하고 로맨스의 구습을 탈피하기 위해 선택했던 인형조종술에 의한 창작방법론은 김동인 스스로를 억압하는 틀로 작용하고 있다.

(3) 외 형

소설양식 중에서 김동인이 공들인 양식은 단편소설이다. 단편소설이 동인작품을 대표할 수 있는 것은 장편소설이나 역사물보다 양적인 것도 있지만, 무엇보다 질적으로 성공하고 있기 때문이다. 김동인은 "단편소설은 단지 평범한 소설의 한 형식으로 볼 지 혹은 기사 이야기에서 소설로 볼 지, 그것은 이후에 역사만이 증명할 것이지만 포우에 연하여 도오데, 모파상, 체홉 등을 지나서 지금의 국제적 소설계는 단편소설의 전성임은 거저 넘기지 못할 사실이다"[207]라고 하여 자기 소설의 본질이 단편에 있음을 시사하고 있다. 그런데, 많은 양의 단편소설을 쓰면서, 성공을 거두고 있다는 사실은 내용적인 면보다는 형식적인 면, 즉 플롯이나 스타일 면에서 찾아야 할 것 같다. 이는 인생이란 말을 강조하면서도 작품의 현실 적합성을 문제 삼지 않는 대신, 허구적 창조성을 중시하는 예술지상주의의 입장을 견지하기 때문이다.

우선 『감자』의 기본배경을 보면, 1920년대 초 평양 칠성문 밖 빈민굴이라는 '여기, 지금'의 크로노토포스를 채택하고 있다. 이인직과 이광수의 소설적 배경이 동시대의 전역과 심지어는 일본·미국 등 국제적 스케일을 지니는데 비해, 공간의 폭이 상당히 축소되어 있음을 알 수 있다. 칠성문 밖 빈민굴로 무대가 한정되는 공간의 최소화 현상은 노벨의 일반적 현상이며, 단편소설이라는 장르를 선택했을 때, 로맨스보다는 대상공간의 협소화가 당연히 이루어질 수밖에 없을 것이다. 시간적 배경 역시 노벨에서는 일상적 삶의 시간

주207) 김동인, 〈동인전집 10〉(홍자출판사, 1964), P.108.

을 그 대상으로 하고 있기 때문에 축소될 수밖에 없다. 그러나 『감자』의 시간은 단편이라는 성격에 불구하고, 주인공 복녀가 갈등하고 죽기까지의 시간적 거리를 대상으로 하고 있다. 김동인은 플롯의 압축을 통해 사건들을 최대한 응축시켜 놓고 있지만, 그만큼 정밀한 묘사가 미진할 수 있어 노벨적 특성을 감소시키는 부분이다. 문제는 『감자』가 담고 있는 크로노토포스의 성격이다. 김동인은 작품 서두에 평양 칠성문 밖 빈민굴을 '싸움, 간통, 살인, 도둑, 구걸, 징역, 이 세상의 모든 비극과 활극의 근원지'라고 밝히고 있는데, 빈민굴이 주는 무질서와 불안정성 및 야생적 기류는 일제 치하의 암울한 분위기와 함께 『감자』의 배경이 작품 전체에 미치는 중요한 요소로 기능하고 있다.

> 칠성문 밖을 한 부락으로 삼고 그곳에 모여 있는 모든 사람들의 정업은 거지라지요, 부업으로는 도적질과(자기네끼리의) 매음, 그 밖에 이 세상의 모든 무섭고 더러운 죄악이었었다. 복녀도 그 정업으로 나섰다.
>
> ―『감자』, P.116

이런 환경에서 복녀가 도적질과 매음으로 나아가는 현실은 식민지 치하의 곤궁한 상황을 반영하는 시·공간이다. 그 현실적인 환경을 기반으로 하여 이 작품이 이루어지고 있으며, 주어진 환경을 극복할 수 없는 한계적 조건은 복녀의 삶을 더욱 왜곡되고 비극적인 삶으로 강요하고 있음을 보여준다. 결국 환경은 복녀로 하여금 도덕사회의 금기사항을 깨뜨리게 하고, 그 환경은 금기를 파기한 자에게 죽음이라는 극단의 형벌을 가함으로써 복녀는 죽음에까지 이르게 되는 것이다. 그런데 이 작품에서 당대의 환경에 대한 객관적 묘사는 보이지만, 구체적인 사회성이 결여되고 있다. 물론 사회의 전체적인 모습을 재현하기에는 단편소설이라는 너무 작은 그릇 때문이라고 할 수도 있으나 사회성 결여가 전적으로 장르의 협소성에 기인한다고 할 수 없다.[208] 그 이유로 우선 빈민굴이라는 폐쇄적 공간에서 오는 현실과의 단절성을 들 수 있을 것 같다. 클리나드는 빈민굴에 대해 무감각과 사회적으로 고립된 특징을 지니며, 그곳에 사는 주민들은 열등한 존재로 생각되고 그들 자체는 외적 세계를 불신하는 부정성을 띠고 있다고 본다.[209] 그만큼 빈민굴이란 공간은 현실과의 단절을 가져오며, '여기, 지금'이라는 노벨의 공간과는 거리감을 주는 폐쇄적인 것이다.

다음은 현실의 외부적 묘사에만 주력하는 김동인의 냉철하고 과학적인 객관적 주관주의의 일면을 들 수 있을 것이다. 이 부분은 『감자』가 과연 서구적 관점의 자연주의의 본질을 지니고 있느냐에 대한 논의와 병행한다. 물론 냉정한 객관적 묘사, 생활난에서 오는 경제적 조건, 부도덕, 관능적 행실, 사랑의 복수, 살인 음모, 이러한 삶의 어두운 요인으로 구성된 『감자』는 형태상으로 자연주의의 단면을 지니고 있다. 다만 문학의 가치는 작품이 드러낸 현실부정의 형태나 발상법에 있다기보다 작가가 한 작품을 통해 궁극적으로 목표로 하는 것은 무엇인가 하는 가치관의 진정한 모색에 있는 것이다.

인생을 백안시하고 인생해부의 메스를 무자비할 정도로 내찌르며

주208) 강인숙, 〈김동인 편〉, 한국근대소설정착과정연구(박이정, 1993), P.213.

주209) M. B. Clinard, Slums and Commmunity, 전혜자, 현대소설사연구(새문사, 1987), P.126 재인용.

죄악에 가득한 추악한 사회를 그대로 폭로하였을 뿐, 역사발전의 참된 법칙을 이해하지 않았다는 비난을 맹렬히 받고 있는 에밀졸라도 실은 그의 현실부정이 사회개혁을 위한 가치관과 사회적 이데올로기를 전제조건으로 하고 있기 때문이다.[210] 그런데 이 작품에서는 사회현실을 해부 분석하는 일도 없고 비록 잘못된 객관주의와 그릇된 역사파악에 입각했다 하더라도 사회개혁을 도모하는 자연주의 이데올로기가 전혀 나타나 있지 않다. 비록 『감자』에서 자연주의를 의도했다 하더라도, 김동인의 자연주의는 사회사 및 사회비판의식을 배제한 표현의 객관성만을 보유하고 있을 뿐이다. 결과적으로 『감자』에는 일제 식민지 정책에 기인하는 한국 근대사회의 비참한 실상이 정직하게 반영되어 있지 않다. 오히려 김동인의 작품은 예술적 미의식에 집착한 탐미주의 경향이 그의 본질이라고 할 수 있다.

한편, 소설의 형식적인 면에서 김동인이 가장 많은 관심을 쏟은 부분은 플롯의 합리성과 종결법이다. 그는 "플롯에 가장 귀한－없지 못할 것은 단순화와 통일과 연락이다"[211]라고 해서 플롯은 모름지기 목적지를 향해 곁눈질하지 않고 똑바로 나아가는 것을 강조한다. 가장 경제적인 문학수단을 활용하여 통일된 이상과 단일한 효과를 거두어야 하는 단편소설에서 작품효과가 나타나도록 사건을 축소하고 목적에 적합하도록 적절하게 배열해야 된다는 사실을 인식하고 있는 것이다. 단편소설에서는 분량상의 제한으로 인해 극한 갈등이나 아이러니 등이 중시되는데, 김동인은 개인과 개인의 갈

주210) 이선영 편, 문예사조(민음사, 1986) P.328.
주211) 김동인, 〈소설작법〉, 동인전집 10(홍자출판사, 1964), P.114.

등, 개인과 사회의 갈등 등을 적절하게 배치하여 작품의 극적 긴장감을 높이고 소설의 흥미성 고조에도 일조를 하고 있다. 아울러 갈등의 해소와 결말처리 방법으로 비극적 종결법을 주로 사용하고 있는데, 『감자』도 역시 복녀의 죽음이라는 비극적 결말을 채택하고 있다. 그러나 냉철한 객관주의자 김동인은 복녀의 죽음에 대해 고민하거나 측은해하는 기색을 전혀 보이지 않는다. 소설이란 완결된 플롯을 가져야 한다고 믿는 김동인이기 때문에, 죽음을 활용한 비극적 종결법은 결말처리를 위한 가장 쉬운 방편이 되는 것이다.

(4) 주 제

김동인의 문학에서 자연주의 경향을 지적하는 것은 일반적인 현상이다. 자연주의는 원래 서구의 사실주의의 연장선에서 나타난 문예사조로서, 현실을 있는 그대로 포착해 내자는 것이었으나 현실의 추악성까지 사실 그대로 표현해내려는 경향으로 인해 오직 현실에서 추악함밖에 보지 못하는 새로운 인생관, 세계관으로 발전해 간다. 동인은 서구문학의 전통적 계보를 이어받은 자연주의자는 아니지만 그의 문학이 그러한 경향에 기울어져 있는 것만은 사실이다. 전통적 자연주의 경향으로서 현실의 이면을 들추어내고 그 이면의 장면이 곧 현실이라고 주장함으로써 기존의 인간의 존엄성을 지켜주던 가치를 전면 부정하는 작품이 곧 『감자』인 것이다. 이재선은 『감자』를 일종의 '치정적 살인활극'으로 규정하면서 "복녀의 살인 충동이나 죽음은 어떤 특수한 시대의 사회구조와 깊이 연결된 정신상태에서 빚어진 것이라기보다는 질투와 같은 본능의 과잉에서 연유하는 원시적 정신상황과 생(生) 및 현실의 냉혹성과 관련 있다"[212]라고 평가하여 개인적 문제로 이해하고 있다. 반면 신동욱은 "작가는 복녀만을 문제 삼지 않고 복녀와 같은 처지에 있는 집단을 문제 삼고 있음"[213]이라고 하여 동시대의 전체적 문제로 지적하고 있다. 『감자』에 대한 견해가 상반된 것은 작품 중에 역사의식을 환기시킬만한 직접적 언급이 없는 탓이긴 하겠지만, 여성의 비극적 종말보다는 식민지 시대 우리 민족의 전체적 삶의 궁핍과 그로부터 야기되는 도덕적 파탄으로 보는 것이 옳을 듯하다.

이러한 전제로 볼 때 『감자』에서 작가가 의도하는 것은 바로 노벨의 주제가 되는 '돈과 성'의 문제로 집약될 수 있다. 무엇보다 도덕에 대한 기품이 있었던 주인공 복녀로 하여금 전래의 도덕적 금기를 일탈하도록 하는 주된 요인으로 작용하고 있는 것이 '돈'과 '성'이기 때문이다. 자본주의 물신화의 상징인 '돈'과 인간 욕망의 본질인 '성'이라는 주제가 하나로 합일되어 우리 문학사에 처음 등장하는 것이다.

먼저, 복녀를 둘러싼 세계의 유일한 가치는 '돈'의 교환가치이다. 작품의 서두에서 결말까지 복녀가 겪는 사건은 모두 '돈'과 연관된 것으로, 예를 들면 "열다섯 살에 동네 홀아비에게 팔십 원에 팔려 시집이라는 것"을 갔고, 감독에게 몸을 판 뒤에 "일 안하고 품삯 많이 받는 인부의 한 사람"이 되었으며, 그녀의 죽음은 "십 원짜리 지폐 다섯 장"으로 처리된다. 복녀가 속한 세계는 이미 자본주의에

주212) 이재선, 한국단편소설연구(일조각, 1981) PP.208-209.
주213) 신동욱, 김동인 문학에서 발견되는 하강적 미의식(시문학 74, 1977. 9) P.96.

의한 물신화가 지배하는 교환가치이며, 결혼이나 여자의 몸은 물론 마지막에는 주인공인 '복녀'의 죽음까지 거래 대상이 되는 공간인 것이다.

> 밤중에 복녀의 시체는 왕 서방의 집에서 남편의 집으로 옮겼다.
> 그리고 그 시체에는 세 사람이 둘러앉았다. 한 사람은 복녀의 남편, 한 사람은 왕 서방, 또 한 사람은 어떤 한방 의사. 왕 서방은 말없이 돈주머니를 꺼내어, 십 원짜리 지폐 석 장을 복녀의 남편에게 주었다. 한방의의 손에도 십 원짜리 두 장이 갔다.
> 이튿날 복녀는 뇌일혈로 죽었다는 한방의의 진단으로 공동묘지로 가져갔다.
>
> —『감자』, P.123

복녀를 통해 본 김동인의 세계관은 인간의 보편적인 추악함을 제시하려는 의도이지만, 그 이면에는 복녀보다 더욱 추악한 복녀 남편, 왕 서방, 한방의 등 주로 권위적인 남성 인간군의 추악함을 겉으로 돌출시키려는 강한 의도를 발견할 수 있다. 이들 작중인물들은 자본주의의 부산물인 '돈'이란 욕망을 교환, 지배, 착취와 같은 타락한 방식으로써 소유하려 하고 있다. 자연히 인간관계는 교환과 착취와 같은 관계로서만 연계되고 얽히게 되어 여기에서 기존 도덕은 붕괴하고 인간성은 말살되고 마는 것이다. 그런데 복녀가 감독에게 자기의 몸을 맡긴 후 자아의 변화를 스스로 느낀다. '돈'으로 비롯된 매음이 도덕적인 죄의식은 고사하고, 오히려 '성'을 즐기고 있는 쾌락의 단계까지 상승하고 있는 것이다. '성'의 문제가 문학의 외형으로 표출된 것이다.

그러나 이런 이상한 일이 어디 다시 있을까. 사람인 자기도 그런 일을 한 것을 보면, 그것은 결코 사람으로 못할 일이 아니었다. 게다가 일이 아니었다. 게다가 일 안하고도 돈 더 받고, 긴장된 유쾌가 있고 빌어먹는 것보다 점잖고……

일본말로 하자면 '삼박자(三拍子)' 같은 좋은 일은 이것뿐이었다. 이것이야말로 삶의 비결이 아닐까. 뿐만 아니라, 이 일이 있은 뒤부터, 그는 처음으로 한 개의 사람이 된 것 같은 자신까지 얻었다.

—『감자』, P.118

이 사건은 '돈' 지배하는 세계에서 자신의 몸을 거래의 대상으로 만들고 세계의 탐욕스런 원리를 자아의 적극적인 생존수단으로 전환하는 모습을 최초로 보여주는 대목이다. 복녀는 이로 인해 자신이 훼손되었다고 느끼지 않고 오히려 '한 개의 사람이 된 것'처럼 생각하는 것이다. 소설의 말미에 왕 서방이 색시를 얻었을 때 복녀가 취하는 행동은 '돈'의 차원을 넘어선 '성'의 주도권을 위한 갈등이라고 할 수 있다. 결국 이 싸움은 복녀의 패배로 끝나고, 자아와 세계 사이의 '돈과 성'으로 이루어진 연결은 죽음의 매매라는 최후의 사건으로 종결된다.

사실 복녀의 불행은 자신의 소유에 대한 욕망과 무지에서 비롯된 것이지만, 그 이면에는 식민지하의 궁핍한 삶과 오랜 기간 지속되어 온 남성 중심의 권위가 은폐된 모습으로 작용하고 있음을 알 수가 있다.[214] 복녀가 생계비의 얼마라도 벌기 위해 자신의 노동력을 가정 밖의 장소에 팔아야 했던 점이나, 그곳에서 남성감독관에 의

주214) 서정미, 성과 노동, 〈여성해방의 이론과 현실〉(창작과 비평사, 1979), P.304-337.

한 성적 폭력으로 성의 판매가 이루어진 사실은 조선의 여성들이 자신도 의식하지 못하는 사이에 식민지 경제체제의 모순에 깊게 관여하게 되었음을 의미하는 것이다. 이렇게 모순된 생존현실은 타민족의 정치적 지배에 의해 구축된 것으로서 여기에는 남성의 여성에 대한 지배적 관계가 더불어 작용되었음을 확인하게 된다. 그러면서도 작가는 주인공의 인간적인 본능, 곧 육체적 쾌락에의 긍정이나 애정에의 본능적 독점의식, 그리고 주어진 현실 속에서 그저 특별한 각성도 없이 생명의 연장과 생활에의 궁핍을 모면하고자 하는 삶의 태도들에 대하여서도 결코 소홀하지 않다. 이러한 소설 미학적 측면들과 작품들의 세부적 단면들로 미루어『감자』는 김동인의 자연주의 경향을 보이는 전형적인 작품으로 공인을 받게 된다.

(5) 결 론

반봉건·식민지하에서 개인의 삶은 지극히 부자유스럽고 괴로운 의식의 반영일 수가 있다. 이렇게 부자유스런 '나'의 현실에 대해 많은 작가들은 '나'의 고립으로 생각했고, 김동인은 이를 문학적 고립으로 왜곡시켜 탐미주의 내지 예술지상주의를 만들어낸다. 인간성과 기존의 가치에 대한 전면 부정 곧 자연주의를 지향하여 현실의 추악함까지 사실로 표현하려는 그의 사실주의는 민족의 현실은 보지 못하고 예술로서의 형식만 남는 공허한 양식이 되어 버렸다. 객관적 주관주의자로서 노벨의 작가로서 우리 문학사에 처음으로 근접하고 있지만, 자신의 내면을 상실한 것이 가장 큰 결점이었다.

이인직과 이광수, 김동인, 그들이 지향하는 근대에 대한 이념과 이를 구체화하기 위한 방법은 다르지만, 근대성을 지향한다는 점에서 같은 선상에 있다. 이인직과 이광수를 극복한 김동인이 라이벌이던 염상섭에 대해 드러낸 '선망과 경이'ー그 다음 차례인 염상섭에게서 '조선 문학의 윤곽 가운데서 개인성'까지 발견한 것은 스스로의 방법론에 대한 한계를 보이는 것이었다.

1)『감자』의 노벨적 요소들

첫째, 언어ー이인직이나 이광수의 불완전한 구어체를 완전한 구어체 문장으로 끌어올리려는 작가적 태도로 인해 생활어가 반영된 순 한글 중심의 어휘로 이루어져 있다. 방언의 적절한 활용과 쌍말·비속어 등을 사용, 김동인 특유의 간결하면서도 직선적인 문체를 통하여 그 구체적인 성격창조와 장면묘사가 이루어지고 있다. 또한 작가의 주관적, 주정적 묘사 대신에 객관적 묘사를 냉철하게 지향함으로써 노벨로서의 특성을 가장 잘 반영하고 있다. 독자 위에 군림하는 고압적이고 오만한 작가적 태도에도 불구하고, 환경과 인물에 대해 철저하게 객관성을 유지함으로써 전대소설의 주관성을 극복하고 있다.

둘째, 인물ー전대『혈의루』나『무정』에서는 전혀 찾아볼 수 없는 극도의 빈곤층을 주인공으로 내세우고 있다. 특히 〈복녀〉가 윤리적으로 파괴되어 가는 심리적인 과정은 전대 소설에서 볼 수 없었던 입체적인 인물의 전형이라 할 수 있다. 이 인물을 통해 노벨의 요소로서 가장 확연하게 드러나는 것은 도덕감이 상실된 'morality type'의 소멸 현상이다.

셋째, 외형-1920년대 초 평양 칠성문 밖 빈민굴이라는 '여기, 지금'의 크로노토포스를 채택하고 있다. 칠성문 밖 빈민굴로 무대가 한정되는 이러한 공간의 최소화 현상은 노벨의 일반적 현상이며 시간적 배경 역시 노벨에서는 일상적 삶의 시간을 그 대상으로 하고 있기 때문에 자연 범위가 축소될 수밖에 없다. 사건의 인간관계가 잘 짜여 플롯의 미비점을 찾아보기 힘들다. 특히, 개인과 개인의 갈등, 개인과 사회의 갈등 등을 적절하게 배치하여 작품의 극적 긴장감을 높이고 있다. 갈등의 해소와 결말처리 방법으로 비극적 종결법을 주로 사용하고 있다.

넷째, 주제-작가가 의도하는 것은 바로 노벨의 주제가 되는 '돈과 성'의 문제로 집약될 수 있다. 무엇보다 도덕에 대한 기품이 있었던 주인공 복녀로 하여금 전래의 도덕적 금기를 일탈하도록 하는 주요인으로 작용하고 있는 것이 '돈과 성'이기 때문이다. 자본주의 물신화의 상징인 '돈'과 인간 욕망의 본질인 '성'이라는 주제가 하나로 합일되어 우리 문학사에 처음 등장하는 것이다.

2) 『감자』의 반노벨적 요소들

첫째, 언어-그의 일상어 사용원칙은 노벨의 작가로서 인정하는 요건이 되지만, 자국어에 대한 어휘 사용량의 빈곤 현상을 보인다. 이는 곧 풍속묘사에 대한 지식의 결핍으로 이어져 노벨로서의 결격 사유가 된다. 간결체는 단편소설에 적합하지만, 표현대상에 대해 꼼꼼하고 정확하게 기록되어야 할 노벨의 특성으로 볼 때 단점으로 작용한다. 군더더기를 모두 생략해 버리고 디테일의 정밀묘사를 포기한다는 것은 '대상의 구체화'를 저해하기 때문이다.

둘째, 인물－노벨의 인물이 '우리 중의 하나'이며, 일상적인 생활인의 그것이라면 노벨에서 다소 멀어지는 느낌을 준다. 인물의 계층이 너무 하강함으로써 보통 사람의 영역을 이탈해 버린 것이다.

셋째, 외형－『감자』의 시간은 단편이라는 성격에 불구하고, 주인공 복녀가 갈등하고 죽기까지의 시간적 거리를 대상으로 하고 있다. 김동인은 플롯의 압축을 통해 사건들을 최대한 응축시켜 놓고 있지만, 그만큼 정밀한 묘사가 미진할 수 있어 노벨적 특성을 감소시키는 부분이다. 또한 당대의 환경에 대한 객관적 묘사는 보이지만, 구체적인 사회성이 결여되고 있다.

넷째, 기존의 도덕적인 것에 대한 부정은 있지만, 그에 대치되는 새로운 대안 제시가 전혀 없다. 현실을 있는 그대로 표현하지만, 사회성의 결여로 당대의 민족현실을 외면하는 결과를 가져온다.

나. 염상섭의 『만세전』

만일 염상섭이 존재하지 않고, 『표본실의 청개구리』『만세전』『삼대』 등과 같은 그의 소설이 쓰여지지 않았더라면 우리 근대문학사를 지탱해주는 무게는 가벼움 그 자체였을지도 모른다. 1921년 첫 소설작품인『표본실의 청개구리』를 발표한 이래 40여 년간의 활동기간 동안 방대한 작품량도 기록적이지만215), 염상섭 문학의 평가는 한국사의

주215) 염상섭은 생전에 소설 150여 편, 평론 100여 편, 수필 50여 편, 그 밖에 잡문 등으로 500여 편을 남기고 있다.

내재적 목표인 근대성을 향해 그의 소설들이 포진되어 있다는 점에서 매우 중요하게 다루어지고 있다. 사실 근대소설이 무엇이고 근대적인 예술가의 길이 어떤 것이고, 또 근대의 세계에서 어떻게 살아야 할 것인가의 문제를 염상섭처럼 고민한 작가는 우리 문학사에서 달리 찾아보기가 힘들다. 염상섭은 우리 문학사에서 소설 형식에 대한 문학사적 관심과 함께, 근대적 성격이 어떠한 모습으로 발전 변모되어 가는지를 확연하게 보여줄 수 있는 주요한 작가인 것이다.

김윤식은 염상섭 문학의 근대성으로 우선 '가치중립성' 혹은 '가치중립적 현실감각'이라는 기본 개념으로 설정하고, 이런 가치체계를 특별히 가지게 되는 이유로 그가 서울 중산층 출신이라는 전기적 사실을 든다.[216] 요컨대 이념 지향이 아닌 합리주의자의 태도, 중도 보수주의 태도가 서울 중산층의 삶의 논리이고 염상섭은 그것이 몸에 밴 사람으로서 그것이야말로 '근대주의자'의 참모습이라는 것이다. 따라서 염상섭의 소설은 자연히 일상성을 소중하게 여기는, 그리고 일상성을 세밀히 관찰하고 그것을 묘사하는 것으로 나타나게 되었고 이 점이 바로 그의 문학의 근대성을 결정짓는 중요한 요인이 되는 것이다.[217] 현실을 보다 객관적으로 볼 수 있는 염상섭의 가치중립적 안목은 '증기기관'으로 상징되는 근대제도와 일제의 식민지적 근대성을 동시에 부정할 수 있는 비판의식을 획득할 수 있게 하는 것이다. 이러한 염상섭의 작가적 의식은 결국 각성된 자아의 눈을 통해 가려진 현실의 이면을 해부하고 그 내부적 실상을 문학적으로 폭로함으로써 현실감각을 더욱 냉철하게 하는 것이다.

주216) 김윤식·정호웅, 한국소설사(예하, 1993), P.94.
주217) 김철, 한국소설의 근대성 〈우리시대의 문학 6집, 1987〉 P.36.

따라서 그의 소설작품에는 당대의 식민지적 현실과 맞닥뜨린 지식인의 사고와 행동의 문제라든가, 그 현실을 살아나가는 인물들에게 필수적으로 결부되는 도덕성의 문제, 그리고 새로운 세계관의 도래로부터 특히 의식적인 변모를 가져왔던 성과 윤리의 문제 등에 관심을 갖고 작품을 이끌어 가는 특징을 두드러지게 보인다.

이 문제는 염상섭이 식민지시대 공간 안에서 작품 활동을 하면서 남다른 현실감각을 소유하였다는 말로도 환원될 수 있는 것이다. 염상섭이 애초부터 추구하였던 관심사는 민족문제로서, 그만큼 민족문제에 집요하게 천착하면서 이를 통해 한국적 근대의 본질에 접근하려는 작가는 발견하기가 어렵다.218) 서구의 자본주의적 근대의 개념과 달리 한국적 근대의 특수성이란 식민지적 근대화이고, 식민지적 근대화의 중심에 민족문제가 놓이게 되기 때문이다. 최근 염상섭이 우리 근대작가들 중에서 민족문제를 심층적으로 탐구함으로써 한국소설의 리얼리즘을 완성했다는 관점에서 그의 문학사적 의미를 다시금 환기시키는 주장들이 나오고 있다.219) 어떻게 보면, 근대문학의 출발에 있어 『무정』에 얹혀진 무게는 너무 부담스런 것이었고, 그 결과 또한 너무 위험한 것이었다. 바로 염상섭 문학은 이광수의 소설을 부정과 계승의 발전적 지향을 거쳐 상승하고 있다는 평가를 받고 있는 것이다. 일제하 염상섭 문학 중에서 성과가

주218) 하정일, 〈보편주의의 극복과 '복수(復數)'의 근대〉, 문학과사상연구회, 염상섭 문학의 재인식(깊은 샘, 1998), P.47.

주219) 60년대 이전까지 염상섭 문학에 대한 평가는 주로 서구의 자연주의 사조를 지닌 작가로서 규정되었다. 그러나 6, 70년대부터는 자연주의냐 사실주의냐의 비생산적 논쟁을 지양하고 그의 작품의 심층·분석을 통하여 우리 문학사에 본격 리얼리즘을 정착시킨 작가로 이해하고 있다.

높았던 작품들은 예외가 없이 민족문제에 깊은 관심을 기울인 것이었다. 그리하여 염상섭은 민족현실을 떠나서는 자신의 삶은 물론 우리의 근대성을 제대로 파악할 수 없다고 믿었고, 이점이 민족문제를 집요하게 거론하게 만든 것이다.

염상섭의 현실적 안목을 탁월하게 보여줄 수 있는 작품이 바로『만세전』이다.[220) 유종호는『만세전』을 후대의 문학인 채만식이나 박태원의 소설을 능가하는 것으로 보고 있으며[221], 김우창은 신소설 이래의 큰 주제를 하나로 다져 통일된 예술의 짜임새를 만들었다는 점을 들어 우리 근대문학의 하나의 정점을 이루는 작품으로 보고 있다.[222) 물론 염상섭의 첫 작품인『표본실의 청개구리』가 있으나 소설로서의 형식과 문학적 언어가 제대로 다듬어지지 않아 습작의 형태를 벗어나지 못하고 있다. 그러나『만세전』은『표본실의 청개구리』의 발표 시기가 그리 멀지 않음에도, 삼일운동을 전후한 조선 사회의 현실을 있는 그대로 재현하는 근대소설로서의 수법을 완숙하게 묘사함으로써 전대 문학의 한계를 획기적으로 개선하고 있다. 어떻게 보면 우리 문학사에서『만세전』이상으로 식민지 근대의 모습을 선명하게 그려낸 작품을 찾기란 쉬운 일이 아니다. 이 소설을 통해 봉건체제만

주220)『만세전』은『묘지』란 제목으로 〈신생활〉에 1922년 7월부터 9월까지 3회간 연재되었으나 총독부의 검열로 잡지의 폐간과 함께 완전 삭제되어 중단되다가, 이후 〈시대일보〉에 1924년 4월 6일부터 6월 7일까지 59회에 걸쳐 재수록된 바 있다. 단행본은 1924년 8월 고려공사와 1948년 수선사에서 각각 발행되었다.
주221) 유종호, 〈『만세전』과『일대의 유업』을 중심으로〉, 김용직 외, 현대한국작가 연구(민음사, 1976).
주222) 김우창, 〈비범한 삶과 나날의 삶 – 염상섭론〉, 김치수 외, 식민지 시대의 문학연구(깊은 샘, 1980).

무너지면 근대의 입장에 설 수 있다는 이인직과 이광수가 보여주었던 보편주의적 근대의 한계를 넘어서게 되며, 당대의 봉건체제와 식민체제가 유착하는 우리의 근대적 특수성을 정밀하게 포착함으로써 비로소 근대의 실체가 무엇인가를 인식하기 시작하는 것이다.

(1) 언 어

염상섭 문학의 독특한 성향을 보여주는 것은 그의 문체에 있다. 그는 문체를 통해 우리 근대문학사에서 자기 기반을 확립한 작가이기도 하지만, 이로 인해 많은 독자들과 유리되고 김동인에 비해서도 외면을 받아온 면도 없지 않았다. 김동인의 문장은 군더더기가 없이 똑똑 끊어지는 간결체의 전형이고, 염상섭의 것은 무수한 수사가 겹치고 겹쳐서 여러 행을 지나야 마무리가 되는 만연체의 전형이기 때문이다. 아울러 이 시기에 우리 근대소설의 가장 중요한 과제 가운데 하나가 언문일치임에도 불구하고, 염상섭만큼 한자어를 소설에 다수 사용한 작가는 없다. 한자가 남용되는 문제는 현실을 재현하는 노벨에 있어 생활과 유리되는 추상적 성격을 띠게 되며, 시민계급 문학으로서의 소설의 본질에도 저촉되는 문제와 연결된다.223) 특히 『표본실의 청개구리』를 비롯한 초기 작품들은 마치 평론의 문체와 같은 한자를 다수 사용함으로써 문체적 관심이 결여되어 있음을 보여주고 있다. 언문일치가 제대로 이루어지지 않은

주223) 강인숙, 〈염상섭 편〉, 한국근대소설정착과정연구(박이정, 1999),
　　　P.265.

까닭에 이들 작품들은 노벨로서의 결격사유를 지니게 된다. 다만, 이들 소설들의 문학사적 의의는 무엇보다 심리주의 방법을 우리 문학사에 처음 시도한 점이며, 또한 그것을 상징적인 수법으로 성취시킨 점에 있을 것이다. 그러나 당대 지식인의 번민이 어느 만큼 설득력을 지니고 작품으로 형상화되었는지에 대해서는 의문을 제기할 수 있으며, 이 점은 현실의식이 그만큼 구체적이지 못하다는 측면에서 비판적으로 수렴될 수도 있을 것이다. 비슷한 시기에 발표된 『암야』『제야』도 『표본실의 청개구리』가 보여준 문학적 특징들과 현실인식의 한 단면을 드러내는 동궤의 작품들로 볼 수 있다. 염상섭의 『만세전』은 초기 작품들의 미숙성이 사라진 뒤 그의 문학적 성숙도를 보여주는 우리 문학사에 기념비 같은 작품이라 할 수 있다. 우선 『만세전』의 문체적 특성을 간략하게 알아본다.

(1) 어휘─염상섭의 초기 작품들이 한자어를 남발함으로써 발생되는 언문일치의 퇴화현상을 극복하고 있다. 한자어의 사용이 대폭 줄어들고 있으며, 한자어를 사용하더라도 생활화된 한문어를 사용하고 있다. 단기간 내에 언문일치의 문장을 사용하게 된 것은 그가 서울 토박이로서, 다른 작가들의 작품에서 쉽게 찾아볼 수 없는 서울 중류계급 또는 서민계층의 용어를 풍부하게 구사할 수 있었기 때문이다. 염상섭이 사용하는 단어는 '京아리'말, 즉 서울에 사는 서민층의 말이다. 바로 그가 일상적으로 사용하는 생활어가 표준어이며, 따라서 한자어를 한글로만 옮기게 되면 완벽한 언문일치가 가능하게 되는 것이다. 경아리 말을 자유롭게 구사함으로써 그는 평범하기만 한 서민세계에 집요하게 다가설 수 있다. 이는 서민층의 언어를 자기 것으로 예속화시키고, 그 언어로 가장 리얼한 서민

층의 대변자가 될 수 있음을 의미하는 것이다.

(2) 문장-김동인은 길이가 짧고 템포가 빠른 간결체 문장을 사용함에 비해, 염상섭은 우리나라 작가 중 가장 길이가 긴 만연체 문장을 쓰고 있다. 김상태·박덕근의 연구에 의하면, 김동인의 『감자』가 30.17자, 이효석의 『분녀』가 20.38자, 김유정의 『동백꽃』이 35.85자, 이상의 『날개』가 21.58자에 비해, 염상섭의 작품들은 평균 50자 내외의 장문으로 이루어져 있음을 알 수 있다.224) 문장의 길이가 길어지는 것에 대해, 김동인은 묘사과다에 의한 산만함과 무선택성의 원리에서 오는 지루함을 그 이유로 지적하지만, 이런 지적이 노벨의 요소가 된다는 점에서 오히려 인정받기도 하는 등 양면적인 평가를 띠고 있다. 어휘의 풍부함과 필치의 아기자기함에서 오는 염상섭 소설의 특성은 문장의 길이와 함께 만연체 문장을 피할 수 없게 만드는 것이다.

(3) 묘사-염상섭은 현실을 있는 그대로 재현하려는 노벨의 원리를 가장 충실하게 수행하는 작가이다. 노벨의 작가는 가치중립적 자세를 지녀야 하기 때문에 사물이나 대상에 대한 묘사의 선택권 자체가 무의미하다. 따라서 모든 것을 그려야 하는 디테일 과다 현상을 낳게 되고, 이는 문장의 지루함으로 이어지는 것이다. 사실 김동인은 말 한 마디에 시간이나 장면의 급격한 전환이 이루어지고 있으나, 염상섭은 아무리 긴 문장을 열거해 봐도 그 자리에서 머물고 만다. 김동인이 지적한대로 염상섭의 문학에선 사건의 변화, 장면의 변화가 시원하게 나타나지 않는 것은 사실적 기법의 한 폐단인 기계적이라고까지 할 수 있는 정밀묘사의 습관 때문이라고 할

주224) 김상태·박덕근, 문체의 이론과 한국현대소설(한실, 1990), P.218.

것이다.

어떻게 보면, 염상섭은 생애 전반에 걸쳐 사실주의적 창작 방법을 고수해 온 작가이다. 표현수법에 있어서 주관성을 철저히 배제하고 카메라의 렌즈가 사물을 포착해내듯 작품을 현실 그대로의 모습으로 그려내는 작가는 염상섭이 유일하다. 물론 묘사되는 사건의 이면에는 작가 자신의 개인적인 감정은 철저하게 배제한 채 그 사건을 관찰하고 비판하고, 인물의 심리나 성격까지도 투시하고 있다. 이러한 태도는 플로베르가 "예술은 개인적 감정과 정서적, 감정적 감수성을 초월하지 않으면 안 된다"고 강조한 비개인성의 입장을 철저히 실천한 것으로 볼 수 있다. 물론, 초기 작품에서는 외적 현실에 대한 관심보다는 인간 내면에 작가가 몰두해 있어 서술자의 관념적 노출이 심하게 나타나기도 했으나, 『만세전』을 기점으로 해서 서술자의 과도한 감정이 정제되어 차분한 관찰로 사실적 묘사를 보여주고 있다. 이 작품은 일인칭 서술자를 등장시키면서 서술대상에 대한 객관적 관찰과 그에 따른 인식변화를 효과적으로 전개하고 있다. 서술적 측면에서 일인칭의 사용은 등장인물에 대한 서술자의 위치, 묘사와 보고 방식에 대한 적절한 거리 유지, 서술자와 서술대상 사이의 거리나 전지성의 정도에 따라 적절하게 통제되어 나타나기 마련이다.[225] 기존의 소설에서 주로 남의 이야기를 전달하는 서술자에 의해 진행되던 것이 『만세전』을 통해 자기가 자신의 이야기를 하는 서술자로 변화됨으로써, 대상 이야기를 믿을 수 있는 것으로 형상화하여 리얼리티를 획득하고 있는 것이다. 그리고 이러한 일인칭 서술형은 한국 근대소설이 정착되어 가는 과정에서 기본적

주225) 김상태, 한국현대소설론(학연사, 1993), P.118.

인 유형으로 자리를 잡게 된다. 한편, 일인칭 서술형의 정착과정을 살피는 데 있어서, 『표본실의 청개구리』에서 『만세전』으로 이동하는 동안의 시점의 획기적인 전환은 염상섭 소설을 이해하는데 매우 중요하다.

   (a) 皮가 처음 監視의非常線을 뚫고나올際는 맑은 情神이 들어서, 그리하얏던지, 如何間 自己의故鄕을 永遠히 離別할作定으로 나섯섯다. 僞先 市街를 떠나 村里로 돌아단이며 延命을 하야 가며 五六日만에 平壤附近까지 갓섯다.[226]

   (b) 朝鮮에 萬歲가 니러나든前해 겨울이엿다. 그ᄯᅢ에 나는 半쯤이나보든 年終試驗을, 中途에 내여 던지고 急작시리 歸國하지안으면 안이될 일이 잇섯다. 그것은 다른ᄯᅢ 때문이아니엿다. 그해 가을부터 解産後더침으로, 시름시름 알튼 나의妻가, 危篤하다는 急電을 바든 ᄭᅡ 닭이엿다.[227]

(a)의 문장에는 '皮'가 여과 없이 사용되고 있는 반면, (b)에서는 '나'가 전면에 배치되면서 '나'의 일인칭 서술자적 상황으로 발전되고 있음을 알 수 있다. (b)의 경우, 외부 세계를 '나'의 눈을 통해 바라볼 수 있기 때문에 서술자의 관념성을 탈피하면서, 현실의 세계를 진실 되게 관찰할 수 있는 것이다. 바로 『만세전』이 '皮'를 '나'로 대치함으로서 현실의 구체성을 확보할 수 있음과 동시에 근대소설로서의 뿌리를 내리게 되는 것이다. 사실 이광수·김동인 등은 '皮'를 '그'라고 표기하고 심한 자의식을 느끼는데 비해 염상섭은

주226) 『표본실의 청개구리』(개벽, 1921. 8), P.118.
주227) 『묘지』(신생활, 1922. 7), P.126.

초기 작품에서 전혀 자의식을 느끼지 않고 '皮/皮女'라고 사용하고 있었다. 염상섭이 어떤 자의식이 없이도 소설을 썼다는 것은 일본 근대소설 문체에 대한 신념이나 인식 없이도 충분히 자기만의 문학적 성과를 나타낼 수 있는 저력이 있음을 반증하는 것이다. 김동인은 예술이란 형태를 우선 만들어 놓고 그것을 형상하기 위해 고민하지만, 염상섭은 내면의 필연적인 욕구에 의해 예술(문학)이 생성되는 것이다. 이 점이 김동인보다 염상섭의 소설을 근대적 단계로 끌어올리는 기반이 되며, 『만세전』에서 '皮'가 '나'로 바뀌는 자체만으로 근대소설로서의 형상화에 성공하게 되는 것이다.

(2) 인 물

염상섭 소설에는 극단적이며 이상주의적인 인물이 등장하지 않는다. 대부분 일상적인 삶을 살아가는 보통사람들로서, 도덕적으로도 평형감각을 유지하고 있는 일반적인 인물들이다. 염상섭의 인물들은 이인직이나 이광수처럼 민중의 지도자도 아니며, 김동인처럼 특수한 환경에 처해 있는 인물도 아닌, 그야말로 당대의 사람들의 평범성을 대변하는 현실적인 사람들이 주로 등장하고 있다. 염상섭이 설정하고 있는 인물들의 특성은 작가 자신의 삶을 토대로 한 그의 문학적 지향과 그 궤를 같이 하며, 특히 자전적인 소설의 경우 염상섭의 출신성분과 무관하지 않다. 그의 조부는 중추원 의관까지 지내고 아버지는 지방군수를 역임했지만, 한일합방으로 부친이 지방군수를 물러나자 경제적으로는 중류 이하의 생활을 영위한다.[228]

염상섭의 일본 유학은 맏형의 도움으로 이루어졌으나 한 학기 밖에 마치지 못해 신분상승을 이루지 못하고 소시민으로 남게 된다.

『만세전』은 '이인화'라는 주인공이 식민지 조선의 외면적인 관찰자로서 등장하지만 염상섭의 자전적인 모습을 어느 정도 반영하고 있는 작품이다. 무엇보다 이 작품이 우리 근대문학사에 갖는 의의는 암울한 식민지 현실에 대한 정직한 고발과 이에 대한 지식인의 자아각성이다.[229] 염상섭은 초기 작품에서 진지한 생의 대한 고민을 통해 삶의 방향성을 추구했으나 그의 자아인식이 관념적이고 추상적인 차원에 머물고 만다. 즉 『표본실의 청개구리』나 『암야』 같은 작품에서 보여주었던 원인불명의 우울이나 신경증, 관념으로 일관되었던 추상적 자아인식이 『만세전』에 와서는 치열한 현실과의 관계 속에서 구체화되어 나타난다. 이 소설은 일본 W대학 문과에 재학 중이던 주인공이며 서술자인 '나'가 아내가 위독하여 일본 동경에서 조선으로 귀국하는 과정에서 1) 동경에서의 체험(1, 2장) 2) 하관에서 부산까지 여정(3, 4, 5장) 3) 귀경과 서울에서의 체험(6, 7, 8, 9장) 등 크게 세 단락으로 구분할 수 있다. 이때 주인공은 '동경－부산－김천－영동－대전－서울'의 여정 길에서 당대 식민지 조선의 현실을 세부적으로 관찰하며, 묘지와 같은 전근대적인 현실에서 탈출하고픈 강한 욕망을 나타낸다. 그러나 이 작품은 단순히 주인공의 의식적 성장 과정만을 보여주는 것이 아니라, 주인공의 귀국 길에서 보고 듣고 만나게 되는 다양한 인물을 통해 당대 식민지 현실에 대한 접근과 비판능력을 확보하게 된다. 전대의 이인직

주228) 김윤식, 염상섭연구(서울대출판부, 1987), P.12.
주229) 임규찬, 한국근대소설의 이념과 체계(태학사, 1998), P.212.

이나 이광수, 혹은 김동인의 소설에까지 등장하는 인물들은 작가의 의도적인 구도 아래 설정되었으나, 이 소설에서는 당대를 살아가는 현실적인 인물들이 생동감 있게 묘사되어 나타나고 있다. 주인공 이인화가 동경 유학생으로서 중류층 이상이라는 점만을 제외하면, 『만세전』에서 주인공의 관찰이 대상이 되는 다른 인물들은 노벨적 인물로서의 조건을 갖추고 있다.

이 작품에서 등장하는 인물은 우선 1) 문제적 개인인 주인공 '나'(이인화)를 비롯하여 보조 인물로 봉건적 여성인 '아내'와 카페 여급인 일본 여성 '정자(靜子)'가 욕망의 대립적 관계로 설정되어 있고, 그 가운데 일본 유학생인 '을라(乙羅)'가 봉건적 여성도 신여성도 아닌 의식의 중간자적 관점에서 등장한다. 2) 하관에서부터 부산까지의 여정 길에 만나는 인물들은 주로 황폐화되어 가는 식민지 조선의 현실을 폭로하기 위해 설정되었다. 3) 김천 형님 집 방문과 서울행 기차에서 안, 그리고 서울에서 집안과 관련된 사람들은 주로 우리 민족의 전근대적성과 타락상으로 인한 충격을 나타내기 위한 인물이다. 이 사람들은 1920년대를 전후로 작가가 직접 확인하고 목격하고 관찰한 우리 민족의 현실적 문제를 반영하는 인물들의 군상인 것이다.

작품 서두에서 주인공 '나'는 아내가 위독하다는 급전을 받고도 사랑하지도 않는 아내에게 돌아가는 것은 위선이라고 생각하여 귀국을 망설인다. 전근대적인 조선과 형식적인 아내, 그리고 근대 지향적인 동경과 욕망의 대상인 카페 여급 '정자', 이렇게 대립되는 이중적인 가치관 속에서 주인공은 중간자적 존재로 살아가는 것이다.[230] '나'가 집으로 돌아간다는 것은 곧 봉건적이고 전근대적인 조선으로 복귀한다는 것이므로, 윤리적인 당위성에도 불구하고 동경 떠나기를 멈칫거리는 것이다. 따라서 귀국하기 전 카페 여급인 정자와 술을 마시며 시간을 보내고, 출발한 후에도 갑자기 신호(新戸)라는 곳에 내려 을라(乙羅)라는 여인을 만나고 거기서 하루 밤을 묵기까지 한다. 이러한 행위는 아내의 죽음과 식민지 조선이라는 현실로부터 회피하려는 심리에서 비롯되었으며, 동시에 근대적인 자유와 사랑을 갈망하는 '나'의 개인적 욕망이 담겨있다 하겠다. 신호(新戸)라는 장소와 을라(乙羅)라는 여인은 동경에서 조선으로 이동하는 과정에서 일종의 의식의 완충지대 역할을 담당하고 있다. 그러나 하관에 도착하여 연락선을 타는 순간, 근대에 대한 욕망은 관념으로 끝나고 개인적 자아는 시대현실과 대면하면서 깊은 갈등을 야기하게 된다. 우국지사는 아니지만 망국의 백성이라는 것 정도를 잊지 않고 있는 '나'가 목욕탕에서 조선인을 경멸하는 일본인들의 대화를 듣고 망국민으로서, 식민지 백성으로서의 정체성을 느끼게 되는 것이다.

　　(a) "실상은 누어 떡 먹기지. 나두 이번에 가서 해오면 세 번째나 되오마는, 내지의 각 회사와 연락해 가지고 요보들을 붙들어 오는 것인데, 즉 조선 쿨리(苦力) 말씀요. 농촌 노동자를 빼내 오는 것이죠. 그런데 그것은 대개 경상남북도나, 그렇지 않으면 함경, 강원, 그 다음에는 평안도에서 모집을 해오는 것인데, 그중에도 경상남도가 제일 쉽습넨다, 하하하."

주230) 김윤식, 염상섭연구(서울대 출판부, 1987), P.202. 김윤식은 주인공의 이러한 심리적 뒤틀림(이중성)이야말로 작가 염상섭의 성격이기도 하며, 동시에 그것은 '근대적 성격'에 해당된다고 밝힌다.

218

-『만세전』, P.579

(b) 스물두 셋쯤 된 책상도련님인 나로서는 이러한 이야기를 듣고 놀라지 않을 수 없었다. 인생이 어떠하니, 인간성이 어떠하니, 사회가 어떠하니 하여야 다만 심심파적으로 하는 탁상의 공론에 불과한 것은 물론이다. (중략) 일년 열두 달 죽도록 농사를 지어야 반년 짝은 시래기로 목숨을 이어 나가지 않으면 안 되겠으니까…… 하는 말을 들을 제, 그것이 사실일까 하는 의심이 날 만치 나의 귀가 번쩍하리만치 조선의 현실을 몰랐다.

-『만세전』, P.581

(c) 조선 사람은 외국인에게 대해서 아무 것도 보여 준 것은 없으나, 다만 날만 새면 자릿 속에서부터 담배를 피워 문다는 것, 아침부터 술집이 번창한다는 것, 부모를 쳐들어서 내가 네 애비니 네가 내 손자니 하며 농지거리로 세월을 보낸다는 것, 겨우 입을 떼어놓은 어린애가 엇먹는 말부터 배운다는 것, 주먹 없는 입씨름에 밤을 새고 이튿날에는 대낮에야 일어난다는 것…… 그 대신에 과학지식이라고는 소댕 뚜껑이 무거워야 밥이 잘 무른다는 것조차 모른다는 것을, 외국 사람에게 실물로 교육을 하였다는 것이다.

-『만세전』, PP.603-604

(a)에서 일본인들의 대화를 통해 일본 노동자로 팔려 가는 농민들, 북간도로 쫓겨 가거나 임금을 착취당하는 현실 등 식민지 궁핍화의 현장에 대해 간접적 체험을 느끼면서, 주인공은 피지배민족으로서의 울분과 함께 개인적인 자아가 사회적인 자아로 옮아가는 과정을 겪게 된다. (b)는 개체적인 존재로서의 '나'가 비극적인 현실에 직면하면서 개인의 반성적 성찰로 연결되고 있는 장면이다. 식

민지 현실에 있어서 '나'의 존재에 대한 의식의 확장은 일본 순사와 한국인 순사보에 의한 몇 차례의 불심검문과 몸수색 등 일제의 폭력적인 정치에 의한 직접적 체험으로 더욱 심화되어 나타난다. 그리고 부산에서 일본인에 의해 장악되는 식민지 조선의 근대화 과정을 목격하면서, 주인공은 이 땅을 지켜내지 못하는 이유를 (c)에서처럼 전 조선인의 전근대적인 생활 방식의 문제에 있음을 지적하고 있다. 서울로 올라오면서 관찰되어지는 조선인의 삶의 양상은 더욱 비극적이다. 김천에서 만난 형님은 자식을 낳기 위해 몰락한 양반의 딸을 첩으로 들이고, 일본인 거리를 조성할 때 자신의 집을 팔지 못한 것에 아쉬움을 느끼는 속물적 인간으로 변해버린다. 서울행 기차 안에서 만난 김의관을 연상시키는 금테안경의 영감, 굴욕적으로 살아가는 것을 그대로 수긍하는 갓장수, 일본인 행세를 하는 역부, 애를 업은 채 포승줄에 묶인 젊은 여인 등은 식민지 치하의 다양한 인물 군상의 전형을 보여주고 있다. 이러한 처참한 현실은 주인공으로 하여금 "이게 산다는 꼴인가? 모두 뒈져 버려라!"라는 울분감으로 이어지면서, 결국에는 공동묘지를 당대 식민지 현실로 규정하며 "무덤이다, 구더기가 끓는 무덤이다"라고 독백한다. 서울에 도착하여 만난 집안과 관련성을 갖는 사람들은 이 땅의 봉건적 미망을 보여주는 타락한 군상들의 전형이다. 친일 협잡꾼이 되어 구차한 삶을 살아가는 김의관, '동우회'라는 친일단체에 가입하여 벼슬이나 하나 얻을까 정치적 허영에 들떠있는 아버지, 종손이라는 것 하나로 40년이나 자기 집에서 무위도식하며 살아가는 종형, 정조의 대가로 유학하는 신여성 을라와 그의 후견인인 김병화 등 이들은 현실의 절박함을 인식하지 못한 채 전근대적 봉건적 사고에 물들어있는 인물임과 동시에 일제 식민지 체제를 수용하는 속물형으로 그려진다.

주인공 이인화가 새로운 삶을 모색하는 것은 아내의 죽음이다. 식민지 조선의 가치를 대변하는 아내의 죽음은 곧 중간자적 가치를 추구하는 주인공의 인식이 다시 원점으로 회귀할 수 있는 길을 열어준 것이다. 즉, 회의하고 갈등할 수 있는 현실적 대상이 사라짐으로써 자아의 완성을 위해 주체적 욕망의 대상이었던 동경으로 돌아가게 된다. 그러나 작품의 서두에서 나타난 아내의 대한 절대적 부정은 그녀의 죽음을 통해 오히려 "너를 스스로 구하여라! 너의 길을 스스로 개척하여라"라는 자신의 자아를 일깨워주는 긍정으로 바뀌게 되는 아이러니 형식을 취하게 된다. 작품의 핵심적 의미는 결국 정자에게 보내는 '나'의 편지에 의해 밝혀진다.

> 지금 내 주위는 마치 공동묘지 같습니다. 생활력을 잃은 백의(白衣)의 백성과, 백주에 횡행하는 이매망량(魑魅魍魎) 같은 존재가 뒤덮은 이 무덤 속에 들어앉은 나로서 어찌 '꽃의 서울'에 호흡하고 춤추기를 바라겠습니까. (중략) 이제 구주의 천지는 그 참혹한 살육의 피비린내가 걷히고 휴전조약이 성립되었다 하지 않습니까. 부질없는 총칼을 거두고 제법 인류의 신생(新生)을 생각하려는 것 같습니다. 그러나 이 땅의 소학교 교원의 허리에서 그 장난감 칼을 떼어놓을 날이 언제일까? 숨이 막힙니다.
>
> 우리 문학의 도(徒)는 자유롭고 진실 된 생활을 찾아가고, 이것을 세우는 것이 그 본령인가 봅니다. 우리의 교유, 우리의 우정이 이것으로 맺어지지 않는다면 거짓말입니다. 이 나라 백성의, 그리고 당신의 동포의, 진실한 생활을 찾아 나가는 자각과

발분을 위하여 싸우는 신념 없이는 우리의 우정도 헛소리입니다.
　　　　　　　　　　　　　　　　　　　－『만세전』, PP.670-671

　정자와의 이별을 통해 자신의 내적 자아를 한층 성숙시키는 전환점으로 삼고 있는 주인공은 이 편지에 담긴 세계인식을 통하여 그때까지 발현된 주인공의 의식에 있어서 적극적으로 의미화 되고, 소극적으로 부정되어야 할 것이 무엇인지가 분명하게 밝혀지는 것이다. 공동묘지와 같은 현재적 실상을 부정하면서 처음처럼 자아를 찾아 떠나지만, 과거와 같은 관념적 허상으로서의 주체적 자아와는 결별을 결심하는 것이다. 일본으로 다시 돌아가지만 정자와의 생활을 청산함으로써 피상적이고 추상적이었던 근대에의 주체적 열망을 변증법적으로 새롭게 정비하고자 하는 것이다.

　『만세전』에는 일제에 의한 식민지적 현실의 암흑상을 그리고 있지만, 다른 한편으로 민중의 역동성이나 미래에의 전망이 강하게 부각되지 않고 있다. 작중인물들은 시대 현실에 대해서는 예리하게 관찰하지만, 현실 대응의 차원에서는 소극적으로 대응한다.231) 인물들의 구체적인 관계 속에서 현실 인식을 획득하기보다는 개인의 의식적 자각이 사상적 토대를 이루기 때문에 현상의 개인적 관찰에 머물게 되는 것이다. 염상섭은 '자아의 발견이 곧 민족의 발견'이라고 강조한 바 있는데, 개체의 존중을 주장함으로써 무엇보다 자기에 충실한 것이고 그것이 자기를 함유한 전체에 대해서 충실한 것이라고 밝히고 있다. 염상섭은 개인의 각성을 최우선으로 생각하는 근대시민으로서의 보편성을 지니고 있으며, 중간자적 존재로서의

주231) 유영윤, 서울 중인작가와 근대소설 양식연구(박이정, 1998), P.224.

222

가치를 지닌 개인주의자의 한 원형이라고 할 수 있다. 따라서 염상섭의 소설에서는 이인직이나 이광수와 같이 민중을 선도할 대표적 인물, 민중의 지도자의 제시가 아닌 시민의식 혹은 개인의식이 앞선 개인적인 인물을 구체화하여 형상화하고 있는 것이다. 이 점이 『만세전』을 근대소설의 완성 혹은 최초의 노벨로 추켜올리게 하면서도, 반대로 현실적인 대응력이 그만큼 취약하다는 점에서 자연주의의 수준에 멈추고 만다는 비판의 여지를 남기게 된다.

(3) 외 형

염상섭 소설의 배경을 보면, 작가가 살고 있는 시대와 환경을 그대로 재현하는 당대성의 원리에 충실하고 있음을 알 수 있다. 노벨은 기본적으로 서사시나 역사소설처럼 과거 시간을 대상으로 하는 것이 아니라, 작가의 '당대 현실'을 대상으로 하며 공간도 작가의 삶의 현장과 근접한 것이 원칙으로 되어 있다.[232] 염상섭 대부분의 소설은 작품의 시·공간이 '여기, 지금'이라는 노벨의 원칙에 합치되어 있어, 전대소설의 근대적 특성을 보다 발전시킨 면모를 보이고 있다. 특히 『만세전』을 정점으로 하여 초기 작품들이 보여주던 여로의 공간성이 축소되고, 배경이 옥내형으로 정착됨으로써 노벨의 요소를 확연하게 구축하고 있다. 『만세전』은 무엇보다 근대적 지식인이 갖는 자아의 주체적인 욕망과 그것을 억압하는 식민지적

주232) 강인숙, 〈염상섭 편〉, 한국 근대소설의 정착과정 연구(박이정, 1999), P.279.

조선의 현실, 그리고 조혼한 아내의 위독함과 그로 인한 가족 간의 갈등관계를 기본구도로 설정하고 있다. 특히 이인화라는 한 인물의 의식적 성장과정을 일본 동경에서 서울로 귀국하는 공간적 여로를 통해 여실히 보여주며, 아울러 식민지 시대 삶의 현장과 당대의 봉건적 실상을 핍진하게 그려낸다는 점에서 우리 문학사에 큰 의미를 시사하는 작품이다.

『만세전』은 이국땅인 "동경에서 신호-하관-부산-김천-서울"을 경유하는 긴 여로를 무대로 하고 있기 때문에 작품공간이 매우 넓은 편이다. 공간이 이국땅인 일본에까지 확대되어 있고 더구나 여러 곳을 거치는 여로의 구조를 띤다는 것은 그만큼 노벨로서의 치명적인 약점을 보일 수 있다. 무대를 이국으로 설정하면 대체로 현실을 기피하는 경우가 많으며, 그런 비현실성은 시간이나 공간의 구체성이 간여할 여지가 없게 만들기 때문이다.[233] 그러나 『만세전』의 이국은 주인공 이인화의 생활공간의 하나이기 때문에 로맨스의 그것과는 차별성을 가지는 현실적 공간이다. 여로의 구조 또한 아내가 위독하다는 전보를 받고 고국으로 귀국하는 과정에 의해 필연적으로 들리려하는 곳이기 때문에 '갑자기, 때마침'이라는 우연적 사건은 만들어지지 않는다. 다만 일본이나 여로의 공간이 조국도 이국도 아니라는 중간자적 입장에 놓여있기 때문에, 일본은 적국이면서 근대 지향의 대상으로 설정되며, 한편으로 식민지 조선은 고국이면서도 전근대적 대상으로 느껴지는 이중성을 내포하고 있다. 그러나 서울에 도착하면 공간의 폭이 대폭 좁아지는데, 이는 일상적이며 현실적인 장소에 배경이 자리 잡음을 의미한다. 곧 서울의 공간은 동경이나 여로의

주233) 강인숙 편, 한국 근대소설의 정착과정연구(박이정, 1999), P.10.

공간보다 당대의 현실을 보다 구체적으로 노출시키는 풍속적 공간이며, 따라서 노벨의 공간이 된다. 거기에는 죽음을 앞둔 아내와 봉건적 인습에 사로잡혀 있는 부화뇌동하는 아버지, 칼을 차고 교단에 서는 소학교 훈도인 형님, 그리고 친일 식객인 김의관 등 당대를 대표할 수 있는 현실적 인물들이 모여 있으며, 이들을 중심으로 작품의 리얼리티를 좀 더 구체화 할 수 있는 공간이 만들어지게 되는 것이다.

이 작품의 시간적 구조는 삼일운동이 일어나기 전 해인 1918년 12월, 주인공이 동경을 출발하여 조선으로 귀국하고, 다시 동경으로 돌아가기까지 대략 23일간의 시간이 순차적으로 진행하고 있다. 동경에서 서울로 도착하는 1장에서 6장까지는 2박 3일이 소요되며, 서울서 체류하는 7장은 3, 4일 정도, 8장은 하루의 이야기이며, 마지막 9장은 15일 정도로 공간거리에 비해 시간개념은 분명하지 않은 편이다. 다만, 동경서 서울까지의 공간과, 서울에서의 공간에 있어 주인공의 시간의식은 사뭇 다른 점을 발견할 수 있다. 근대적 삶의 대상인 동경서는 시간의 흐름을 스스로 지체하기 위해 술집 여급인 정자를 만나거나, 신호(新戶)에 들러 을라도 만난다. 하지만 공동묘지로 규정되는 전근대적 삶의 대상인 서울에서는 "삼사일은 집구석에서 그럭저럭 세월을 보냈다", "한 열흘 더 있다가" 등 부정확한 시간단위를 제시하며 시간에 대한 강박관념을 보인다. 계절적으로는 겨울이 중심이 되어 봄으로 흘러가는 시간이며, '하관—부산'과 '부산—서울'로 이동하는 여로의 공간은 주로 '밤'을 그 배경으로 하고 있는 것이 특징이다.

한편, 염상섭의 소설의 시작과 끝을 살펴보면, 대부분 무해결의 종결법을 주로 사용하고 있음을 알 수 있다. 김동인은 이러한 염상섭에 대해 "끝막이가 서툴러 '미완' 혹은 '계속'이라고 달아야 할 작품의 꼬리에 '끝'자를 놓는 사람"[234)]이라고 지적하고 있다. 그러나 염상섭은 무해결이 더욱 과학적이고 자연주의 문학의 태도로서 당연하다고 하면서, "자기 주관의 일단을 내세워서 어떤 결단을 내리기보다는 차라리 자유롭게 독자의 판단에 맡긴다는 것이 옳고 너그러운 태도일지 모른다"고 밝힌다.[235)] 『만세전』의 경우에도 별 다른 사건의 기복이 없이 시작과 끝이 별 다른 동요를 보이지 않는 무해결의 종결법을 사용하고 있다. 현실에는 희극보다 비극이 많으므로 비극적 종결법도 다수 나타나지만, 이보다 현실에는 해결될 수 없는 일상적 일들이 더욱 많이 나타나기 때문에 무해결의 종결법이 노벨의 요소를 갖추게 된다.

사실 염상섭의 소설은 사건의 전개나 새로운 인간형의 창조, 또는 감동적인 인생 드라마 등 소설의 흥미를 요구하는 관점에서 본다면 언제나 불만을 준다. 그렇지만 염상섭만큼 독자성이 강하고 자기의 소설양식에서 절정기까지 도달한 작가는 드물다. 그중에서 무엇보다 남다른 점은 소설전개의 방법에 있다. 남들의 소설은 대부분 사건에 의해 진행이 되고 갈등을 통해 결말이 있게 마련이다. 그러나 사건 전개에 따른 결말보다는 결말까지 가기 위한 과정을 중시함으로써 비범한 관찰로서의 자기영역을 구축한 것이다. 『만세전』의 경우에도 중심적인 사건이 없다. 굳이 사건이라 한다면, 주인공 이인화가 아내의 위독한 전보를 받고 일본 동경에서 조선으로 귀국한다는 것이

주234) 김동인, 〈문단30년사〉, 김동인전집 6(홍자출판사, 1964), P.34.
주235) 염상섭, 나의 창작여담언(연희), P.316.

전부라 할 수 있다. 이 또한 작품의 시작을 이끌어가기 위한 기본적인 장치에 불과하다. 그럼에도 식민지 근대의 총체성을 반영하는데 성공할 수 있었던 이유는 하관에서 경성에 이르는 과정의 여로에서 식민지 조선의 모습이 주인공의 시야에 목격되어 관찰될 수 있었기 때문이다. 동경에서의 행위는 근대적 삶을 추구하기 위한 방편으로 이국적 여성과 연애 행적을 벌인 것에 불과하고, 서울에서는 봉건적 인습에 쌓인 인물의 풍속적 표현이 가능했지만 사회성에 대한 관심을 상당부분 상실하고 있다.

근대소설은 자아와 세계의 분열, 자기 동일성의 상실이라는 근대적 삶의 조건으로 인해 작가 또는 인물의 욕망은 자아와 세계의 거리 좁힘 혹은 자기 동일성 회복을 특성으로 보여준다는 점에서 자아 확인이 '길'이라는 여로를 통해 표출된다.[236] 이재선은 길이라는 방위적 공간이 우리 소설에 나타난 의식의 수로 내지는 도정을 그대로 표징함은 물론 소설에 있어서의 장소와 행위의 성격이 본질적으로 매우 긴요한 상관관계를 갖고 있기 때문에 우리 현대소설사는 어떤 의미에서 길의 문학사라고 단정 짓기도 한다.[237] 바로 『만세전』을 지탱하는 기본 틀은 '길'이라는 여로구조에 의거하기 때문이며, 동경에서 멀어질수록 주인공으로 하여금 심한 강박관념을 불러 일으키게 된다. 다시 말해 부산에서 김천으로, 그리고 대전에 왔을 때 그 절정에 이르게 된다.

'이게 산다는 꼴인가? 모두 뒈져 버려라!'

주236) 이대규, 한국근대귀향소설연구(이회, 1995), P.11.
주237) 이재선, 한국문학주제론(서강대출판부, 1989), P.191.

찻간 안으로 들어오며 나는 혼자 속으로 외쳤다.

'무덤이다! 구더기가 끓는 무덤이다!'

나는 모자를 벗어서 앉았던 자리 위에 던지고 난로 앞으로 가서 몸을 녹이며 섰었다. 난로는 꽤 달았다. 뱀의 혀 같은 빨간 불길이 난로 문틈으로 날름날름 내다보인다.

찻간 안의 공기는 담배연기와 석탄재의 먼지로 흐릿하면서도 쌀쌀하다. 우중충한 남폿불은 웅크리고 자는 사람들의 머리 위를 지키는 것 같으나 묵직하고도 고요한 압력으로 지그시 내리누르는 것 같다. 나는 한번 휘 돌려다보며,

'공동묘지다! 공동묘지 속에서 살면서 죽어서 공동묘지에 갈까봐 애가 말라하는 갸륵한 백성들이다.'

-『만세전』, PP.640-641

이 부분은 『만세전』의 원제목이 『묘지』와 관련되어 있음을 보여주는 장면이다. 이렇게 암담한 현실의 끝은 결국 극단적인 결말이나 파국적 현상으로 끝을 맺게 마련이다. 이 작품이 여기에서 결론을 맺는다면, '선(線)의 여로형'의 구조를 취하고 있기 때문에 파국적 결말로 끝을 맺던지, 그것이 아니면 애매모호한 결론으로 작품으로서의 완성도를 갖추지 못하게 될 것이다. 그 예로 『표본실의 청개구리』에서는 서울에서 출발하여 북국 한촌이라는 곳에서 정지되기 때문에, 주인공은 우울증에서 헤어나지 못하고 있으며 광인 김창억은 현실과의 원만한 해결을 이루지 못하고 어디론가 사라지고 만다. 그러나 『만세전』은 서울에 머물다 다시 동경으로 돌아가는 '원점회귀의 구조'를 채택하고 있다. 일본 동경은 묘지가 아니고 구데기도 없는, 그곳이야말로 근대의 존재 방식을 이해할 수 있는 희망의 원천이라 생각했으므로 처음의 자리로 되돌아갈 수 있었던

것이다.[238] 결국 『표본실의 청개구리』는 선적 여로형으로 종결되기 때문에 소설적 완성을 기대할 수 없었지만, 『만세전』은 묘지라는 현실에서 '신생'을 위해 동경으로 되돌아감으로써 근대소설로서의 탄탄한 구성을 이루어낼 수 있었던 것이다. 다만, 여로형의 소설은 『만세전』처럼 현실성을 내포하고 있다 하더라도 친로맨스의 성향을 띠게 된다. '길'이라는 이동하는 공간을 묘사하기 때문에 대상을 객관적으로 정밀하게 그리려는 노벨의 작업에는 방해가 된다. 반면에 소설의 후반부에는 '길'이 정지되고 서울이라는 일정공간에 정착하는 시간을 갖는데, 이때 당대의 풍속적인 묘사가 가능한 것은 노벨의 원리가 직접적으로 작용하기 때문이다. 염상섭 소설은 『만세전』을 기점으로 하여 여로의 크로노토포스가 사라지고 공간의 정착화로 변모되는 양상을 보인다. 따라서 사회적인 현실보다는 개인의 일상 중심으로 인식이 전환되어 소시민적 생활로 작가적 관심이 이동하게 된다.

(4) 주 제

염상섭의 소설은 기본적으로 식민지적 근대성을 기반으로 태어난 소설이라 해도 과언이 아니다. 그의 소설들은 식민지 근대의 부정적 측면을 날카롭게 직시하면서 그것을 넘어서려는 탐색을 보여준

주238) 김윤식, 염상섭연구(서울대 출판부, 1987), P.216. 염상섭은 이를 '지상선'(地上善)이라 했고, 자아각성, 개성 확립, 또는 자아주의라고 불렀으며, 『만세전』에서는 '신생'이라는 말로 이를 표현했다.

다는 점에서 매우 의미가 있다. 염상섭이 바라본 식민지적 근대의 모습이란 삶의 방향성을 찾지 못하고 봉건적 인습에 집착하는 구세대들, 허구적 근대의식에 빠져있는 타락한 지식인들, 민족적 차별과 봉건적 기제에 사로잡혀 힘겨운 삶을 살아가는 민중들의 공간들로서, 주제적으로는 돈에 대한 욕망과 애욕을 추구하는 물질적 삶을 다루고 있다. 염상섭은 초기 작품에서는 유교적 윤리의 테두리를 벗어나 자아를 확보하는 일이었고, 그 이후부터는 성욕이나 물욕을 인간의 현실로서 긍정하려는 안간힘으로 바뀌게 된다.[239]

염상섭의 초기 문학관과 그의 주제적 면모를 살필 수 있는 글로 〈개성과 예술〉을 들 수 있다. 그는 이 글에서 현대예술의 자아의 각성과 거기서 유래하는 개성의 발견 등을 언급하면서, 근대문명의 핵심을 자아의 각성과 그 회복이라고 정리한다. 자아의 각성이야말로 중세 암흑기를 마무리하고 근대 문예 부흥기를 연 원동력이자 상징이라는 것이다.

대저 근대문명의 정신적 모든 수확물 중 가장 본질적이요, 중대한 의의를 가진 것은, 아마 자아의 각성, 혹은 그 회복이라고 하겠다. 이에 대하여는 누구나 이의가 없을 것이다. 실로 근대인의 특색이 이에 있고, 가치가 이에 있으며, 금일의 모든 문화적 성과가 이에서 출발하였다 하여도 결코 과언이 아닐 것이다.[240]

중세의 오랜 억압에서 깨어난 근대인은 우선 모든 것을 의심의 시각으로 바라보며 비평적 태도로 사물을 대하고 심지어 자신의 존

주239) 강인숙, 〈염상섭 편〉, 한국 근대소설의 정착과정연구(박이정, 1999), P.298.
주240) 염상섭, 개성과 예술(개벽 제22호, 1922. 4).

재까지 회의한다. 이러한 의심과 자각은 현실세계를 있는 그대로 보려는 노력으로 이어지며, 그렇게 바라다보면 지금까지 아름답고 위대하게 바라보던 현실이 추악하고 속물적인 것으로 보일 수가 있는 것이다. 따라서 자아의 각성은 자연과학의 발달과 아울러 자연주의 내지는 개인주의 사상이 그 뒤를 따르게 마련이다. 또한 염상섭이 진리와 자유연애의 신봉자라는 점에서 전대의 계몽주의와 유사성을 담고 있으며, 이는 현실 속에서 실천의 거점을 마련할 수 없다는 계몽주의 특유의 보편성으로 귀결된다. 근대를 보편주의적 관점에서 보면, 반봉건성은 보이지만 식민지라는 특수적 상황을 초래한 근대의 부정성을 직시할 수가 없다. 이인직과 이광수가 반봉건에는 그토록 적극적이었지만 근대에의 대한 전망이 "아아, 우리 땅은 날로 아름다워 간다"라는 식의 개인적 환상에 불과했다는 것은 그만큼 현실인식이 추상적 수준에 머물렀음을 입증하는 것이다. 염상섭이 전근대를 극복하기 위해 제시하는 자아의 각성이나 개성예찬론은 계몽주의의 보편적 이념을 띤 과제들로서, 초기 작품에 보여주는 관념적 성향들도 그러한 이유에서 비롯한다고 보겠다. 보편주의의 한계를 인식하고 그 성찰과 반성의 결과로 쓰여진 작품이 바로 『만세전』이다. 염상섭의 소설은 이 작품을 통해 식민지성에 대한 구체적인 탐색을 벌이다가, 이후 식민지화가 초래한 사회의 생활상을 전면에 내세우는 사실주의 경향으로 변모하게 된다.

　『만세전』이 전대 소설에 비해 탁월성을 지니며 우리 문학사에 의미를 던지는 것은 전대의 부르주아 계몽주의의 한계를 극복하고 식민지 조선의 근대적 특수성을 집요하게 관찰함에 있다. 양반층의 자제로 일본 유학이라는 특권을 누리던 주인공 '나'(이인화)는 동경을 떠나면서부터 '임바네스'라고 통칭되는 형사가 줄곧 따라 붙는 바람에 긴장감을 감출 수가 없다. 독립운동이나 사회주의운동의 양자 중 어느 편향을 기피하는 주인공은 조국의 수탈 계층에 대해 어느 정도 거리감을 두고 있으나, 식민지 백성이라는 사실 하나만으로도 일본 제국주의 감시체제 하에서 결코 자유로울 수 없음을 보여준다. 그리고 이런 현실적 상황은 중간자적 입장이며 개인주의적 안목을 지닌 주인공에게 식민지 조선의 모습을 피해갈 수 없는 요인으로 작용한다.

주인공의 식민지 조선에 대한 우선적 관찰 대상은 일본 식민지 경제의 수탈적 모습과 독점화 과정이다. 먼저 관부연락선의 목욕탕에서 조선 노동자의 인신매매를 이야기하는 일본인의 대화 장면은 매우 상세하게 들려온다. 인신매매의 방법이나 한 사람에 1, 2원하는 세부적인 매매가격이 제시되고 있으며, 일본인에게 땅을 빼앗기고 이국땅인 간도나 북해도 탄광으로 밀려가는 조선인의 노동력 착취과정이 소개되고 있다. 이는 노동자 인신매매가 하나의 제도로 정착되고 있으며, 일제의 식민지 지배가 궁극적으로 경제적 수탈에 있음을 보여주고 있다. 관부연락선 목욕탕에서 들은 내용은 간접체험의 현장이지만, 주인공이 부산에 도착해서 바라본 조국의 경제적 수탈현장은 주인공이 직접 관찰하고 목격한 것이어서 더욱 심각한 것이었다.

몇 천 년 몇 백 년 동안 가문에 없고 족보에 없던 일이 생기었다. 있는 대로 까불릴 시절이 돌아왔다. 편리해 좋아, 놀기가 좋아서 편해하며 한 섬지기 파는가 하면, 한편에서는
"우리겐 인젠 이층집도 꽤 늘고 양옥도 몇 채 생겼다네. 아닌

게아니라 여름엔 다다미가 편리해. 위생에도 매우 좋은 거야.”
하고 두 섬지기 깝살릴 수밖에 없게 된다. 누구의 이층이요 누
구를 위한 위생이냐.

양복쟁이가 문전 야료를 하고, 요리장수가 고소를 한다고 위
협을 하고, 전등값에 졸리고, 신문대금이 두 달 석 달 밀리고,
담배가 있어야 친구 방문을 하지. 원 찻삯이 있어야 출입을 하
지하며 눈살을 찌푸리는 동안에 집문서는 식산은행의 금고로
돌아 들어가서 새 임자를 만난다. 그리하여 줄어지고 또 이 백
가구 줄었다.

“어디 살수가 있어야지. 암만 해두 촌살림이 좋아! 땅이라두
파먹는 게 안전해”
하며 쫓겨 나가고 새로 들어오며 시가가 나날이 변화하여 가는
동안에 천 가구의 최후의 한 가구까지 쓸려 나가고야 말지만,
첫째 집이 쫓겨 나갈 때에는 벌써 첫째로 나간 사람은 오동잎
사귀의 무늬를 박은 목배(木杯)를 고리짝에 넣어 가지고 압록강
을 건너가 앉아서 먼 길의 노독을 배갈 한잔에 풀고 얼쩍하여
화푸념만 하고 있는 것이다.

―『만세전』, PP.600-601

외형으로는 근대화의 바람으로 이층집도 늘고 양옥집도 생겨나지
만, 이러한 개발과 번영의 이면에 집문서는 식산 은행의 차지가 되
고 마지막 한 사람까지 간도로 쫓겨 가는 조선인의 경제적 몰락으
로 이어지는 것이다. 따라서 ‘누구를 위한 이층이요, 누구를 위한
위생이냐’라는 주인공의 반문은 근대화의 진정한 수혜자가 일본일
수밖에 없으며, 조선의 근대화는 일본 독점자본주의에 의한 수탈적
대상에 불과하다는 비판적 성찰인 것이다. 보편주의 이념에서 근대
를 보면 진보와 이성을 내세운 밝은 면이 부각되지만, 근대가 식민

지 조선이라는 특수적 상황에 처하게 되면 위와 같이 부정적 양상으로 변질되는 것이다. 이인직이나 이광수, 그리고 당대의 김동인까지 인식하지 못했던 식민지 근대의 허구성을 염상섭은 적확하게 포착해 낸 것이다.

『만세전』에서 주인공이 관찰하는 또 다른 대상은 식민지 조선에 존재하는 사람들의 이율배반적인 내면의 심리과정이다. 식민지 시대를 살아가는 당대 조선인의 내면적 심리는 주로 자기모멸감과 민족적 콤플렉스로 비추어진다. 이같이 내재된 콤플렉스적 심리는 자기 존재에 대한 포기와 함께, 한 걸음 더 나아가 가학적인 심리반응과 민족적 열등감으로 연결되는 것이다.

(a) "글쎄요, 하지만 조선 사람은 난 싫여요. 돈 아니라 금을 주어도 싫어요." 계집애는 진담으로 이런 소리를 한다. 조선이라는 두 글자는 자기의 운명에 검은 그림자를 준 무슨 주문이나 듣는 것같이 이에서 신물이 나는 모양이다.

—『만세전』, P.607

(b) 순사나 헌병이라도 조선인보다는 일본인 편이 나은 때가 있다. 일본 순사는 눈을 부르대고 그만둘 일도, 조선 순사는 짓궂이 뺨을 갈기고 으르렁대고서야 마는 것이 보통이다. 계모시하에서 자라난 자식과 같은 몹쓸 심보다.

—『만세전』, P.624

(c) 머리만 깎고 내지 사람을 만나도 말대답 하나 똑똑히 못하면 관청에 가서든지 순사를 만나서든지 성이 가신 때가 많아요. 이렇게 망건을 쓰고 있으면 요보라고 해서 좀 잘못하는 게

있어도 웬만한 것은 용서를 해주니까 그것만 해도 깎을 필요가
없지 않아요.

-『만세전』, P.633

조선인 어머니와 일본인 아버지 사이에서 태어난 혼혈소녀가 자신을 길러준 어머니를 버리고 소식마저 끊긴 아버지를 찾기 위해 일본으로 가려는 (a)의 장면은 식민지 최대 피해자의 하나인 소녀가 동질의 피해자인 어머니를 버리고 자신을 버린 가해자의 품으로 돌아가려는 심리적인 역설을 담고 있다. 민족적 열등감이 가득한 그녀로 하여금 스스로 일본인이 되어 자기 콤플렉스를 보상을 받고자 하는 왜곡된 심리의 하나라고 하겠다. (b)에서 조선인인 순사가 일본인보다 더욱 가학적인 반응을 보이는 까닭은 역시 민족적 열등감에서 오는 자기 모멸감을 감추고 역으로 지배자나 가해자가 되고 싶다는 심리적 반응의 하나라고 할 수 있다. (c)의 경우에는 아예 민족 주체성이나 자기의 자존심을 내던지고 천대를 받더라도, 비굴하게 사는 것이 더 편하다는 자기 모멸감의 극한적인 심리상태를 보여주고 있다. 이렇게 『만세전』에서는 식민지 조선의 근대적인 허구성과 개인의 심리에 감추어진 민족적 모멸감까지 적나라하게 드러냄으로써 염상섭의 냉철한 분석적 성격을 읽어낼 수가 있다.

아울러 염상섭의 식민지성에 대한 관찰과 함께 당대의 봉건적 인습을 바라보는 그의 시각 또한 『만세전』에서 짚고 넘어가야 할 사항이다. 이 작품의 후반부는 『삼대』를 연상시키는 가족사소설의 형태를 일부 지니고 있는데, 사실상 염상섭 문학을 관통하는 것은 가족관계의 뿌리를 둔 현실성 있는 소설들이다.[241] 아버지는 친일단체인 '동우회'에 가입한 전형적인 친일파이지만, 한의만 고집하다 아내를

죽음에 이르게 한 전근대적 사고의 소유자이다. 금테모자에 칼을 차고 교단에 오르는 맏형은 이재에 밝아 이천 원이나 되는 돈을 모으지만 자식을 얻기 위해 첩까지 두는 봉건적 인물이다. 종손이란 궁지하나로 무위도식하며 살아가는 종형과 친일식객인 김의관 등도 이인화의 집안과 불가분의 관련성을 맺는 인물들서, 봉건성과 친일성을 담고 있다는 점에서 별 다른 차이를 보이지 않는다. 이들은 근대적 합리성에 기초하는 있는 '나'의 눈에, 전근대적인 봉건적 관행에서 한 발걸음도 벗어나지 못했음에도, 식민지 현실에 순응하거나 편승하여 교환가치에 매달리는 부정적 근대성을 대별하는 사람들로 인식된다.242) 다시 말하면, 전근대적 범주에서 벗어나지 못하는 측면과 더불어 일제 식민지 체제를 수용하여 매판적 이익까지 챙기려는 이중성을 보유하고 있는 것이다. 염상섭이 이인화의 가족과 관련되는 사람들을 친일파 내지는 봉건적 인습을 함께 소유한 인물로 묘사하는 것은 전근대적인 봉건성의 청산과 식민지 근대의 극복을 동일선상에서 생각하고 있음을 보여준다. 이러한 봉건 세력이 식민지 체제를 유지시키는데 일익을 담당하고 있다는 그의 통찰은『만세전』의 문학사적 가치를 드높이는 값진 성과라고 할 수 있다.

한편, 주제적 측면에서 노벨과 로맨스를 가르는 수월한 방법 중의 하나가 돈과 성의 대한 견해의 차이이다. 로맨스가 사랑과 모험에 대한 낭만적 탐색에 주안점을 두는 반면에 노벨은 현실을 움직

주241) '가족'이란 한 사회의 축소판으로 이들의 삶이란 가장 원초적이고 구체적인 삶의 장을 이루기 때문에, 가족사소설은 소설양식으로서 전형적 상황을 다루는데 매우 유리한 위치에 있다.
주242) 이선영, 〈주체와 욕망 그리고 리얼리즘〉, 염상섭 문학의 재인식 (깊은 샘, 1998), P.17.

이는 원동력으로서 돈과 성의 역학관계에 주목하고 있다.[243] 『만세전』에서는 돈을 사용하는 장면이 구체적으로 등장한다. 주인공은 집에서 보내는 온 학비 100원 중 10원을 갖고 옷 한 벌과 집에 가져갈 여행선물들을 사고, 머리도 깎는다. 그러다 술집에도 들러 아내의 줄 목도리를 여급인 정자에게 주며, 아내가 죽고 나서는 유학경비로 받은 3백 원 중 1백 원을 그녀에게 보내기도 한다. 자신의 집이 상류층이라 돈을 타서 쓰면 되기 때문에 경제관념도 희박한 편이고, 돈에 대한 구체성을 제대로 인식하지는 못하고 있다. 이에 비해 여자를 보는 안목은 카페의 여인 둘을 놓고 놀만큼 보다 성숙해있다. 그에 있어 여자는 사랑이나 동경의 대상이라기보다는 성적 대상이며 동거의 대상이지만, 도덕적 문란함을 보이지는 않는다. 다만, 돈과 성적 면에서 동시적으로 타락상을 보이는 계층이 주로 가족(아버지나 형님)과 신여성으로 제한되고 있음은 염상섭 소설의 특징이다. 염상섭에 있어 근대적 삶이란 금전적 이해관계가 가족이나 사랑보다도 더욱 큰 비중을 갖는다. 그러나 돈에 대한 그의 인식은 자본주의 경제 질서와 무관한 가정 혹은 자신의 차원에 국한되며, 돈의 문제를 다루되 당대 현실의 총체성에까지 이르지 못한다.[244] 또한 신여성을 다루는데 있어 물질주의로 인한 가치관의 붕괴와 함께 성의 타락 내지는 상품화의 대상으로 묘사한다. 한 예로, 김병화에게 정조의 대가로 일본 유학자금을 받고 있는 을라는, 신여성의 자유연애사상이 근대화의 과정에서 물욕과 성욕에 의해 왜곡된 현실적 인물로 그려진다. 감자의 '복녀'는 어쩔 수 없는 환

주243) 강인숙, 〈염상섭 편〉, 한국 근대소설의 정착과정연구(박이정, 1999), P.307.
주244) 유영윤, 서울 중인작가와 근대소설 양식연구(박이정, 1998), P.284.

경적 요인에 의해 성이 무너졌으나, 을라는 환경보다는 스스로의 가치관에 의해 물욕과 성을 선택할 수 자본주의적 인간형이다. 이렇게 『만세전』에는 물질 위주의 가치관으로 인한 타락상과 성이 자본화로 대치되는 근대적 성격을 보여주고 있다. 하지만, 식민지 조선에 대한 사회적인 관심에 우선하기 때문에 노벨의 주제적 특성이라 할 수 있는 돈과 성의 문제가 한 가정 내, 아니면 개인적 상황 속에서 제한되어 나타난다고 할 수 있겠다.

(5) 결 론

염상섭이 『만세전』에서 보여주는 식민지 근대에 대한 탐구는 동시대의 어느 작가보다 현실적이며 탁월하다. 그는 식민지 조선의 내면에 감추어진 '보편주의로서 근대'가 남긴 부정성을 세밀하게 관찰함으로써 서구적 근대라는 단일한 범주를 극복하고 있는 것이다. 이 점이 한국적 근대의 본질로 접근하는 염상섭의 방식이고, 민족적 현실 문제를 파헤침으로써 한국적 근대의 특수성을 해명하는 관건이 되는 것이다. 다만 지배와 피지배, 착취와 피착취의 관계로 이루어진 식민지 조선의 현실을 분명하게 보여주면서도, 구체적인 전망이나 실천적 대안이 명료하게 밝혀지지 않는 것은 염상섭 개인이 안고 있는 한계라고 볼 수 있다. 무엇보다 서사적 전망을 획득하기 위해서는 현실과의 정면대결이 가능해야 하는데, 염상섭은 악도 아니고 선도 아닌, 편향을 극도로 싫어하는 중용주의자이다. 그는 중인계층이 지니는 보수적 성향과 극단적인 노선을 기피하는 가

238

치중립적 세계관을 기본적으로 함유하고 있기 때문에 극단적인 노선을 선택할 수 있는 여지가 별로 없어 보인다. 그럼에도 『만세전』은 당대의 구체적인 현실감을 획득함으로써 염상섭 소설의 정점을 이루는 작품이며, 우리 근대문학사에 커다란 전환점을 던져주는 기념비와 같은 작품이다. 이런 현실감은 염상섭의 중산층에 대한 균형 감각과 상보적으로 작용해, 30년대에는 『삼대』와 같은 리얼리즘 소설의 대작을 완성하게 된다.[245] 염상섭 소설은 근원적으로 식민지적 근대성을 기반으로 태어난 소설이다. 이 점은 근대의 과정이 정상적으로 진행되지 못한 사회와 시대의 한계를 어쩔 수 없이 담게 되지만, 식민지 근대의 부정적 측면들을 날카롭게 인식하고 그것을 넘어서려는 전망을 보여주었다는 사실에서 특별한 의미를 가지게 된다.

1) 『만세전』의 노벨적 요소들

첫째, 언어—초기 작품들에서 한자어를 남발함으로써 발생되는 언문일치의 퇴화현상을 단기간 내에 극복하고, 언문일치의 문장을 사용하게 된다. 염상섭이 사용하는 단어는 '京아리'말, 즉 서울에 사는 서민층의 말로서, 그가 일상적으로 사용하는 생활어가 표준어이며, 따라서 한자어를 한글로만 옮기게 되면 완벽한 언문일치가

주245) 그는 훗날 그의 작품경향을 이야기하는 〈나와 자연주의〉(1954)라는 글에서 '사실주의에서 한 걸음도 물러나지 않았고, 문예사상에 있어서 자연주의에서 한 걸음 앞선 것은 벌써 오랜 일이었다'라고 술회한 바 있는데, 이 작품 이후 줄곧 사실주의 소설인 노벨을 인식하고 작품을 써 왔음을 알 수 있다.

가능하게 되는 것이다. 염상섭의 문장은 우리 작가 중 가장 긴 평균 50자 내외의 장문으로 이루어져 있음을 알 수 있다. 어휘의 풍부함과 필치의 아기자기함에서 오는 특성은 문장의 길이와 함께 만연체 문장을 피할 수 없게 만든다. 염상섭은 현실을 있는 그대로 재현하려는 노벨의 원리를 가장 충실하게 수행하는 작가이기 때문에 모든 것을 그려야 하는 디테일 과다 현상을 낳게 되고, 이는 문장의 지루함으로 이어지게 된다.

둘째, 인물—전대의 이인직이나 이광수, 혹은 김동인의 소설에까지 등장하는 인물들은 작가의 의도적인 구도 아래 설정되었으나, 이 소설에서는 당대를 살아가는 현실적인 인물들이 생동감 있게 묘사되어 나타나고 있다. 주인공은 유학생으로서 중산층 이상이지만, 식민지 백성으로서 감시의 대상이 된다는 점에서 중산층 정도로 볼 수도 있다. 개인의 각성을 최우선으로 생각하는 근대시민으로서의 보편성을 지니고 있으며, 중간자로서의 가치를 지닌 개인주의자의 한 원형이라고 할 수 있다. 이 밖에 주인공의 관찰 대상이 되는 사람들은 당대의 현실성을 반영하는 노벨적인 인물로서의 조건을 갖추고 있다.

셋째, 외형—공간이 일본으로까지 확대되지만, 일본은 주인공의 생활공간의 하나이기 때문에 로맨스의 그것과는 차별성을 가지는 현실적 공간이다. 여로의 구조 또한 아내가 위독하다는 전보를 받고 고국으로 귀국하는 과정에 의해 필연적으로 들려야하는 곳이기 때문에 '갑자기, 때마침'이라는 우연적 사건은 만들어지지 않는다. 서울에 도착하면 공간의 폭이 대폭 좁아지는데, 이는 일상적이며 현실적인 장소에 배경이 자리 잡고 있음을 의미한다. 곧 서울의 공

240

간은 동경이나 여로의 공간보다 당대의 현실을 보다 구체적으로 노출시키는 풍속적 공간이며, 따라서 노벨의 공간이 된다. 사건의 기복도 그리 심하지 않으며, 결말처리에서도 시작과 끝이 별 다른 동요를 보이지 않는 무해결의 종결법을 사용하고 있다.

넷째, 주제—전대 소설에 비해 탁월성을 지니며 우리 문학사에 의미를 던지는 것은 전대의 부르주아 계몽주의의 한계를 극복하고 식민지 조선의 근대적 특수성을 집요하게 관찰함에 있다. 주인공의 관찰은 근대화의 진정한 수혜자가 일본일 수밖에 없으며, 조선의 근대화는 일본 독점자본주의에 의한 수탈 대상에 불과하다는 비판적 성찰인 것이다. 아울러 가족의 남성(아버지나 형님)과 신여성을 통해서 물질 위주의 가치관으로 인한 타락상과 성이 자본화로 대치되는 근대적 성격을 보여주고 있다.

2)『만세전』의 반노벨적 요소들

첫째, 언어—한자어의 남용이 제거되었지만, 일부 문장에 난해한 한자어의 사용이 발견되고 있으며 평론체 문장의 흔적도 보인다. 또한 자의식의 과잉을 보여주는 고백체 문장도 다소 남아 있어, 이 작품이 노벨로 넘어가는 과도기적 특성을 보여준다.

둘째, 인물—주인공이 일본 유학생으로서 중류층 이상의 지식인 신분을 유지하고 있어 '우리 중의 하나'보다는 다소 상승되어 있다. 주인공은 시대 현실에 대해서는 예리하게 관찰하지만, 현실 대응의 차원에서는 소극적으로 대응한다. 그리고 관찰의 대상인 민중들을 대하는 태도도 역사의 주체가 아닌 객체로서, 기저에는 불신감이

깔려있다. 인물들의 구체적인 관계 속에서 현실 인식을 획득하기보
다는 개인의 의식적 자각이 사상적 토대를 이루기 때문에 현상의
개인적 관찰에 머물게 된다.

셋째, 외형 - 공간이 이국땅인 일본에까지 확대되어 있어 넓은 편
이다. 배경이 너무 확대되면 디테일한 묘사가 불가능하고, 시·공
간의 구체성이 간여할 여지가 없게 만들기 때문에 노벨의 원리에
저촉된다. 여로의 구조도 역시 '길'이란 이동하는 공간을 묘사하기
때문에 대상을 객관적으로 정밀하게 그리려는 노벨의 작업에 방해
가 된다. 『만세전』처럼 현실성을 내포하고 있는 작품이라 하더라도
여로의 구조는 궁극적으로 친로맨스의 성향을 띠게 된다.

넷째, 주제 - 지배와 피지배, 착취와 피착취의 관계로 이루어진
식민지 조선의 현실을 분명하게 보여주면서도, 그에 따른 구체적인
전망이나 실천적 대안이 명료하게 밝혀지지 않는 것은 염상섭 개인
이 안고 있는 한계라고 볼 수 있다. 무엇보다 서사적 전망을 획득
하기 위해서는 현실과의 정면대결이 가능해야 하는데, 이를 회피하
고 있다. 또한 노벨의 주제적 특성이라 할 수 있는 돈과 성의 문제
가 나타나고 있지만 한 가정 내, 아니면 개인적 상황 속에서 제한
되어 나타나며 사회적 총체성으로까지는 확대되지 못하고 있다.

4. 프로문학과 계급적 관심

 -김기진의 『붉은 쥐』, 박영희의 『산양개』, 최서해의 『탈출기』

개화기나 1910년대의 계몽적 논리와는 달리, 우리 문학에서 식민지 특수성을 고려하여 민족의식의 위기를 힘의 역학으로 극복하려던 시도는 조선 프롤레타리아 문학운동을 통해서라고 할 수 있다. 삼일운동의 실패 이후 식민지 지배를 강화하려는 제국주의 일본에 적절하게 대응하기 위해서는 감정적 저항만으로는 쉬운 일이 아니었다. 이에 청년 지식인들 사이에는 새로운 논리와 지식에 대한 욕구를 갈망했고, 바로 사회주의 사상은 부르주아 제국주의에 대응할 수 있는 현실적이며 힘 있는 이념으로 받아들여졌으며, 때마침 러시아의 볼셰비키 혁명이 성공적으로 완료됨으로써 식민지 지식인들의 이상주의적 대안으로 떠오르게 된다.246) 원래 사회주의 사상은 근대 문명사회에 대한 회의와 반성과 비판의 한 형태로 발생된 것이라 할 수 있다. 즉 산업혁명 이후 빈부의 격차가 극심할 정도로 근대화가 성숙된 서구에서 나타난 하나의 대안이 마르크시즘이고, 프롤레타리아 문학은 그 이데올로기를 대변하고 있다고 보는 것이다. 특히 문학방법의 경우, 개인주의적 발상을 거부하고 집단 속에 묶인 전체를 선택했다는 점도 근대의 발상과는 전혀 다른 새로운 현상으로 받아들이고 있다. 다시 말하면, 근대문학은 개성의 무한한 가능성에 기대를 걸고, 신으로부터 해방된 인간개체를 존중하며 개인주의의 바탕 위에 서있게 된다. 반면 프로문학은 작가 개인들이 사회주의 깃발 아래서 하나의 집단 속에 스스로를 구속시키고 집단적 의견에 의해 창작방법을 모색했으며, 따라서 근대문학이 지녔던 개인주의적 발상을 거부하게 된다. 그러나 프로문학의 근대에 대한 거부는 근대를 초월하는 별개의 것이 아니라 근대라는 틀 안에서

주246) 전기철, 한국 근대문학비평의 기능(살림터, 1997), PP.98-99.

진보하는 단계이며, 근대가 또 다른 측면에서 성숙되어 가는 상대적 개념으로 이해해야 할 것 같다. 그런 의미에서 1923년경 프로문학이 도입되는 시기는 한국문학사에 있어 근대성을 규명할 수 있는 좋은 계기가 되고 있다. 다만 한국문학사에서 사회주의 유형의 문학운동이 등장했다 하더라도 서구의 그것과 동일시하기에는 어려운 점이 많다. 근대화마저 제대로 뿌리를 내리기 이전에 나타난 사회유형의 문학은 당대 한국사회를 배경으로 하고 있는 만큼 여러 모순을 안고 있기 때문이다. 마르크스의 자본론에 바탕을 둔 서구의 프로문학은 그만큼 성숙한 근대적 산업사회에 근거를 둔 것이며, 그것이 한국에 도입되던 20년대 초 한국사회는 서구의 양상과는 너무 큰 격차를 두고 있었기 때문이다.

신경향파문학이라고 불리어지는 초기 프로문학은 삼일운동 이후의 좌절에서 벗어나려 했던 문화적 노력의 일환으로서 그 중요성이 있다. 즉 1919년 직후의 허무주의, 퇴폐주의에 대항하여 새로운 경향을 지닌 문학으로서 신경향파문학이 출발했음을 의미하는 것이다. 임화는 신경향파 문학을 "말 그대로 막연한 경향성으로만 존재하는 일종의 혼동상태나 과도기적 문학"[247]이라고 했으며, 박영희는 "부루조아지 문학의 전통과 전형에서 벗어나 새로운 경향을 보여주었던 각 작품에 나타난 색채를 종합적으로 지칭한 말"[248]이라 하였다. 신경향파 문학의 하나의 흐름은 바로 현실부정의 의식으로 출발한, 그러나 환멸이나 도피가 아닌 현실 개혁의 방향을 지향하는 것이라 할 것이다.[249] 다분히 계급문학에 기울어진 이 경향은

주247) 임화, 소설문학의 20년, (동아일보, 1940. 4. 16).
주248) 박영희, 신경향파 문학과 그 문단적 지위(개벽, 1925.12).
주249) 역사문제연구소, 카프문학운동연구(역사비평사, 1989), P.15.

244

이후 관습적으로 굳어져 경향문학, 계급문학, 프로문학, 무산문학 등의 용어로 표현되기에 이른다. 카프의 기관지 〈예술운동〉 창간 호에 실린 '무산계급 예술운동에 대한 논강'에는 일본 제국주의의 지배 밑에 있는 조선 무산계급의 단일성을 촉구하며, 조선 각지의 총역량을 집중시키기 위해 조선의 민족적 정치운동을 전개하기를 선전하고 있다. 민족문제를 제국주의와의 관련하에 밝히고 있는 이 들은 제국주의를 의식하면서 근대적 부르주아 민주주의 국가를 지 향했음을 보여준다. 이들에게서 문학이란 노동자와 농민을 전위에 설 수 있게 하는 "감정조직으로서의 문학, 혹은 계급의식을 불어넣 기 위한 도구로서의 문학"이었다.250) 이들은 계급심리의 반영으로 서의 문학을 규정했으며, 작품의 성과보다는 작가 자신의 계급적 실천을 더욱 중요시했다. 실제 문학 활동에서도 무산계급으로서의 동일성 확보에 급급했다는 점에서, 그들의 문학은 민중성을 구현하 는 단계에까지 이르지 못하고 외부적 당파성의 주입에 머물곤 했 다. 다시 말하면, 당시 프로문학가들은 사회주의 사상에 대한 심정 적인 이해와 동조를 갖고 있지만, 그 사상의 본격적인 이론에의 접 근이 불가능하여 문학이론으로서 발전시킬 수 있는 능력이 미비했 기 때문이다. 자신들의 작품창작의 방법론을 프롤레타리아 리얼리 즘 혹은 유물 변증법적 리얼리즘이라 하여 전위의 눈으로 세계를 보라고 주장하면서도, 한편으로 전위의 성격이 현실주의에 입각한 이론적 전위에 지나지 않았던 것이다. 그만큼 문학 자체의 논리를 갖지 못한 채 신기성이나 계몽성에 몰두해 있었기 때문에, 현실의 실천적 과정 속에서 구체화되고 재창조되기에는 그들이 내세우는

주250) 서경석, 한국 근대리얼리즘문학사 연구(태학사, 1998), P.24.

과제와 주체의 목적론인 문학관이 너무 결합하곤 했다. 따라서 이 당시에 나타난 문학은 서구문학의 모방에 가까운 아류적 인상이 짙게 나타나며, 전반적으로 소설보다는 비평이 우위에 서있고 이들 비평 역시 작품비평보다는 원론 차원의 계급문학론 수립에 대한 모색이 그 중심을 이루게 된다.

초기 경향파 문학의 방향은 두 갈래로 나뉜다.251) 하나는 김기진·박영희·김영팔 등으로『붉은 쥐』나『산양개』에서처럼 강렬한 주관적 욕구를 작품 전면에 드러내 보이는 유형이다. 다른 하나는 최서해·이기영 등으로 주관의 표현보다는 대상의 묘사가 작품의 주 모티브를 이루고 보다 현실적이고 객관적이라 할 수 있다. 그러나 주관적 관념의 노출이든 또는 더 이상 물러설 수 없는 절박한 현실의 묘사든, 이 시기 소설은 20년대 식민지 현실의 척박함을 부정하고 사회 변혁에의 지향을 드러내는 것으로 보인다. 신경향파 소설의 성격을 보이는 작품으로 1924년 11월 김기진의『붉은 쥐』를 시초로 하여, 박영희의『전투』(1925. 1)『사냥개』(1925. 4), 최서해의『탈출기』(1925. 3)『기아와 살육』(1925. 6)『홍염』(1927. 1), 이익상의『광란』(1925. 3), 주요섭의『살인』(1925. 6), 이기영의『가난한 사람들』(1925. 5) 등이 있다.252) 그런데 신경향파 문학에 대한 우리 문학사적 접근은 주로 프롤레타리아문학과 KAPF라는 조직과의 관련성, 혹

주251) 임화는 신경향파 문학의 두 가지 조류로 추상적이며 관념성이 강한 박영희적 경향(김기진, 박영희, 송영, 김영팔 등)과 주관의 묘사보다 대상의 묘사가 주된 모티브로 되어 있는 최서해 경향으로 구분하고 있다. 임화, 소설문학의 20년(동아일보, 1940. 4. 16).
주252) 일반적으로 신경향파에 속하는 작가들은 1925년 결성된 KAPF에 가입하여 1927년 방향전환기 이전에 이른바 '자연발생적인 문학'을 창조한 작가들을 지칭한다.

246

은 이론·비평 등에 중점을 두었을 뿐, 작품의 성과나 분석은 등한
시되어 온 편이다. 다만, 최서해 문학만은 중요한 문학적 대상으로
간주되고 있는데, 작품 특성상 우리 문학의 범주를 제한한 이데올로
기의 폐쇄성에서 서해만큼은 자유스러울 수 있었기 때문이다. 그러
나 이 책에서는 서해 중심의 연구 범위를 넓혀 초기 신경향파 문학
의 전반적인 경향을 살펴보기로 한다. 따라서 이들 문학의 정착배경
과 작품 분석을 통해 프로문학이 갖고 있는 근대성을 규명하기 위해
『붉은 쥐』와 『산양개』, 『탈출기』를 묶어 하나의 텍스트로 삼기로 한
다. 『붉은 쥐』(개벽, 1924. 11월)253)는 신경향파 문학의 첫 작품이
며, 그리고 『산양개』(개벽, 1925. 4월)254)와 『탈출기』(조선 문단,
1925. 3월)255)는 신경향파 문학의 두 방향을 보여주는 대표적인 작

주253) 김기진은 이 작품이 신경향 최초의 작품이라고 주장하였으며, 신경
향이라는 용어까지도 박영희보다 먼저 쓴 것이란 견해를 보였다.
"이같이 수필형식으로 문인들의 양심에 호소한 뒤 1924년 11월에
나는 『붉은쥐』(단편)를 내놓았다. 아마 신경향의 최초의 작품일 게
다. 회월의 『산양개』 최서해의 『기아와 살육』 주요섭의 『살인』 등
은 모두 그 후에 나온 것이다. '신경향'이라는 용어도 1925 년 7월
〈개벽〉지에 문예월평에서 내가 처음 사용한 용어였다. 『살인』, 『기
아와 살육』을 평하고서 "살인·자살을 그린다는 것은 살인·자살을
유치하는 원인을 그린다는 것이오, 경향이라 말함은 그 원인을 그
리는 점에 있어서의 경향을 말함이다." 김기진, 나의 회고록(세대,
1964. 7-1966. 1), 홍정선편,〈김팔봉문학 전집2〉(문학과 지성사,
1988) P.40.
주254) 박영희의 초기 작품으로 『산양개』 외에 『결혼전일』(개벽47, 1924.
5) 『전투』(개벽55, 1925. 1) 등 몇 작품이 있지만, 굳이 사냥개로 선
정한 것은 다른 작품에 비해 계급의식이 강하고 작품성에서 다소 앞
서기 때문이다.
주255) 『탈출기』는 1924년 10월 조선 문단 창간호 투고모집에 감상문으
로 응모하여 가작으로 발표된 것을 다시 개작, 1925년 3월 조선

품이라는 임화의 주장을 근거로 해서 선정하게 되었다.

문단 6호에 발표한 것이다.

(1) 언 어

앞서도 언급한 바 있지만, 신경향파 문학은 기법상 두 갈래의 흐름으로 나뉘어져 있었다. 그중 하나는 자연주의의 강한 영향 아래 '주관의 표현보다 대상의 묘사'를 작품의 주된 모티브로 삼는 것이고, 다른 하나는 주관의식이 강렬하여 새로운 계급의식을 전면에 배치하지만 현실의 묘사를 결여하고 있는 경향이다. 이른바 최서해 경향과 박영희 경향으로 구분될 수 있는 이러한 흐름은 전자의 경우, 주인공의 빈궁의 문제가 전체성과 관련하여 형상화되지 못하고 현상의 직접성만을 보여줄 뿐 미래에 대한 전망은 결여되어 있다. 이에 비해 후자는 일본에서 수입된 이데올로기로서 사회주의 이념을 적극적으로 내세우지만 객관적 현실에 대한 구체적 탐구와 묘사가 결여되어 있다.

> (a) 오늘날의 문명 ─ 자본주의의 문명 ─ 은 사람들에게 있어서 양잿물이나 비상 같은 것이다. 먹기만 하면 그 독이 온몸으로 퍼져 흘러서, 얼굴로, 사지로, 피부의 털구멍마다 온갖 곳으로 그 독이 배어 나오는 것이다. 살가죽의 구멍을 찾아서 피는 흐르고, 오장의 썩은 물 흐르는 그와 같은 독액(毒液)이다.
> ─『붉은 쥐』, P.21

> (b) 어두운 밤에 잠자지 못하고 이다지도 목이 터지는 듯하게 짖는 개의 소리는 이 넓은 집을 둘러싼 침묵보다도 더 두렵고 괴로운 울음소리 같았다. 추운 바람이 넓은 사랑마당에서 먼지를 몰아가지고 죽은 듯이 고요한 대청 속으로 몰려 들어간다. 모든 것은 잔다. 그러나 바람만이 무슨 감춘 물건을 찾는 듯이

넓은 우주의 새새틈틈으로 혹은 위엄 있게 혹은 가냘프게 휘돌
아다니는 듯하였다.

―『산양개』, P.73

(c) 콧구멍만한 부엌방에 가마를 걸고 맷돌을 놓고 나무를
들이고 의복가지를 걸고 하면 사람은 겨우 비비고 들어앉게 된
다. 뜬 김에 문창은 떨어지고 벽은 눅눅하다. 모든 것이 후줄근
하여 의복을 입은 채 미지근한 물 속에 들어앉은 듯하였다. 어
떤 때는 애써 갈아놓은 바지가 이 뜬 김 속에서 쉬어버렸다.

―『탈출기』, P.95

(a)와 (b)는 작가의 주관적 관념을 그대로 노출하고 있는 김기진
의 『붉은 쥐』와 박영희의 『산양개』이고, (c)는 최서해의 체험적 고
백을 소설로 옮긴 『탈출기』이다. 『붉은 쥐』의 경우, 작중인물이 설
정되고 그 인물에 의해 이야기의 흐름이 전개되고 있다는 것을 제
외하면, 마치 작가의 논설을 보는 듯 작품으로는 너무 미숙하고 유
치하다. 작가 의도가 너무 강하게 드러나 이데올로기의 방향만 다
르지 전대의 계몽주의와 본질에선 크게 다르지 않은 느낌까지 준
다. 한자어・영어 같은 외래어의 사용이 너무 빈번하고, 문장의 길
이도 너무 길어 호흡하기가 힘들다. 관념어가 그대로 노출되는 이
러한 문장은 로맨스냐 노벨의 문장이냐 이전에 소설의 언어로 볼
수 없는 것들이다. 또한 "느끼고, 생각하고, 중얼거리고"와 같은 고
백체식 문장이 전편에 이어지고 있다.256) 바로 관념어의 남용은 인

주256) 『붉은 쥐』에서는 고백체의 문장이 다수 발견된다. "이와 같이 똑
　　　같은 때에 세 사람은 입속으로 중얼거렸다.(P.17) 형준이의 이와
　　　같은 꿈, 참말로 가엾은 꿈은, 그가 길거리로 돌아다닐 때, 더
　　　굉장하고, 곱고, 찬란하였다.(P.18), 형준이는 때때로 이와 같이

물의 행동을 제약하기 때문에, 주인공의 성격이나 행동을 지시하는
언어가 나타나지 않는 것이다. 도입부분에서 인물의 대화가 나타날
때나 후반부에 인물의 행동이 실천으로 옮겨질 때 관념어 사용이
그만큼 줄어드는 것은 이를 반증한다 하겠다.

　박영희의 『산양개』는 '도적을 충실히 지키는 마지막 주인', '양심
의 도적'이라는 풍자적 패러디를 통해 사냥개를 마치 의적처럼 우
화시켜 프롤레타리아의 저항과 투쟁을 시사해 주고 있는 작품이다.
(b)의 문장은 (a)에 비해 관념어나 외래어의 남용은 찾아볼 수 없
고, 일부 인물심리나 분위기 묘사에 있어 다소 치밀한 서술이 엿보
인다.257) 그러나 소설에서 이야기 진행의 기본이라고 할 수 있는
대화가 상실되고 모든 것이 지문 형태로 취급되고 있다. 이 소설의
특징 중의 하나는 무산계급의 자본가에 대한 계급투쟁을 강조하기
위해 사냥개라는 동물을 동원한 점이다. 우화란 원래 현실과는 거
리가 있는 것이다. 그러므로 작가의 체험적 현실은 전혀 등장하지
않은 대신에 작가의 관념만이 동물을 통해 형상화되고 있을 뿐이
다. 작가의 관념이 겉으로 강하게 드러날 때, 작품의 대화는 사라
지고 이야기의 현실성은 약화되게 마련이다. 따라서 작가의 관념적
언어가 빈번하게 노출되고, 꿈이나 환상, 연상수법 등이 주로 사용

생각해 보는 적도 있었다.(P.20) 별안간 그는 배가 고프다는 것
을 느꼈다. 그 순간에 그는 어떠한 이상스러운 흥분을 깨달았
다.(P.27)" 등.

주257) 백철은 다른 작품들이 관념적 성향 때문에 억지로 사건을 만들어
부자연스러운데 반해, 『산양개』만큼은 주제나 사건의 전개가 자
연스럽고 수전노인 늙은 주인공의 심리묘사가 인상적인 점, 주위
분위기의 서술이 치밀하다는 점을 들어 이 작품을 신경향파의 가
장 성공한 작품으로 꼽고 있다. 신문학사조사, 앞의 책, P.314.

됨으로써 작품의 리얼리티에 큰 손상을 입게 되는 것이다.

　이렇게 김기진과 박영희 소설의 문체적 특징은 작가의 주관적 관념을 표출하는데 급급하여 근대소설이 갖추어야 할 전제조건의 하나인 현실의 형상화가 전혀 이루어지지 않은, 뼈만 앙상한 소설을 창작해 낸 것이다. 관념어가 남용되고 있다는 것은 일상어와 토착어의 사용을 지향하는 노벨의 기본 원칙에 저촉되는 것이다. 그것은 또한 비일상적이고 추상적이기 때문에 사물의 객관적인 묘사가 어렵고, 이에 작품의 구체성을 확보할 수가 없게 된다. 최소한 어휘나 문장의 측면에 본다면, 『붉은 쥐』나 『산양개』는 작가의 개성이 전혀 반영되어 있지 않은 노벨의 언어로 취급될 수 없는 것들이다.

　미래에의 전망이 결여된 대신에 현실의 형상화가 이루어져 극찬을 받은 작품이 바로 최서해의 『탈출기』라고 할 수 있다. (c)의 문장은 (a)나 (b)의 관념적 언어와는 전혀 차원이 다른 문학적인 언어이다. 문장도 언문일치가 이루어져 있고, 길이도 그리 길지 않으며, 체험을 직접적으로 표현하다보니 리얼리티도 살아나는 특징을 보인다.258) 작가의 주관에 의한 묘사가 아니라, 사물이나 대상을 객관적으로 그리려는 노벨의 문장이라 할 수 있다. 최서해의 조선어에 대한 인식은 그가 제대로 된 교육을 받지 않았음에도 불구하고 매우 세련됨을 보여준다. 서해는 소설을 쓰려는 사람은 "적어도 '조선어'의 특유성과 조선 사람의 정조를 알아야 하고 그러기 위해서는 케케묵은 신소설을 독파하지 않으면 안 된다"259)고 주장한 바 있다. 그래서인지 서해의 문장에는 신소설, 고대소설 문장에서 발전

주258) 신춘호, 최서해-궁핍과의 문학적 싸움(건국대출판부, 1994), P.27.
주259) 박상엽, 감상의 7월(매일신보, 1933. 7. 14).

된 세련된 서술문체와 한국어 구성의 특징을 체득한 부분이 많아 보인다. 특히 (c)의 글에서 주목되는 것은 설화문학 판소리계열의 고문체에서 흔히 보이는 의성어나 동어반복의 적절한 사용 등이 보인다. 그것은 현장을 생생하게 시각적으로 재생 모방하는 운율적 기법으로 서해의 문장기법이 리얼리즘에 접근될 수 있는 매체가 되고 있다.[260]

이상에서 알 수 있듯이 초기 신경향파 문학의 언어는 일부 최서해의 체험적 문장을 제외하고는 전대의 발전적 요소를 발견할 수가 없다. 동시대의 김동인이나 염상섭은 물론 이광수의 문장도 극복하지 못한 치졸하고 관념적인 문체라고 할 수 있다. 그러나 이런 경향은 본격적인 프롤레타리아 문학이 아니고, 지식인 문학의 일종으로 체험적 삶의 현장을 경험할 수 없는 이들이 자기의 계급적 지식을 설명하는 방편으로 소설의 창작방법을 원용했기 때문일 것이다.

(2) 인 물

신경향파 작품들은 그 제재가 한결같이 빈궁의 문제였다. 그 이전의 소설들이 주로 중류계급의 생활을 제재로 삼았다면 신경향파 문학은 소작인, 노동자 등 극빈층의 궁핍상을 그리며, 지주계급이나 부유층을 사회적인 악으로 설정하여 공식화하는 것이 대부분이

주260) 서해다운 개성적인 문체는 초기 문장에서 찾아야 한다. 후기문장은 이광수나 염상섭 류의 계몽적 문체에 가까운 것으로 문장이 산만하고 길어진다. 조남현은 이를 진술과다라고 표현한다. 일제하의 지식인문학(평민서당, 1978), PP.16-32.

었다. 김기진은 대중소설의 조건으로 1) 제재를 노동자와 농민의 일상생활에서 취할 것 2) 물질생활의 불공평과 그 제도의 불합리로 야기되는 비극을 주요소로 하고, 그 원인을 명백히 인식하게 할 것 3) 숙명적인 정신의 참패를 보이고 동시에 새로운 힘찬 인생을 보일 것 4) 신구도덕이 가정적 충돌에서 반드시 신사상의 승리로 할 것 5) 빈부갈등은 정의로써 다룰 것 6) 연애를 취급해도 좋으나 그 것을 배경으로 사용할 것[261] 등을 언급하였다. 이는 의식 정도가 낮은 대중에 맞추어 문예의 정도를 낮추어야 한다는 주장인데, 마르크스주의는 대중적이라기보다 언제나 정예 중심의 혁명노선이라는 점에서 임화 등의 원칙론자들에게 비판의 대상이 되기도 한다.[262]

경향문학에서 주인공들은 작가에 의해 목적의식을 지닌 투쟁적인 인물로 나타나는 것이 상식이다. 즉 작가의 주도적인 입장이 주인공의 행위가 되고 이것이 결국 작품의 행동으로 나타나게 마련이며, 곧 작품 속의 주인공은 전위적 인물 혹은 완성된 인물로서의 '완결된 인물'[263]이 된다. 따라서 개인의 문제는 현실을 헤쳐 나가는데 부차적인 것에 불과하고, 현실을 헤쳐 나가면서 부딪히는 문제는 일종의 모험이 되고 주인공 자신은 그 해결의 임무를 맡게 된다. 문제는 완결된 인물이 근대사회에 있어 그 단계의 모순을 형상화하는 장편소설에는 주인공으로 등장할 수 없다는 데 있다. 오히려 이런 인물의 소멸과정은 장편소설로서의 가능 즉 본격적인 소설에로의 가능성과 밀접한 관계를 가진다는 점이 중요하다. 따라서

주261) 김기진, 대중소설론(동아일보, 1929. 4. 18).
주262) 임화, 김기진에게 답함(조선지광, 1929. 11).
주263) 서경석, 근대 리얼리즘문학사연구(태학사, 1998), P.59.

254

완결된 주인공은 고대의 서사시나 로맨스에서나 가능한 것이지 근대소설에서 이들이 부각되면 작품 자체에 손상을 입게 마련이다. 완결된 주인공이 작품에 의도적으로 개입하게 되면 그만큼 작품 속의 리얼리티는 훼손되고 작품의 내용도 추상화되거나 관념적으로 흐르기 때문이다.

『붉은 쥐』의 주인공 박형준은 시대를 고민하는 룸펜 지식인이며, 『산양개』의 주인공 정호는 불순한 과거의 행적으로 인해 양심의 가책을 느끼며 항상 불안에 떨고 있는 인색하고 추악한 지주계급으로 등장한다. 『탈출기』의 박 군은 극도의 궁핍으로 간도로 이민을 떠난 유랑민으로 무산자 계층이다. 이들 작품에 나오는 인물 계층은 『산양개』의 정호를 제외하고 대부분 중산층 이하의 극빈층들로 구성되어 있다. 그러나 지급계급으로 나오는 정호는 부르주아 계급의 추악함으로 드러내기 위해 작위적으로 설정된 반동적 인물이기 때문에 노벨의 성격과는 무관하다고 할 수 있다. 다만, 박형준의 성격이 문제인데 룸펜 지식인은 일정한 계급이나 계층의 개념으로 볼 수 없는 특수한 성격을 지니고 있기 때문이다. 일단 중산층으로 볼 수 있으나, 노동자 계층의 연장으로 분류될 수도 있다.[264] 『탈출기』의 박 군의 경우 처음에는 남에게 글을 가르칠 수 있는 농민으로 중류층 이상으로 간주할 수 있으나, 현실에서는 유랑민에다 경제적으로 궁핍에 시달리기 때문에 본질적으로 노벨의 인물이 된다. 노벨이 당대에서 발견될 수 있는 보통사람을 그리는 문학이며, 인물의 하락구조를 가진다고 할 때, 박형준이나 박 군은 노벨의 인물로

주264) 조남현, 한국현대소설에 나타난 지식인상 연구(서울대 박사논문, 1984), P.161.

적격이라 할 수 있다. 다만, 이념적 측면에서 박형준이 우매한 민중을 위해 현실사회의 개혁을 도모하기 위한 의도를 지니고 있고, 박 군 역시 궁핍한 자신의 가족보다 더 고통당할 인류를 염려하여 탈출을 감행하는 이상주의자다. 이상주의자는 로맨스의 인물은 될 수 있으나 노벨의 인물로는 부적합하다. 여기에서 신경향파 문학은 작자의 의도가 인물에 주입됨으로써 로맨스적 경향을 띨 수밖에 없고 관념성이 강한 문학으로 전락될 수밖에 없음을 보여준다.

그러면 인물의 유형을 알아보기 위해 주인공의 성격이 어떠한 방식으로 변화하고 있는가를 알아본다. 먼저, 『붉은 쥐』의 박형준은 길을 가다 죽은 '피 묻은 쥐'를 발견하고부터 관념에서 현실의 세계로 돌아오며 행동이 변화하게 된다. 생명을 걸고 활동하는 쥐의 생태를, 치열한 생존경쟁에 적응하여 살아가기 위해 문명이나 윤리의 껍질을 벗고 살아가는 인간의 본능의 방법과 같은 수준으로 본 것이다. '피 묻은 쥐'라는 제3의 매개물이 없이는 절대 주인공의 행동이 실천으로 옮겨지지 않는다. 관념이 현실로 전개되어 가는 과정에서 스스로의 해결방법을 찾지 못하는 작가가 선택할 수 있는 유일한 방법이라 할 수가 있다. 어쩌면 이것도 작가의 관념을 더욱 노출시키는 요소가 될 뿐 근본적인 해결을 이루어내지 못하기 때문에 결말에서 형준이 강도짓을 하다 죽을 수밖에 없는, 즉 실천적 행동으로는 진행되지만 미래에의 전망을 이끌어내지 못하는 불완전한 인물에 불과하다.

김기진이 『붉은 쥐』에서 보여준 인물의 새로움은 모순된 현실에 반항하고 이의 해결점으로 투쟁을 선동한다는 것이나 미래에의 전망을 밝혀 내지 못하고 죽음으로써 그 한계성을 보인다. 이에 비

256

해, 박영희의 『산양개』에서는 무산계급의 상징인 사냥개가 유산계급인 주인을 죽인 후 자유를 찾아 떠난다는 구조로 설정되어 등장인물의 투쟁성에서 한 단계 진일보한 모습을 보여준다. 양심의 도적인 주인을 물어 죽이고 자유를 찾아 떠나는 사냥개는 무산계급층을 동물로 우화화 시켜 표현한 것이다. 그러나 무산계급을 동물로 상징 처리함으로써 그 주인을 물어 죽인다는 결말의 부자유스러운 시각은 자연주의의 사실적 수법에 익숙해진 독자들에게는 공감을 얻기가 힘들 수밖에 없다. 『산양개』는 자연주의 수법을 완전하게 습득한 후 쓰여진 작품이 아니라 계층의식의 선전과 선동을 지나치게 의도함으로써 관념성이 노출되는 작품이라 하겠다.

김기진과 박영희 소설의 특성을 보면, 가진 자와 못 가진 자의 극한 대립을 통해 계급의식을 극도로 부각하려는 의도를 드러내 보이고 있다. 작가의 의도성에도 불구하고 이들 작품들은 이전까지 문단의 주류를 형성하던 패배적 분위기를 일소하고 새로운 경향으로서 프롤레타리아 계급의 저항을 전면에 내세웠다는 점에서 높이 평가해야 할 것 같다. 현실 앞에서 도피하고 절망하기만 하던 전대의 주인공들에 비해 모순된 현실에 반항하는 새로운 인물유형을 창조하였던 것은 나름의 의의라 하겠다.

한편, 『붉은 쥐』나 『산양개』에 비해 『탈출기』에서 발견되는 실감나는 인간상은 그가 처한 시대나 가정적인 배경을 통해 형상화 된 것이기 때문에 흥미성과 함께 독자의 공감을 얻어 낼 수가 있다. 즉 빈궁한 현실체험을 바탕으로 한 서해의 소설 주인공들은 간도이민, 유랑민, 부랑노동자로서 일상적인 삶과 극도로 고립된 인물이다. 따라서 주인공들의 삶이 지극히 파편적인 까닭에 작품이 확보할 수 있는 공간은 매우 협소해 질 수밖에 없는데, 서해는 죽음으로 직결될 정도의 극한적 궁핍상황으로 이를 해결하고 있다. 『탈출기』의 주인공은 본래 도덕적인 선량함과 인간적인 성실함을 지닌 인물이지만, 당대의 궁핍한 환경의 영향으로 매우 격정적이고 반항적인 인물로 돌변한다. 직업도 처음에는 농민이었으나 식민지하에서 토지를 잃고 이로부터 유리되어, 간도로 떠돌아다니는 노동자라고 할 수 있다.

> 나도 사람이다. 양심을 가진 사람이다. 나는 여태까지 세상에 대해 충실하였다. 어디까지든지 충실하려고 하였다. 내 어머니, 내 아내까지도 뼈가 부서지고 고기가 찢기더라도 충실한 노력으로 살려고 하였다.
>
> ─『탈출기』, P.26

주인공이 반항적 성격으로 바뀌는 것은 식민지적 상황 아래에서 생존을 위한 극한 대립이란 삶의 원초적 문제에서 비롯되지만, 끝내 해결하지 못하고 오히려 정신적인 외상만 입게 된다. 따라서 초기에는 불안과 고통에 쌓여 있다가 그것이 외부적 자극을 받게 되면 살인, 방화와 같은 강한 대응방식으로 발전한다. 아울러 서해의 소설에서는 주로 등장하는 인물들을 통해 몇 가지 공통적인 사항을 발견할 수 있다. 먼저 작가 자신을 연상시키는 주인공인 '나'(혹은 특정인물)는 극한적인 빈궁상태에 놓여 있으면서도 겸허한 입장에서 최선의 노력을 다하나, '나'의 선의는 받아들여지지 않고 멸시되고 천대되기 일쑤여서 빈궁에 대한 반항심을 품게 되고 최악에 이르면 발작적 행동도 서슴지 않는다. 그러나 작가의 의도적인 계급

258

적 반항의식은 찾아볼 수 없고, 작가의 빈궁에 대한 본능적이고도
자연발생적인 저주나 반항만을 발견하게 된다. 또한 주인공의 주변
에는 전통적인 아내와 어머니가 등장하는데, 착하고 언제나 말이
없는 '나'의 아내는 남편의 뜻을 받들어 갖은 어려움을 감수해 나가
지만 이따금 병고에 시달리는 존재로 나타난다. 그리고 어머니는
병약하거나 가난 때문에 고생하는 아들이나 며느리를 위해 헌신적
인 노력을 아끼지 않는 전형적인 한국 여인상으로 묘사되어 있
다.265) 이렇게 서해소설에 나타나는 인물들은 모두 정상적인 삶을
영위하지 못하고 극심한 가난 속에서 참담한 생활을 하지만 순박하
고 양심적이며 도덕적인 인물들이다. 그러나 『감자』의 복녀가 그런
것처럼, 이들도 환경의 영향을 받아 매우 격정적이며 반항적인 인
물로 돌변한다.

(3) 외 형

초기 신경향파문학을 주도했던 인물은 김기진과 박영희로서, 이
들은 신사상에 의거하여 당시 조선 문학에 새로운 방향을 제시했
다. 김기진의 문학론은 생활이 변화하므로 문학도 변화한다는 취지
아래 생활의 문학을 창작하기 위해서는 의식의 프로화가 필요하며,
창작방법으로는 '현실비애의 폭로'를 주장한다.266) 그러므로 "당대
의 조선 문학은 자본주의 문명 아래에서 핍박받는 대중의 고민과
반발하는 힘과 반역하는 의기와 진리를 추구하는 감격과 인생에 대

주265) 채훈, 1920년대 한국작가연구(일지사, 1976), PP.103-104 참조.
주266) 김기진, 금일의 문학·명일의 문학(개벽, 1924. 2).

한 열정을 아울러 가져야 하는 문학이 되어야 한다"267)고 주장한다. 반면 박영희는 "프로작가는 무산자의 생활을 주관적으로 한 고통으로서 표현하지 않으면 안 되고 그러므로 해서 그들이 동경하는 그들의 생활, 그것이 기대하는 새로운 세계를 창조해야 한다"268)고 밝힌다.

이러한 문학론은 신경향파 초기 소설의 출발점이 될 수 있으며, 이를 반영하는 것이 주관의 강한 표현으로 특징 되어지는 그들의 소설이라고 할 수 있다. 따라서 초기 경향소설은 주관적 관념의 표출과 함께 고통스러운 현실의 묘사라는 양상을 띠게 되며 목적의식기 경향소설로 나아가는 단계에 있어서 초기 역할을 담당하게 된다. 한편, 김기진과 박영희가 작위적으로 설정된 작품공간을 통하여 작가 자신의 주관을 표현한 것이라면, 또 다른 줄기는 극도의 궁핍한 생활체험을 주제로 소설화한 최서해에게로 연결된다. 초기 신경향파 문학이 생활의 문학을 강조하여 왔다는 점에서 주로 농민이나 노동자의 빈궁한 삶을 그대로 묘사하려는 최서해의 작품 경향은 프로문학의 현실적인 토대를 제공한 셈이다.

먼저 주요 텍스트의 시공간을 살펴보면, 세 편 모두가 1920년대 현실을 배경하고 있되, 『붉은 쥐』는 어느 대갓집을 개조한 사글세방, 『산양개』는 위치가 밝혀지지 않은 지주계급의 집, 『탈출기』는 간도를 그 공간적 배경으로 하고 있다. 『붉은 쥐』의 공간을 제외하고 『산양개』는 시간과 공간의 위치가 불분명하며, 『탈출기』는 '여기, 지금'과는 다소 거리가 먼 간도로서, 노벨의 공간으로는 적합하

주267) 김기진, 당래의 조선 문학(매일신보, 1924. 11. 16).
주268) 박영희, 신흥문예의 내용(시대일보, 1924. 1. 4).

지 않다. 다만 간도라는 공간이 현실과 단절된 것이 아니라 어쩔 수 없는 환경에 의해 이루어진 또 하나의 현실이라는 점에서 노벨의 요소로 인정할 수도 있겠다.[269] 이들 공간의 역할은 나름대로 소설의 플롯을 전개하는데 중요한 위치를 차지하고 있다.

『붉은 쥐』의 박형준이 위치하는 공간은 옛 양반집 줄행랑을 개조하여 만든 사글세방으로 "사는 게 뭐에요, 벌거지죠…… 먹고살라니.", "무얼 하러 알뜰한 이 세상에 나왔는지……"를 뇌까리며 자신의 삶을 한탄하는 무기력하고 가난한 민중들이 거처하는 것이다. 이곳은 "돈 많은 훌륭한 사람, 점잖은 도적놈들 속에서 보통학교 아이들은 일본노래나 부르고 다닌다"는 현실과 대립된다. 여기에서 형준은 무기력하고 가난한 민중과 그들의 공간인 현실의 모순에 대해 갈등하고 고민한다. 그리고 모순된 현실에서 발견하는 것은 전차, 자동차로 대변되는 '거짓과 때투성이의 문명화된 사회'이며, '그 안에 행세를 하고 다니는 신수 좋은 도적놈들'을 미워한다.

『산양개』의 기본 공간은 주인공 정호의 집으로 한정되어 있으며, 여기에서 일어난 하루 밤 사이의 사건이 주요 내용이 된다. 이곳은 작가의 관념에 의해 이루어진 상상의 공간이므로 구체적이고 현실적인 노벨의 공간이 아니다. 다만 옥내의 분위기를 음침하면서 불안하게 묘사함으로써 수전노인 정호의 공포를 간접적으로 암시하고

주269) 작가들이 취급한 간도로의 이민은 문화적으로의 이민이 아닌 사람의 이동으로, 이주 공간에는 전혀 연대성이 없어 국외자의 양상을 띤다. 이곳으로 이주해간 많은 사람들은 소작인의 신세를 면치 못하고 막노동을 하거나 심지어 지주에게 가족을 빼앗기는 등 많은 고통을 받았다. 전혜자, 현대소설사연구(새문사, 1987), P.133 참조.

있다. 그가 불안에 떨고 있는 근본 원인은 그가 논을 사기 위해 은행에서 찾아온 삼만 원과, 과거 '기근 구제비'와 '소학교 기부금'을 주지 않았다는 점, 그리고 현재 다섯째 첩인 처녀의 정조를 유린한 후 약속한 삼천 원을 주지 않은 것 때문에 안절부절 한다. 그러던 중 정호가 돈이 든 금고를 큰마누라 방에 옮겨놓기 위해 가던 길에 오히려 자신의 사냥개에 도둑으로 몰려 죽임을 당한다.

사실 이 두 작품은 작가의 관념적 노출이 심하고 의도된 목적 하에 작품구성이 이루어지기 때문에 근대적 소설로서의 완성도를 바랄 수 있는 처지가 못 된다. 박종화는 『붉은 쥐』에 대해 "혼돈, 피폐, 무기력에 가라앉은 소설을 향하여 한 대의 날카로운 화살을 던진 것이며, 시대와 시대를 금 그어 놓은 조그마한 서곡"이라고 높이 평가하면서도, "소설로 볼 때 군데군데 묘사에 철저치 못한 점과 급전직하로 허무맹랑하게 주인공을 죽여 버린 것은 가장 큰 실패"라고 지적하고 있다.[270] 박영희도 월탄과 같이 "문학적으로 보아 그 구상이나 묘사가 어떻다고 논평하기보다는 새 시대 문학혁명의 선언"[271]으로서 그 가치만은 인정하고 있다. 『붉은 쥐』가 시대와 시대를 금을 그어 놓았다는 것은 기존의 무기력한 자연주의나 데카당스한 감상문학에 한 전환점을 제공하였다는 의미이며 묘사나 플롯 면에서의 언급은 소설 형식상의 미숙함을 말한다 하겠다.

한편, 자연주의 소설이 결말에서 주인공의 죽음을 통해 아무런 전망도 제시하지 못하는 것에 비해 박영희는 "우리의 생활이 우리 문예를 창조한다"[272]라는 소견 아래 미래 지향적인 전망을 구체화

주270) 박종화, 갑자문단종횡관(개벽 54호) PP.116-117.
주271) 박영희, 현대한국문학사(사상계, 1958. 7), P.65.
주272) 박영희, 앞의 책, P.96.

시키고자 한다. 이른바 신경향파 문학의 정치투쟁을 목적으로 창작 방향의 전환을 예고한 작품이 바로 『산양개』라고 할 수 있다. 그러나 김기진은 "소설은 하나의 건축이다. 기둥도 없이 석가래도 없이 붉은 기둥만 입혀 놓은 건축이 있는가"[273]라고 지적하고 있다. 소설이 개연성을 가질 수 있어야 함에도 이를 지니지 못했고, 최소한의 형식적인 요건을 갖춘 건축물이어야 함에도 그렇지 못했다는 것이다. 이런 지적은 현실에 대한 집요한 모색이 포기되어 추상적이 되어버린 박영희 소설을 형식적인 실감의 차원에서 비판함으로 해서 다시 반론을 얻게 된다. 박영희는 아직 완전한 소설을 만드는 것은 시기상조라고 밝히면서, 묘사의 공과는 가공의 미를 창조함에 있다고 주장하고 있다. 그러나 사상의 직접적 전달을 위해 소설형식을 자의적으로 만들어냈다는 것은, 박영희 스스로를 정당화시키는 발언이며, 자신의 한계성을 드러내는 것이기도 하다.

이들 작품의 문제점은 스스로의 논쟁에서도 지적되었지만, 플롯의 합리성과 개연성이라는 노벨의 요소와 전혀 별개라는 데 있다. 노벨의 플롯에서 가장 중요한 건 우연성의 배제이며, 이는 사건의 전개가 합리적으로 연결되어야 한다는 점이다. 『붉은 쥐』에서 인텔리인 주인공이 배고프다는 욕망으로 인해 갑자기 강도로 돌변하고, 떡 한 개를 살만한 돈이 없는 사람이 갑자기 권총으로 반격을 하는 등 소설로서의 미숙한 처리가 눈에 띈다. 『산양개』에서도 문예의 '투쟁적 의지'를 부여하기 위해 사냥개라는 가공의 매개 요소를 설정했지만, 이로 인해 계급적 갈등이 우화적으로 처리되고, 갈등의 원인과 결말부분도 싱겁게 마무리되어 소설로서의 기본축도 마련하

주273) 김기진, 〈문예월평〉, 조선지광, 1926. 12.

지 못한 꼴이 되었다. 이런 요소들은 시공간의 사건들이 현실 속에서 나타날 수 있는 것이라야 한다는 개연성의 원리에 기본적으로 위배되는 사항들이다.

『탈출기』의 배경 설정은 이국땅인 간도로서, 새로운 삶의 터전이 아니라 여전히 궁핍과 각박함만이 남아 있는 고통의 공간이다. 절박한 현실의 삶을 벗어나기 위해 가족과 함께 이곳으로 왔으나 어떤 희망과 미래가 없는 그야말로 혹독한 생활만이 남아있는 공간인 것이다.

> 나는 농사를 지으려고 밭을 구하였다. 빈 땅은 없었다. 돈을 주고 사기전에는 한 평의 땅이나마 손에 넣을 수 없었다. 그렇지 않으면 支那人의 밭을 도조나 타조로 얻어야 한다. 일년 내 중국 사람에게서 양식을 꾸어먹고 도조나 타조를 지으면 가을 추수는 빚으로 다 들어가고 또 처음 꼴이 된다. 그러나 농사라고 못 지어 본 내가 도조나 타조를 얻는대야 일년 양식 빚이고, 또 나 같은 시로도에게는 밭을 주지 않았다.
>
> ―『탈출기』, P.19

이렇게 모든 것이 궁핍한 상황에서 온돌장이, 삯김, 삯심부름군, 삯나무, 두부장수, 대구어장사 등 갖은 짓을 다하나, 인간이 살아갈 수 있는 최소한의 생존도 할 수 없게 된 박 군의 처지는 현실의 모순을 깨닫고 저항할 수밖에 없는 것이다. "모든 식구가 퍼레서 굶고 앉은 꼴을 나는 그저 볼 수 없었고", "시퍼런 칼이라도 들고 하루라도 괴로운 생을 모면하도록 쿡쿡 찔러 없애고 나까지 없어지든지, 나가서 강도질이라도 하여서 기한을 면하든지" 하는 극한적인 상황의 절규는 박 군으로 하여금 부조리한 제도에 대해 자생적인 반항의 대상을 찾게 만드는 것이다. 이렇게 『탈출기』는 간도라는 극한의 현실 앞에서 겪는 쓰라린 고통을, 작가가 실제 체험한 바를 서술한 것이기 때문에 리얼리티가 살아있는 것이다. 다만 한 가족이 직면한 죽음에 이르는 궁핍한 상황을 제시하는데 멈출 뿐, 당대 현실의 전체적 모순에서 비롯되는 빈궁문제를 올바르게 반영하지는 못하고 있다.[274] 이 작품은 애초에 감상문 형식으로 쓰여졌는데, 이후 서간체식 구성을 이용하여 소설로 개작 발표된 것이다. 1920년대 초반 유행한 바 있는 서간체소설은 서간이 작품 중요 부분의 한 형태로 삽입되는 경우가 주를 이루며, 삽입되는 시간의 있어 상호 교신의 형태보다는 일방송신형 즉 한 사람이 한 수신자에게 보낸 편지의 모음 형식을 취해서 어떤 사건의 전말을 보여주기 위한 장치로 선택되고 있다.[275] 또한 작가가 곤경에 빠진 자신의 과거 경험담을 회화적 회상으로 몽타주 해 자신을 작중화자로 설정, 일인칭화 함으로써 탈출기를 일관된 소재로 엮는데 성공하고 있다. 즉, 등장인물들이 뼈저리게 느낀 심리상태를 주인공의 직접적인 고백의 형태로 서술했기 때문에 독자가 공감하게 되는 것은 서해미학의 새로운 지평을 의미한다. 아울러 회화적 회상에 의한 몽타주 수법이란 서해가 자연주의자들의 세부적인 장면묘사를 극복하고 작중인물에 극화된 성격을 부여하여 빠른 템포로 움직이는 행동묘사가 가능하게 되었다는 점을 뜻한다.[276] 그리고 플롯의 종결법에 있어

주274) 김윤식·정호웅, 한국소설사(예하, 1993), P.124.
주275) 최병우, 한국 현대소설의 미적 구조(민지사, 1997), P.71. 1920년대 초반 일인칭 소설 60여 편 중 18편이 서간체 형식으로 발표되었다.

서도 처음의 상황보다 나중의 상황이 현저하게 나빠진, 이른바 노벨에서 선호하는 비극적 종결법을 사용함으로써 근대소설로서의 형식을 갖추었다.

『탈출기』가 단순한 제재를 바탕으로 서해소설의 체험보고문이라고 일컬어지면서 높은 평가받을 수 있었던 것은 비록 간도라는 공간으로 현실과의 거리감은 있지만, 그 자신만의 체험적 정서, 즉 현실에서 일어날 수 있는 플롯의 개연성이 소설을 탄탄하게 지탱하고 있기 때문이다. 또한 작자의 체험을 주된 제재로 삼고 있으면서도 소위 심경소설이나 사소설적 경향으로 흐르지 않고 있음은 빈궁에 대한 반항심이 너무나 강했기 때문일 것이다. 말하자면 현실성에 뿌리를 둔 사실주의 문학으로서의 경향을 갖게 된 근거이며, 동시대의 사회적 역사적 당면과제를 폭넓은 시야로 구성했다는 점에서 의의가 있다. 따라서 이 작품의 노벨적 요소는 형식적인 기교보다는 그 내용의 현실성이 견고하다는 데 있다.

(4) 주 제

예술이란 '말이 아름답고 고귀한 형식 속에 기록된 가치의 총화'를 뜻한다면, 장르란 규칙의 틀에 종속된 예술형식을 의미한다. 그러나 20년대 소설이 자아와 사회의 발견에까지 진전되고 사회성의 기능이 강조하게 되자 소설은 인간조건이 역사적이며, 사회적일 수밖에 없다는 데까지 이른다.[277] 형식보다는 실천으로서의 문학의 당위성이

주276) 윤홍로, 한국근대소설연구(일조각, 1980), P.237.

요구되고, 일부 지식인들은 즉흥적인 사회주의 사상에 자극되어 시대의 현실을 타개하는 수단으로 이를 받아들이게 된다. 어떻게 보면 20년대 초반 자연주의 경향으로 시대의 절망을 극복할만한 대안을 찾지 못하던 당대 지식인에게 사회주의 계급투쟁 사상은 미래의 전망이 명확한 이상주의적 이념으로 떠오르는 것이다. 하지만 일제라는 극단의 통제기관이 존재하는 한, 이들 이데올로기는 자유로울 수가 없었기 때문에 문학의 본질을 안으로 감추어 놓은 채 위장된 주제나 피상적 관찰로서 전개되는 경우가 많았을 것이다.

박영희는 자연주의가 방관적이며 의지를 버리고 감정보다도 다만 현실을 객관적으로 묘사하는 데 비해 자신의 이념을 신이상주의로 설정, 이를 "조선 전 민족의 생활에 큰 환멸의 심연이 가로 놓여있음을 감안하여 그것을 극복하는 당위의 문학론"으로 내세우고 있다.[278] 이 말은 초기 신경향파 문학이 삼일운동의 좌절로 인해 일어난 허무주의, 퇴폐주의를 극복하기 위해 생겨났음을 의미하는 말이다. 그런데 이렇게 시작된 신경향파 소설의 대부분이 당대 현실의 극심한 '가난'을 제재로 다루고 있는 점이 특징이다. 물론 가난은 20년대 소설의 보편적인 제재이기도 하지만, 궁극적인 것은 가난을 다루되 그것을 처리하는 소설적 수법이나 현실인식의 방법이 전혀 다르다는 데 있다. 『감자』에서 복녀를 매음으로 몰아넣은 것은 가난이었지만, 오히려 그 매음을 이용했고, 나아가 자아를 찾는 대상으로까지 여긴다. 그러나 신경향파 소설에서의 가난은 삶의 진실을 표현하기 위한 제재상의 문제가 아니라, 더 물러설 곳도 없는 죽음과도

주277) 미셀 제라파, 이동렬 역, 소설과 사회(문학과 지성사, 1977) P.31.
주278) 박영희, 자연주의에서 신이상주의로 기울어지려는 조선 문단의 최근 경향(개벽 44, 1924. 2), P.96.

같은 극도의 절박함으로서의 가난인 것이다. 따라서 가난을 몰고 온 사회나 현실에 대해 증오와 반항심을 갖고, 이를 해결하는 대안으로 살인과 방화와 같은 폭력을 수단으로 삼는다. 폭력은 미래에 대한 어떤 전망도 일체 포기하는 것이나, 중요한 것은 이들이 폭력을 통해 자신을 둘러싸고 있는 좀 더 근원적인 폭력의 정체를 깨닫거나, 혹은 비로소 자신의 존재를 확인한다는 점이다.[279]

일제의 검열로 인해 일부 삭제를 당한 흔적을 보이고 있는 『붉은 쥐』는 추악한 자본주의 현실에 대해 항거하는 젊은이의 심정을 드러내 보이고 있는 작품이다. 주인공인 '박형준'은 피곤한 시대에 패잔한 사람들이 우물우물 사는 무기력한 사람들의 자의식을 의식하면서, 자기 고백의 형태로 자신을 질식시킨 식민지 치하의 자본주의 문명을 저주하고 절망한다.

현대인의 모든 재앙은 이 문명병에서 나온 것이다. 사람들은 모두 식상했다. 단단히 식상했다. 그렇다 포식(飽食) 폭식(暴食)한 여독으로 가는 곳마다 식상한 사람의 얼굴이 우물우물하다. 그런데다가 더구나 식상한 한편으로는 영양부족으로 흐느적흐느적하고 있는 사람들이 구물구물하고 있는 것은 어찌 된 까닭이냐?

그렇다, 이것은 어찌 된 까닭이냐? 영양부족은 어찌 된 까닭이냐? 이것은 자본주의의 특색이다. 커머셜리즘(상업주의), 컬렉티비즘(집중주의)의 저주할 만한 결과일 뿐이다. 대량생산과 식민지 정책이 모두 다, 자본주의에서 근원되어 내려오지 아니한 것이라고 말할 사람이 누구냐.

―『붉은 쥐』, P.22

주279) 김철, 〈이익상의 소설과 신경향파〉, 한국현대소설연구(새문사, 1990), P.325.

박형준이 당대의 추악한 현실의 원인으로 자본주의의 문명을 지적하고 있는 장면이다. 곧, 현대인의 재앙은 문명병에서 나온 것이며, 문명병의 현상으로 커머셜리즘(상업주의), 컬렉티비즘(집중주의)에 의한 대량생산과 자산계급의 속물근성을 꼽고 있다. 당시 조선 사회에서 대량 생산체제나 근대화 정책 등 자본주의의 성숙기 병폐를 수용하기 이전 단계에 머물러 있었다는 사실을 감안한다면, 이런 지적은 일본에서 직수입된 사회주의 이념의 설명적 논리에 불과할 뿐이다. 주인공은 당대의 자본주의적 병폐를 강하게 지적하면서도 그 사회의 모순에 대한 구체적 진단도 없이 이데올로기적 선언에 불과한 피상적 주장을 전개하고 있다. 어쩌면 당대 현실이 일제의 식민 자본주의 정책에 의해 궁핍화되었다는 사실을 먼저 깨달았어야 했을 것이다. 도무지 자본주의의 병폐를 해결할 수 없었던 주인공은, "50년만 자다가 일어났으면 좋겠다"는 도피적 관념까지 불러오지만, 길가다 본 '피 묻은 쥐' 때문에 새로운 삶의 탈출로를 찾게 된다. '점잖은 도둑놈'들이 행세하는 모순 된 사회 속에서 살기 위해 생명까지 내놓고 활동하는 쥐의 생활철학에 감화를 받게 되고, 이는 형준의 직접적인 행동으로 다시 투시되는 것이다. 작가는 쥐의 생태가 사람의 생존방식이라는 비유를 통해, 계급의식으로서의 방향성과 실천노선을 설정하려 했던 것이다.

이렇게 논리의 과장과 비현실적인 갈등구조 등에서 이 시기 신경향파 소설의 현실인식이 얼마나 관념적이고 추상적인 수준에 머물러 있는가를 알 수 있다. 다만, 그 식민지 정책과 자산계급의 속물근성 등 이중적 모순을 명백히 의식하지 못하는 우매한 민중을 위해 주인공이 새로운 반동을 시도하였다는 점이 특기할 만하다. 곧 당시 식민지 조선의 참상에 대해 어떤 형식으로든지 투쟁해야 함을 선언함으로써 신경향파의 새로운 방향을 전망해 본 것이라 할 수 있겠다. 소설의 말미에 도둑질하다 들킨 형준이 순경에게 쫓기다 차에 치어 죽은 후 "서울 안의 신문은 이 일에 대해서 크나큰 거짓말의 기사를 내였다"라고 결론은 맺는 부분은 시대의 모순을 재차 강조하면서 작가의 시선이 사회성으로 확대되어 감을 시사한 것이다.

『산양개』는 역시 부르주아 사회의 추악상을 폭로하며 계급의식을 드러내기 위해 의도적으로 쓴 작품이다. 이 소설에서는 가난과 대응관계에 있는 '돈'이 제재가 된다. 마을의 지주이자 인색한 부자 '정호'는 도둑으로부터 돈을 지키기 위해 육십 원이나 넘게 주고 사냥개를 샀지만, 오히려 이 사냥개가 양심의 도적인 정호를 물어 죽이고 자유를 찾아 어디론가 떠나버린다는 우화적인 내용을 담고 있다. 여기에서 개의 주인인 정호는 항상 두려움에 떨고 있는 유산계급으로, 그리고 사냥개는 무산대중으로 극화되고 있다.

그날 밤새도록 개가 자지 않고 돌아다닌 것은 배가 고파서 먹을 것을 찾으려고 잠을 못자고 애꿎은 쥐만 물어 죽이었던 것이다. 그러나 도적을 충실히 지키던 개는 마지막 주인까지 죽여 버리고 다시는 어디로 갔는지 모르나 그는 살아 있으면 끝없이 넓은 대지 위에서 자유롭게 돌아다니며 주린 배를 불릴 것이다.

낮이면 굵은 쇠사슬에 목이 매여 있고 밤에는 그 줄을 끊어 놓는 그러한 아픈 생활도 다시는 그에게 없었을 것이다.

—『산양개』, P.81.

이 작품의 특징은 계급의식을 부각시키는데 있어 유산계급의 유형으로 수전노인 정호를 등장시키고, 그 반대편에 무산계급의 실체가 아닌 '사냥개'라는 동물을 삽입시켜 양심의 도적인 주인을 죽인다는 풍자성을 띠고 있다. 주인공 정호는 타락한 부르주아의 인색함과 추악한 이기심을 가진 전형적인 인물로서, 사냥개에 의해 죽음을 당한다는 것은 곧 프롤레타리아의 저항과 투쟁에 직면하게 됨을 묵시적으로 시사해주는 장면이다. 사실상 박영희의 소설을 특징지움에 있어 의도적인 관념의 노출이 그 중심에 놓인다. 이는 당시 신경향파 문학이 현실변혁을 지향하면서도 실천성이 결여된 관념적인 사고의 소산이었음을 입증하는 것이다. 이상에서 보듯이 김기진과 박영희의 소설은, 작가적 의도가 전면에 노출되고 문제해결에 있어 너무 안이하게 대처함으로써, 이 시기 경향파 소설들이 지극히 관념적이고 추상적인 수준에 머물고 있음을 확인시켜 주고 있다. 이런 태도는 현실을 바라보는 인식이 작가의 주관에 따른 선험적인 것으로, 실제 현실과 작가의 관념 사이에는 구체적인 현실의 반영이 전혀 이루어지지 않기 때문에 소설의 세계는 추상적 관념으로 일관되고 만다. 다만, 『붉은 쥐』에서 박형준은 자포자기식 폭력으로 어떤 전망도 없이 죽고 말았지만, 『산양개』에서는 무산계급이 폭력을 통해 부르주아 계급을 제거할 수 있다는 점에서 한 단계 진보한 것이라 볼 수 있다.

신경향파 소설의 특징을 잘 드러내면서도 작품유형 면에서 반대 지점에 서 있는 작가가 최서해라고 할 수 있다. 경향소설 초기에 가장 왕성한 작품 활동을 한 최서해는 우리 민족의 비극적 상황의 한 표현이었던 간도 유랑민의 참담한 삶의 모습을 그 자신의 체험을 바탕으로 절실하게 그려낸다.280) 『탈출기』는 궁핍을 주요 모티브로 하여 당대의 빈궁한 현실과 그 속에서 처절하게 살아가는 민중의 모습을 리얼하게 형상화한 작품이다. 주인공이 친구에게 보내는 서간체 형식으로 이루어진 이 작품은 만주로 이민을 가서 수탈과 모욕을 당하며 참담한 생활을 토로한 후, 모순투성이의 세상을 개혁하기 위해 결국 집을 나와 투쟁단체에 가입한다는 내용을 담고 있다. 그는 친구인 김 군에게 자신이 노모와 처자를 버리고 탈출하게 된 동기에 대해 편지로 쓰고 있다. 즉 '동양적 윤리관에서 절대시하는 수신제가치국평천하(修身齊家治國平天下)의 순위개념을 무시하고자 한 가장'으로서 자신이 제가(齊家)를 하지 않고 추상적인 치국이념(治國理念) 때문에 탈출을 한다는 것은 이론적으로 모순되지만, 궁핍한 현재의 상황과 이것이 부조리한 사회제도 때문이라는 점을 설명한다. 박 군은 자기의 도덕적 갈등에 충격을 준 김 군에게 자기 콤플렉스를 해소하는 의미에서도 자기의 과거 행동을 사회적 심리적 조건에서 해명하고자 한다.281) 그리고 박 군의 변명은 추상이 아니라 실제 체험에서 배어난 생생한 현실이라는 점에서 독자는 이를 공감하게 되는 것이다. 곧 극한적인 생활고의 원인이 식민지 시대 우리 민족의 전체적인 빈궁으로 이어짐을 서해는 이미 자신의 체험으로 인식하고 있는 것이다. 결국 박 군은 제도에서의 해방을 위해 적극적으로 투쟁하는 의미를 다음과 같이 말하고 있다.

주280) 역사문제연구소, 카프문학운동연구(역사연구소, 1989), P.153.
주281) 사실 박군의 모델인 서해 자신도 탈출기를 쓸 무렵 똑같은 위치에서 가족을 버리고 온 정신적 충격을 고민하고 있었다.

김군! 나는 더 참을 수가 없었다. 나는 나부터 살려고 한다. 이때까지는 최면술에 걸린 송장이었다. 제가 죽은 송장으로 남(식구)들을 어찌 살리랴. 그러려면 나는 나에게 최면술을 걸려는 무리를, 험악한 이 공기의 원류를 쳐부수어야 하는 것이다.

나는 이것을 인간의 생의 충동이며, 확충이라고 본다. 나는 여기서 무상의 법열을 느끼려고 한다. 아니 벌써 느껴진다. 이 사상이 나로 하여금 집을 탈출케 하였으며, ××단에 가입케 하였으며 비바람 밤낮을 가리지 않고 벼랑 끝보다 더 험한 산에 서게 한 것이다.

─『탈출기』, P.27

박 군이 벼랑 끝보다 더 험한 ××단에 가입하게 된 것은 개인과 사회의 대립을 하나의 세계로 합일시켜 자기세계를 구현하려는 새로운 깨달음이라 할 수 있다. 말하자면, 민족과 사회를 분리한 채 개인의 자기실현과 생존은 불가능하기 때문에, 넓은 연대감 속에서 역사와 사회 속의 자아를 새롭게 인식하는 과정이라고 할 수 있다. 그러나 주인공 박 군의 행동은 자신의 생존을 가로막는 현실의 대상과 원인에 대해서는 구체적이지 못하고 개인적 차원에서 그치고 만다. 『탈출기』는 현실의 절망감을 그려내는 데 있어서는 더할 나위 없이 박진감 있는 묘사로 일관하고 있으나, 이 압도적인 현실의 무게감은 오히려 전망의 부재를 초래하는 기제로 작용한다. 결국 당대를 바라보는 작가의 시선이 과학적 세계관에 지탱되지 못함으로써 현실 타개의 보다 수월한 방법이 되는 사회주의적 이념으로 진전되지 못하고, 개인적 증오나 현실의 단편적인 고발 수준에 머물고 마는 것이다.

(5) 결 론

초기 경향소설의 가장 큰 과제는 김기진과 박영희, 그리고 최서해의 작품세계가 보여주듯이 현실과 이념의 변증법적 통일을 소설 속에서 어떻게 성취해 낼 것인가 하는 것이었다. 다시 말하면,『붉은 쥐』와『산양개』는 구체적 현실의 반영이 뚜렷하지 않은 추상적 관념이 우위에 선 주관주의적 혹은 낭만주의적 경향을 강하게 보여주고 있다. 반면 생존 그 자체가 문제가 될 만큼 절박하게 핍박받는 빈곤층의 세계를 여실히 반영하는『탈출기』는 당시 자연주의 소설과 상당한 유사성을 보이면서 그로부터 성장해 나온 새로운 경향이라 할 수 있다. 관념과 현실의 묘사라는 두 계열의 상이한 경향은 결국 신경향파 소설의 주된 특징과 함께 한계도 함께 보여주는 것이다. 즉, 일정한 주제와 제재, 줄거리의 공통점을 함유하고 있으면서도 서로 대립되었다는 것은 이들 작가의 초기 이념의 미진함과 이와 연관된 리얼리즘 창작방법에 대한 충분한 이론적 근거를 보유하지 않았기 때문이다. 어떻게 보면 자본주의 사회현실에 대한 반성은 근대적 시민문학이 감당할 몫이라 할 수 있으나, 우리의 민족 부르주아는 그 사명을 다할 수 없는 시대적 조건 속에 있었다. 이로 인해 신경향파 문학은 전대문학이 해결하지 못한 비판적 기능과 현실모순을 타개하여 발전적 미래상을 제시해야 하는 두 가지 과제를 지니게 된 것이다. 신경향파 문학은 1927년을 전후하여 방향전환이라는 중대한 변모를 겪는다. 사회운동의 단계를 경제투쟁에서 정치투쟁으로 전환시키고, 정치투쟁에 있어서 문예운동의 선동적 역할을 강조하는 이 논리는 당대 작품의 생산에도 일정한 영향을 미친다. 작품 내용에 있어서 계급의식의 확보는 무엇보다도 중요한 것으로 강조되었다. 그리하여 단순한 생활고와 그로 인한 절망적 상태의 묘사보다는 사회의 구조적인 모순을 해결하기 위한 구체적 전망이 제시되기 시작했다. 그것은 한국 경향소설이 진정한 리얼리즘의 확립을 위해 발전을 성취해 가는 한 과정의 모습이라고 할 것이다.

1) 〈신경향파소설〉의 노벨의 요소

첫째, 언어─초기 신경향파 문학의 문체는 일부 최서해의 체험적 문장을 제외하고는 전대의 발전적 요소를 발견할 수가 없다. 『탈출기』의 경우, 문장의 길이는 그리 길지 않으며, 체험을 직접적으로 표현하다보니 리얼리티도 살아나는 특징을 보인다. 작가의 주관에 의한 묘사가 아니라, 사물이나 대상을 객관적으로 그리려는 노벨의 문장이라 할 수 있다. 특히 서해의 문장에는 신소설, 고대소설 문장에서 발전된 세련된 서술문체와 한국어 구성의 특징을 체득한 부분이 많아 보인다.

둘째, 인물─신경향파 문학은 소작인, 노동자 등 극빈층 인물의 궁핍상을 그리며, 부유층을 사회적인 악으로 설정하여 공식화하는 것이 대부분이다. 무산계급의 대립적 인물로 설정된 『산양개』의 주인공이 지주계급인 것을 제외하고, 『붉은 쥐』『탈출기』의 인물은 각각 룸펜 인텔리와 경제적인 궁핍에 시달리는 유랑민으로 노벨의 인물이 될 수 있다. 『탈출기』의 박 군은 실제 작가의 체험을 대변함으로써 현장성이 살아있는 인물로 표현된다.

셋째, 외형-『붉은 쥐』는 어느 대갓집을 개조한 사글세방, 『산양개』는 위치가 밝혀지지 않은 지주계급의 집, 그리고 『탈출기』는 간도를 그 공간적 배경으로 하고 있다. 『붉은 쥐』는 구체적이고 현실적인 공간을 확보하고 있으나, 『탈출기』는 '여기, 지금'과는 다소 거리가 먼 간도로서, 노벨의 공간으로는 적합하지 않다. 다만 간도라는 공간이 현실과 단절된 것이 아니라 어쩔 수 없는 환경에 의해 이루어진 또 하나의 현실이라는 점에서 노벨의 요소로 인정할 수도 있다. 『탈출기』가 단순한 제재를 바탕으로 서해미학으로의 높은 평가를 받을 수 있었던 것은 그 자신만의 체험적 정서, 즉 현실에서 일어날 수 있는 플롯의 개연성이 소설을 탄탄하게 지탱하고 있기 때문이다. 플롯의 종결법에 있어서도 처음의 상황보다 나중의 상황이 현저하게 나빠진, 이른바 노벨에서 선호하는 비극적 종결법을 사용함으로써 근대소설로서의 형식을 갖추었다.

넷째, 주제-신경향파 소설의 대부분이 당대 현실의 극심한 '가난'을 제재로 다루고 있는 점이 특징이다. 신경향파 소설에서의 가난은 삶의 진실을 표현하기 위한 제재상의 문제가 아니라, 더 물러설 곳도 없는 죽음과도 같은 극도의 절박함으로서의 가난인 것이다. 따라서 이들은 가난을 몰고 온 사회나 현실에 대해 증오와 반항심을 갖고, 이를 해결하는 대안으로 살인과 방화와 같은 폭력을 수단으로 삼는다. 『붉은 쥐』에서 박형준은 자포자기적 폭력으로 어떤 전망도 없이 죽고 말았지만, 『산양개』나 『탈출기』에서는 지주인 정호를 죽이거나, 사회주의 단체에 가입하는 등으로 미래에의 전망을 암시해 주고 있다.

2) 〈신경향파 소설〉의 반노벨의 요소

첫째, 언어-『붉은 쥐』와 『산양개』는 작가의 주관적 관념을 표출하는데 급급하여 근대소설이 갖추어야 할 전제조건의 하나인 현실의 형상화가 전혀 이루어지지 않았다. 한자나 영어 등 외래어의 사용이 빈번하고 문장도 길고, 대화도 모두 지문으로 처리되어 있다. 그러다 보니 작가의 관념적 언어가 빈번하게 노출되고 꿈이나 환상, 연상수법 등이 주로 사용됨으로써 작품의 리얼리티에 큰 손상을 입게 되는 것이다. 또한 비일상적이고 추상적이기 때문에 사물의 객관적인 묘사가 어렵고, 이에 작품의 구체성을 확보할 수가 없게 된다.

둘째, 인물-『붉은 쥐』의 박형준이나 『탈출기』의 박군은 본질적으로 노벨적 인물이다. 다만, 이념적 측면에서 박형준이 현실사회의 개혁을 도모하기 위한 의도를 지니고 있고, 박 군 역시 궁핍한 자신의 가족보다 더 고통당할 인류를 염려하여 탈출을 감행하는 이상주의자다. 이상주의자는 로맨스의 인물은 될 수 있으나 노벨의 인물로는 부적합하다.

셋째, 외형-『산양개』의 공간은 작가의 관념에 의해 이루어진 상상의 공간이므로 구체적이고 현실적인 노벨의 공간은 아니다. 아울러 플롯의 합리성과 개연성이라는 노벨의 특징으로 볼 때도 『붉은 쥐』와 『산양개』는 사건의 전개가 합리적이지 못하며 갈등의 원인과 결말부분도 싱겁게 끝나 소설로서의 미숙한 처리가 눈에 띤다. 이런 요소들은 시공간의 사건들이 현실 속에서 나타날 수 있는 것이라야 한다는 개연성의 원리에 기본적으로 위배되는 사항들이다.

넷째, 주제─주인공은 당대의 자본주의적 병폐를 강하게 지적하면서도, 그 사회의 모순에 대한 구체적 진단도 없이 이데올로기적 선언에 불과한 피상적 주장을 전개하고 있다. 일본에서 직수입된 사회주의 이념의 설명적 논리에 불과할 뿐이다. 작가 자신의 과학적 세계관에 의해 밑받침되지 못함으로써 개인적 증오나 현실의 단편적 고발이라는 수준에 머물고 만 것이다.

5. 모더니즘과 미적 근대성
─이상의 『날개』, 박태원의 『소설가 구보씨의 일일』

퇴폐적 낭만주의와 암울한 현실을 폭로하는 차원에만 머물렀던 자연주의를 배격하면서, 세계대전 후 당시 전 세계에 팽배하는 사회주의 이념의 문학적 수용과 더불어 나타난 프로문학은 역사 속에 상승하는 계급이 지니는 힘의 방향으로 문학의 제 문제를 이론적으로 통합하고, 이를 문학적 실천과 연결시키고자 하는 철저한 리얼리즘 운동의 하나이다. 그러나 프로문학을 다가올 미래에 대한 강력한 꿈의 문학으로, 운동의 문학으로 내세웠던 카프문인들은 리얼리즘론을 통해 문학작품에서도 운동성과 현장성을 확보하려 했지만, 그들만의 최대 장점인 이념적인 현장지향성이 벽에 부딪히자 그들의 주체와 세계에 대한 깊은 격차를 느끼기 시작한다.[282]

주282) 프로문학의 해체는 두 차례에 걸친 일제의 검거사건(1931, 1934)이라는 외부적 강제성이 직접적 원인이기는 하지만, 사회

임화의 지적처럼 사회현실과 주체의 상호 인식의 폭이 아직 1930년대를 감당할 만큼 도달하지 못하고 있었기 때문에 창작방법론으로서의 리얼리즘론에 스스로를 한정시킴으로 해서 침체의 늪을 벗어나지 못한다. 1930년대의 프로문학의 퇴조와 관련하여 함께 논의될 수 있는 것이 모더니즘 문학이다. 모더니즘 문학은 우선 문학과 사회와의 관계에서 문학을 고립적으로 생각하지 않는 사회주의 문학론의 관점에서 벗어나 문학 자체의 자족적 목적의 새로운 발견과 지향이라는 모색에 그 기반을 둔다. 그러면서 20세기에 전개되는 서양의 다양한 문학적 새 경향, 이를테면 이미지즘·다다이즘·미래파·입체파·주지주의 등의 제 경향을 포괄하는 것으로 수용되면서 이론적 체계를 정비해 간다.

프로문학이 주로 농민과 공장 공간 내에서의 노동자들의 삶을 작품의 소재로 등장시켰다면, 모더니즘 문학은 외래 자본주의 발전이 낳은 당대의 상황을 기반으로 해서, 주로 도시공간을 주된 배경으로 삼고 지식인 주인공이나 그들의 관념이 주조를 이룬다는 특징을 지니고 있다. 모더니즘 문학이란 김기림의 지적[283]에 따르면, 19세기적인 문학을 극복하는 요소를 담고 있는데 1) 새로운 자본주의의 문명사에서는 새로운 감각, 정서, 사고가 형성되는데 모더니즘 문학이 이 점을 처음 주목했으며 2) 문학에서의 언어의 중요성을 발견하고 언어가 지니는 음과 영상의미의 가치를 발견하고 이것들의 상호작용을 통한 전체적 효과를 의식했다는 점이고 3) 경향문학이 지니는 내용의 관념성과 언어 가치에 대한 무관심 등을 지적했다. 결

___

주의 문학이론에 대한 내부에서 일어난 자체적 논쟁도 간과할 수 없다.
주283) 김기림, 모더니즘의 역사적 위치(인문평론, 1939. 10).

국 30년대 모더니즘을 이해하고 보면 그것이 표방한 근대성이란 것도 동시대의 역사성과 관련된 문제임을 알게 된다. 모더니즘 문학이 흔히 역사적 전망이 거세되거나 혼동되어 불투명하게 나타나는 특성을 보이는 것도 이러한 사실들에 근거하는 당대적 상황과 연결되어 있다.[284) 한국의 모더니즘은 일제의 식민지 지배체제의 확립기에 서울을 중심으로 하는 도시거주 지식인 문인들에 의해 추진된 새로운 문학운동으로서, 문학양식의 혁신과 실험정신 면에서 문학의 근대성을 발견하고자 한 것이었다.

모더니즘의 대표작인 이상의 『날개』나 박태원의 『소설가 구보씨의 일일』은 이러한 방법론에 근거를 두고 있다. 〈구인회〉를 대표하는 모더니즘 작가가 이상과 박태원으로, 이 두 사람은 실험정신이 강한 여러 가지 표현형식을 시도하였고, 심경소설이라는 독특한 소설형식을 창출하기도 한다. 최재서는 〈리얼리즘의 확대와 심화〉[285) 라는 글에서 1930년대의 이상과 박태원의 문학을 주목, "박씨는 객관적인 태도로써 객관을 보았고, 이씨는 객관적 태도로써 주관을 보았다. 이것은 현대 세계문학의 2대 경향―리얼리즘의 확대와 심화를 어느 정도 대표하느니……"라고 하면서 한국 현대소설로서의 가능성을 제시했다. 여기서 객관과 주관은 외부세계와 내면세계를 지칭하는 것으로, 박태원은 외부 지향적 관찰을, 이상은 내부 지향적 관찰을 보이는 두 대립적인 소설 형태를 지적한 것이다.[286) 동

주284) 모더니즘의 발생은1930년대 당대적 상황과 관련이 있다. 우선 일제는 만주사변 이후 모든 활동에 통제를 가하는 파시즘적 억압을 자행하고, 서구에서도 미국의 공황으로 자본주의의 최대 위기를 맞게 된다.

주285) 최재서, 리얼리즘의 심화와 확대(조선일보, 1936. 11. 7).

시에 작품 화자와 주인공, 그리고 작가가 일치하는 대개 1인칭으로 서술되는 이들 작품은 작가의 내면적 진실과 심리묘사를 추구하는 새로운 소설형식을 완성시키고 있다. 이러한 경향은 근대 자본주의의 풍경에 압도당한 최초의 예술가들의 미학적인 자의식을 보여주는 것이기도 하며, "당시 바야흐로 근대 자본주의 사회로 성장하고 있던 1930년대의 조선사회에 대한 자의식적인 반응양식의 일종이며 당대의 지적인 풍경과 문화사적 의미망을 비교적 반영"[287]하고 있다는 지적이 가능해진다.

모더니즘 문학은 당시로서는 '근대성'의 추구에 있어서 프로문학과 궤를 같이 할 수 있다는 역사적 의의에도 불구하고 이들의 방법적 지향은 실존주의적 개인주의나 폐쇄적인 비판주의를 통해 역으로, 당대를 비판적으로 보여주는 미학적 방법과 달리 동경을 모방한 근대 경성의 세기말적 반영에서 크게 벗어날 수 없다는 점에서 한계를 지닌다. 모더니즘은 근대성(부르주아적 근대성)에 대한 반항인 동시에 '전통에 대한 반발'이라는 근대성의 원리를 자기 자신에 적용시킨 것이라고 할 수 있다. 근대성 비판의 중요항목 중의 하나가 근대 이성적 주체와 그 담론(discourse)에 대한 비판이다. 주체(subject)란 명증한 의식과 선험적 이성의 소유자인 근대인간을 말한다. 근대 이성적 인간주체는 그의 과학적 합리적인 인식과 자율적이고 능동적인 능력에 의해 객체로서의 대상을 지배하고 재가공하면서 근대의 물적 풍요로움을 이룩한다. 그러나 근대화가 진척됨에 따라 자연에 대한 인간의 지배를 뜻하던 이성은 타락하여

주286) 김준오, 한국 현대쟝르비평론(문학과 지성사, 1990), P.142.
주287) 권성우, 1930년대 한국모더니즘 소설 연구(서울대 석사논문,1989)
    P.66.

도구적 이성으로 전락한다. 주체분열(fragment of subject)[288]은 바로 도구적 이성으로 전락한 근대 이성적 주체에 대한 비판이며, 그것은 명증한 의식에 대한 무의식의 드러냄에 의해 수행된다. 의식과 무의식으로 쪼개진 인간은 더 이상 객관세계를 지배하는 주체가 아니다. 인간이 주체일 때 그가 사용하는 언어는 객관세계의 실재를 재현할 수 있지만 무의식적 욕망이 드러날 때 그 언어는 재현기능을 상실한다. 모더니즘 문학의 미학적 장치인 언어 그 자체의 순수한 드러남, 동시성 및 충격적 장치, 패러독스와 모호성 등은 이성적 주체가 지배하는 근대문학의 담론과 그 언술 체계를 분열시키는 것이다. 따라서 모더니즘의 자본주의적 근대성에 대한 저항은 주로 미학적 방법인 점에서 정치적으로 반항하는 마르크스주의와 구별된다. 마르크스주의는 이성과 진보라는 근대성의 원리를 사회주의의 모델에 적용시킨 또 다른 근대기획으로 볼 수 있다. 그러나 모더니즘의 저항은 대부분 미학적인 방법을 이용하므로 전통적인 리얼리즘과는 달리 형식적 원리에 집중된다. 즉 내적 독백, 의식의 흐름, 몽타쥬, 알레고리 등은 부르주아 모더니티가 낳은 사물화 현상과 소외에 대한 저항하는 방법으로 볼 수 있다. 모더니즘은 빈번히 소외, 퇴폐성, 도피의 징후를 드러냄으로써 병리학적 퇴폐주의로 비난받기도 하지만 모더니즘의 형식적 왜곡은 그 자체 내에 병리학적 삶에 대한 저항을 포함한다. 이런 현상은 그들이 집단에서 분리된 채 이성이 아닌 지성과 감각으로써 근대문명에 직면하고자 했던 만큼 어느 정도 예견될 수 있는 것이었다. 더욱이 식민지시대 우리

주288) E. Lunn, 〈마르크시즘과 모더니즘〉, 김병익 역(문학과 지성사, 1986) P.49.

의 모더니즘은 가난과 소외로 인한 균열된 삶의 현상과 밀접히 연관되어 있다. 예컨대 이상과 박태원의 내적 독백체 소설들은 열악한 현실에서 소외된 건강한 삶의 이야기를 강탈당했음을 보여준다. 즉『날개』『소설가 구보씨의 일일』등에서의 내적 독백체는 서사성 박탈이라는 형식 자체로서 식민지 현실의 병리학적 모순을 고발하고 있다. 이처럼 모더니즘은 부르주아 자본주의가 낳은 사물화 현상과 소외의 산물이지만 그로부터 벗어나려는 유토피아적 삶에 대한 향수를 지니고 있었다. 즉 이들은 내적 고백이나 알레고리 같은 복잡한 삶에 대한 형식적 기법을 통해서나마 총체성의 모형을 구축하려 시도했다는 것이다. 잃어버린 총체성을 새로운 형식적 기법을 통해서 되찾으려는 모더니즘은 외부현실 속에서 총체성을 포착하려는 리얼리즘과 함께 또 다른 형식의 근대문학이라고 볼 수 있다. 다만, 이상문학의 주인공이『날개』에서 도심을 배회하다 작품 결말에서 도심 한복판의 백화점 옥상에 올라 '날자'를 외치며 욕망을 찾아 절규하는 것과『소설가 구보씨의 일일』에서 구보가 거리를 배회하다 어머니가 있는 집으로 회귀하는 것. 이 절규와 회귀의 차이는 곧 욕망의 대상이 갖는 질적 차이를 드러낸다. 이상은 이 절규를 통해『동해』『실화』『종생기』로 이어지는 모더니티가 강한 작품을 발표하여 근대성에 한층 다가선 반면, 박태원 문학은 어머니의 욕망을 회귀하면서『천변풍경』, 그리고 이에서 한층 더 회귀한 고전 탐구의 한 영역인『갑오농민전쟁』에 이르게 된다.

가. 이상의 『날개』

이상의 삶과 문학은 1930년대의 식민지 조선이 경험하는 상황과 그 성격을 같이 한다. 카프문학이 퇴조하고 새로운 서구의 문예사조가 유입되던 시기에 이상은 초현실주의와 심리주의와 같은 당대로서는 첨단 문예이론에 대해 나름대로의 이해를 바탕으로 하고 있었다. 그러나 본질적으로 그에게 있어 문학이란 자신의 모든 것을 드러내는 행위 그 자체에 다름 아니었다. 이상의 문학을 효과적으로 이해하기 위해서는 일차적으로 그의 작품에 나타난 현실을 그의 개인사로 받아들이는 것이다. 철저하게 자기 삶을 문학 대상으로 삼은 까닭에 그의 자의식의 사실화가 그의 시가 되고, 그의 사생활의 표백이 그의 소설이며, 그의 연대기적 고백이 그의 수필이라는 특성을 지닌다. 이상은 작가가 드러낼 수 있는 가장 진실한 세계는 자신의 내면세계라고 보았다. 그는 작품을 통해 자신의 삶을 재현해 보이고자 하되, 기존에 사실주의에 입각한 소설 일반론적 장치를 사용하기보다는 개인의 삶이 그대로 표출되는 사소설적 수법을 즐겨 사용하고 있다. 다만 이상은 자기의 비밀스런 삶이 일방적으로 노출되는 것을 경계하여 자신의 일상적인 삶을 희화화하거나 암호화하는 방식을 취하게 된다. 따라서 이상의 문학을 이해하기 위해서 독자들은 난해한 비밀장치를 풀어가며 그 해법을 찾아 이해하지 않으면 안 된다.

이러한 이상의 문학에서 가장 강렬히 뿌리 뽑혀 헤매는 인간의 괴로운 의식과 함께 세계와의 친밀한 관계를 유지하지 못함으로써 야기되는 깊은 소외감을 발견한다. 작가로서의 이상이 비극적인 존재로서의 인간을 예리하게 관찰하여 그 비극성을 제시하고, 나아가 그것을 초월하려 했지만 끝내 극복하지 못하고 비참한 최후를 맞게 된 것은 역시 김해경이라는 인간의 테두리를 벗어나지 못했기 때문일 것이다.[289] 이렇게 문학에 대한 물신적인 태도로 근대 사회와 대결하고자 하였던 그의 문학적 환상은 죽음을 앞두고 동경의 고독한 생활 속에서 엄연한 생존의 논리 속에서 철저히 부서져 갔다. 일제에 의한 그의 구금과 질병의 악화가 가져다 준 죽음이 이를 말해 준다 하겠다. 그의 문학은 바로 괴로운 의식의 반영이면서 그 괴로운 의식을 야기하는 삶의 실체를 내보이려는 안간힘의 기록인 것이다. 소설에 대한 개념을 과거로 돌린다면 그의 작품은 한편의 수필이요 일기일지도 모른다. 그러나 이상이 독자에 대해 스스로의 문학에 대해 '억울한 내출혈'이라고 밝힌 이면에는 그 이상의 무엇이 있음을 인식해야 한다. 바로 『날개』(조광, 1936. 9)는 그의 실체를 보여줄 수 있는 대표작이며, 식민지시대 지식인의 자기 소모적이고 해체적인 삶을 통해 사회 현실의 문제를 심리적 의식, 즉 내면으로 투영시킨 1930년대 모더니즘 문학을 대표하는 심리주의 소설이라 할 수 있다.

(1) 언 어

이상은 우리 문학사에서 자신의 색채가 유독 강한, 불톤이 규정한 개성적인 문체(individual style)를 구사하고 있는 가장 전형적

주289) 김상선, 이상의 스핑크스, 〈현대한국작가연구〉(민음사, 1976),
　　　P.216.

인 작가라고 할 수 있다. 그러나 이상의 문학이 그러하듯이, 그의 문장 역시 최고의 찬사와 빈정거림이 함께 공존할 정도로 극심한 견해 차이를 보이고 있다. 이렇게 혼란한 양상을 보이는 것은 먼저 그의 문학이 시인지, 소설인지 아니면 수필인지, 그것을 분간하기가 여간 번잡한 일이 아니라는 사실에 있다. 특히 소설의 경우에는 거의 고백체 형태의 문장으로 일관하고 있어 일반적으로 작가가 추구하는 주제의 양상에 접근하기도 용이하지가 않다. 여기에 그의 소설에서 사건이란 내부의식의 표현도구로 내지 장식품으로밖에 취급되지 않아 갈등도 그리 심각하지 않고 제대로 짜여진 플롯도 있을 리가 없다.[290]

지금까지 잣대로 삼아온 형식적 리얼리즘의 조건으로 이상의 문장을 분석한다면, 고소설의 일반적 형식에도 미치는 못하는 형편없는 것이 될 것이다. 한자나 영어의 어휘가 여과 없이 노출되고, 문장의 띄어쓰기는커녕 수십 어절로 이루어진 문장이 그대로 사용되는 등 문장 하나만 놓고 보더라도 노벨의 언문일치나 일상어 사용 원리에 전혀 위배되어 있는 사항들이다. 그런데 이런 문장이 보다 현대적이라는 사실이 당혹스럽게 만든다. 이는 작가가 자신의 체험을 다루면서 생겨나는 내적 독백과도 연결되며, 오늘날 소설론이 당면하고 있는 과제와도 무관하지 않다.[291] 다시 말하면, 전대의

주290) 김상태·김덕근, 문체의 이론과 한국현대소설(한실, 1990), P.215.
주291) 이른바 내적 진실(inner realism)에 근거하는 이런 소설들은, 로맨스에 비롯하는 외적 진실(external realism)에서 출발하여 19세기 형식주의 리얼리즘(formal realism)과 자연주의(naturalism)를 거쳐 새롭게 정착한 소설경향으로, 심리소설 서정소설, 혹은 내적 인식의 소설류의 것들이다.

관습적 소설이 인간과 외부 세계와의 관계에서 출발한다면, 이상의 소설은 인간의 내면세계를 제시하는 새로운 방식인 것이다. 이들 소설의 경향은 전자가 표면에 드러난 내용의 형식을 중요시하는 데 반해, 후자는 형식이 내용을 우선하게 되며, 이미 있는 형식의 부정 방식에 관점을 둔다. 따라서 이상은 장르의 실험과 함께 한글과 한자 및 외국어의 혼용에 의한 언어실험, 자기논리의 지적 전개, 위트, 패러독스, 아이러니, 유머 등 수사법에 대한 관심을 기울이면서 새로운 기법 탐구에 열중한다.[292] 이상의 소설은 노벨에서 한층 나아간 발전이며, 장르에 대한 자각인 것이다.

이상의 글쓰기는 자아의식의 표현이라는 점에서 그의 작품들은 작가 자신의 내면세계를 투시해 볼 수 있는 매개가 된다. 특히 『날개』는 드물게 지문에 한자가 노출되지 않은 경우에 속하면서, 그 문장도 용이하게 읽히기 때문에 이상의 내면세계를 이해하고 접근하는데 매우 중요한 작품이다. 그만큼 이 작품에 와서야 소설적 균형을 갖추었다는 것을 의미하는 것인데, 이상문학의 출발점이며 그 종착점일 수 있는 대표작이라 할 수 있다. 그러면 『날개』의 문체적 특징에 대해 알아본다.

1) 어휘 – 대다수 작품에서 영어와 난해한 한자어가 우리말로 이기가 되지 않고 그냥 나열되어 있는 것과는 달리 『날개』에서만은 일상어의 활용과 언문일치의 구어체가 안정적으로 사용되고 있다.[293] 물론 작품 서두의 독백부분에 한자와 영어 표기가 나타나지

주292) 최창록, 한국소설의 문체론적 연구(형설출판사, 1973), P.176.
주293) 이상은 한자나 영어의 생경한 표기뿐만 아니라, 심지어 국한문혼용체를 연상시킬 정도의 문장까지 거리낌 없이 사용하고 있다. 이렇게 한자와 영문자를 의도적으로 활용하는 것은 이들 외국어

만, 이 장면을 제거한다 해도 소설로의 완성도에 아무런 문제가 없다. 종결어미를 보면, '-다'형의 현재시제가 주로 사용되고 있으며, 내적 심리를 묘사할 때 '-까/-가/-고?' 등 의문형 종결어미의 사용빈도수가 높게 나타난다. 현재형과 의문형의 종결어미는 개인의 무의식에 갇혀 있는 심리를 포착하기 위한 절박한 호소의 한 형태로 개입된다.294)

2) 문장-『날개』에 나타나는 문장의 평균 자수는 21.58자로 단문을 주로 애용하는 편이기 때문에 간결체의 이미지를 준다. 그러나 짧은 문장과 극단적으로 긴 문장이 동시에 사용되고 있다. 김상태와 박덕근의 조사에 의하면, 이상의 작품에서 문장의 평균자수가 21자에서 70자까지 다양하게 나타나고 있으며, 어떤 문장은 280여자에 이르기까지 한다고 한다.295) 이런 문장은 작가의 심리적인 기질도 있겠지만, 작위적으로 문장의 변화를 실험해 보려는 작가정신의 소산이라 보는 것이 옳을 것이다.296)

3) 묘사-사건이나 인물의 묘사가 아니라, 내부 심리의 서술방식에 묘사의 주안점이 놓인다. 따라서 기본적으로 이야기 구조를 형

문자를 통해 의미전달을 추상화시킬 수 있으며, 한편으로 작가의 내적 심리를 반영한 은유화된 기호의 역할을 하기 때문이다.

주294) 현재형은 다른 어떤 시제보다 현실성이 높고, 의문형은 이를 확인하는 과정이라 할 수 있다. 이는 곧, 작가가 심리적인 서술에 의존하기 때문에 어떤 허구나 객관을 개입시킬 여유가 없음을 입증하는 것이다. 김상태·김덕근, 문체의 이론과 한국현대소설, 앞의 책, P.225 참조.

주295) 김상태·김덕근, 문체의 이론과 한국현대소설, 앞의 책, PP.217-219 참조.

주296) 이상의 소설 중 『휴업과 사정』, 『지도의 암실』, 『지주회시』 등의 일부 작품은 구두점과 띄어쓰기가 아예 무시되어 있다.

성하고 있는 표현 언어가 사라지고, 인물의 내면 심리를 드러내는 내적 독백과 자의식의 표현 방식이 주를 이룬다. 특히 내부 심리의 서술을 위해 환유(혹은 제유)나 은유적인 비유법이 사용되고, 아이러니, 패러독스, 위트 등 수사법의 의도적인 사용도 다수 나타난다. 이런 방식은 객관성을 근거로 하여 사물의 외면을 주로 묘사하는 노벨의 그것과는 전혀 차원이 다른 개념이다.

문체적 측면에서 이상의 소설은 무엇보다 언어의 외연보다도 내포에 의지하는 언어운용이라는 점에서 특별하다. 또한 대상을 지시하거나 직설적으로 설명하기보다도, 자의식적 관점에서 대상을 규정하고 서술하는 즉 주관적인 서술 형태를 이룬다. 그러다 보니 어휘 한 자 한자가 난해한 것이 아니라, 이것이 문맥 속에 감추어져 은유적으로 표현됨으로써 혼란을 일으키는 것이다. 이런 표현들은 작가의 지적인 우월감의 반영일 수도 있으며, 작가 자신 또는 작품 심리적인 면에서 나타나는 문제로 이해할 수가 있다.[297] 그러나 중요한 것은 이상 소설의 담겨진 표현 언어의 왜곡이 작가 자신이 의도적으로 장치해 놓은 일종의 암호라는 점이다. 이상소설이 사소설의 형식을 차용하여 쓰고 있음은 이것에 대한 이해를 돕는다.

이상의 소설에는 대부분 '나' 아니면, '그'로 설정된 인물이 주인공으로 등장한다. 바로 '나'나 '그'는 내적 경험이 리얼리스틱하게 반영된 작가 자신인 '이상'이다. 그러나 '나'는 주관적 자의식이 겉으로 노출된 이상의 그림자이며, 단지 과잉된 의식의 허상일 뿐이다.[298] 이러한 일인칭 서술자에 의한 서술방식은 객관적인 서술보

주297) 홍경표, 〈이상소설의 현학성에 대하여〉, 한국현대소설론(새문사, 1999), P.246.
주298) 김종구, 한국현대소설의 시학(한남대, 1999), P.220.

다는 서술자의 분석행위가 더 중요시되는 주관적이며 자기 분석적인 방법으로 전개된다. 이 소설에서는 '나'는 자신의 의식과 무의식, 그리고 내적 독백을 보여주기도 하고, 아내의 행위와 내객들의 모습을 관찰해서 보고해 주기도 한다. 물론 '나'가 자신의 내면세계를 보여줄 때는 자유롭게 묘사되지만, 아내의 내면을 묘사할 때는 전적으로 추측에 의존하는 제약성이 따르게 된다. 따라서 대화의 재현보다는 서술자가 대화 과정에서 경험하는 내적인 의식의 서술이 문장의 핵심을 이루게 된다.

> 내객이 돌아가고, 혹 밤 외출에서 돌아오고 하면 아내는 경편한 것으로 옷을 바꾸어 입고 내방으로 나를 찾아온다. 그리고 이불을 들치고 내 귀에는 영 생동생동한 몇 마디 말로 나를 위로하려 든다.
>
> ─『날개』, P.64

이 예문은 언어적 사실에 대한 발화와 비언어적인 사실에 대한 발화가 동시에 사용되고 있다.[299] 그러나 언어적 사실에 대한 발화는 직접적인 발화나 간접적인 발화가 아니라 서술자 '나'에 의해 인식된 사실로서 제시될 뿐이다. 이같이 서술자의 의식이 언어적 사실에 적극적으로 개입함으로써 이상의 소설에서는 대화가 개입될

주299) 최병우, 한국 현대소설의 미적 구조(민지사, 1997), P.127. 소설에서 언어적 사실에 대해 발화하는 즉 대화재현의 방식은 화법이라는 명칭아래 다양하게 연구되고 있다. 화법의 형태로 흔히 직접화법, 간접화법, 자유간접화법 등이 언급된다. 이는 언어적 사실에 대한 서술자의 개입 정도가 얼마나 남아 있는가 하는 문제와 관련된다.

상황을 극히 제한하고 있으며, 따라서 대화는 서술자의 서술행위에 녹아들어 단순한 흔적으로 제시되고 있을 뿐이다.

> 내가 아내에게 흔들려 깨었을 때는 역시 불이 들어온 뒤였다. 아내는 자기의 방으로 나를 오라는 것이다.
>
> −『날개』, P.71

이 예문 역시 아내의 대화내용은 서술자가 자신의 생각으로 대체하고 있다. 아내의 대화는 언어적 사실이나 발화의 뉘앙스가 거의 제거되었다. 이러한 서술은 상황을 철저하게 분석하여 이야기를 끌어가기보다는 자신의 내면세계를 드러내 보이기 위해 치중한 결과로 이상문학의 한 특징으로 볼 수가 있겠다.

이렇게 주인공을 〈나〉로 설정하며 내면적 심리분석에 관심을 갖게 된 것은 당시 유행한 심리주의 소설의 영향에 힘입은 바가 크다. 그리고 이러한 양상은 일본의 사소설적 특징과 상당한 연결성을 가진다. 초기 일본 문인들은 자연주의 문학이론을 도입하는 과정에서 이론적인 면에 치중하기보다 소설이란 작가의 마음속에 있는 사상을 꾸밈없이 표현해야 한다는 주장아래 자신을 주인공으로 삼아, 자신을 객관화하는 소설을 창조하게 된다.[300] 바로 이상은 사소설적 형태를 취하면서 서사지평을 서술자의 내면세계로 이동시켜 자신의 내면을 비밀스럽게 드러내는 방식을 사용하였던 것이다. 김윤식은 이상의 글 속에서 가장 핵심이 되는 낱말이 비밀, 음모, 유희라는 점을 들어 이중의 장치가, 이상이 타인을 속이기 위한 장치로 선택한 것으로 파악하고 있다.[301] 그러다 보니 시대적인 문제

주300) 최혜실, 한국모더니즘소설연구(민지사, 1992), P.170-171 참조.

에 대한 관심은 사라져 버리고 단순히 개인적인 문제에 대한 관심
으로 집중될 뿐이며 그것도 여인의 부정에 대한 서술자의 인식만이
표현되고 있다. 대상은 서술자 자신으로 응집되며, 더욱이 서술자의
내면 심리에 철저한 관심을 표명하게 되는 것이다. 결국 당대 작가
들에 의해 쓰여진 사소설적 작품들과 비교해 볼 때, 이상의 소설은
자기내면의 분석이 강한 심리소설이라는 점에서 모더니티가 강하게
드러나고 있음을 발견하게 된다. "자기 자신을 관찰하는 예술자와
관찰 당하는 일상인으로서 인간을 구분하고 예술가의 입장에서 분
석하는 것은 인간의 예지가 도달한 최고봉"302)이라고 극찬하는 이
유도 여기에 있다고 본다.

(2) 인 물

　서사문학 작품에는 반드시 인물이 등장하게 된다. 동물이나 무생
물이 주인공인 동화에 있어서도 주인공은 의인화되어 우리 인간 사
회를 풍자하게 된다. 그러나 작가의 인물에 대한 관심은 시대에 따
라 다르다.303) 17세기부터 20세기 초에 이르는 동안 소설에는 무엇
보다 작중인물이 중요한 역할을 담당했으나, 현대에 와서는 인물의
중요성이 점차 상실되는 양상을 보인다. 이렇게 인물의 중요성이
줄어든 이유에 대해 매콜리와 래닝은 "개인의 능력을 넘어서는 현
세기의 국가적 또는 국제적 사건들이 개인의 중요성과 영향력의 의

주301) 김윤식, 한국근대문학사상비판(일지사, 1978), PP.78-79.
주302) 최재서, 리얼리즘의 심화와 확대(조선일보, 1936. 11. 7).
주303) 김천혜, 소설구조의 이론(문학과 지성사, 1990), P.187.

미를 축소시켰기 때문일 것"304)이라고 밝힌다. 이러한 시기를 살고 있는 현대인의 근본적인 불행은 본래적 자아와 생활적 자아의 분열 현상이 나타난다는 것이다. 이 두 개의 자아가 반란 내지 갈등을 일으키는 현상을, 즉 생활적 자아 축에서 본래적 자아를 느낀다던 가, 그 반대현상을 자의식이라 한다. 살기 위해 이념성 없이 뛰어 다니는 생활적 자아는 일종의 매음행위나 다름이 없다.

이상은 『날개』에서 이것을 아내로 나타내었고, 생활 속에서 바라 볼 때 전혀 무력한 '나'가 소위 본래적 자아라고 할 수 있다. 이 두 개의 분열된 자아를 통합화여 완전한 인간으로 되어 보려는 것이 작가의 의도라고 할 수 있다. 먼저, 주인공 '나'는 화자이며 이중성 을 띤 인물이다. 하나의 '나'는 고도의 지성을 소유한 냉철한 자기 인식을 하는 인물이고, 다른 하나는 미성숙과 무지, 그리고 폐쇄적 이고 유아적인 존재로서의 '나'이다. 나는 세 번의 밤 외출과 두 번 의 낮 외출을 통해 성격적 변화를 겪고 폐쇄적 현실에서 탈피하려 고 몸부림을 치는 동적이며 입체적인 인물이다. 반면, '아내'는 타 락한 현실 속에서 아무런 생각도 없이 그럭저럭 살아가는 인물이 다. 남편을 옆방에 둔 채 매음을 자행하며, 남편인 '나'가 이에 부 정적 반응을 보이자 감기약 대신 수면제를 먹인다. 일반적인 소설 통념에 따르면 악녀형에 속하는 전형적 인물이나 도저히 그런 유형 으로 볼 수 없다는 점에서 독특한 개성을 지닌다. 날개의 화자는 '나'라는 지식청년으로 자아의식이 강하며 상대적으로 현실적인 감 각이 흐린 편이다. 뿐만 아니라 매사에 의욕을 잃고 지쳐빠져 버린

주304) R. Macauley·G. Lanning, 김병욱 편, 현대소설의 이론(서울, 1983), P.286.

인물이다. 이러한 주인공의 행위는 방 속에서 '눕거나' '자거나', 외출 시에는 '나가거나' '걷거나' 하는 극히 부분적인 움직임만을 보이는 퇴행적이고 비주체적인 존재로 등장한다. 그러나 작가는 '나'를 부정하거나 배제하려는 의도를 보이지 않는다. 그런가하면 부정행위를 하는 '아내'에 대해서도 마찬가지이다. 아내는 내가 외출한 동안 내객과 동침한다. 그 현장을 내가 목격하자 달려들어 물어뜯고 할퀴기까지 한다. 그리고 내가 감기가 들자 해열제 대신 수면제인 아달린을 먹이는 것이다.

> 나는 한 달이나 이렇게 지냈나보다. 내 머리와 수염이 좀 너무 자라서 후틋해서 견딜 수가 없어서 내 거울을 보리라고 아내가 외출한 틈을 타서 나는 아내 방으로 가서 화장대 앞에 앉아 보았다. 수염과 머리가 참 산란하였다. 오늘은 이발을 좀 하리라 생각하고 겸사겸사 고 화장품들 마개를 뽑고 이것저것 맡아보았다. 한동안 잊어버렸던 향기 가운데는 몸이 배배 꼬일 것 같은 체취가 전해 왔다. 나는 아내의 이름을 속으로만 한번 불러 보았다. 〈蓮心이〉하고……
>
> —『날개』, P.76.

아스피린, 아달린을 먹고 혼수상태에서 깨어난 '나'가 저도 모르게 아내의 이름을 떠올린 이 대목에서 연심이란 과연 누구일까. 〈봉별기〉를 참조한다면, 금홍의 아우 이름이 일심(一心)이라는 점에서 어느 정도 유추가 가능하다. '연심'이가 바로 금홍의 본명일지도 모르지만 이런 유추보다는 『날개』에서 이상이 위트라든가 아이러니를 제대로 구사하지 못했다는 사실이 중요한 것이다. 그만큼 이상에게 그 연심이라는 여인이 소중했던 것이다. 따라서 방법론적인 언어조작보다는 심리적인 것, 삶의 진실에다 저도 모르게 비중을 둔 것인데 이 때문에 『날개』는 어느 작품보다도 무게를 갖추게 되는 것이다. 적어도 『날개』가 언어유희의 세계에서 벗어날 수 있었던 점은 의미 있게 평가해야 하며, 또한 날개가 작품으로 안정성을 유지하게 된 것도 이러한 이유라고 할 것이다.

사실 이상의 의식 속에 비쳐지는 여성은 사랑과 미움의 대상이다. 어느 여인이든 사랑하고자 하는데 그 사랑을 채워줄 조건이 갖추어지지 않았기 때문에 그 사랑이 미움으로 변하고, 이렇게도 저렇게도 못하는 의식의 분열 상태를 보인다. 이상이 추구하는 것은 곧 절대적인 애정이고, 이 절대적인 애정이 붕괴된 연후에 나타나는 것은 정신적 분열이고, 이 분열을 몇 번이고 극복하려다 최종적으로 실패하면 마지막에 이르는 것이다. 끝내 감기약인 아스피린을 수면제인 아달린으로 속여 버린 아내에 대해 극도의 배신과 함께 정신분열의 종착점에 다다르기 시작한다. 『날개』를 이해하는데 있어서 이러한 주인공의 의식과 세계의 문제는 상당히 중요한 의미를 지니게 된다. 그의 세계는 일차적으로 자아의 눈을 통해 걸러지는 것으로서, 이재선은 이 점을 이상 자신의 경험적 자아와 소설 속의 허구적 자아가 착종됨으로써 소설이 다분히 자기 노출적인 수필성을 갖고 있는 것으로 지적되고 있다.

김윤식은 이상문학의 풍경은 자신의 내면 풍경일 따름이라고 전제하면서, 이상에게서 현실에 대한 태도는 '나'라는 자아와 세계라는 대상의 대결에 있는 것이 아니라, '나'라는 자아와 또 하나의 '나'라는 자아의 대결에 있다고 말한다.[305) 유진 런은 모더니즘 소설에 있어 인물은 개성의 붕괴와 비인간화로 인해 일관성이 있고 해명이 가능하며 잘 구조화된 전체가 아닌, 심리적인 싸움터, 해결될 수 없는 수수께끼 또는 지각이나 감각의 흐름으로 보고 있다.[306] 바로 이상의 『날개』의 인물이나 배경은 자아를 고립시키고 위축시키며 될 수 있는 대로 자아를 파괴하려는 힘으로 나타나 새로운 자아를 구축하는데 목표가 있다고 하겠다. 17세기부터 20세기 초에 이르는 동안 소설에는 무엇보다 작중인물이 중요한 역할을 담당했으나, 현대에 와서는 인물의 중요성이 점차 상실되는 양상을 보인다. 현대인의 근본적인 불행은 본래적 자아와 생활적 자아의 분열현상이 나타난다는 것이다. 이상은 『날개』에서 생활적 자아를 아내로 나타내었고, 생활 속에서 바라볼 때 전혀 무력한 '나'가 소위 본래적 자아라고 할 수 있다. 이 두 개의 분열된 자아를 통합하여 완전한 인간으로 되어 보려는 것이 작가의 의도라고 할 수 있다. 따라서 『날개』가 1인칭 시점을 택한다는 것은 너무도 당연한 것으로, 작가가 다루고자 하는 대상은 현실이나 외부 환경과 같은 세계가 아니라 자기 내면인 '자아'에 있기 때문이다.

주305) 김윤식, 〈어둠에의 인식〉, 이상소설전작집 2(갑인출판사, 1977), P.252.

주306) E. Lunn, 김병익 역, 마르크시즘과 모더니즘(문학과 지성사, 1986), P.49.

(3) 외 형

이상의 소설미학은 인습적인 소설형식에 대한 권태에서 출발한다. 그는 어느 작가보다 전통에 대해 이단적이며 혁명적 속성을 지니고 있었다. 이상의 소설에서 우리가 우선적인 관심을 갖게 되는 것은 기법에 대한 실험정신이다. 그의 소설형식에 대한 혁신은 인습적인 소설의 단일성에 대한 다양화의 전환이며, 기왕의 서사장르에 다른 장르를 결합하여 전통적인 서사개념을 심화 확대시키고 있는 것이다.[307] 이상의 소설은 한 인물의 내면을 분석하는 데에 초점을 맞추고 있으나, 사건 중심의 이야기 전개나 새로움을 통해 무엇인가를 전달하기보다는 작가 자신을 주인공으로 하여 삶의 모습을 노출시키고 그에 따른 인물의 내면세계를 철저하게 분석한다.

『날개』의 경우도, 사건의 질서 정연한 흐름 대신에 관념과 연상, 개인적 주인공의 내적 고백 등이 파편 형태로 무질서하게 흩어져 있기 때문에 작품의 연대기적 질서나 계기성의 서사구조에서 이탈하고 있는 작품이다. 『날개』는 작품에 관한 작가의 비밀스런 독백을 삽입한 도입부분을 제외하면, 총 18개의 단락으로 구성되어 있다. 첫 단락은 먼저 '나'의 행위나 사건의 전개에 있어 기본이 되는 공간으로서, '유곽처럼 생긴 33번지'에서 18가구가 모여 사는 한정된 지역이 소개된다. 그리고 이곳에 위치한 해가 들지 않는 '나'의 방과 화려한 '아내'의 방이라는 대립적인 공간에서 아내와 아내의 직업, 그리고 아내와 나를 묶어놓는 지각행위에 대한 서술이 12단락까지 전개된다. 13단락에서는 내객이 돈을 놓고 가는 심리의 비

주307) 최창록, 한국소설의 문체론적 연구(형설출판사, 1973), P.183.

밀을 연구하기 위해 첫 외출을 시도하고, 이후 나와 아내의 금기사항을 깨는 네 번의 의도적인 외출 행위가 이어진다. 외출이 시도되는 공간은 대부분 경성역 주변 거리로 이곳은 사회의 부정적인 면을 보여주는 타락한 공간들이다. 주인공의 외출 행위는 독립된 주체로서의 자아를 서서히 회복해 가는 과정이다. 세 번째 외출에서는 경성역 대합실의 티룸을 찾게 되고 여기에서 잘 끓은 커피를 마시기도 하는 등 일시적인 자신만의 공간을 확보한다. 네 번째의 외출은 감기로 인해 먹은 아스피린이 수면제인 아달린임을 깨닫고 아내에 대한 최소한의 신뢰가 마지막으로 깨어지면서 감행된다. 이번에 주인공은 일상의 거리가 아닌 '산'을 찾아 일주일을 자고 내려오지만, 집에 와서 절대로 보아서는 안 될 매춘의 현장을 보고 만다. 결국 아내를 피하기 위해 마지막 외출을 나간 곳은 경성역 부근의 미쓰꼬시 옥상―일상의 거리와 도피처인 산의 중간적 위치에서 박제된 현실을 벗어나 새로운 재생의 활로를 모색하는 것이다.

이렇게 『날개』는 '나'와 '아내'의 관계를 기본으로 하여, "방/외출, 현실/꿈, 수평(거리)/수직(산), 삶/죽음" 등 모든 이야기 구조가 이중적이며 대립적인 구도로 구성되어 있다. 그러면서 주인공의 자아가 무력하고 비주체적인 것은 자기만의 공간 확보가 이루어져 있지 않기 때문이다.

> 나는 어디까지든지 내 방이―집이 아니다.―마음에 들었다.
> 방안의 기온은 내 체온을 위하여 쾌적하였고 방안의 침침한 정도가 또한 내 안력을 위하여 쾌적하였다.
> ―『날개』, P.73

298

집의 부재-자기 존립에 대한 근거지가 없음으로 해서 '나'의 절망과 소외는 시작된다. 그러나 최소한 현실로부터 자유로울 수 있는 방이 있지만, 이곳은 장지로 구분되어 있는 이중 공간으로 아내가 내객을 불러들일 때 그 안락함은 상실된다. 하나의 방을 장지로 갈라놓아 나의 방은 닫힌 공간이며, 아내의 방은 열린 공간으로서의 역할을 하고 있다. 나의 자아를 회복하는 길은 '장지'라는 경계선을 넘어 아내의 방을 건너 곧 밖으로 나가는 것이다. 이렇게 『날개』의 공간은 언제나 '나의 방/아내의 방', '방/밖'이라는 이중적 구조로 이루어져 있는데, 이를 다시 꿈의 공간과 현실의 공간으로 나누어 볼 수 있다. 꿈의 공간은 의식의 공간, 즉 주인공이 느끼고 연구하고 감지할 수 있는 공간이며, 현실의 공간은 일상성으로 가득 찬 공간이다. 정명환은 『날개』의 중요한 부분으로서, 일상적 세계에 대한 고발과 그 고발된 현실에 대해 무력한 자아를 들고 있는데[308], 화자는 자아의 공간, 곧 꿈의 공간으로의 복귀를 추구한다는 점에서 그 이해를 같이 한다고 할 수 있겠다. 그러나 꿈의 공간으로의 복귀는 잠의 연장인 죽음을 불러오는 유혹일 수가 있는데, 실제로 잠과 자살의 모티브는 『날개』 전편에 깔려 있다. 화자의 꿈 행위는 꿈의 공간으로 복귀하고자 하는 노력이나, 꿈을 꾸고 있는 당시에만 그 노력이 가능하게 된다. 그리고 완전한 꿈의 공간으로서 복귀는 죽음일 수밖에 없으나 현실적으로 죽음이나 자살에의 유혹은 실현되기가 힘든 법이다.

　나는 게서 그냥 깊이 잠이 들었다. 잠결에도 바위틈을 흐르

주308) 정명환, 〈부정과 생성〉, 김용직 편, 작가론총서(문학과 지성사, 1979), P.69.

는 물소리가 졸졸 하고 귀에 언제까지나 어렴풋이 들려왔다.

내가 잠을 깨었을 때는 날이 환-히 밝은 뒤다. 나는 거기서 일주야를 잔 것이다. 풍경이 노-랗게 보인다. 그 속에서도 나는 번개처럼 아스피린과 아달린이 생각났다.

아스피린, 아달린, 아스피린, 마르크스, 말사스, 마도로스, 아스피린, 아달린.

-『날개』, P.77

이상소설에서 잠과 잠을 깨는 곧 현실과 꿈의 문제는 주로 내적 독백으로 연결되어 있다. 내적 독백은 '의식의 흐름'과 가장 빈번히 혼동되는 용어이며, 오히려 '의식의 흐름'보다 구체적 양상을 띤다. 내적 독백이란 "표면상 부분적으로 혹은 전혀 말해지지 않은 작중 인물의 의식 내용 및 과정을 표현하는데 사용하는 기법"이며, 인물의 흐름을 직접적으로, 즉 표현의 기존 양식이나 작가 자신의 주관적 해석까지 물리쳐 가면서, 독자에게 전달하려는 일종의 심리적 자동기술법이라고 할 수 있다.[309] 한 예로, 아달린과 아스피린은 서로 다른 이름이지만 그 말의 처소 소리와 끝소리가 '아'와 '린'으로 그 음이 유사하게 드린다. 그 연상에서 마르크스와 말사스, 마도로스라는 말이 나열된다. 물론 이 세 명은 서로 다른 사람이며 그 사상도 아달린과 아스피린만큼 차이가 있다. 결국 동음이어의 단어의 연상 작용을 나타낸 것이라 할 수 있다.

이렇게 『날개』의 소설형식에 대한 획기적인 기법적 전환은 무엇보다 비계기성의 플롯이라는 특징으로 나타난다. 또한 이상 소설의 비계기성은 특히 시간인식에서 가장 잘 드러나며, 사건의 일상성과

주309) R. Humphrey, Stream of Consciousness in the Modern Novel, 이우건·유기룡 역(형설출판사, 1984), P.15.

300

미해결의 결말에서도 부분적으로 발견된다. 『날개』의 시간은 무시간적 진공상태에서 작품이 시작하여 현재의 시간과 환상의 시간, 미래의 시간 등이 교차하는 방식으로 표출된다. 이때의 시간 양상은 '현란한 정오'로 표상되는, 언제나 현재를 가리키고 있는 고정화된 시각인 것이다. 따라서 인과법칙이나 연대기적 질서의 지배를 받지 않는 '셔터가 열려져 있는 카메라'와 같은 시간이다.[310] 이러한 시공간은 '있는 그대로'의 세계가 아니라, 있는 그대로의 세계를 어떻게 인식하느냐 하는 문제와 결부되어 있다. 사실 리얼리즘의 승리'[311]로 인식되어지는 근대소설에 있어 시간의 양상은 과거와 현재, 미래라는 평면적인 시간구조 속에 갇혀버린 한정되고 체험적인 시간이기 때문에, 결코 자유로울 수가 없다. 그것은 제한된 시간에 갇혀 사는 현실의 인간들 이야기를 객관적으로 다룸으로써 작가 주관성이 개입될 여지가 별로 없게 만들어 버린다. 그러나 『날개』에서는 '나'의 관념이나 연상들이 그대로 돌출되어 나타나고, 작중인물의 행위나 사건들도 작가의 주관적인 판단이나 느낌에 의해 무질서하게 서술되고 있다. 노벨의 직선적이고 평면적인 시공간과는 엄연하게 구별되는, 인간의 내부 심리를 서술의 대상으로 삼음에 따라 시공간의 양상도 의식의 영역까지 자유롭게 넘나들게 되는 것이다. 이렇게 시간적인 순서에 얽매이지 않으며 파편화되어 나타나는 의식의 조각들은 결국 작품의 전체를 모두 읽은 후에야 비로소 통일적인 연상을 드러낸다.

주310) 정덕준, 〈동시성의 체험과 이상의 자유의지〉, 한국현대소설연구 (새문사, 1990), P.454.
주311) A. 하우저, 백낙청·염무웅 역, 문학과 예술의 사회사(창작과 비평사, 1964), P.48.

이렇게 불연속적이고 단절적인 시간관은 사건의 일상화에도 적용되어 작품의 계기성 차체가 무의미하게 된다. 나와 아내의 갈등에도 불구하고 작중인물의 행동이나 의식 저편에는 화해와 해결의 실마리에 대한 조그마한 노력도 이루어지지 않는다. 『날개』의 결말구조는 작중인물인 '나'가 현실의 거리로 새롭게 편입된다는 점에서 세계와의 화해를 구하고 있다. 그가 일상성으로의 복귀를 통해 인간 세상과의 타협을 시도하는 결말은 그런 의미에서 긍정적이기도 하나, 실제로 '나'가 당면하고 있는 현실적인 문제와 갈등이 해결될 기미는 보이지 않고, 미래의 전망도 전혀 제시되어 있지 않다. '날자, 날자'라는 거듭된 외침으로 파국의 형태로 치닫는 것을 피하고 있지만, 아내와의 근본적인 갈등이 화해나 파국의 양자도 아닌 절름발이의 관계로 남아있는 미해결의 종결법을 보여주고 있다. 현대인은 현대라는 그 시대가 가진 정신과 물질의 발전 내지는 전통적 파괴와 전통요소의 변화로 인해 절망하거나 안으로 파고드는 경향이 있다. 따라서 소설에서의 내적 경향은 내성과 관조를 지향하게 되었고, 밖으로 드러나지 않은 인간의 심리활동이 점자 중요한 비중을 차지하게 된 것은 분명한 일이다. 바로 이상의 소설에서 처음으로 인간의 내면 의식에 대한 관심이 시도되었으며, 『날개』는 그 중 완성도가 높은 작품이라고 할 수 있다.

(4) 주 제

이상이 죽은 후 발표된 산문 〈동경〉에서 그는 "택시에서 20세기라는 제목을 연구했다"[312]고 할 정도로 19세기를 부정하고 20세기의 새로운 근대성을 받아들이기 위해 누구보다 노력한 작가였다. 『날개』는 서울생활에서 인식하게 된 근대성과 그 부정의 논리가 그려 있는 작품이다. 이 작품에 대해 최재서는 "생활과 행동이 끝나는 곳에서 시작"되고 있다는 것, 그 결과 "고도로 의식화된 소피스트의 주관세계"를 다루고 있다는 것, 이러한 의식의 발달과 "의식의 분열이 현대인의 스테이타스·쿼(現狀)라면 성실한 예술가로서 할 일은 그 분열상태를 정직하게 표현하는 일"인 바, 이상은 과제를 충실히 수행했다고 평가하고 있다.[313] 『날개』는 그의 근대성 탐구에 대한 결론이라는 것, 그의 개인사에서 보면 죽음을 앞두고 찾아간 동경행을 암시한 작품이라는 것, 그리고 모더니즘과 리얼리즘 간의 논쟁의 직접적인 원천이 된다는 것[314] 등 몇 가지 중요한 의미를 지니고 있다. 이상문학이 안고 있는 불연속성이 이중적 성격을 지니고 있음은 여러 연구들에 의해 이미 입증되었다. 모더니즘 자체가 갖고 있는 불연속성 또는 단절성이라는 커다란 테두리가 그 하나이고, 모더니즘이라는 시대적 조류와도 단절된 이상 특유의 독자성이 그 다른 하나이다. 『날개』를 비롯하여 이상문학에 동원된 여러 가지 기법들[315], 즉 1) 미학적 자의식 또는 자기 반영성이라던가 2) 동시성 병치, 몽타쥬 수법이라든가 3) 패러독스 모호성 불확실성 비인간화와 통합적인 개인의 주체 붕괴 등은 모더니즘이 갖고 있는 속성이라고 할 수 있다.

주312) 이상, 문학과 정치, 이상수필전집, P.143.
주313) 최재서, 리얼리즘의 확대와 심화(조선일보, 1936. 10. 31-11. 7).
주314) 서준섭, 한국모더니즘연구(일지사, 1988), P.190.
주315) 김윤식·정호웅, 한국소설사(예하, 1993), P.226 참조.

이상의 기본적 창작방법은 글쓰기라는 방식을 통해 자살충동을 극복하려는 데에 있다. 오직 죽음을 연장시키기 위해 온갖 기교와 실험을 거듭하며 문학행위를 이용한다. 이상은 『날개』의 서두에서 자기의 소설을 이끌어 가는 방법론에 대해 상징적이면서도 명백하게 밝혀 놓고 있다. 순서가 없이 나열된 언어체계이긴 하지만, 난해한 이상문학의 비밀을 열어갈 수 있는 중요한 열쇠인 셈이다.

(a) '박제(剝製)가 되어 버린 천재'를 아시오? 나는 유쾌하오. 이런 때 연애까지 유쾌하오. 육신이 흐느적흐느적하도록 피로했을 때만 정신이 은화처럼 맑소. 니코틴이 내 횟배 앓는 뱃속으로 스미면 머릿속에 으레 백지가 준비되는 법이오. 그 위에다 나는 위트와 파라독스를 바둑 포석처럼 늘어놓소. 가증할 상식의 병이오.

―『날개』, P.55

(b) 십구 세기는 될 수 있거든 봉쇄하여 버리오. 도스토예프스키 정신이란 자칫하면 낭비인 것 같소. 위고를 불란서의 빵한 조각이라고는 누가 그랬는지 지인(至言)인 듯싶소. 그러나 인생 혹은 그 모형에 있어서 디테일 때문에 속는다거나 해서야 되겠소? 화(禍)를 보지 마오. 부디 그대게 고하는 것이니…….
(테이프가 끊어지면 피가 나오. 생채기도 머지않아 완치될 줄 믿소. 굳바이.)

―『날개』, P.56

(a)의 인용문에서 볼 수 있는 것처럼, 이상은 논리적 모순에 의한 문장으로 문맥을 혼란시키고 이를 재해석하기를 요구하고 있다.

'박제가 된 천재'가 유쾌하고, 육신이 피로했을 때만 정신이 맑아지는 역설은 문맥의 혼란을 가중시키고 있다. 그러나 박제가 된 상태에 '자아'라는 새 생명을 불어넣음으로써 유쾌해지고. 육신이 오히려 맑아지는 것은 일종의 정신의 가역반응이라고 볼 수 있다. 곧 자아의 환원을 통해 천재로서 '나'의 본질을 되찾으려는 시도로 볼 수 있다. 박제가 된 천재의 가증한 병은 (b)에서처럼 19세기의 정신에서 비롯되며, 20세기의 근대성에 접근하려는 이상의 초조감에서 가속화된다. 이상은 스스로를 19세기와 20세기 틈에 끼어 졸도하려는 무뢰한이라 규정했는데, 이 자기인식의 한계야말로 그가 시를 버리고 소설을 쓰게 된 동기가 되는 것이다. 19세기의 엄숙함과 도덕을 내면에 지니고 있음에도 불구하고, 20세기의 근대성을 추종하려는 의식 그 자체가 이상의 문학이었고, 근대성에 대한 자의식이기도 했다.

우선 『날개』에선 화자이며 주인공인 '나'와 그의 아내와의 생활상이 이 소설의 소재가 된다. 여인(아내)은 세상의 모든 이항대립 중의 한 부분이며, 남성(나)은 여인과 두 개의 태양처럼 마주보고 낄낄거리며 생활을 영위하고 있다. 그러나 균형을 이루어야 할 남/녀 이항대립구조가 무너진 상황 아래에서 남성은 종래의 균형성을 획득하려는 욕망을 가지게 된다. 대립구조는 나와 아내라는 인물설정에 의해 상세하게 드러난다.

    (a) 아내의 방은 늘 화려하였다. 내 방이 벽에 못 한 개 꽂히지 않은 소박한 것인 반대로 아내 방에는 천장 밑으로 쫙 돌려 못이 박히고 못마다 화려한 아내의 치마와 저고리가 걸렸다. 여러 가지 무늬가 좋다.

(b) 그렇지만 나에게는 옷이 없었다. 아내는 내게는 옷을 주지
않았다. 입고 있는 코르덴 양복 한 벌이 내 자리옷이었고 통상복
과 나들이옷을 겸한 것이었다. 그리고 하이넥의 스웨터가 한 조
각 사철을 통한 내 내의다. 그리고 하나같이 다 빛이 검다.
　　　　　　　　　　　　　　　　　　　　　　　　　　　　　　　　　　　　-『날개』, P.60

즉 아내의 방은 화려하고 햇볕이 들지만, 나의 방은 빈대가 들
끓고 어두침침하다. 아내는 화려한 옷에 하루 두 차례 세수를 하고
돈을 벌지만, 나는 검은색 단벌에 세수도 하지 않고 아내가 주는
돈으로 기생하며 살아간다. 즉 나는 남편임에도 불구하고 경제 사
회 성적으로 모든 것이 아내(문패의 주인공)보다 열등한 위치에 놓
인 주변적인 인물인 것이다. 여기서 남/녀의 전도된 서열은 의미의
뒤바뀜 문제만이 아니라 서로의 의미자질이 역전됨으로써 나타난
불균형을 보완하려는 반작용을 낳게 된다. 따라서 아내에게 종속된
관계와 전도된 질서 및 폐쇄된 방으로부터 탈출하여 본래적 자아를
회복하고 분열된 자아를 통일하며 퇴행적인 자폐적 생활의 굴레로
부터 이탈하고자 욕망을 보이는 것이다. 결국 '아내'는 당대 식민지
조선이 담고 있는 모순된 당위의 세계이며, 나는 해체적인 삶을 통
해 근대성을 초극하려는 '존재'의 왜소함을 나타내고 있는 것이다.
이 당위와 존재라고 하는 상반된 입장이 서로 대립되지 않고 조화
를 이루며 살아갈 수 있는 것은 게으름과 삶의 권태에 찌든 주인공
이 아내에 승복했기 때문이다. 그러한 공존이 깨어지는 것은 '돈'으
로 인한 갈등이다.

(a) 내객이 아내에게 돈을 놓고 가는 것이나 아내가 내게 돈

을 놓고 가는 것이나 일종의 쾌감-그 외의 다른 아무런 이유
도 없는 것이 아닐까 하는 것을 나는 또 이불 속에서 연구하기
시작했다. 쾌감이라면 어떤 종류의 쾌감일까를 계속하여 연구
하였다.

-『날개』, P.66

   (b) 그 돈 오 원을 아내 손에 쥐어주고 넘어졌을 때 느낄 수
있었던 쾌감을 나는 무엇이라고 설명할 수가 없었다. 그러나
내객들이 내 아내에게 돈 놓고 가는 심리며 내 아내가 내게 돈
놓고 가는 심리의 비밀을 나는 알아 내인 것 같아서 즐거운 것
이 아니다.

-『날개』, P.70

나는 돈으로 인해 외출에의 계기를 갖게 되고 나의 외출로 인한
갈등으로 아내는 나의 일상성을 구속한다. 근대문화는 돈을 객관적
이해관계의 세계가 갖는 세계정신으로 만들어주거나, 돈에게 원래
자기 영역을 초월해서 개인적 가치를 압도하게 만드는 중요성을 부
여한다.[316] 돈과 사랑의 교환이라는 문제는 종래의 인간적 진실을
바탕으로 한 전통적 사고체계를 완전 부정하는 것이다. 그러나 (2)
에서는 아내에게 오히려 돈을 지불함으로써 전도된 역할을 다시 뒤
집는데, 이는 나와 아내가 갖는 의미상실의 기제를 더욱 해체시킴
으로써 오히려 아내의 경제적 우월성, 부정을 적극적으로 드러내
놓는 장치로 사용된다.

아내를 구경거리로 희화하고 자신의 욕된 삶을 과장하여 폭로하
는 대상은 독자이다. 작가는 독자를 향해 자신의 삶을 다소의 감

주316) 최혜실, 한국모더니즘소설연구(민지사, 1992) P.155.

상, 비애나 자기변명 없이 한껏 들려줌으로써 상대역인 여인뿐만 아니라 독자를 자신의 자괴감 연출의 도구로 전락시킨다. 독자는 이러한 기이한 연출방식에 혼란을 느껴 작가의 본심을 아는데 실패하게 되는 것이다. 결국 이상은 자신이 세상 사람들을 향하여 자신의 참 모습을 드러내지 않기 위해 연극적 수법을 사용한다고 폭로함으로써 세상 사람들을 이상이 연출하는 유희의 도구로 만들어 버리고 있다.

여기서 주인공은 도시의 죄악을 대표하는 '매음'을 자행하는 아내와 기형적인 삶을 살아가는 인물로 설정되고 있다. 여기에 희망 없이 엎혀사는 무기력한 주인공, 그의 아내와의 비정상적인 삶, 거기서 탈출하여 비상하고자 하는 한 낮의 욕망, 그것이 이 소설의 줄거리이자 주제가 된다. 궁극적으로 '아내'는 '나'를 제압 구속하고 압박하는 '당위'의 거대함을 보여주고, 나는 동물처럼 그에 길들여진 존재의 왜소함을 나타내고 있다. 이 당위와 존재라고 하는 상반된 입장이 서로 대립되지 않고 조화를 이루며 살 수 있는 것은 게으름과 삶의 권태에 찌든 주인공(곧 존재)이 아내(곧 당위)에게 승복할 때뿐이다. 그리하여 존재와 당위는 불화가 없는 공존관계를 성립시키지만 오래 지속되지 못한다.

나는 돈으로 인해 외출의 계기를 갖게 되고 나의 외출로 인해 아내는 나를 구속한다. 다섯 번에 걸친 외출이 의미하는 것은 일상적이고 비본질적인 자아에 눌려 마비되었던 본질적 자아를 자각함으로부터 시작하여 이 본질적 자아를 되찾는 의지적인 인간회복에의 과정이라 할 수 있다. 그는 마지막 외출에서 비로소 비상을 갈망하는데 그 무대가 다름 아닌 그가 실제로 방황하였던 번화가에 위치한 ‘미스꼬시(三越)백화점’으로 되어 있다. 주인공은 소설의 결말 부분에서 그곳 옥상에 올라 현란한 거리를 바라보다가 다시 내려와 군중 속에 섞인다.

　이때 뚜―하고 정오 사이렌이 울렸다. 사람들은 모두 네 활개를 펴고 닭처럼 푸드덕거리는 것 같고 온갖 유리와 강철과 대리석과 지폐와 잉크가 부글부글 끓고 수선을 떨고 하는 것 같은 찰나, 그야말로 현란을 극한 정오다.
　나는 불현듯이 겨드랑이가 가렵다. 아하 그것은 내 인공의 날개가 돋았던 자국이다. 오늘은 없는 이 날개, 머릿속에서는 희망과 야심의 말소된 페이지가 딕셔너리 넘어가듯 번뜩였다.
　나는 걷던 걸음을 멈추고 그리고 어디 한번 이렇게 외쳐 보고 싶었다.
　날개야 다시 돋아라.
　날자. 날자. 날자. 한번만 더 날자꾸나.
　한번만 더 날아 보자꾸나.
―『날개』, P.80

　여기에서 현란한 정오는 상오와 하오의 정점인, 그러니까 나와 아내, 혹은 자아와 또 다른 자아가 합일되는 완전함을 지향하는 세계일 것이 틀림없다. 그러나 정오는 영원히 계속될 수는 없다. 주인공은 불현듯 겨드랑이에서 날개가 돋았던 자죽을 깨닫지만 동시에 지금 날개가 없음에 절망한다. 이러한 날개의 없음에 대한 깨달음의 순간은 비현실에서 탈출하고픈 강렬한 현실에의 욕망으로 드러나고 있다. 이 구절에서 나타나는 정오, 날개 등의 용어가 지닌 의미는 단순한 은유적 표현이라기보다는 문명, 낭만 등 일상성에서 탈출하여 근대성을 지향하고픈 함축적 이미지인 것이다. 바로 주인공의 비상의 욕망이 그 욕망을 키우고 동시에 좌절시킨 군중에 쌓인 '서울거리의 한복판'에서 다시 부활하고 있다는 것에 주목할 필요가 있다. 이상은 세상에 남을 걸작과 작가로서의 명칭을 꿈꾸었지만, 합리주의를 지향하는 근대라는 제도가 '양심'을 건드릴 때 자신의 불행함을 느꼈다. 바로 날개의 주인공이 보여주고 있는 무력감·돈에 대한 혐오 등은 아내로 표상되는 타락한 인간관계와 그것이 영위되는 사회에서의 사회에 대한 작가의 연약함과 소외의식을 말하는 것이다. 그것은 물신주의적인 사회, 즉 자본주의적 근대에 대한 소시민의 항의일 수 있다.

(5) 결 론

이상은 초기 소설로부터 출발하여 시로 돌아섰다가 다시 후기에는 소설로 원점 회귀한 작가이다. 이상은 소설을 낳기 위해 스스로 소설적인 삶을 선택한 그런 작가였다. 이는 작품을 쓰기 위해 가혹한 삶의 길을 택하고 그것을 작품화하는 이른바 일본에서 말하는 사소설의 특징이다. 한국문인으로 스스로 작품을 쓰기 위해 실제적 삶을 선택한 사람은 이상 이외에는 없었다. 그러한 점에서 삶의 무게를 조작적인 언어로 모두 담는다는 것은 무리였을 지도 모른다. 이상은 죽음을 앞두고 소설 전편에서 그야말로 동경해 마지않았던 '동경'을 방문할 정도로 철저한 작가의식을 지니고 있었다. 반면 그 뒤에는 그만이 선각자이며, 천재이며, 모더니즘의 기수이자 전위예술의 주자라고 자처했던 자존심이 깊게 드리워져 있었다. 그러나 동경에 막상 도착해서 발견한 것은 가솔린 냄새와 무대장치 같은 건물들 뿐으로서 자신이 품었던 자존심이 아주 황당하다는 점이다. 그 자신이 19세기 윤리관을 지닌 채 20세기로 나아가기 위한 논리를 펼친 것이 너무 허위적인 사실임을 알았을 때, 죽음을 맞게 되는 것이다. 그렇지만 이를 자각한 이상이 있음으로 해서 우리 문학은 삶의 가치인식과 보편적인 근대로의 시간을 한층 앞당기는 결과를 가져오게 된 것이다.

1) 『날개』의 노벨의 요소

첫째, 언어-이상의 다른 소설에서 영어와 난해한 한자어가 우리말로 이기도 안 된 채 그냥 나열되고 있는 것과 달리, 『날개』만은 일상어의 활용과 언문일치의 구어체를 안정적으로 사용하고 있다. 이 작품의 문장의 평균 자수는 21.58자로 단문을 주로 애용하는 편이기 때문에 간결체의 이미지를 준다. 그리고 사건이나 인물의 묘사가 아니라, 내부 심리의 서술방식에 묘사의 주안점이 놓이기 때문에 기본적으로 이야기 구조를 형성하고 있는 표현 언어가 사라지고, 인물의 내면 심리를 드러내는 내적 독백과 자의식의 표현 방식이 주를 이룬다.

둘째, 인물-주인공 '나'는 화자이며 이중성을 띤 인물이다. 하나의 '나'는 고도의 지성을 소유한 냉철한 자기인식을 하는 인물이고, 다른 하나는 미성숙과 무지, 그리고 폐쇄적이고 유아적인 존재로서의 '나'이다. 나는 세 번의 밤 외출과 두 번의 낮 외출을 통해 성격적 변화를 겪고 폐쇄적 현실에서 탈피하려고 몸부림을 치는 동적이며 입체적인 인물이다. 반면, '아내'는 타락한 현실 속에서 아무런 생각도 없이 그럭저럭 살아가는 인물이다. 남편을 옆방에 둔 채 매음을 자행하며, 남편인 '나'가 이에 부정적 반응을 보이자 감기약 대신 수면제를 먹인다. 일반적인 소설 통념에 따르면 악녀형에 속하는 전형적 인물이나 도저히 그런 유형으로 볼 수 없다는 점에서 독특한 개성을 지닌다.

셋째, 외형—『날개』는 작품에 관한 작가의 비밀스런 독백을 삽입한 도입부분을 제외하면, 총 18개의 단락으로 구성되어 있다. 유곽처럼 생긴 '33번지'에서 18가구가 모여 사는 한정된 지역이라는 공간적 배경은 '여기 지금'의 노벨의 요소를 지니고 있다. 외출이 시도되는 공간은 대부분 경성역 주변 거리로 이곳은 사회의 부정적인 면을 보여주는 타락한 공간들이다. 『날개』의 소설형식에 대한 획기적인 기법적 전환은 무엇보다 비계기성의 플롯이라는 특징으로 나타나며, 비계기성은 특히 시간인식에서 가장 잘 드러나고 사건의 일상성과 미해결의 결말에서도 부분적으로 발견된다. 이러한 시공간은 '있는 그대로'의 세계가 아니라, 있는 그대로의 세계를 어떻게 인식하느냐 하는 문제와 결부되어 있다.

넷째, 주제—『날개』는 그의 근대성 탐구에 대한 결론이라는 것, 그의 개인사에서 보면 죽음을 앞두고 찾아간 동경행을 암시한 작품이라는 것, 그리고 모더니즘과 리얼리즘 간의 논쟁의 직접적인 원천이 된다는 것 등 몇 가지 중요한 의미를 지니고 있다. '아내'는 당대 식민지 조선이 담고 있는 모순 된 당위의 세계이며, 나는 해체적인 삶을 통해 근대성을 초극하려는 '존재'의 왜소함을 나타내고 있는 것이다. 그리고 날개의 주인공이 보여주고 있는 무력감·돈에 대한 혐오 등은 아내로 표상되는 타락한 인간관계와 그것이 영위되는 사회에서의 사회에 대한 작가의 연약함과 소외의식을 말하는 것이다. 그것은 물신주의적인 사회, 즉 자본주의적 근대에 대한 소시민의 항의인 것이다.

2) 『날개』의 탈노벨적 요소

첫째, 언어 ─ 도입부분은 한자나 영어의 어휘가 여과 없이 노출되는 등 노벨의 언문일치나 일상어 사용 원리에 위배되어 있는 사항들이다. 그러나 이러한 글쓰기가 언어의 외연보다도 내포에 의지하는 언어운용이라는 점에서 특별하다. 또한 대상을 지시하거나 직설적으로 설명하기보다도, 자의식적 관점에서 대상을 규정하고 서술하는, 즉 주관적 서술 형태를 이룬다. 전대의 관습적 소설이 인간과 외부 세계와의 관계에서 출발한다면, 이상의 소설은 인간의 내면세계를 제시하는 새로운 방식인 것이다.

둘째, 인물 ─ 17세기부터 20세기 초에 이르는 동안 소설에는 무엇보다 작중인물이 중요한 역할을 담당했으나, 현대에 와서는 인물의 중요성이 점차 상실되는 양상을 보인다. 현대인의 근본적인 불행은 본래적 자아와 생활적 자아의 분열현상이 나타난다는 것이다. 이상은 『날개』에서 생활적 자아를 아내로 나타내었고, 생활 속에서 바라볼 때 전혀 무력한 '나'가 소위 본래적 자아라고 할 수 있다. 이 두 개의 분열된 자아를 통합하여 완전한 인간으로 되어 보려는 것이 작가의 의도라고 할 수 있다.

셋째, 외형-『날개』에서는 '나'의 관념이나 연상들이 그대로 돌출되어 나타나고, 작중인물의 행위나 사건들도 작가의 주관적인 판단이나 느낌에 의해 무질서하게 서술되고 있다. 노벨의 직선적이고 평면적인 시공간과는 엄연하게 구별되는, 인간의 내부 심리를 서술의 대상으로 삼음에 따라 시공간의 양상도 의식의 영역까지 자유롭게 넘나들게 되는 것이다. 사실 '리얼리즘의 승리'로 인식되어지는 근대소설은 제한된 시간에 갇혀 사는 현실의 인간들의 이야기를 객관적으로 다룸으로써 작가의 주관성이 개입될 여지가 별로 없게 만들어 버린다.

넷째, 주제-이상은 스스로를 19세기와 20세기 틈에 끼어 졸도하려는 무뢰한이라 규정했는데, 이 자기인식의 한계야말로 그가 시를 버리고 소설을 쓰게 된 동기가 되는 것이다. 19세기의 엄숙함과 도덕을 내면에 지니고 있음에도 불구하고, 20세기의 근대성을 추종하려는 의식 그 자체가 이상의 문학이었고, 근대성에 대한 자의식이기도 했다.

나. 박태원의 『소설가 구보씨의 일일』

서울에서 출생하여, 서울에서 자란, 그야말로 도시적인 삶을 살아온 모더니스트 박태원은 『수염』(신생, 1930. 10)으로 문단에 데뷔, 식민지 사회에서의 도시 서민계층의 삶의 애환을 자신의 내면 탐구 및 글쓰기를 통해 동시적으로 인식코자 한 작가였다. 박태원의 문학적 특징 역시 '도시적'이라 할 수 있으며, 조선의 중심인 '경성'의 상황을 모르고서는 박태원 문학의 의미를 파악하기가 힘들다. 1930년대 서울은 후발 제국주의 국가인 일본의 식민지 정책에 의해 군수산업의 원료 공급지, 식량 공급지였으며, 나아가 대륙 침략의 전진기지의 역할을 담당하고 있었다. 따라서 식민지 조선은 나름대로 균형 있는 근대화를 이루지 못하고, 일본 자본주의에 종속된 기형적인 발전을 보여 왔다. 그러나 봉건적 요소가 남아있는 농촌과는 달리 경성은 일본의 동경과 비교될 정도의 화려함을 갖추고 있었다. 빌딩과 전차, 버스가 다녔고 미쓰코시(三越)백화점·화신상회로 대표되는 소비문화, 그리고 카페·바와 같은 향락문화도 있었다. 반면 화려한 문명의 뒤안길에는 궁핍하고 척박한 농촌에서 밀려나와 도시 외곽에 기생하며 살아가는 주변부가 있게 마련이다.

바로 박태원 문학의 핵심은 이러한 경성의 화려함과 어두움의 이중성을 반영하며, 그 안에서 살아가는 사람들의 이야기를 영화적 동상으로 바라보고 있다는 특징을 가진다. 자신의 경성 체험을 경성에서 살아온 사람의 입장에서 다양한 인물들의 내적 체험을 소설로 보여주고 있는 것이다. 그러나 그의 소설에는 어떤 특별한 사건이 존재하지 않는다. 서술되는 이야기가 어떤 의미가 있어야 한다는 기존 소설의 당위성을 완전 부정하고 있기 때문이다. 이 점이 박태원 문학의 중요한 일면이며, 근대성의 개념을 새롭게 정립할 수 있는 관건이라 할 수 있다. 주로 최재서·임화·안회남 등의 비평가에 의해 이상·채만식·김남천 등과 함께 30년대의 주요 작가로 논의되는 박태원의 문학적 성과 중 주목할 만한 점은 반전통주의에 입각하여 실험성이 강한 다양한 모더니즘 소설을 정착시킨 것이라고 할 수 있다. 바로 그의 단편집 『소설가 구보씨의 일일』과 장편 『천변풍경』은 30년대를 대표하는 우리 문학사의 중요한 업적으로 평가되고 있다. 사실 박태원은 그의 작품에서 소설형식이 감당할 수 있는 여러 표현 방식을 실험하고 있다. 한편의 소설을 수많은 쉼표를 사용한 한 개의 장거리 문장으로 쓴다던가(방탄장주인), 수식으로 중간제목을 삼거나 작품 속에 신문광고를 삽입하거나(딱한 사람들), 소설의 본문 일부를 중간제목으로 삼거나 '의식의 흐름' 수법을 시도하는(소설가 구보씨의 일일) 등 전통적인 소설형식에서 벗어나 새로운 소설의 형식을 찾고자 노력한다.

특히 『소설가 구보씨의 일일』[317]은 발표 당시부터 새로운 기법을 보여준 실험성이 강한 작품으로 화제가 된 소설이다. 제목에서 알 수 있듯이 작가 박태원의 하루 일과를 다룬 이 소설에서는 1) 비인간화되고 신경병적인 인물 2) 헐떡이는 쉼표, 숫자, 기호, 일어문 등 재현성을 상실한 채 자율성과 자기 반사성을 드러내는 언어 3) 소설을 쓰는 과정의 드러냄 4) 의식의 흐름과 연상수법 등의 장치들이 어우러지면서 모더니즘 작품으로의 특성을 보인다. 박태원은 이러한 표현기법을 통해 행복을 잃어버리고 타자와의 정상적인 인간관계를 맺지 못한 채 자의식 속에 칩거하거나, 자신의 심경과 내면세계를 관찰하면서 거기서 자신의 훼손되지 않은 삶의 진실을 확인하는, 이른바 심경소설이라는 새로운 소설의 영역을 만들어 낸다.

주317) 이 작품은 1934년 8월 1일부터 9월 19일까지 〈조선중앙일보〉에 연재되었으며, 동명의 단편집이 1937년 문장사에서 출간된 바 있다.

316

(1) 언 어

우리 소설이 이인직이나 이광수의 노력을 거쳐, 20년대의 김동인과 염상섭에 와서 근대소설로서의 형식을 어느 정도 갖추게 된 것에 대해 별 다른 의견은 없다. 문제는 30년대의 소설에 대한 명칭을 "근대소설이냐, 아니면 현대소설이냐"로 확실하게 규정짓는 것은 그리 용이한 문제가 아니다. 앞에서도 언급한 바 있지만, 영어의 modern이란 말을 우리는 근대 혹은 현대라는 두 용어로 동시에 이해하고 있다. 따라서 현대라는 용어를 굳이 사용할 때는 '근대 후기'(late modern)라는 의미로 사용하기를 제안했다. 이럴 때 30년대의 문학의 명칭을 현대문학이라고 편의상 부르면 별 이의가 없을 것으로 본다.

그렇다면 근대소설과 현대소설의 차이점은 어디에서 출발하는가. 먼저 형식적 사실주의(formal realism)에 입각한 관점으로는 30년대의 소설을 이해할 수 없다는 데에 그 해답이 있다. 형식적 사실주의는 과학과 이성이 바탕이 된 실증주의에 그 기반을 두고 있기 때문에 작가의 객관성과 이에 따른 논리성을 중시한다. 그러다 보니 현실에서의 개연성이 무시된 내용은 거부되고 스토리의 인과성이 요구되고 있다. 이에 반해 현대소설은 사물과 사건에 반응하는 인간의 심리를 중시하며, 인간의 존재의 의미에 관심을 둔다.[318] 이념적인 면에서도 전자는 부르주아 자본주의에 근거를 두고 있으나, 현대소설은 부르주아 자본주의의 근대성에 미학적으로 반항하는 형식을 취하고 있는 것이다. 근대소설이 현실 있는 그대로의 모

주318) 김상태, 한국현대소설론(학연사, 1993), P.43.

습을 재현하는데 비해, 현대소설은 인물의 심리상태를 중시하는 까닭에 스토리의 전개보다는 인물의 관념적 서술이 주를 이루게 된다. 이러한 현대소설의 특징을 단적으로 보여주는 것은 언어에 있어서 대담한 실험으로 이어진다. 근대소설이 소설로서 가능한 기존의 언어의 룰을 지키고자 하지만, 현대소설은 이러한 문학적 금기사항을 전혀 고려치 않는 언어적 실험을 시도하고 있는 것이다. 그러면 박태원의 문학적 실험성이 강한 대표적인 작품인『소설가 구보씨의 일일』의 문체적 특징을 먼저 알아본다.

　1) 어휘－대체로 일상어의 활용과 언문일치의 구어체를 안정적으로 사용하고 있으나, 일부에서 한문과 전문적인 의학 용어가 사용되고 있다. 종결어미를 보면, 대부분 '생각하다, 느끼다'의 관념어와 '보다, 가다' 등 동사로 이루어져 있다. 관념어는 자기 내면에 담겨 있는 과거의 추억을 회상할 때 주로 쓰이며, 현실공간으로 이동하는 과정에서 '가다, 보다' 등의 행동적인 동사가 사용되고 있다.

　2) 문장－주로 30자 내외의 단문이 사용되어 간결한 느낌을 주지만, 일부 100자 이상 되는 극단적으로 긴 장문도 간혹 사용되고 있다. 한 문장 안에 콤마와 따옴표를 빈번하게 사용하여 호흡의 숨가쁜 단절이 이루어지고 있고, 소설 속에 문장의 첫 어휘를 중간제목으로 삼아 시각적인 효과를 노리고 있다.

　3) 묘사－도시의 관찰과 과거에 대한 회상이 동일선상에서 이루어지기 때문에 작가의 심리를 드러내는 내적 독백과 과거와 현재가 교차하는 의식의 흐름 등과 같은 표현 방식을 사용한다. 또한 같은 어휘를 반복해 사용하거나 문자언어 대신에 약 처방이나 숫자를 시각화하여 기호 형태로 나열한 것은 기존의 소설의 관습을 깨는 실

혐적인 기법들이다.

박태원의 문체적 특성은 소설 자체를 공간예술로 인식하여 텍스트를 시각화하는데 강조를 두고 있는 것으로, 이런 인식은 단순히 기교상의 문제를 떠나 소설 텍스트에 대한 인식의 전환으로 이해해야 할 것이다. 임화는 철저하게 외부의 관찰자로서 냉정성을 유지하는 태도에 대해 "작자의 생각을 살리라면 작품의 사상성을 죽이고, 작품의 사실성을 살리라면 작자의 생각을 버리지 않을 수 없는 딜렘마에 빠진다"[319]고 지적하고 있다. '사상성의 퇴조'가 세태소설의 등장 원인일 수 있다는 임화의 주장은 어쩌면 리얼리즘의 기본 속성인 사실성의 자체에 대한 오해의 결과라고 할 것이다. 박태원의 사실성이란 선택되고 인식된 대상에 대한 묘사에서 획득되어진 것이며, 그것이 내성묘사에 기울진 것은 자아와 세계와의 관계에서 불가피하게 일어나는 대립과 충돌로부터 적당한 거리를 유지하기 위한 것이다. 따라서 현실에 대한 외면이나 도피라기보다는 방어적 방편의 하나로 이해해야 할 것이다. 다시 말하면, 박태원은 무력하고 파편화된 도시 인텔리의 모습을 현재와 과거, 현실과 환상을 교차시키는 의식의 흐름 수법에 의한 심리분석을 통하여 그려낸다. 철저하게 외부세계의 개입이 배제된 채 인간 내면의 심경을 표현해 내고자 하는 의도에서 비롯된 것이라 할 수 있다.

이러한 시도는 당대의 식민지적 상황 아래서 개인의 행복 찾기란 불가능한 것으로 보고, 사회적 총체성을 배제한 채 작가 자신의 개별성을 탐구하고자 하는 방향으로 의도된 것이라 할 수 있다. 따라서 심리묘사의 방법을 확충하고 거기에 적절한 문체를 모색하는 쪽

주319) 임화, 〈세태소설론〉, 문학의 논리(학예사, 1940), PP.345-354 참조.

에 주안점이 주어지는 것이다. 박태원의 소설을 이렇게 이해할 때 그 일차적 기능은 자신의 삶의 근거를 되돌아보며 새로운 방향성을 따져보는 일이 될 것이다. 따라서 박태원이 채택한 하나의 방식은 의미 있었던 과거에의 회상이다. 구보는 거리에서 끊임없이 과거에 체험한 기억들을 현재의 감각으로 끌어들인다. 지나가 버린 과거의 시간이 의미 있는 것으로서 현재화되는 것이다. 지금 현재의 나는 매순간 과거의 체험으로 풍부해지고, 그럼으로써 현재의 무의미한 지속은 파열된다. 그러나 이것은 종래와 같은 앞으로 전진하는 시간, 과거 삶의 결과로서의 현재를 의미하는 것은 아니다. 두 개의 시간 사이에는 어떤 발전이나 결과는 없고, 다만 현재의 시간이 확대되는 것일 뿐이다. 이러한 체험은 방법적으로는 이중노출 혹은 몽타쥬로 나타난다. 동일한 공간 속에서 두 개의 시간이 병치되는 것이다.

이러한 실험에 대해 박태원은 제임스 조이스가 '유리시즈'에서 시도한 의식의 흐름 수법-영화의 용어를 빌면 현재와 과거, 현실과 환상을 교차하는 '이중노출'(over lap)의 수법을 수용하는 차원에서 이루어졌다고 밝히고 있다.

"여기서 우리는 영화수법의 효과적인 응용이라는 것에 관하여 생각하여 보기로 하겠다. 이 새로운 예술영화는 그 역사가 지극히 새로운 것임에도 불구하고 짧은 시간에 그렇게도 비상한 진보를 우리에게 보였다. 그와 함께 그것은 우리가 배울 제법 많은 물건을-특히 그 수법, 그 기교에 얻어 가지고 있다. 나는 작품에 있어 그것을 시험하여 보았다. 물론 그것은 나만이 생각할 수 있었던 것은 아니었을 것이다. 최근에 '유리시즈'를 읽고 '제임스 조이스'도 그 같은 실험을 한 것을 알았다"[320]

또한 이 작품에서 구보가 배회한 서울 도심의 종로통, 본정통, 광화문통을 비롯한 지명과 카페명, 건물명 등 30년대 당대와 완벽히 일치할 뿐만 아니라 등장인물 또한 실제 인물로 추정된다. 이 경성 풍물에 대한 작가적 태도에 대해 박태원 스스로 "모더놀로지(考現學)"이라고 지칭하고 있다.

> 한길 위에 사람들은 바쁘게 또 일 있게 오고 갔다. 구보는 표도 위에 서서, 문득, 자기도 창작을 위하여 어디, 예(例)하면 서소문정(西小門町) 방면이라도 답사할까 생각한다. '모더놀로지(modernology, 考現學)'를 게을리 하기 이미 오래다.
> —『소설가 구보씨의 일일』, P.174

상상력만으로 소설이 되지 않아 실물을 눈앞에 보기 위해 도심지를 오간다는 박태원의 고백[321]도 있듯이, 이 소설은 작가의 창작방법과 거리에서의 배회가 그대로 일치된 형태로 나타난다. 이렇게 사실성을 추구하는 이유로는 아무래도 주체의 의식에 치중하다보니 작가 자신의 의식내부를 표현하는데 우선 관심을 갖게 되고, 작가의 실제의식에 충실하다 보니 외부 현실도 사실성에 입각하여 묘사하게 되는 것으로 보인다. 아울러 일본소설의 영향을 받아 당대에 유행했던 사소설적 성향 때문일 것이다. 사소설은 작가가 한 인물을 설정하여 그 인물의 눈으로 세상을 관찰하여야 한다는 엄정한 형식을 지니고 있다.[322] 이상의 경우에는 자신의 삶 자체가 소설적

주320) 박태원, 〈표현, 묘사, 기교〉(조선중앙일보, 1934. 12. 31).
주321) 박태원, 작가와 건강(조선일보, 1938. 1. 18).
주322) 최혜실, 한국모더니즘소설연구(민지사, 1992), P.205.

이었기 때문에 이중적 장치를 교묘하게 배합해 놓았으나 박태원의 삶은 지극히 정상적이므로 고독한 관찰자로서의 역할 밖에는 할 수 없었던 것이다.

322

(2) 인 물

『소설가 구보씨의 일일』이 주목받는 이유는 무엇보다 전대 소설
에 비해 인물적 측면에서 확연한 차별성을 보이기 때문일 것이다.
이인직과 이광수, 김동인과 염상섭 등의 소설이 한 인물을 중심으
로 한 이야기 구조라면, 이 소설에는 수많은 사람의 다양한 삶의
모습이 등장한다. 주인공이라 할 특정 인물도 없고 이야기의 전개
과정에서 별 다른 사건도 노출되지 않는다. 물론, 작자가 직접 주
인공으로 개입하여 전개되지만 차가운 도회문명의 관찰자로서의 역
할일 뿐, 사건 전개에 어떠한 역할도 미치지 못한다. 박태원은 삶
의 다양한 양상 자체에 관심을 두고 그것을 묘사할 뿐, 그 바탕에
있을 수 있는 다른 원인들에 대해서는 관심을 보이지 않고 있다.
이 작품에서의 인물의 행위란 심리적 갈등이나 인과적 행위의 연속
이 아니라, 구보가 길을 걷다가 문득 차를 마시고 전차를 타고 다
시 차를 마시는 것처럼 단편적으로 계속되는 관념과 의식의 파편들
에 불과하다. 그리고 구보는 과거와 현재, 내면세계와 현실 사이를
자유롭게 넘나들면서, 거리에서 보고 듣고 만나고 느끼게 되는 인
간과 사물에 대한 자신의 의식을 자유롭게 기술하고 있다. 이 소설
에서는 우선 직업과 아내를 가지지 않은 스물여섯 살의 구보 이외
에 어머니, 몇몇 친구와 여인 등이 등장하고 있으며 그 밖의 인물
들은 구보가 배회하는 과정에서 그의 의식을 스쳐 가는 우연적 인
물에 불과하다. 이들은 전대의 영웅적 인물이나 계층의 하락이 심
화되어 우리 중의 하나를 벗어난 인물이 아닌, 그야말로 일상적인
삶을 보여주는 소시민들이다. 결국 박태원이 관심을 갖는 인물은

중간 계층인 룸펜 인텔리와 하류계급의 도시 빈민들이며, 그의 문학적 관심은 이들을 통해 도시화가 급격하게 진행되는 30년대 서울의 풍경을 관찰하는 것이다. 구보가 도시공간에서 만나는 일상적 인물들은 다음과 같다.

324

위치	장소	실제인물	연상인물
집(외출, 오전 12시)		어머니	
광교		세 명의 여학생, 자전거를 탄 젊은이, 사내	간호사
종로		행인	의사
	화신상회	젊은 내외, 아이	
조선은행 앞태평통	전차	젊은 여인, 차장, 맞선 본 여성, 양산을 들은 여자	벗의 누이
	다방	점원, 젊은이들, 소개받은 사나이	
	골동점	우산 건넨 점원, 골동품 점원,	
	거리	영락한 옛 친구	친구 최서해
경성역		지게꾼, 시골노파, 거만한 시골신사, 아이 업은 아낙, 40대의 바세도씨병 환자, 무직자(2명), 전당포집 둘째아들과 애인	
조선은행 앞		구두닦이	
	다방	토스트를 먹는 사내, 시인이며 사회부기자인 벗	가엾은 벗
종로네거리		황혼과 노는 계집의 무리	
	다방	여자를 동반한 남자, 다료 주인인 벗	동경 옛애인
	설렁탕집	벗, 카페여급	
	전찻길		동경 옛애인
광화문통		아이, 술주정꾼, 학생, 젊은 여자 전보 배달원	벗의 조카아이들
	다방	생명보험사 외판원, 최군, 벗	
조선호텔 앞	네거리		
종로낙원동	카페	여급 5명	
광교모퉁이		소복 입은 여인, 귀여운 카페여급	
종로네거리			
집(귀가, 오전 2시)			

　이렇게 구보는 경성의 도심지를 걸으면서 숱한 현재의 사람을 관찰하고 과거를 회상하는 형식을 보여준다. 경성역에서 만난 실직자와 바세도씨병 환자, 전당포 아들인 동창생, 직업을 구하는 40대 가정주부 등등, 현재의 관찰에서 구보가 보여주는 것은 30년대의 가난하고 초라한 소시민들의 삶이다. 이들 인물에 대한 접근은 꿈이 상실된 당대의 실상을 드러내는 무력한 지식인의 자화상이라 할 수 있다. 그래서 구보는 가난한 문인인 벗과 카페를 찾아 술을 마시고 유쾌함을 찾아 자신의 갈등을 풀어보고자 하는 것이다. 한편, 과거의 회상에서 구보가 주로 연상하는 것은 질병과 여자에 관한 것이다. 초기 부분에서 구보는 병원에 들렀던 일과 여기서 신경쇠약을 떠올리고 간호원의 약 처방 소리와 '중이, 질환' 등에 대해 생각한다. 구보의 질병에 관한 의식은 당시대의 사회 전반에 불건강함을 상징하는 것이다. 이런 불행을 일상적인 행복에서 보상받으려는 구보는 여자와 돈을 떠올린다. 전철에서 혼담이 있었던 여자를 만나 구보는 그 여자가 가버린 뒤에 열다섯 살에 짝사랑했던 벗의 누이와 동경에서 비련으로 끝난 애인을 회상한다. 또한 서정 시인조차 금광에 손을 대는 현실 속에서 돈에 대해 경멸하지만 여행을 떠날 정도의 돈만 있으면 행복할 수 있겠다는 생각을 한다. 그러나 구보에게 있어 여자나 돈은 막연한 상상의 대상일 뿐 그것을 획득하기 위한 어떠한 구체적 행동도 보이질 않는다. 구보의 도시적 체험은 주로 군중, 교통기관, 빌딩 등 세 요소로 분류가 되는데, 구보는 이 도시적 체험을 통해 과거를 회상하며 전체 이야기를 엮어내는 역할을 담당하게 된다. 이 의식의 조각들, 제재 상으로 서로 분리되어 있는 이 기술된 내용들은 구보의 내면의식을 이어주는 연결고리가 되어주고 있다. 마주치는 대상들에 대해 일정한 공간적 심리적 거리를 유지하며 추적되는 앞 뒤 없이 내보여지는 구보의 의식은, 사유적으로는 자유롭지만 현실적으로 지극히 무력하고 남 아도는 잉여적 존재로서의 당대 지식인의 삶과 그 구체적 공간들을 보여준다.

여기에서 작가가 궁극적으로 추구하는 것은 삶의 가치기준을 묻는 것이다. 먼저 과거 애인의 회상은 낭만적 사랑의 좌절이며, 이는 현재의 삶을 순간적으로 초월하고자 하는 욕망에 바탕을 두고 있다. 그러나 이러한 열정과 행복의 추구는 화폐의 힘에 동요된다. 낭만적 사랑은 구원의 의미를 지니고 있지만, 그것은 화폐의 힘에 의해서 현실적으로 가능하기 때문이다.

> 문득, 구보는, 그러한 여자가 왜 그자를 사랑하려 드나, 또는 그자의 사랑을 용납하는 것인가 하고, 그런 것을 괴이하게 여겨 본다. 그것은, 그것은 역시 황금 까닭일 게다. 여자들은 그렇게 도 쉽사리 황금에서 행복을 찾는다. 구보는 그러한 여자를 가엾이, 또 안타깝게 생각하다가, 갑자기 그 사내의 재력을 탐내 본다.
>
> ─『소설가 구보씨의 일일』, P.180

여기에서 비로소 그는 자신과 같은 운명이라고 느꼈던 사람들의 삶을 한 꺼풀 벗겨본다. 그가 일상인들이라고 생각하던 사람들은 화폐만을 추구하는 교양 없는 속물이거나, 아니면 화폐의 힘으로 조그만 행복을 사는 소시민들인 것이다. 그는 속물을 경멸하지만 자신의 교양 있음과 자신의 예술에 대해 자부심도 갖지만, 그 둘 사이의 모호한 경계에 있는 사람들, 가정을 이루고 화폐로 조그만 행복을 사는 사람들을 경멸하지는 못한다. 주인공 구보는 30년대 도시의 중간을 부유하는 인물이므로 그의 행위는 일상의 현실들에 대해 바라보고 느끼고 연상만 할 뿐 주체적인 개입은 이루어지지 않는 것이다.

> 구보는 여자와 시선이 마주칠까 겁(去)하여, 얼토당토 않는 곳을 보며, 저 여자는 내가 여기 있는 것을 보았을까, 하고 생각한다. (중략) 그는 분명히 나를 보았고, 그리고 나를 나라고 알았을 게다. 그러한 그는 어떠한 느낌을 가지고 있을까. 그것이 구보는 알고 싶었다. 그는 결코 대담하지 못한 눈초리로, 비스듬히 두 칸통 떨어진 것에 앉아 있는 여자의 얼굴을 곁눈질하였다.
>
> —『소설가 구보씨의 일일』, PP.165-166

맞선을 보았던 여자를 전차 안에서 우연히 마주쳤을 때 구보가 보인 행동은, 즉 현실을 마주보고 있다기보다 대담하지 못하는 눈초리로 그저 곁눈질만 하고 있다. 구보의 태도는 현실상황에 대해 주체적으로 개입하지 못하고 관념과 상상으로만 대응하는 작가 박태원의 성격의 한 단면을 보여준다고 하겠다. 이는 30년대 도시로 상징되는 식민사회의 현실 아래서 지식인 박태원이 대응하는 관념적 소산이며 당대 사회에서의 주변적인 지식인의 무기력증을 표출한 것이라고 하겠다. 즉, 무기력한 지식인의 일상을 통해 식민지적 사회의 권태와 중압감을 그려낸 것으로 의미를 던져주고 있으나, 그것이 관찰되고 실천이 전제되지 않은 사유의 세계 안에서 안주하

고 있다는 점에서 현실인식에 대한 추상성을 드러내는 한계를 보이
고 있다.

(3) 외 형

『소설가 구보씨의 일일』은 1930년대 서울을 배경으로 펼쳐지는
도시의 양상을 한 지식인의 내면적 관찰을 통해 서술한 작품으로,
소위 도시소설의 새로운 가능성을 제시한 것으로 평가된다.[323] 이
작품은 제목이 말해주듯 단 하루 동안에 발생한 일의 연속적 기록
물에 지나지 않는다. 26세의 총각이며 일정한 수입도 없이 지내는
소설가 구보씨의 어느 하루 동안의 외출에서 귀가하기까지의 과정
에 관찰되는 일상적인 삶의 묘사가 이 소설의 내용이다. 주인공은
뚜렷한 목적이 없이 집을 나서서 길을 걷고, 차를 마시며, 사람을
만나고 전차를 탄다. 그때 마주치는 사물과 인간들에 대해 순간적
인 의식과 관념으로 그것들에 대응하고 있으며, 이때의 변화하는
공간 역시 주인공 구보의 내면의식과 깊은 연결고리를 갖는다.

구보가 이동하는 시공간은 "집(오전 12시)-광교-화신-조선은행
앞·장곡천정(다방, 오후 2시)-태평통-경성역-조선은행 앞-(다

주323) 이를 두고 1) 인구 38만 2천 명을 헤아리는 식민지 수도 서울의
     근대적 풍경을 산책하는 산책자의 개념을 들어 모더니즘의 한 양
     상을 지적할 수도 있고 2) 생활을 갖지 않는 거리의 룸펜을 중
     심으로 한 카페문화를 모더니즘의 속성으로 음미할 수 있으며
     3) 근대적 수법을 도입한 그림 영화 음악 건축 레코드 등을 들
     어 전통 단절성으로서의 모더니즘적 현상을 말할 수도 있고 4)
     인간 심리묘사라든가 의식의 흐름 수법 등을 들 수 있을 것이다.

방)-종로네거리(황혼)-(다방)-조선호텔 앞 네거리-종로·낙원동
(카페)-종로네거리-집(귀가, 오전 2시)"과 같은 과정으로 전개된
다. 그것은 같은 장소를 다시 가는 무료하고 권태로운 작업이며,
다만 거리의 다방만이 휴식처를 제공할 뿐이다. 이렇게 『소설가 구
보씨의 일일』은 철저하게 작가의 일상적 삶이 배어 있는 '여기, 지
금'이라는 노벨의 크로노토포스를 절대 벗어나지 않고 있다. 작가가
다루고 있는 스토리의 양상 역시 1930년대 도시사회의 여러 가지
국면에 대한 관찰과 제시의 의도가 강하게 암시되어 있다. 시민사
회의 인간관계를 일상적인 차원에서 포착한 이 소설은 최소한 배경
면에서 당대성의 원리를 충실하게 따르고 있음을 알 수 있다. 근대
사회는 시민사회이기 때문에 부르주아 사회에 있어 인간과 세계와
의 갈등을 전제로 한 가장 근대적인 소설이 바로 박태원에 의해 시
도되는 것이다.

특히 구보가 머무르고 들렀던 공간은 모두 '길'과 '다방'으로 귀결
되는데, 그곳은 곧 부정과 방황의 공간이며, 자아와 세계가 일치하
지 못하는 단절의 상태 혹은 안주할 수 없는 상황을 뜻한다.324) 사
실 모더니즘 작가들이 수용하는 도시의 의미, 다시 말하면 도시에
서 체험했던 근대문명의 징후들은 결코 범상한 것이 아니었다. 이
들에게 도시란 유혹적이고 향락적인 데카당스의 공간이며, 인간이
변모되는 오탁의 공간이고, 무기력한 룸펜 인텔리의 소굴이며, 단
절과 소외의식을 느끼게 하는 공간이다.325) 그들이 도시에서 체험
했던 근대문명은 물신주의나 퇴폐성으로 대별되는 도시적 체험의

주324) 강혜원, 박태원 소설의 서술구조 분석(이대 대학원, 1988) P.17.
주325) 전혜자, 현대소설사연구(새문사, 1987), P.164.

일반적 속성일수도 있으나 어쩌면 도시를 매개로 한 일본 자본주의의 역사적 충격이라는 다분히 부정적인 의미의 그것이라 할 수 있다. 속물주의·배금주의·타협주의·기회주의·패배주의 등 타락한 도시의 일상적 삶의 모습들, 이것은 그가 만나는 사람들과 보는 곳마다에 도사리고 있고, 이때마다 작중의 구보는 그것들을 놓치지 않고 독자에게 제시해 보인다.326) 한편, 이 소설은 도회를 배회하는 하루 동안의 일상을 그리고 있는데, 경험적인 시간이 아니라 과거의 추억을 현재 속에 재현하는 심리적인 시간의 양상을 보인다. 이때의 시간은 시계의 초침처럼 질서 있게 흐르는 시간이 아니라 과거와 현재, 미래를 동시에 넘나드는 무질서한 시간이며, 공간 속에서 재구성됨으로써 시간의 공간을 이루게 된다. 즉 서사적 사건의 인과적인 계기보다는 구보의 의식 속에서 벌어지는 기억과 환상의 유로, 경험의 동시성이 강조된다.327) 따라서 『소설가 구보씨의 일일』은 공간적 배경에서는 당대성을 재현하는 노벨의 원리에 충실하고 있으나, 시간적 배경에서는 형식주의적 리얼리즘의 원칙을 벗어난 심리주의적 리얼리즘의 양상을 보여주고 있다.

심리주의 양상을 보이는 이런 소설들은 비계기성의 플롯으로 유도되며, 각각 사건들이 비계기화 됨으로써 '일상과 지속성, 현재'에 비중을 두게 되는 플롯 양상으로 드러난다. 『소설가 구보씨의 일일』의 플롯도 사건의 일상화가 지배적으로 드러난다는 점에서 동일한 관점을 보이지만 대개 과거의 회상의 형태로 묘사되는 점이 그 특징이

주326) 정덕준, 박태원소설에서의 도시적 삶, 〈한국현대소설연구〉, 앞의 책, P.273.
주327) 정현숙, 〈박태원의 문학세계〉, 박상태 편, 한국현대소설론(학연사, 1993), P.292.

다. 회상을 통해 시간적 거리를 두거나, 만남이 불가능한 공간적인
거리를 둠으로써 계기성보다는 비계기성을 우선시키는 것이다.[328]
구보는 수많은 사람들을 만나고, 대화하고, 생각하고, 느끼고 하지
만 이로 인해 어떠한 사건이나 행위가 진전되지 않고 처음의 상황으
로 다시 돌아가고 만다. 모든 행위가 현실에서 일어날 수 있는 일상
적 사건들로 연결되는 소설들은 갈등과 파국, 해결보다는 변화나 전
환을 무산시키는 비계기적인 플롯을 만들어내는 것이다. 이러한 일
상성의 위력은 결말에서도 드러나는데, 이는 미래에의 전망이 부재
한 미해결의 종결법으로 연결된다. 너무 일상적이고 사사로운 사건
을 다룸으로써 갈등의 소지가 없어지기 때문에 인과관계에 의한 분
명한 종결법과는 전혀 무관한 결말구조를 보이는 것이다.

(4) 주 제

『소설가 구보씨의 일일』은 작가 자신을 주인공으로 노출시켜, 주
인공이 폭넓은 도시공간에서 여러 부류의 인물과 현실을 관찰하고
반응하는 심경소설의 형식을 보여주고 있다. 이 작품에는 작품의
주인공과 작중화자, 그리고 대상조차 오직 구보 하나뿐이다. 『소설
가 구보씨의 일일』을 발표한 인연으로 10년 이래 '仇甫'라는 아호를
행세하고 있다는 것, 친구들이 이 아호에 불쾌감을 갖고 '九甫'라
부르는 자각이 있다는 것(仇甫란 거만한 사내라는 뜻인 까닭), 그러
므로 지금부터 '丘甫'(이 역시 높은 사내)라 한다고 스스로 밝힌 바

주328) 이경, 한국 근대소설의 근대성 수용양식(태학사, 1999), P.229.

있는 것은 바로 작가 자신이다. 글자 획 하나를 둔 기호놀이에 다름없지만 자연인이 아닌 소설가 박태원을 의도적으로 드러내는 남달리 참신하고 예민한 감각 및 해학과 기지에 넘치는 부분이다. 작중 인물 구보의 직업을 소설가로 설정한 점도, 박태원의 호로 명명한 것과 함께 이 소설의 사소설적 요소를 두드러지게 하는데, 작중의 구보는 곧 작가 박태원의 인간과 사물에 대한 관점과 가치관을 투사한 인물임을 알 수 있다. 결국 모더니즘 문학으로서의 박태원 문학은 '고독'과 '행복 찾기'로 규정된다. 경성이라는 근대적인 공간보다 조금 나은 동경을 욕망의 대상으로 삼고, 충족되지 않는 욕망으로 인해 고독하고 그 고독을 탈피하기 위한 과정에 그의 문학은 자리 잡고 있다.

> 구보가 지금 원함은 한 개의 계집에 지나지 않는지도 모른다. 또는 역시 어질고 총명한 아내라야 하였을지도 몰랐다. 그러다가 구보는, 문득, 아내도 계집도 말고, 십칠팔 세의 소녀를, 만약 그럴 수 있다면, 딸을 삼고 싶다고 그러한 엄청난 생각을 하여 보았다.(중략) 구보는 벗에게 알리고 싶은 것을 참고, 혼자 마음속에 그 생각을 즐겼다. 세 개의 욕망, 그 어느 한 개만으로도 구보는 이제 용이히 행복 될지 몰랐다. 혹은 세 개의 욕망의, 그 셋이 모두 이루어지더라도 결코 구보는 마음의 안위를 이룰 수 없을지도 몰랐다.
> 역시 그것은 '고독'이 빚어내는 사상이었다.
> ─『소설가 구보씨의 일일』, P.203

주인공 구보는 한편으로 소년시절의 무리한 독서로 건강을 잃고, 다른 한편으로 직업을 갖지 못한 독신자로서 사회적 분위기에 적응하지 못하는 만큼 결코 행복하다고 생각하지 않는다. 그는 거리에서 행복 찾기를 시도하지만 "구보는 다시 밖으로 나오며 자기는 어디가 행복을 찾을까 생각한다. 발 가는 대로, 그는 어느 틈엔가 안전지대에 가 서서 자기의 두 손을 보았다. 한 손의 단장과 또 한 손의 공책과—물론 구보는 행복을 찾을 수는 없다"라고 쓰고 있다.

그는 자신의 두통·신경쇠약·중이질환(中耳疾患)·시력장애 등 병적 징후를 느끼고 손에 쥔 동전의 "대정 12년, 11년, 8년, 12년—그 숫자"는 행복이 아니라고 생각한다. 작가는 서정 시인조차 황금광으로 나서는 세태에 대한 위화감, 지적 열등생인 전당포 둘째아들, 민첩한 보험사직원, 짝사랑의 기억, 경성역에 갔을 때 인간 본래의 온정을 잃어버린 군중 속에서의 고독감을 드러내며, 그의 불행은 사회의 불행과 다르지 않음을 그 내면으로부터 토로한다. 그의 거리 위에서의 일과는 이처럼 타락해 가는 세상 속에서의 거의 불가능한 행복 찾기로 특징지어 진다. 박태원의 행복 찾기가 너무 쉽게 동요되고, 너무 쉽게 절망하는 까닭은 그의 체험이 도시라는 공간에 머물러 있었기 때문이다. 그리고 그가 발견한 것은 '돈'이라는 것이 삶을 지배하는 자본주의의 논리, 나아가 일제 식민 자본주의로 인한 왜곡된 근대성과 궁핍화 현상을 적확하게 인지하지 못한 데 있다.

황금광시대(黃金狂時代)—

저도 모를 사이에 구보의 입술은 무거운 한숨이 새어 나왔다. 황금을 찾아, 황금을 찾아, 그것도 역시 숨김없는 인생의, 분명히, 일면이다. 그것은 적어도, 한 손에 단장(短杖)과 또 한 손에 공책을 들고, 목적 없이 거리로 나온 자기보다는 좀 더 진실

한 인생이었을지도 모른다. 시내에 산재한 무수한 광무소(鑛務
所), 인지대 백 원. 열람비 오 원. 수수료 십 원. 지도대(地圖
代) 십팔 전…… 출원 등록된 광구, 조선 전토(全土)의 칠 할.
시시각각으로 사람들은 졸부(猝富)가 되고. 또 몰락하여 갔다.
황금광시대. 그들 중에는 평론가와 시인, 이러한 문인들조차 끼
여 있었다.

—『소설가 구보씨의 일일』, P.178

'황금광시대', 문인들조차 황금광이 되는 시대―이는 박태원이 당
대를 규정한 말이다. 도시란 기본적으로 소비가 행해지는 장소로
서, 물신화된 삶이 팽배되어 있기 마련이고 이 물신화된 삶이 바로
황금광시대인 것이다. 그러나 도시는 그 외면적 모습만 가지고 바
라볼 때 추상적인 범주를 벗어날 수가 없다. 이 소비가 행해지는
장소에는 속물과 교양인만이 있는 것이 아니라 가난한 자와 부자,
빼앗는 자와 빼앗긴 자, 노동자와 자본가 등 근대적인 삶의 심층적
인 차원이 그 안에 담겨있는 것이다. 이 도시의 본질을 파악했을
때 곧 자신의 본질을 발견하게 되는 것이다. 자신의 체험에 충실했
고, 이 충실하려 했던 삶의 태도 때문에 소설가 구보는 관찰자의
영역에만 머물게 되었고, 따라서 고독해 질 수밖에 없었던 것이다.
이 작품에서 시인이자 다방주인인 벗과 구보가 오전 두시까지 종로
거리를 헤매고 카페를 드나들고 마침내 헤어질 때 벗이 "내일 또
만납시다"라고 말하자 이를 되받아 구보가 엉뚱하게도 "내일부터
내 집에 있겠소. 창작하겠소"라고 답한다. 이 말은 도시를 배회하며
인물을 관찰하는 작업을 포기하고 밀실에서 '기존의 소설쓰기' 작업
에 돌입하겠다는 것을 의미한다. "이제 나는 생활을 가지리라. 내게

는 한 개의 생활을, 어머니에게 편안한 잠을"이라고 구보는 결심한다. 그러나 그는 결심을 스스로 허문다.

대학노트를 들고 서울 시내를 배회하며 근대가 그려놓은 도시적 풍속을 관찰하는 작업은 구보씨의 작업처럼 단 하루면 충분한 일이다. 도시적 풍속이란 시대정신이라기보다는 일종의 유행범주에 지나지 않으며 한번 경험한 후에는 퇴색해 버리기 마련이어서 지속성을 띨 수 없기 때문이다. 따라서 박태원은 단 하루의 기록에 불과할 뿐 '근대'의 심층묘사를 감당할만한 능력이 박태원에겐 너무 모자랐던 것이다. 이러한 고민이 박태원의 한계인 동시에 30년대 식민지 수도 서울의 도시화 자체가 안고 있는 한계점이라 할 수 있다.

(5) 결 론

근대에 이르러 역사주의자들은 무한한 역사 현상 속에 하나의 일관된 구조가 있고 여기에 합리성이 담겨있는데, 그것을 이성의 진보라고 보았다. 이들은 직선적으로 흘러가는 시간의 흐름 속에서 끊임없는 투쟁을 통해 훌륭한 세계를 지향하는 것이 진보라고 보았다. 그러나 근대가 성숙되면서 승자가 약자를 지배하는 생존경쟁이라는 개념이 사유의 중심에 놓임으로써 근대에 대한 부정성이 드러난다. 또한 공업화로 인한 대량 생산과 대중사회로의 진입은 인간으로서의 가치를 외면함으로써 개인 주체에 심각한 손상을 입히게 된다. 바로 주체의 방향성을 잃어버릴 때 단편적이고 이질적인 파편들의 조각을 모아 총체성을 획득하려는 노력을 보이게 된다. 그

336

런 의미에서 모더니즘 소설은 주제의 내부에 주관적 상대성을 갖는
개인의 경험적 시간을 중시하게 된다.[329] 개인의 자아에 부유물처
럼 떠돌아다니는 무질서한 의식의 파편들을 결합하여 주체의 홀로
서기를 시도하는 것이다. 『소설가 구보씨의 일일』은 도시인의 생활
양식을 객관적으로 관찰하며 지식인의 심층심리를 보여준 작품이
다. 그리고 박태원은 이 소설을 통해 근대의 보편적이고 평면적인
시간의식을 인간 내면의 주체적인 시간으로 전환시킴으로써 우리
문학사에 또 다른 지평을 제공했다고 할 수 있다. 현실을 그대로
재현하는 리얼리즘 소설은 주체가 주어진 현실과 상호작용 하는 과
정으로 진행된다. 그러나 모더니즘 소설에서는 주체의 의식이 '지금
여기'라는 주어진 현실과의 매개 없이도 인간의 내면 속에서 지속
적으로 작용하게 된다. 박태원은 모더니즘의 미학적 범주를 실험하
고 있으며, 바로 『소설가 구보씨의 일일』은 30년대 모더니즘을 대
표할 수 있는 작품이다.

1) 『소설가 구보씨의 일일』의 노벨의 요소

첫째, 언어 - 일부에서 한문과 전문적인 의학 용어가 발견되고 있
으나, 대체로 일상어의 활용과 언문일치의 구어체가 안정적으로 사
용되고 있다. 주로 30자 내외의 단문이 사용되어 간결한 느낌을 주
지만, 일부 100자 이상 되는 극단적으로 긴 장문도 간혹 사용되고
있다. 도시의 관찰과 과거에 대한 회상이 동일선상에서 이루어지기
때문에 작가의 심리를 드러내는 내적 독백과 과거와 현재가 교차하

주329) 최혜실, 한국모더니즘소설연구(민지사, 1992), P.264.

는 의식의 흐름 등과 같은 표현 방식을 사용한다.

둘째, 인물―우선, 직업과 아내를 가지지 않은 스물여섯 살의 구보 이외에 어머니, 몇몇 친구와 여인 등이 등장하고 있으며, 그 밖의 인물들은 구보가 배회하는 과정에서 그의 의식을 스쳐 가는 우연적 인물에 불과하다. 이들 인물들은 전대의 영웅적 인물이나 계층의 하락이 심화되어 우리 중의 하나를 벗어난 인물이 아닌, 그야말로 일상적인 삶을 보여주는 소시민들이다. 박태원이 관심을 갖는 인물은 중간 계층인 룸펜 인텔리와 하류계급의 도시 빈민들이며, 그의 문학적 관심은 이들을 통해 도시화가 급격하게 진행되는 30년대 서울의 풍경을 관찰하는 것이다.

셋째, 외형―철저하게 작가의 일상적 삶이 배어 있는 '여기, 지금'이라는 근대소설의 크로노토포스를 절대 벗어나지 않고 있다. 작가가 다루고 있는 스토리의 양상 역시 1930년대 도시사회의 여러 가지 국면에 대한 관찰과 제시의 의도가 강하게 암시되어 있다. 시민사회의 인간간계를 일상적인 차원에서 포착한 이 소설은 배경 면에서 당대성의 원리를 충실하게 따르고 있음을 알 수 있다. 모든 행위가 현실에서 일어날 수 있는 일상적 사건들로 연결되는 소설들은 갈등과 파국, 해결보다는 변화나 전환을 무산시키는 비계기적인 플롯을 만들어내는 것이다. 이러한 일상성의 위력은 결말에서도 드러나는데, 이는 미래에의 전망이 부재한 미해결의 종결법으로 연결된다.

넷째, 주제―경성이라는 근대적인 공간보다 조금 나은 동경을 욕망의 대상으로 삼고, 충족되지 않는 욕망으로 인해 고독하고 그 고독을 탈피하기 위한 과정에 그의 문학은 자리 잡고 있다. 박태원이 도시에서 체험했던 근대문명은 물신주의나 퇴폐성으로 대별되는 도시적 체험의 일반적 속성일수도 있으나 어쩌면 도시를 매개로 한 일본 자본주의의 역사적 충격이라는 다분히 부정적인 의미의 그것이라 할 수 있다.

2)『소설가 구보씨의 일일』의 탈노벨적 요소

첫째, 언어–대부분 '생각하다, 느끼다'의 관념어와 '보다, 가다' 등 동사로 이루어져 있다. 관념어는 자기 내면에 담겨 있는 과거의 추억을 회상할 때 주로 쓰이며, 현실공간으로 이동하는 과정에서 '가다, 보다' 등의 행동적인 동사가 사용되고 있다. 한 문장 안에 콤마와 따옴표를 빈번하게 사용하여 호흡의 숨 가쁜 단절이 이루어지고 있고, 소설 속에 문장의 첫 어휘를 중간제목으로 삼아 시각적인 효과를 노리고 있다. 또한 같은 어휘를 반복해 사용하거나 문자언어 대신에 약 처방이나 숫자를 시각화하여 기호 형태로 나열한 것은 기존의 소설의 관습을 깨는 실험적인 기법들이다.

둘째, 인물–수많은 사람의 다양한 삶의 모습이 등장한다. 주인공이라 할 특정 인물도 없고, 이야기의 전개 과정에서 별 다른 사건도 노출되지 않는다. 물론, 작자가 직접 주인공으로 개입하여 전개되지만 차가운 도회문명의 관찰자로서의 역할일 뿐, 사건 전개에 어떠한 역할도 미치지 못한다. 이 작품에서의 인물의 행위란 심리적 갈등이나 인과적 행위의 연속이 아니라, 구보가 길을 걷다가 문득 차를 마시고 전차를 타고 다시 차를 마시는 것처럼 단편적으로 계속되는 관념과 의식의 파편들에 불과하다.

셋째, 외형–이 소설은 도회를 배회하는 하루 동안의 일상을 그리고 있는데, 경험적인 시간이 아니라 과거의 추억을 현재 속에 재현하는 심리적인 시간의 양상을 보인다. 이때의 시간은 시계 초침처럼 질서 있게 흐르는 시간이 아니라, 과거와 현재, 미래를 동시에 넘나드는 무질서한 시간이며, 공간 속에서 재구성됨으로써 시간의 공간을 이루게 된다. 공간적 배경에서는 당대성을 재현하는 노벨의 원리에 충실하고 있으나, 시간적 배경에서는 형식주의 리얼리즘의 원칙을 벗어난 심리주의 리얼리즘의 양상을 보여주고 있다.

넷째, 주제─박태원의 행복 찾기가 너무 쉽게 동요되고, 너무 쉽게 절망하는 까닭은 그의 체험이 도시라는 공간에 머물러 있었기 때문이다. 그리고 그가 발견한 것은 '돈'이라는 것이 삶을 지배하는 자본주의의 논리, 나아가 일제 식민 자본주의로 인한 왜곡된 근대성과 궁핍화 현상을 적확하게 인지하지 못한 데 있다. 박태원은 근대의 경험이란 단 하루의 기록에 불과할 뿐 '근대'의 심층묘사를 감당할만한 능력이 그에겐 너무 모자랐던 것이다.

Ⅳ. 한국 근대소설의 성격과 전망

　우리 문학사에 있어 기점 논의의 대상이 되는 소설들은 새로운 도전을 통해 전대의 문학적 유형을 탈피하고 있다는 점에서 매우 중요한 의미를 담고 있다. 아울러 당대라는 특정한 시대의 현실을 나름대로 반영하고 있으며, 그 시기의 문학적 성격을 대표할 수 있음도 확인할 수 있었다. 물론 이들 소설 이외에도 연구자들의 관점에 따라 다른 작품이 첨가되거나 아니면 제외될 수도 있을 것이다. 다만 본문에서 다루었던 작품들은 우리 문학사를 상당기간 연구해온 객관적이면서도 타당성 있는 연구의 결과를 바탕으로 선정된 것이다. 어떻게 보면, 우리 근대문학의 큰 줄기는 문학의 내적 질서를 근간으로 하고 있지만, 한국적 시대상황과 같은 보폭으로 성장 발전하여 왔다는 특징을 지니고 있다. 이는 문학이라는 형태가 독자적 장르를 구성하며 역사와는 다른 속성을 지니고 있지만, 대체로 역사적 변동의 맥락과 같이 한다는 점에서 현실을 보여주는 또 다른 형태의 거울이라고 하겠다. 특히 소설은 현실의 이야기이며 시대성을 띤 이야기이기 때문에 본질적으로 사회와 인생에 대해 두드러진 관심을 보인다. 상·레알이 "소설은 거리를 따라 짊어지고 다닌 하나의 거울이다"라고 한 말은, 소설이 현실 또는 현실에 바탕을 둔 인생을 반영한다는 것을 뜻한다. 이러한 근대소설의 전개와 함께 바로 근대사회가 생성·발전하여 왔고, 소설양식 속에는 근대를 상징하는 제 양상이 포함되게 마련이다.

　이렇게 시대를 거듭할수록 기존의 소설형식이 무너지고 독창적이며 모험적인 시도가 끊임없이 추구되어 왔다는 점을 우리는 간과할 수가 없다. 소설형식의 변화는 곧 당대의 구체적 현실의 조건에 의해 달라지고 있다 해도 무리는 아니다. 소설은 시대와 더불어 끊임없이 변하는 유동적 성격을 지니고 있기 때문에 특수한 기법이나 기교 또는 기술이 확실하게 정해지기 어려운 문학적 양식이다. 그러나 특정한 시대의 특수한 유형의 소설에 대해 등장인물이나 주제, 작품의 형식, 나아가 언어상의 특성 등을 추출하여 잠정적으로 하나의 보편적인 원형을 제시해 줄 수 있다고 본다. 따라서 이 원형을 시간대의 흐름에 따라 일렬로 정리한다면, 소설이 어떠한 시대에 어떠한 양상으로 나타났는가 하는 소설의 본질에 보다 쉽게 접근할 수가 있는 것이다. 다시 말하면, 소설에 있어 언어상의 변화는 구어체가 중심이 된 민중들의 일상어 사용이 보편화되는 시기와 일치하는 가운데, 작가의 고통과 창조를 바탕으로 예술적 표현형식으로 거듭 승화되어 간다. 인물의 변화는 시대적 환경에 적응하는 근대적 인물들의 삶의 양상을 보여주고 있으며, 소설에 담겨있는 다양한 주제의식은 근대라는 시대가 어떠한 의식적 차원으로 전개되어 온 것인가를 시사해 주고 있다. 아울러 소설의 형식은 보다 나은 문장표현과 예술성을 재현함으로써 근대소설 자체의 발전과정을 되돌아보는 기회가 되고 있다. 결국 이 책의 최종적인 목적은 시대 흐름에 따른 우리 소설의 원형을 추출, 근대문학의 보편성과 특수성을 밝혀 보고자 함이며, 나아가 한국 정신사의 새로운 방향성을 모색하려 한 것이다. 또한 일제하에서 식민사관에 의해 훼손되었거나 국수주의적 차원에서 왜곡되었던 우리 소설문학의 자리를 원래 위치로 되돌려 놓으려 하는 부차적 목적도 지니고 있음을 밝힌다.

(1) 언 어

넓은 의미에서 볼 때, 문학 그 자체가 언어일지도 모른다는 생각을 가져본다. 우리가 일상에서 쓰고 있는 말을 바탕으로 문학작품을 만들어내는 행위가 곧 언어행위라고 할 수 있기 때문이다.[330] 언어는 고정적이고 불변적인 것이 아니라, 그 시대에 따라 일정한 시대의 정신에 의해 변화하는 유동적인 속성을 지니고 있다. 근대 사회의 발달과 함께 소설이 생성 발전되었듯이, 소설의 언어도 역시 시대적인 환경에 영향을 받으며 더욱 다양해지고 복잡해지는 양상을 보인다. 그러나 과거 연대기적 소설에서는 공식적이고 도식적인 수사법의 활용이 필요하고, 오히려 그것이 창작의 기준으로 작용하기도 했기 때문에 언어의 발달에 제한이 가해진 적도 있었다. 그러던 것이 근대문학 이후에는 언어를 사용하는 주체가 일반 대중으로 확대되면서 생활어가 그 주축이 되었으며, 전문적인 작가의 등장으로 문학작품에서 작가의 개성과 독창성을 핵심적인 요소로 간주한다. 따라서 시대를 거듭할수록 자유스러우면서도 작가 본연의 창의적 표현이 작품에 배어, 차원이 높고 품위가 있는 함축적인 문장이 되어가고 있음을 발견하게 된다.

개화기에 어떤 언어양식을 사용하느냐 하는 문제는 개화기 문학의 표현양식으로서 뿐만 아니라, 이 시기의 정치·사회적 사상이나 감각까지를 결정짓는 가장 근원적인 요소가 된다. 만일 조선조 사대부의 지배적 문체인 한문이 그대로 유지된다면 당대의 지배사상인 성리학의 원리가 아직 작용되고 있다는 증거이며, 반면 국한문

주330) 김상태, 〈소설의 문체〉, 현대소설론(평민사, 1994), P.209.

이나 국문 전용체가 선택되고 있다면, 전대의 지배원리나 사상에 대한 저항정신이나 근대성이 그 문체의 배경으로 자리 잡고 있음을 반증하는 것이기 때문이다. 그런데 국문체는 나름대로 근대의 민족주의를 바탕으로 개화기에서 대중성을 확보할 수 있었고, 논리적인 문제 또한 해결할 수 있는 가장 유력한 문체였기 때문에 당대의 시대적 총아로 떠오르게 된다. 이인직의 『혈의루』를 보면, 만세보 판에서는 일본식 한자와 우리말을 병기한 무국적어로 출발했으나 반년 만에 발행된 광학서포 판에서는 루비식 표기가 완전 소멸되고 국문체 중심으로 전환하게 된다. 이는 당대의 확대된 독서시장에서 주된 대상은 국문을 이해할 수 있는 일반 대중이 되며, 소설은 이들을 주체로 하여 성장하기 때문에 관념적이고 추상적인 한문의 사용은 배제될 수밖에 없는 것이다. 『혈의루』에서 근대적 양상을 보이는 것은 먼저 고대소설에서 흔히 쓰이던 상투어들이 거의 소멸되었거나 나타나더라도 아주 드물고, 고대소설에서 찾아볼 수 없는 새로운 어휘가 많이 등장한다는 사실이다. 또한 지문과 대화의 구분이 분명하게 이루어지고 있으며 문장이 짧아지고 리듬 또한 달라지고 있다. 이 밖에도 작가의 개성적 특징을 드러내는 독특한 묘사가 많이 나오며, 현실에 대한 구체적인 묘사뿐만 아니라 각 인물의 심리묘사까지도 병행하여 이루어지고 있다. 이 점에 있어 문학적 예술성을 완벽하게 확보하지 못하고 있지만, 전대 소설의 유형적인 표현에서 벗어나 있음을 알 수 있다. 다만, 중요한 사건의 진행과정에 있어서 구체적 묘사가 아닌 설명으로 대치되고 있는 경우가 많고, 속담의 잦은 인용이나 중국 고사의 인용 등은 아직 극복되지 않고 남아있는 고소설의 잔재들이다. 언어적 측면에서 볼 때 『혈의루』는 근대소설의 구심점으로 보기에는 무리가 따르지만, 고소설에서 근대소설로 넘어가는 과도기적 표현양식을 보여준다는 점에서 그 의의를 간과할 수 없다.

『무정』의 근대적 특성을 이야기할 때 가장 중요한 것이 언어에 대한 주체적 자각의식이다. 『무정』이 신소설을 극복하고 있다는 견해의 지배적인 이유 중의 하나는 문장의 세련됨인데, 이런 문장은 구체적이고 감각적인 표현으로서 가능하다. 한문체나 국한문 혼용체는 관념적이고 추상적인 언어이기 때문에 사상이나 이념을 담기에는 용이하지만, 감각적이고 정서적인 표현양식으로는 어울리지가 않는다. 이는 국문체를 통해서만이 가장 잘 드러낼 수 있기 때문에 이광수는 필연적으로 순 한글 문장에 매달리게 된다. 『무정』의 문체는 신소설에 비해 통사나 어휘 사용에 있어 한 단계 발전했음을 확인시켜 주고 있다. 또한 리얼리즘적 사고에는 미치지 않지만 대상을 객관적으로 묘사하려는 의식을 보였다는 점에서 근대소설 문체로서 의미를 던진다. 다만, 이광수의 일상 언어는 동일 계층의 일반 독자들을 대상으로 한 평범한 설교조의 언어이다. 따라서 미적 감각이 부족하고, 언문일치가 완전하게 이루어지지 못한 봉건적 잔재들도 일부 남아있음을 부인할 수 없다. 즉, 사용 어휘가 교육을 통해 습득된 언어라는 점, 문장이 대체로 길고 묘사에 있어서도 논리와 추리력으로 파악하려 한 점, 그리고 추상적이고 상투적인 직유의 남발 등은 노벨의 언어를 완전하게 습득하지 못한 전근대적 요소라고 하겠다. 『무정』이 노벨로서의 완벽함을 갖추지 못한 까닭은 이광수가 문학자이기 전에 민족주의자나 정치인으로서의 신념이 컸기 때문일 것이다. 그의 순 한글 문장에 대한 관심도 단순히 언문일치의 일환으로 나타났다기보다는 계몽사상이나 민족주의 이념을 피력하기 위한 수단으로 활용되었다는 것이 옳을 것이다. 다만, 이광수가 순 한글 문장을 의도적으로 시도하면서 소비 주체인 대중, 즉 근대적 독자층을 겨냥했다는 점은 특기할 만하다. 이광수는 대중적 신문소설 독자들뿐만 아니라 국한문 혼용체에 익숙한 일부 지식인 청년들까지 한글소설 『무정』의 독자로 끌어들이려는 의도를 지니고 있었던 것이다.

김동인은 자신의 회고록에서 한국소설의 문체를 혼자의 힘으로 개척했다는 투로 자화자찬하고 있으나, 이는 기법이나 표현방법에 주안점을 둔 것으로 종래 문체운동의 실제적인 성과는 이광수로 거슬러 올라가야 할 것으로 보인다. 그럼에도 불구하고 김동인은 구어체 사용 의지를 표면화시킨 최초의 인물이라는 점에서 나름대로 의미를 보유하고 있다. 김동인은 종결어미 문제뿐만 아니라 3인칭 대명사 사용을 위해 구체적 배려를 하였고, 동일어의 사용의 효능도 알고 있었으며, 적합하지 않은 단어는 새로 만들어내는 조어창출의 노력까지 보였던 것이다. 특히 일상어 사용의 원칙은 노벨의 언어적 층위에 대한 자각적 의식을 확인시킴으로써 최초의 노벨의 작가로 인정하는 요건이 된다. 『감자』는 김동인 특유의 직선적이고 고압적인 문체를 통하여 구체적인 성격창조와 장면묘사가 이루어지고 있다. 이 작품에 나타난 언어적 특징은 과감한 생략과 비약적 전개를 구사하면서도 간결하고 박력 있는 문장을 구사하고 있다는 점이다. 김동인의 문장에서는 군더더기가 없고 지문도 없이 필요한 대화만으로 전개해 나가는 냉철한 객관주의를 엿볼 수 있다. 사건의 진행과정을 설명하는데 극히 필요한 말만으로 대화를 주고받다

보니 템포도 상당히 빠른 편이다. 사실 김동인의 소설방식은 전대의 이인직과 이광수에 비해 여러 가지 면에서 현저한 차이를 보여주고 있다. 무엇보다 전대 소설의 약점을 극복하고 뚜렷하게 끼친 공적은 우선 우리 소설 형식에 서구적인 노벨의 요소를 끌어들였다는 점을 간과해서는 안 될 것이다. 다만, 자국어에 대한 어휘 사용량의 빈곤 현상을 보이고, 이는 곧 풍속묘사에 대한 지식의 결핍으로 이어져 노벨로서의 결격 사유가 된다. 간결체는 단편소설에 적합하지만, 표현대상에 대해 꼼꼼하고 정확하게 기록되어야 할 노벨의 특성으로 볼 때, 단점으로 작용한다. 군더더기를 모두 생략해 버리고, 디테일의 정밀묘사를 포기한다는 것은 '대상의 구체화'를 저해하기 때문이다.

염상섭 문학의 독보적 경지를 말해주는 대표적 특징은 그의 문체에 있다고 해도 과언이 아니다. 그는 문체로 말미암아 근대문학사에서 자기 존재를 확립한 훌륭한 작가지만, 많은 독자들로부터 도외시되고 있는데, 그의 문장은 무수한 수사가 겹치고 겹쳐서 여러 행을 지나야 마무리가 되는 만연체의 전형이기 때문이다. 염상섭의 『만세전』은 초기 작품들이 한자어를 남발함으로써 발생되는 언문일치의 퇴화현상을 극복하고 있다. 한자어의 사용이 대폭 줄어들고 있으며, 한자어를 사용하더라도 생활화된 한문어를 사용하고 있다. 단기간 내에 언문일치의 문장을 사용하게 된 것은 그가 서울 토박이로서, 다른 작가들의 작품에서 쉽게 찾아볼 수 없는 서울 중류계급 또는 서민계층의 용어를 풍부하게 구사할 수 있었기 때문이다. 염상섭이 사용하는 단어는 '京아리'말, 즉 서울에 사는 서민층의 말이다. 바로 그가 일상적으로 사용하는 생활어가 표준어이며, 따라서 한자어를 한글로만 옮기게 되면 완벽한 언문일치가 가능하게 되는 것이다. 경아리 말을 자유롭게 구사함으로써 그는 평범하기만 한 서민세계에 집요하게 다가설 수 있다. 이는 서민층의 언어를 자기 것으로 예속화시키고, 그 언어로 가장 리얼한 서민층의 대변자가 될 수 있음을 의미하는 것이다. 사실 염상섭은 현실을 있는 그대로 재현하려는 노벨의 원리를 가장 충실하게 수행하는 작가이다. 노벨의 작가는 가치중립적 자세를 지녀야 하기 때문에 사물이나 대상에 대한 묘사의 선택권 자체가 무의미하다. 따라서 모든 것을 그려야 하는 디테일 과다 현상을 낳게 되고, 이는 문장의 지루함으로 이어지는 것이다. 사실 김동인은 말 한 마디에 시간이나 장면의 급격한 전환이 이루어지고 있으나, 염상섭은 아무리 긴 문장을 열거해 봐도 그 자리에서 머물고 만다. 김동인이 지적한대로 염상섭 문학에서 사건의 변화, 장면의 변화가 시원하게 나타나지 않는 까닭은 사실적 기법의 한 폐단인 기계적이라고까지 할 수 있는 정밀묘사의 습관 때문이라고 할 것이다.

신경향파 문학은 기법상 두 갈래의 흐름으로 나뉘어져 있다. 그중 하나는 자연주의의 강한 영향 아래 주관의 표현보다는 대상의 묘사를 작품의 주된 모티브로 삼는 것이고, 다른 하나는 주관의식이 강렬하여 새로운 계급의식을 전면에 배치하지만 현실의 묘사를 결여하고 있다. 최서해 경향과 박영희 경향으로 구분될 수 있는 이런 흐름에 있어, 전자는 주인공의 빈궁의 문제가 현상의 직접성만을 보여줄 뿐 전체성과 관련된 미래에의 전망은 결여되어 있다. 이에 비해 후자는 사회주의 이념을 적극적으로 내세우지만 객관적 현실에 대한 구체적 탐구와 묘사가 결여되어 문학작품으로 형상화되

지 못하였다. 김기진의 『붉은 쥐』나 박영희의 『산양개』는 바로 박
영희 경향의 대표적인 작품으로 작가의 주관적 관념을 표출하는데
급급하여 근대소설이 갖추어야 할 전제조건의 하나인 현실의 형상
화가 전혀 이루어지지 않은 뼈만 앙상한 소설을 창작해 내고 만다.
관념어가 남용되고 있다는 것은 일상어와 토착어의 사용을 지향하
는 노벨의 기본 원칙에 저촉되는 것이다. 그것은 또한 비일상적이
고 추상적이기 때문에 사물의 객관적인 묘사가 어렵고, 이에 작품
의 구체성을 확보할 수가 없게 된다. 언어적 측면에서 본다면, 『붉
은 쥐』나 『산양개』는 작가의 개성이 전혀 반영되어 있지 않은 최소
한의 소설로도 취급될 수 없는 것이다. 다만, 이들 작품들은 이전
까지 문단의 주류를 형성하던 패배적 분위기를 일소하고 새로운 경
향으로써 프롤레타리아 계급의 저항을 전면에 내세웠다는 점에 의
미를 두어야 할 것 같다. 미래에의 전망이 결여된 대신에 현실의
형상화가 이루어져 극찬을 받은 작품이 최서해의 『탈출기』이다. 문
장도 언문일치가 이루어져 있고, 길이도 그리 길지 않으며, 체험을
직접적으로 표현하다보니 리얼리티도 살아나는 특징을 보인다. 작
가의 주관에 의한 묘사가 아니라, 사물이나 대상을 객관적으로 그
리려는 노벨의 문장이라 할 수 있다.

　이상의 글쓰기는 자아의식의 표현이라는 점에서 그의 작품들은
작가 자신의 내면세계를 투시해 볼 수 있는 매개가 된다. 그의 대
다수 작품에서 영어와 난해한 한자어가 우리말로 이기도 안 된 채
그냥 나열되고 있는 것과 달리, 유독 『날개』만은 일상어의 활용과
언문일치의 구어체를 안정적으로 사용하고 있다. 이 작품은 사건이
나 인물의 묘사가 아니라 내부 심리의 서술방식에 묘사의 주안점이

놓인다. 따라서 기본적으로 이야기 구조를 형성하고 있는 표현 언어가 사라지고, 인물의 내면 심리를 드러내는 내적 독백과 자의식의 표현 방식이 주를 이룬다. 특히 내부 심리의 서술을 위해 환유(혹은 제유)나 은유적인 비유법이 사용되고, 아이러니, 패러독스, 위트 등 수사법의 의도적인 사용도 다수 나타난다. 이런 방식은 객관성을 근거로 하여 사물의 외면을 주로 묘사하는 노벨의 그것과는 전혀 차원이 다른 개념이다. 언어적 측면에서 이상의 소설은 무엇보다 언어의 외연보다도 내포에 의지하는 언어운용이라는 점에서 특별하다. 또한 대상을 지시하거나 직설적으로 설명하기보다도, 자의식의 관점에서 대상을 규정하고 서술하는, 즉 주관적인 서술형태를 이룬다. 그러다 보니 어휘 하나가 난해한 것이 아니라, 이것이 문맥 속에 감추어져 은유적으로 표현됨으로써 혼란을 일으키는 것이다. 이런 표현들은 작가의 지적인 우월감의 반영일 수도 있으며, 작가 자신 또는 작품 심리적인 면에서 나타나는 문제로 이해할 수가 있다. 그러나 중요한 것은 이상 소설에 담겨진 표현 언어의 왜곡이 작가 자신이 의도적으로 장치해 놓은 일종의 암호라는 점이다. 이를 이해하는 관건은 사소설의 형식을 빌어 쓰여지고 있음에서 찾아야 하며, 바로 이상소설은 자기 내면의 분석이 강한 심리소설이라는 점에서 언어의 모더니티가 강하게 드러나고 있음을 발견하게 된다.

『소설가 구보씨의 일일』은 1930년대 도시 양상을 한 지식인의 내면적 관찰을 통해 그린 것으로, 소위 도시소설의 새로운 가능성을 제시한 것으로 평가된다. 이 작품은 대체로 일상어의 활용과 언문일치의 구어체를 안정적으로 사용하고 있으나, 일부에서 한문과 전문적인 의학 용어가 발견되고 있다. 또한 한 문장 안에 콤마와 따옴표를 빈번하게 사용하여 호흡의 숨 가쁜 단절이 이루어지고 있고, 소설 속에 문장의 첫 어휘를 중간제목으로 삼아 시각적인 효과를 노리고 있다. 도시의 관찰과 과거에 대한 회상이 동일선상에서 이루어지기 때문에 작가의 심리를 드러내는 내적 독백과 과거와 현재가 교차하는 의식의 흐름 등과 같은 표현 방식을 사용한다. 같은 어휘를 반복해 사용하거나 문자언어 대신에 약 처방이나 숫자를 시각화하여 기호 형태로 나열한 것은 기존의 소설의 관습을 깨는 실험적인 기법들이라 할 수 있다. 결국 박태원의 언어적 특성은 소설 자체를 공간예술로 인식하여 텍스트를 시각화하는데 강조를 두고 있다. 이런 인식은 단순히 기교상의 문제를 떠나 소설 텍스트에 대한 인식의 전환으로 이해해야 할 것이다.

이상에서 볼 때, 노벨의 언어로 자리를 확고하게 구축하고 있는 작품으로 우선 김동인의 『감자』를 주목할 수 있을 것 같다. 『감자』는 김동인의 일상어 사용원칙에 따라 생활어가 반영된 순 한글 중심의 어휘로 이루어져 있으며, 묘사에 있어서도 환경과 인물에 대해 철저하게 객관성을 유지함으로써 전대소설의 주관성을 극복하고 있다. 그러나 문장의 길이가 짧고 템포가 빠른 간결체 문장은 대상의 구체화를 저해하는 요소로 작용하여 노벨로서의 약점을 보인다. 바로 염상섭은 현실을 있는 그대로 재현하려는 노벨의 원리를 가장 충실하게 수행하려는 작가라는 점에서 김동인을 극복하고 있다. 『만세전』은 그의 초기 작품에서 발생되는 언문일치의 퇴화현상을 극복하고, 작가 개인의 감정을 철저하게 배제한 채 당시대의 현실을 철저하게 관찰하고 인물의 심리나 성격까지 투시함으로써 근대소설로서의 완성도를 자랑하고 있다. 염상섭은 서울 토박이로서 그가 사용하는 단어는 경아리말, 즉 서민층의 말이며, 일상적으로 사용하는 생활어가 표준어이다. 이는 서민층의 언어를 자기 것으로 예속화시키고, 그 언어로 가장 리얼한 서민층의 대변자가 될 수 있음을 의미하는 것이다. 이에 비해『혈의루』나『무정』은 소설 문체로서 국문체가 정착되어 가는 과정을 착실하게 보여주고 있으나, 완전한 언문일치의 문장에 미치지 못하며 한자어나 상투어가 아직 잔존하는 등 고대소설의 상투적 수법을 완전하게 탈피하지 못하고 있다. 신경향파 문학의 경우에는 계급의식을 전면으로 배치하지만 객관적 현실에 대한 탐구와 묘사가 결여되어 있다.『날개』에서는 발견되어지는 새로움은 기법적인 실험성으로, 인간의 내면을 추구하는 묘사로 인해 전대의 이야기 중심의 소설형식을 해체시키고 있다는 점이다.『소설가 구보씨의 일일』은 사회 총체성을 배제한 채 작가 자신의 개별성을 찾는 작업으로, 외부세계의 개입을 철저하게 차단하여 인간 내면의 의식의 흐름을 보여준다. 이런 소설들은 사물과 사건에 반응하는 인간의 심리를 중시하며, 인간의 존재의 의미에 관심을 둔다.

(2) 인 물

  소설의 인물을 개관적으로 살펴볼 때 작중인물의 선정은 각 시대에 따라 일종의 유행적 흐름을 이루고 있음을 알 수 있다. 한 마디로 작중 주요인물의 사회적 지위 내지 신분상의 위치는 시대에 따라 거의 분명하기까지 한 변화를 보인다고 할 수 있다.[331] 어떻게 보면 근대소설의 발달과정은 주인공의 신분이나 계층의 하강 국면과 밀접한 관련을 맺고 있는데, 이는 사회 주체세력이 귀족층에서 일반 중산층 즉 시민계급으로 옮아간다는 점에서 시사하는 바가 크다. 서사시와 로맨스에서는 영웅 귀족 중심으로 주인공의 모델이 한정되고 있지만, 노벨에서는 제한이 없이 현실의 모든 사람이 주인공이 될 수 있는 것이다. 이때 인물들은 선하거나 악하기보다는 도덕적으로 복합되어 있고, 가장 확고한 현실은 관념이나 상상이 아닌 일상적인 현실이다.[332] 또한 사건의 전개, 인물의 성격 변화, 플롯의 진행은 과학적 세계관에 토대를 둔 인과론적 필연성에 이끌려졌다. 또한 20세기에 들어서는 의식의 흐름이라는 기법을 사용하여 인간의 내면세계를 다루기 시작하는데, 이런 소설들에서는 인물 성격이나 플롯의 진행이 해체되는 현상까지 발견할 수 있다. 이들 소설 속의 주인공들은 개인과 사회 사이에서 불안해하고 방황하고 모색하는 모습을 보임으로써 보다 진실 된 자신의 존재를 확인받으려는 것이다. 따라서 작중인물들은 사회적 구성원으로서의 개인을 부정하고 '자아'라는 개념을 통해 자신의 내면세계와의 갈등을 설정함으로써 보다 인간적인 가치를 추구하려는 것이다.

먼저 『혈의루』는 자아에 눈을 떠 새로운 문명개화를 찾으려는 인간형을 등장시킨 최초의 작품이라 할 수 있다. 이 소설에서는 평범한 여성인 주인공 옥련과 안타고니스트인 구완서, 그리고 옥련의 가족들이 주요 인물로 등장한다. 이들은 전대소설에 나타난 전형성이

주331) 조남현, 소설원론(고려원, 1982), P.139.
주332) Rene Wellek, Concepts of Criticism(Yele Univ. Press, 1973),
    P.241.

매우 약화된 채, 평범함이 부각된 일반 대중적 계층으로 조정된 것이 특징이며, 특히 여성인 옥련을 주인공으로 선택함으로써 독자의 흡인력을 이끌어 내려는 작가 의도는 고대소설에서 한 단계 진일보한 것이라 평가할 수 있다. 이러한 인물들은 자유로운 결혼과 남녀평등을 주장하고 몽매한 현실에서 하루 빨리 계몽되기를 고대한다. 또한 계급의 타파와 민주정치의 필요성을 역설하며 서구 문화수입에 대해서도 최소한의 비판의식을 보유하고 여성의 사회적 지위를 향상시키고자 하는 등 인간을 스스로 구속해 온 낡은 인습에 반발하는 근대적인 인간형들로서 우리 문학에 처음으로 등장하는 자아를 인식하는 근대적인 인간형의 전형들이라 할 수 있다. 『혈의루』는 자아를 인식하고 그 주체성과 개성을 찾아가려는 근대적인 개성 또는 근대적인 민족적 집단을 표현함으로써 전대 소설과 다른 위치에 놓이게 된다. 다만 전대 소설에서 보여주는 영웅적이며 특출한 인물의 전형성이 다소 해소되었다고는 하나, 주인공 옥련과 구완서 같은 인물들은 뛰어난 외모나 능력, 덕성 등을 보유하고 있는 보통 사람의 그것을 넘어서는 로맨스의 인물에 가깝다. 이들은 선악의 윤리적 패턴에서 완전하게 벗어나지 못한 성격을 보유하고 있으며, 당대 현실을 개혁할만한 현실적인 역동성이 부족한 채 피상적으로 그려지고 있다.

『무정』은 근대시민사회의 이념인 계몽주의를 표방한 작품이다. 이 작품에 나타난 봉건적 구습과 제도에 맞서 형상화하고 있는 새로운 근대적 인간상이란 봉건적 가치질서를 판단의 기준으로 삼는 봉건적 인간 대신 개인적 주체의 윤리를 강조하는 인간이다. 그러나 인물의 계층은 주인공이나 보조인물 할 것 없이 대부분 중산층

내지는 상류층으로서 당대의 지성을 대표하는 형이상학적 인간들이
다. 기생인 영채는 비록 몰락하긴 했지만 전통적인 양반계급인 박
진사의 딸이며, 이형식도 고아출신이지만 박진사의 도움으로 공부
를 하여 경성학교 영어교사가 된 인텔리이다. 작중인물이 이렇게
중산층 이상의 남다른 사람으로 설정되어 있다는 것은 신분계층의
하락이 근대소설의 요소로서 작용하는 것과는 일정한 거리가 있다.
『혈의루』에서 옥련이 전쟁으로 부모와 헤어지지만 구원자의 도움으
로 중류층 이상의 유학생활을 영위하며, 『무정』에서도 형식이 박진
사의 후원으로 지식인층으로 신분 상승을 이루고 있다. 심지어 기
생인 영채까지도 구원자의 힘을 얻어 나중에는 외국의 유학길에 오
르게 된다. 이런 점에서 『무정』의 인물설정, 그리고 인물 간의 대
립, 그 속에서 사회와 주인공의 대립은 매우 미약한 편이다. 작중
인물의 계층적 차원에서 볼 때, 『무정』의 인물들은 『혈의루』와 마
찬가지로 인물의 하락이 아닌 이상적 인물로 상승함으로써 로맨스
의 경향을 띠고 있는 것이다. 사실 『무정』이 소재를 현실에서 취하
고 있으며, 새롭게 변화하고 있는 조선의 모습을 다룬 것이라는 사
실에 대해서는 이론의 여지가 없으나, 인물들은 본질적으로 『혈의
루』의 개화기 지식인들의 유형에서 크게 벗어나지 못한 개념적이고
평면적인 캐릭터라고 할 수 있다.

　『감자』는 각박한 생활환경으로 인생관의 변이를 가져온 주인공이
끝내 환경적 갈등의 희생물이 되고 마는 비극적 인간의 한 모습을
리얼하게 보여주고 있다. 이 작품에서 '복녀'라는 캐릭터가 윤리적
으로 파괴되어 가는 심리적인 과정은 전대 소설에서 볼 수 없었던
입체적인 인물의 전형이라 할 수 있다. 『감자』에 이르러 고대소설

이나 개화기 소설에서 보여주었던 두드러진 인물이 한 개인의 성격에 집중됨으로써 우리 문학사에 개성적 인물이 처음 등장한 것이다. 나아가 능력이 뛰어나 민족을 계도할 수 있는 지도자 내지 지식인 유형에서, 일반 하층민 그것도 가장 천한 매음녀를 주인공으로 설정하였다는 사실은 로맨스에서 노벨로의 진입이 이미 완성되었음을 보여주는 것이다. 반면 반동적 인물로 그려지는 사람들은 중국인 왕 서방, 게으르기 만한 남편, 한의사, 감독 등 남성들로써 여성인 복녀를 노동력으로 착취한다든지, 성의 도구로 만들어버리는 추악한 인물들로 그려진다. 이들은 자본주의의 부산물인 '돈'이란 욕망을 교환, 지배, 착취와 같은 타락한 방식으로써 소유하려 하고 있다. 자연히 인간관계는 교환과 착취와 같은 관계로서만 연계되고 얽히게 되어 여기에서 기존 도덕은 붕괴하고 인간성은 말살되고 마는 것이다. 곧 이 작품은 인물유형의 하강성과 함께 '돈'이란 근대적 소유개념, 남녀관계의 욕망 등 전대소설과의 구분을 확연하게 가르는 근대적 특징을 지니고 있다.

『만세전』이 무엇보다 우리 근대문학사에서 갖는 의의는 암울한 식민지 현실에 대한 정직한 고발과 이에 대한 지식인의 자아각성이다. 이 작품은 단순히 주인공의 의식적 성장 과정만을 보여주는 것이 아니라, 주인공의 귀국 길에서 보고 듣고 만나게 되는 다양한 인물을 통해 당대 식민지 현실에 대한 접근과 비판능력을 확보하게 된다. 전대의 이인직이나 이광수, 혹은 김동인의 소설에까지 등장하는 인물들은 작가의 의도적인 구도 아래 설정되었으나, 이 소설에서는 당대를 살아가는 현실적인 인물들이 생동감 있게 묘사되어 나타나고 있다. 주인공 이인화가 동경 유학생으로서 중류층 이상이라는 점만을 제외하면, 『만세전』에서 주인공의 관찰 대상이 되는 다른 인물들은 노벨적 인물로서의 조건을 갖추고 있다. 주인공 외에 이 작품에서 등장하는 인물은 우선 '나'의 보조 인물로 봉건적 여성인 '아내'와 카페 여급인 일본 여성 '정자(靜子)'가 욕망의 대립적 관계로 설정되어 있고, 그 가운데 일본 유학생인 '을라(乙羅)'가 봉건적 여성도 신여성도 아닌 의식의 중간자적 관점에서 등장한다. 다음으로 주인공이 하관에서부터 부산까지의 여정 길에 만나는 인물들은 주로 황폐화되어 가는 식민지 조선의 현실을 폭로하기 위해 설정되었고, 김천 형님을 비롯한 집안과 관련된 사람들은 주로 전근대적인 인습이 식민지 조선을 지탱하는 근대의 부정성을 보여주기 위해 설정된 인물이다. 다름 아닌, 이들 인물들은 1920년대를 전후로 작가가 직접 확인하고 목격하고 관찰한 우리 민족적 문제를 반영하는 군상인 것이다. 『만세전』은 일제에 의한 식민지적 현실의 암흑상을 그리고 있지만, 민중의 역동성이나 미래에의 전망은 강하게 부각되지 않고 있다. 작중인물들은 시대 현실에 대해서는 예리하게 관찰하지만, 현실 대응의 차원에서는 소극적으로 대응한다. 인물들의 구체적인 관계 속에서 현실 인식을 획득하기보다는 개인의 의식적 자각이 사상적 토대를 이루기 때문에 현상의 개인적 관찰에 머물게 되는 것이다. 염상섭은 개인의 각성을 최우선으로 생각하는 근대시민으로서의 보편성을 지니고 있으며, 중간자로서의 가치를 지닌 개인주의자의 한 원형이기 때문이다.

신경향파 작품들은 그 제재가 한결같이 빈궁의 문제였다. 그 이전의 소설들이 주로 중류계급의 생활을 제재로 삼았다면 신경향파 문학은 소작인, 노동자 등 하층인물의 빈궁상을 그리며, 부유층을 사회적인 악으로 설정하여 계급의식을 부각하는 것이 대부분이다. 『붉은 쥐』에서 시대를 고민하는 지식인 룸펜 박형준은 작가의 목적의식에 의해 등장한 이 작품의 주인공이며, 서술자이면서 행동의 실천자이다. 그러나 주인공은 작가 입장을 대변하는 서술자로서의 역할만 있을 뿐, 행동의 실천자로서의 역할이 부족하다. 김기진이 『붉은 쥐』에서 보여준 새로움은 모순된 현실에 반항하고 이의 해결점으로 투쟁을 선동한다는 것이나 미래에의 전망을 밝혀내지 못하고 죽음으로써 그 한계성을 보인다. 이에 비해, 박영희의 『산양개』에서는 무산계급의 상징인 '사냥개'가 유산계급인 주인을 죽인 후 자유를 찾아 떠난다는 구조로 설정되어 등장인물의 투쟁성에서 한 단계 진일보한 모습을 보여주고 있다. 그러나 사냥개를 무산계급으로 상징 처리하여 그 주인을 물어 죽인다는 결말의 부자유스러운 시각은 자연주의의 사실적 수법에 익숙해진 독자들에게는 공감을 얻기가 힘들 수밖에 없다. 이에 비해 최서해의 소설에서 발견되는 실감나는 인간상은 바로 그가 처한 시대나 가정적인 배경을 통해 형상화 된 것이기 때문에 흥미성과 함께 독자의 공감을 얻어낼 수가 있는 것이다. 다만, 빈궁한 현실체험을 바탕으로 한 서해의 주인공들은 간도이민, 유랑민, 부랑노동자들인데 이런 극도로 고립된 인물은 보통 사람과의 단절성을 보여줌으로써 노벨의 인물로서는 부적절하다.

서사문학 작품에는 반드시 인물이 등장하게 된다. 동물이나 무생물이 주인공인 동화에 있어서도 주인공은 의인화되어 우리 인간 사회를 풍자하게 된다. 그러나 작가의 인물에 대한 관심은 시대에 따라 다르다. 17세기부터 20세기 초에 이르는 동안 소설에서는 무엇보다 작중인물이 중요한 역할을 담당했으나, 현대에 와서는 인물의 중요성이 점차 상실되는 양상을 보인다. 현대인의 근본적인 불행은 본래적 자아와 생활적 자아의 분열현상이 나타난다는 것이다. 이상은 『날개』에서 생활적 자아를 아내로 나타내었고, 생활 속에서 바라볼 때 전혀 무력한 '나'가 소위 본래적 자아라고 할 수 있다. 이 두 개의 분열된 자아를 통합화여 완전한 인간으로 되어보려는 것이 작가의 의도라고 할 수 있다. 날개의 주인공은 '나'라는 지식청년으로 자아의식이 강하며 상대적으로 현실적인 감각이 흐린 편이다. 뿐만 아니라 매사에 의욕을 잃고 지쳐빠져 버린 인물이다. 『날개』가 1인칭 시점을 택한다는 것은 당연한 것으로, 작가가 다루고자 하는 것은 현실이나 외부 환경과 같은 세계가 아니라 자아에 있기 때문이다.

『소설가 구보씨의 일일』이 주목을 받는 이유는 무엇보다 전대 소설에 비해 인물적 측면에서 차이가 많이 나타나기 때문이다. 이인직, 이광수, 김동인, 염상섭 등의 소설이 한 인물을 중심으로 전개되는 것이라면, 이 소설에는 수많은 사람의 다양한 삶의 모습이 등장한다. 주인공이라 할 인물도 없고, 이야기의 전개 과정에서 별다른 사건도 노출되지 않는다. 물론 작자가 직접 주인공으로 개입하여 전개되지만 차가운 도회문명의 관찰자로서의 역할일 뿐, 그 이상도 이하도 아니다. 이 작품에서 인물의 행위란 심리적 갈등이나 인과적 행위의 연속이 아니라, 구보가 길을 걷다가 문득 차를 마시고 전차를 타고 다시 차를 마시는 것처럼 파노라마적으로 계속되는 관념과 의식의 파편들에 불과하다. 이는 30년대 도시로 상징되는 식민사회의 현실 아래서 지식인 박태원이 대응하는 관념적 소산이며 당대 사회에 발견되어지는 주변적인 지식인의 무기력증을 표출한 것이라고 하겠다.

우리 근대소설에 나타난 인물의 양상은 작가의 개인적 감각과 당대 현실이 하나로 어우러져 새로운 인간상을 창조하고 있음을 발견할 수 있다. 고대소설에서는 영웅만을 주인공으로 선택해야 한다는 제약성 속에, 『혈의루』에 와서는 평범한 여성인 옥련으로, 무정에서는 이형식과 같은 신지식인 등 전형성이 약화된 인물들이 등장하고 있음을 발견한다. 그러나 이들 인물들은 우리 중의 하나인 보통 사람의 범위를 넘는 로맨스적 인물에 가깝고, 본질적으로 개화기 지식인들의 유형에서 벗어나지 못한 개념적이고 평면적인 캐릭터라고 할 수 있다. 『감자』에서는 민족적 지도자 내지 지식인 유형에서, 일반 하층민 그것도 천한 매음녀로 인물의 하강화가 이루어져 로맨스에서 노벨로의 진입이 완성된 형태를 보여주고 있다. 복녀라는 캐릭터가 윤리적으로 파괴되어 가는 심리적인 과정은 전대 소설에서 찾아볼 수 없는 입체적 인물의 전형이라 할 수 있다. 그러나 복녀의 경우에는 인물의 계층이 너무 하강하여 보통 사람의 영역을 오히려 이탈해 버린다. 『만세전』에서는 개인의 자아각성과 시대적 현실 사이에서 중간자적 입장을 취하는 지식인이 당대 식민지 조선의 처참한 현실을 관찰하며 느끼는 근대의 부정성을 처음으로 인식하게 된다. 이인직이나 이광수와 같이 민중을 선도할 지도자가 아닌, 시민의식 혹은 개인의식이 앞선 인물을 형상화함으로써 개인적으로 고민하고 번민하는 노벨의 인물을 완성시킨다. 신경향파문학에서는 빈궁을 소재로 하여 계급의식을 선동하기 위한 인물들을 설정하고자 했지만, 『붉은 쥐』의 박형준은 서술자 역할이 강한 반면 행동의 실천자로서 역할이 부족하고, 『산양개』에서는 무산계급의 상징으로 사냥개를 설정, 우화적으로 처리함으로써 문학적 성과를 잃고 있다. 『탈출기』의 주인공은 자신의 경험을 소재로 형상화되었기 때문에 어느 정도 사실주의 문학으로서의 경향을 갖게 된다. 1930년대에 들어서는 개성이 표출되는 한 개인으로서의 중요성이 상실되고, 인간의 내면의식에 관심이 주어진다. 『날개』에서의 주인공은 현실의 행동이 거세되고 의식만의 남아있는 '자아'가 주인공 역할을 담당하며, 『소설가 구보씨의 일일』에서는 작가가 개입은 되지만 누가 주인공이라 할 것도 없이 일상의 관찰자로서의 모습만 보여줄 뿐이다. 근대소설이 현실의 있는 그대로의 모습을 재현하는데 비해 이런 소설들은 인물의 심리상태를 중시하는 까닭에 스토리의 전개보다는 언어의 대단한 실험을 시도한다.

(3) 외 형

이 책에서 외형이란 소설의 광범위한 구조요소 가운데 소설의 배경과 그 이야기가 어떠한 짜임새를 가지고 소설이란 줄기를 형성하는가를 파악하기 위해 제한적인 의미로 사용되었다. 사실 소설의 형식은 어떠한 고정성을 가지고 있는 것이 아니라 시대의 변천에 따라 혹은 작가의 개성에 의해 진행하는 성격을 띠게 된다. 즉 소설을 구성하는 요소들은 획일적인 법칙성에 의거하지 않고 항상 살아서 새로운 기능을 하기 때문에 소설의 형식은 끊임없이 변모하는 불안정한 모습을 보이는 것이다. 베버는 "소설은 모든 문학형식 가운데서 확정적인 요소가 의심할 여지없이 가장 적은 장르"라고 밝힌 바 있다.[333] 어떻게 보면 소설의 형식은 하나의 구조로서 일정한 법칙성을 요구하는 것 같지만 시와 희곡 등의 다른 문학작품과는 달리 자유로운 형식을 바탕으로 하고 있음을 알 수 있다. 그러나 소설은 어떤 사실을 들려 줄 뿐만 아니라 이성적 진술을 꾀하는 양식이기 때문에, 개연성이 결여된 소설은 근대소설로서의 치명적인 약점을 지니게 된다. 바로 '지금, 여기'의 공간에서 일어날 수 있는 사건을 그대로 재현하는 것이 노벨이므로, 합리성의 원리에 의해 현실에서 충분히 일어날 수 있는 사건만을 다루게 된다. 이에 비해 인간의 낭만과 이상을 그리려 하는 로맨스는 현실의 시공간을 벗어나고자 하기 때문에 비일상적이고 초자연적인 사건을 주로 다루게 되고, 이로 인해 우연성의 범주에서 벗어나는 것이 쉬운 일은 아닌 것이다.

개화기 문학양식 중에서 신소설의 형식적 측면과 가장 깊은 관계를 맺고 있는 것은 귀족적 영웅소설이라 할 수 있다. 양자의 공통점은 행복에서 시작되어 행복과 고난의 빈번한 교차를 거쳐 행복으로 끝나는 구조로 되어 있고 악의의 모해나 남녀의 이별과 만남이 주요 모티프로 나타난다. 그러면 신소설이 전대소설과 동일한 플롯을 지니고 있으면서도 근대소설로서의 과도기적 평가를 받는 이유는, 다름 아닌 영웅소설의 환상성이 제거되고 현실 속에서 시공간의 확장이 이루어지기 때문이다. 현실과 환상의 중첩과 넘나듬이 없음으로 해서 개화기 신소설이 표면적으로는 현실재현의 문제를

주333) 이봉채, 소설구조론(새문사, 1984), P.221 재인용.

성공적으로 수행한 것같이 보이는 것이다. 아울러 소설 고유의 장치가 지닌 '흥미성'에서 일정수준 균형을 이루고 있다는 점을 들 수 있다. 이인직이 『혈의루』라는 독특한 소설 형식을 창출한 것은 이야기를 기본으로 하는 구소설의 방식에 당대의 풍속묘사라는 현실성을 결합시킴으로써 가능했던 것이다. 다만 우연이 너무 빈번하게 남발되어 서사구조의 리얼리티를 약화시키는 결과를 나타낸다. 우연의 남발은 고대소설뿐만 아니라 신소설, 이광수의 무정에 이르기까지 쉽게 극복되지 못하는 요소이다. 노벨은 '지금, 여기'의 시공간의 현실을 그대로 재현해야 하기 때문에 현실에서 일어날 수 있는 가능성, 즉 개연성을 지니고 있어야 한다.

『무정』의 근대성을 확인하는 특징으로 당대 현실 속에서 소재를 채택하고 있다는 점과 이것을 통해 작품의 사실성이 부여된다는 점을 들 수 있다. 소설의 소재에서의 당시대적인 현실성과 작품 자체의 사실성 여부는 전근대적 성격을 확연히 구분하는 노벨의 요소 중의 하나이다. 『무정』의 주요 활동 무대는 서울과 평양을 중심으로 작가가 살아왔으며, 체험한 공간으로 이루어져 있으며, 주요 서술공간은 방이나, 집, 학교 등 주로 옥내를 배경으로 하고 있다. 전대의 『혈의루』가 국제적 스케일을 가지기는 하지만 체험 공간으로서의 범위가 너무 확대되어 있는데 비해, 『무정』은 사실적이고 구체적인 공간 혹은 작가의 주위에서 일어날 수 있는 일상의 삶을 그리고 있다. 그렇다고 해서 『무정』의 공간이 노벨의 요소를 완벽하게 구비하고 있다고는 할 수 없다. 당대의 현실적인 삶과 체험이 작품의 공간적 성격과 얼마나 근접성을 가지느냐가 관건인데, 인물의 이상화가 너무 확대되어 나타나는 까닭에 공간의 역할이 크게 부각되지 못하고 있다. 『무정』은 당대 현실을 사실적으로 묘사하는 부분에 있어서는 노벨적 요소를 보이지만, 과거 회상이 너무 빈번하게 삽입됨으로써 당대성과의 일탈이 이루어지는 약점을 드러낸다. 소재를 작가의 체험적 세계에서 찾으며, 현실의 삶을 재현하려는 작가적 태도는 노벨적 요소가 돋보이는 부분이지만, 우연함의 남발과 지나친 작가적 의도가 노출되는 것 등은 노벨의 플롯과는 거리가 있는 부분이다.

소설양식 중에서 김동인이 많은 양의 단편소설을 쓰면서, 성공을 거두고 있다는 사실은 내용적인 면보다는 형식적인 면, 즉 플롯이나 스타일 면에서 찾아야 할 것 같다. 이는 인생이란 말을 강조하면서도 작품의 현실 적합성을 문제 삼지 않는 대신, 허구적 창조성을 중시하는 예술지상주의의 입장을 견지하기 때문이다. 우선 『감자』는 칠성문 밖 빈민굴로 배경을 제한하고 있으며, 이런 공간의 최소화 현상은 노벨의 일반적 현상이다. 단편소설이라는 장르를 선택했을 때 로맨스보다는 대상공간의 협소화가 당연히 이루어질 수밖에 없을 것이다. 김동인은 플롯의 압축을 통해 사건들을 최대한 응축시켜 놓고 있지만, 그만큼 정밀한 묘사가 미진할 수 있어 노벨적 특성을 감소시키는 부분이다. 또한 이 작품에서는 사회현실을 해부 분석하는 일도 없고 비록 잘못된 객관주의와 그릇된 역사파악에 입각했다 하더라도 사회개혁을 도모하는 자연주의 이데올로기가 전혀 나타나 있지 않다. 하지만 소설의 형식적인 면에서 김동인이 무엇보다 많은 관심을 쏟은 부분은 플롯의 합리성이다. 그는 가장 경제적인 문학수단을 활용하여 통일된 이상과 단일한 효과를 거두어야 하는 단편소설에서 작품효과가 나타나도록 사건을 축소하고 목적에 적합하도록 적절하게 배열해야 된다는 사실을 인식하고 있다. 단편소설에서는 분량상의 제한으로 인해 극한 갈등이나 아이러니 등이 중시되는데 동인은 개인과 개인의 갈등, 개인과 사회의 갈등을 적절하게 배치하여 작품의 극적 긴장감을 높이고 소설의 흥미성 고조에도 일조를 하고 있다.

염상섭 소설은 작품의 시·공간이 '여기, 지금'이라는 노벨의 원칙에 합치되어 있어 전대소설의 근대적 특성을 보다 발전시킨 면모를 보이고 있다. 『만세전』은 무엇보다 근대적 지식인이 갖는 자아의 주체적인 욕망과 그것을 억압하는 식민지적 조선의 현실, 그리고 조혼한 아내의 위독함과 그로 인한 가족 간의 갈등관계를 기본 구도로 설정하고 있다. 특히 『만세전』은 이국땅인 "동경에서 신호-하관-부산-김천-서울"을 경유하는 긴 여로를 무대로 하고 있기 때문에 작품공간이 매우 넓은 편이다. 공간이 이국땅인 일본에까지 확대되어 있고 더구나 여러 곳을 거치는 여로의 구조를 띤다는 것은 그만큼 노벨로서의 치명적인 약점을 보일 수 있다. 무대를 이국으로 설정하면 대체로 현실을 기피하는 경우가 많으며, 그런 비현실성은 시간이나 공간의 구체성이 간여할 여지가 없게 만들기 때문이다. 그러나 『만세전』의 이국은 주인공 이인화의 생활공간의 하나이기 때문에 로맨스의 그것과는 차별성을 가지는 현실적 공간이다. 여로의 구조 또한 아내가 위독하다는 전보를 받고 고국으로 귀국하는 과정에 의해 필연적으로 들리려하는 곳이기 때문에 '갑자기, 때마침'이라는 우연적 사건은 만들어지지 않는다. 그러나 서울에 도착하면 공간의 폭이 대폭 좁아지는데, 이는 일상적이며 현실적인 장소에 배경이 자리 잡음을 의미한다. 곧 서울의 공간은 동경이나 여로의 공간보다 당대의 현실을 보다 구체적으로 노출시키는 풍속적 공간이며, 따라서 노벨의 공간이 된다. 『만세전』의 시작과 끝을 살펴보면 별 다른 사건의 기복이 없이 시작과 끝이 별 다른 동요를 보이지 않는 무해결의 종결법을 사용하고 있다.

초기 경향소설은 주관적 관념의 표출과 함께 고통스러운 현실의 묘사라는 양상을 띠게 되며 목적의식기 경향소설로 나아가는 단계에 있어서 초기적 역할을 담당하게 된다. 먼저 주요 텍스트의 시공간을 살펴보면, 『붉은 쥐』는 어느 대갓집을 개조한 사글세방, 『산양개』는 위치가 밝혀지지 않은 지주계급의 집, 『탈출기』는 간도를 그 공간적 배경으로 하고 있다. 『붉은 쥐』의 공간을 제외하고 『산양개』는 시간과 공간의 위치가 불분명하며, 『탈출기』는 '여기, 지금'과는 다소 거리가 먼 간도로서, 노벨의 공간으로는 적합하지 않다. 이들 작품의 문제점은 플롯의 합리성과 개연성이라는 노벨의 요소와 전혀 별개라는 데 있다. 노벨의 플롯에서 가장 중요한 것 우연성의 배제이며, 이는 사건의 전개가 합리적으로 연결되어야 한다는 점이다. 『붉은 쥐』에서 인텔리인 주인공이 배고프다는 욕망으로 인해 갑자기 강도로 돌변하는 등 소설로서의 미숙한 처리가 눈에 띤다. 이런 요소들은 시공간의 사건들이 현실 속에서 나타날 수 있는 것이라야 한다는 개연성의 원리에 기본적으로 위배되는 사항들이다. 『탈출기』는 간도라는 극한의 현실 앞에서 작가 자신이 직접 체험한 쓰라린 고통을 서술한 것이기 때문에 리얼리티가 살아있지만, 한 가족이 직면한 죽음에 이르는 궁핍한 상황을 제시하는데 멈출 뿐 당대 현실의 전체적 모순에서 비롯되는 빈궁문제를 올바르게 반영하지는 못하고 있다.

이상의 소설미학은 인습적인 소설형식에 대한 권태에서 출발한다. 그는 어느 작가보다 전통에 대해 이단적이며 혁명적 속성을 지니고 있었다. 『날개』의 경우도, 사건의 질서 정연한 흐름 대신에 관념과 연상, 개인적 주인공의 내적 고백 등이 파편 형태로 무질서하게 흩어져 있기 때문에 작품의 연대기적 질서나 계기성의 서사구조에서 이탈하고 있는 작품이다. 『날개』의 소설형식에 대한 획기적인 기법적 전환은 무엇보다 비계기성의 플롯이라는 특징으로 나타나며, 플롯의 비계기성은 특히 시간인식과 사건의 일상성, 그리고 미해결의 결말에서도 부분적으로 발견된다. 『날개』의 시간은 무시간적 진공상태에서 작품이 시작하여 현재의 시간과 환상의 시간과 미래의 시간 등이 교차하는 방식으로 표출된다. 이러한 시공간은 '있는 그대로'의 세계가 아니라, 있는 그대로의 세계를 어떻게 인식하느냐 하는 문제와 결부되어 있다. 따라서 『날개』에서는 '나'의 관념이나 연상들이 그대로 돌출되어 나타나고, 작중인물의 행위나 사건들도 작가의 주관적인 판단이나 느낌에 의해 무질서하게 서술되고 있다. 노벨의 직선적이고 평면적인 시공간과는 엄연하게 구별되는, 인간의 내부 심리를 서술의 대상으로 삼음에 따라 시공간의 양상도 의식의 영역까지 자유롭게 넘나들게 되는 것이다. 시간적인 순서에 얽매이지 않으며, 파편화되어 나타나는 의식의 조각들은 결국 작품의 전체를 모두 읽은 후에야 비로소 통일적인 연상을 드러낸다.

『소설가 구보씨의 일일』은 제목이 말해주듯 단 하루 일에 일어난 일의 연속적 기록물에 지나지 않는다. 26세의 총각이며 일정한 수입도 없이 지내는 소설가 구보씨의 어느 하루 동안의 외출에서 귀가하기까지 과정에서 관찰되는 일상적인 삶의 묘사가 이 소설의 내용이다. 이 작품은 철저하게 작가의 일상적 삶이 배어 있는 '여기, 지금'이라는 노벨의 크로노토포스를 절대 벗어나지 않고 있다. 작가가 다루고 있는 스토리의 양상 역시 1930년대 도시사회의 여러 가지 국면에 대한 관찰과 제시의 의도가 강하게 암시되어 있다. 시민사회의 인간간계를 일상적인 차원에서 포착한 이 소설은 최소한 배경 면에서 당대성의 원리를 충실하게 따르고 있음을 알 수 있다. 근대사회는 시민사회이기 때문에 부르주아 사회에 있어 인간과 세계와의 갈등을 전제로 한 가장 근대적인 소설이 바로 박태원에 의해 시도되는 것이다. 『소설가 구보씨의 일일』은 공간적 배경에서는 당대성을 재현하는 노벨의 원리에 충실하고 있으나, 시간적 배경에서는 형식주의적 리얼리즘의 원칙을 벗어난 심리주의 리얼리즘의 양상을 보여주고 있다. 이런 소설들은 비계기성의 플롯으로 유도되며, 각각 사건들이 비계기화 됨으로써 '일상과 지속성, 현재'에 비중을 두게 되는 다양한 플롯 양상으로 드러난다.

소설 형식의 변화 양상은 근대소설의 생성에서부터 정착에 이르기까지의 과정과 그대로 직결되어 있다. 신소설은 고대소설의 귀족적 영웅소설과 그 형식에서 유사점을 보유하고 있다. 이들의 공통점은 행복에서 시작하여 행복과 고난의 빈번한 교차를 거쳐 다시 행복으로 귀결되는 구조로 되어 있고, 악의에 의한 모해나 남녀의 이별과 만남이 주요 모티프로 나타난다. 신소설이 전대 소설과 동일한 플롯을 지니면서도 근대소설의 과도기적 평가를 받는 이유는 현실 속에서 시공간의 확장이 이루어지기 때문이다. 이인직이 『혈

의루』라는 독특한 소설 형식을 창출한 것은 이야기성을 주축으로
하는 구소설의 방식에 당대의 풍속묘사라는 현실성을 결합시킴으로
써 가능했던 것이다. 『무정』에서도 당대 현실을 사실적으로 묘사하
는 부분에 있어 노벨적 요소를 보이지만, 우연의 남발이 빈번하게
이루어짐으로써 서사구조의 리얼리티를 약화시키는 결과를 나타낸
다. 우연의 남발은 고대소설뿐만 아니라 신소설, 이광수의 무정에
이르기까지 쉽게 극복되지 못하는 요소이다. 김동인은 가장 경제적
인 문학수단을 활용하여 통일된 이상과 단일한 효과를 거두어야 하
는 단편소설에서 작품효과가 나타나도록 사건을 축소하고 목적에
적합하도록 적절하게 배열해야 된다는 사실을 인식하고 있다. 이렇
게 플롯의 압축을 통해 사건들을 최대한 응축시켜 놓고 있지만, 그
만큼 정밀한 묘사가 미진할 수 있어 노벨의 특성을 감소시키는 부
분이다. 염상섭 소설은 작품의 시·공간이 '여기, 지금'이라는 노벨
의 원칙에 합치되어 있어, 전대소설의 근대적 특성을 보다 발전시
킨 면모를 보이고 있다. 염상섭 소설은 『만세전』을 정점으로 하여
초기 작품들이 보여주던 여로의 공간성이 축소되고, 배경이 옥내형
으로 정착됨으로써 노벨의 요소를 확연하게 구축하고 있다. 특히
서울의 공간은 동경이나 여로의 공간보다 당대의 현실을 보다 구체
적으로 노출시키는 풍속적 공간이며 이것은 곧 노벨의 공간이 된
다. 신경향파 문학은 플롯의 합리성과 개연성이라는 노벨의 요소를
완비하지 못해 문학작품으로서의 형상화를 전혀 이루어내지 못하고
있다. 『날개』는 사건의 질서 정연한 흐름 대신에 관념과 연상, 개
인적 주인공의 내적 고백 등이 파편 형태로 무질서하게 흩어져 있
기 때문에 작품의 연대기적 질서나 계기성의 서사구조에서 이탈하

고 있는 작품이다. 『소설가 구보씨의 일일』도 공간적 배경에서는 당대성을 재현하는 노벨의 원리에 충실하고 있으나, 시간적 배경에서는 형식주의적 리얼리즘의 원칙을 벗어난 심리주의적 리얼리즘의 양상을 보여주고 있다. 이들 작품들은 소설형식에 대한 획기적인 기법의 전환을 그 특징으로 하며, 근대사회는 시민사회이기 때문에 부르주아 사회에 있어 인간과 세계, 혹은 개인과 자아의 갈등을 전제로 한 가장 근대적인 소설을 시도하고 있는 것이다.

(4) 주 제

작가가 자신의 소설을 통해 궁극적으로 말하고자 하는 것을 표현하다 보면, 구체적인 세계에 대한 묘사가 뒤따르는 것은 어떤 시대라고 하더라도 보편적인 일이다. 비록 자신의 개인적 삶을 다루는 작품이라도 자신이 의도하든지, 의도하지 않던 간에 작가는 당대의 현실적 삶을 체험하는 한 구성원으로서, 시대현실에 대한 반영은 어떤 방식으로든 작품에 배어나게 된다. 이때 주제는 작가의 개성에 따라 다양한 형태로 제시되지만, 대부분 시대적 상황과 결부하여 당대의 현실을 반영하는 주제가 그 중심을 이루며 유행적으로 발표되는 경우가 많다. 즉 그 시대를 특징지을 수 있는 주제나 혹은 같은 주제일지라도 시대에 따라 다르게 나타나는 특성과 밀접한 관련이 있다. 이때 전자는 주제의 시대별 유형성을 밝히는 작업이고, 후자는 주제의 역사적 성격을 규명하는 작업이 될 것이다.[334] 이렇게 보면 작가란

주334) 송현호, 〈소설의 주제〉, 현대소설론(평민사, 1994), P.250.

시대현실에서 한 걸음도 떠날 수 없는 함수관계를 지니고 있으며, 자신이 살고 있는 시대의 삶을 후대에까지 남겨줄 수 있는 대변자의 역할을 감당하고 있다 해도 과언은 아닐 것이다.

근대세계의 문물이 한반도로 한꺼번에 유입되는 개화기에서의 소설양식은 자아가 넓혀진 세계를 탐구하는 과정에서 크게 부각된다. 바로 전통사회에서 열린사회, 혹은 개방된 사회체제로 전환되는 사회변동 속에서 등장하는 신소설은 고소설의 영역에서 벗어나 근대소설로의 영역으로 바뀌어 가는 경향을 띠고 있다. 이때 개화기의 중심과제는 문명개화를 통한 독립자강 사상의 실천이었다. 제국주의 침략 앞에 조선이 그대로 노출되어 있다는 위기감과 이를 극복하기 위해서는 서구의 근대적 제도나 지식을 수용하여 근대국가의 기틀을 마련하려는 의식이 개화를 맞는 지식인들의 기본 자세였기 때문이다. 그 당시 선도적 지식인이었던 이인직이 문명개화의 이념을 소설작품으로 옮긴 것이 『혈의루』라고 할 수 있으며, 이 작품의 새로운 인식은 구한말까지 이어온 주자학적 세계를 완전히 벗어나는 새로운 세계관, 즉 문명개화를 의미한다. 따라서 『혈의루』에 나타난 주제의식이란 봉건제도의 구습을 타파하여 근대문명을 받아들이는 것만이 우리 민족이 생존할 수 있는 길이라고 생각하는 것이다. 이인직은 이를 극복하는 방식으로 사회와 정치의 개혁, 신학문의 섭취와 교육의 필요성 등을 역설하게 되고, 남녀 평등사상의 고취, 자유결혼, 조혼폐지, 재가허용 등 구습타파를 전면에 내세운다. 개화를 곧 서구화요 문명강국의 본질로 이해했던 이인직은 새로운 시대의 도래를 냉철한 안목과 비판정신으로 일관하기보다는, 일본을 매개로 하여 계몽의지를 고취시키고자 하는 선각자의 우월적 입장에서 『혈의루』를 쓰게 된 것이다. 결국 이 작품의 주인공들이 민족적 위기 상황 속에서 일본인의 도움을 받으며 무한한 기대를 품고 외국으로 유학을 떠나는 행위는 곧 안이한 낙관주의 또는 천박한 개화주의의 일면을 보여주는 장면이다.

민족 근대화의 논의가 1905년을 전후하여 통제되면서 일본 유학생 출신을 중심으로 기존의 정치적 계몽주의 대신에 시민계급의 문화적 근대성 탐구에 몰두하게 된다. 최남선과 이광수로 대별되는 이들은 개화기의 사상이나 역사에 대해 상상력이 미흡한 대신에 개화기 문학양식에 익숙한 탓에 역사나 민족혼을 문학행위로 전환시키려는 노력을 보인다. 이광수는 『무정』을 통해 개화기 시대를 문학적으로 완성시키면서 다음 세대의 새로운 형태의 문학적 도전을 가능하게 한 작가이다. 『무정』의 성격을 결정짓는 가장 중요한 속성은 반봉건과 계몽의식으로, 이광수에 있어 근대란 서구적 자본주의를 유일한 모델로 하는 일종의 보편주의적 이념이었다. 봉건이란 바로 전근대 자체였고, 이 봉건체제만 무너지면 근대화가 가능하리라 본 것이다. 이광수가 『무정』에서 바라보는 조선의 현실은 미개한 것이며, 조선인은 게으르기 때문에 이 무지한 조선을 깨우치는 일은 교육에 있고, 그 교육은 일본과 서양을 배우는 일에서 시작된다고 믿는다. 이러한 계몽의식은 곧 이광수의 민족주의 의식과 연결되고 있다. 그러나 이광수의 민족주의는 일본에 의한 식민통치 체제는 그대로 인정하면서 일시적인 문화적 활동의 자유로움을 추구하는 것이었다. 그가 의도한 개화나 계몽사상은 식민지 현실의 실상을 제대로 이해하지 못한 상태에 의도된 것이기에, 문학작품에서도 다만 이념형의 그것으로 제시되고, 실제 실행능력은 미약한 것으로 드러난다.

사실 개화기 이후 우리 근대문학의 수용은 서구 근대문학이라는 보편적 개념을 조선의 문학 전반에 그대로 대입시키려는 의식에서 출발한다. 이러한 사고로 생성된 문학양식은 서구 근대문학의 사상이나 단계에 자신의 의식 차원을 동일시하려는 부정적인 인식을 유발시킨다. 20년대에 들어서면 근대 일반 혹은 근대 보편으로서의 의식은 제국주의의 의도된 침략을 받아들이게 된다는 자각으로 발전한다. 바로 그 전환점이 삼일운동이고, 다양한 지식인층을 하나로 통합할 수 있는 계기인 동시에 민족적 운동과 역사적 계급의식을 집중할 수 있는 절호의 기회가 된다. 그러나 삼일운동을 통한 근대성의 좌절은 곧 조선의 현실, 개별로서의 조선을 새롭게 인식하는 계기를 만들지만 제국주의의 지배를 극복하고 자신의 자의식을 상승시킬만한 실천의 단계에까지 이르지는 못한다. 20년대 지식인층은 반역사주의자로 굳어지면서 자아의 내면 탐구에 더욱 적극적이 되어가고, 문학적이면 문학적일수록 현실의 폭은 줄어들고 문학은 전문적으로 발전할 수 있는 기회를 맞는다. 이러한 결과에 주목하여 많은 논자들은 이때를 근대적 문학이 완성된 시기로 보고 김동인과 염상섭을 주도적 인물로 선택한다. 이광수의 계몽주의에 반발하여 순문학적 입장을 취하는 김동인은 사상성과 흥미성의 차원을 넘어선 예술성이란 새로운 범주를 가능하게 한다. 이에 비해 일상성을 소중히 여기며, 그 일상성을 세밀히 관찰하고 묘사하는 염상섭은 민족문제에 집요하게 천착하면서 한국적 근대의 본질에 다가서려 한 작가이다.

김동인의 『감자』는 이인직이나 이광수가 문명개화를 추진하는 과정에서 이상적 모델로 삼았던 서구의 근대이념이 다른 한편에선 얼마나 부정적인 요소를 담고 있는가를 보여주는 작품이다. 이 작품에서 작가가 의도하는 것은 환경이 인간 개인에 미치는 영향력과 이를 통해 폭로되는 '돈'과 '성'이라는 것으로 집약되어 불건전한 소유의 양식을 드러내는 인간의 욕망의 본질이다. 작품 서두에서 결말까지 복녀를 둘러싼 유일한 가치는 자본주의, 물신주의로 상징되는 돈의 교환가치이다. 복녀가 속한 세계는 이미 자본주의에 의한 물신화가 지배하는 교환가치이며, 결혼이나 여자의 몸은 물론 마지막에는 주인공 복녀의 죽음까지 거래되는 공간인 것이다. 이인직이나 이광수에 있어서 소설의 주제는 국가나 민족이라는 거시적 차원에서 다루어지는데 비해, 김동인에 와서는 현실에 대응하는 한 개인의 삶과 운명을 다루는 모습으로 하강하는 국면을 보인다. 아울러 문명개화의 모델로 삼았던 서구 자본주의가, 특히 일본 제국주의를 매개로 하여 유입됨으로써 우리 민족을 경제적으로 황폐화시켰고, 그 궁핍이 생존의 위협으로까지 악화되었을 때에는 인간관계의 기본조차 타락시키는 무형의 힘으로 작용하고 있음을 살필 수 있다.

염상섭의 소설은 기본적으로 식민지적 근대성을 기반으로 태어난 소설이라 해도 과언이 아니다. 그의 소설들은 식민지 근대의 부정적 측면을 날카롭게 직시하면서 그것을 넘어서려는 탐색을 보여준다는 점에서 매우 의미가 있다. 특히 『만세전』은 이인화라는 한 인물의 의식적 성장과정을 일본 동경에서 서울로 귀국하는 공간적 여로를 통해 여실히 보여주며, 아울러 식민지 시대 삶의 현장과 당대의 봉건적 실상을 핍진하게 그려낸다는 점에서 우리 문학사에 큰 의미를 시사하는 작품이다. 이 소설이 전대 소설에 비해 탁월성을 지니며 우리 문학사에 의미를 던지는 것은 전대의 부르주아 계몽주의의 한계를 극복하고 식민지 조선의 근대적 특수성을 집요하게 관찰함에 있다. 독립운동이나 사회주의운동의 양자 중 어느 편향을 기피하는 주인공은 조국의 수탈 계층에 대해 어느 정도 거리감을 두고 있으나 식민지 백성이라는 사실 하나만으로도 일본 제국주의 감시체제 하에서 결코 자유로울 수 없음을 보여준다. 그리고 이런 현실적 상황은 중간자적 입장이며 개인주의적 안목을 지닌 주인공에게 식민지 조선의 모습이 피해갈 수 없는 요인으로 작용한다. 또한 이 소설에는 노벨의 주제라 할 수 있는 돈과 성의 대한 구체화된 내용이 등장한다. 지금까지 궁핍이라는 주제는 보편적인 것으로 다루어졌지만 돈을 사용하고 계산하는 장면이 구체적으로 등장하는 것은 특기할만하다. 염상섭에 있어 근대적 삶이란 금전적 이해관계가 가족이나 사랑보다도 더욱 큰 비중을 갖는다. 그러나 돈에 대한 그의 인식은 자본주의 경제 질서와 무관한 가정 혹은 자신의 차원에 국한되며, 돈의 문제를 다루되 당대 현실의 총체성에까지 이르지 못한다. 또한 신여성을 다루는데 있어 물질주의로 인한 가치관의 붕괴와 함께 성의 타락 내지는 상품화의 대상으로 묘사한다. 감자의 '복녀'는 어쩔 수 없는 환경적 요인에 의해 성이 무너졌으나, '을라'는 환경보다는 스스로의 가치관에 의해 물욕과 성을 선택할 수밖에 없는 자본주의적 인간형이다. 이렇게 『만세전』에는 물질 위주의 가치관으로 인한 타락상과 성이 자본화로 대치되는 근대적 성격을 보여주고 있다.

개화기나 1910년대의 계몽적 시대와는 달리, 우리 문학에 식민지 특수성을 고려하여 민족의식의 위기를 새로운 차원으로 수용한 것은 조선 프롤레타리아 문학운동을 통해서라고 할 수 있다. 이들은 계급심리의 반영으로서 문학을 규정했으며, 작품의 성과보다는 작가 자신의 계급적 실천을 중요시했다. 그러나 실제 문학 활동에서 무산계급의 동질성 확보에 급급했을 뿐, 그들의 문학은 민중성을 구현하는 단계에까지 이르지 못하고 외부적 당파성의 주입에 머물곤 한다. 김기진의 『붉은 쥐』에서 룸펜 지식인인 주인공 박형준은 현대인의 재앙이 문명병에서 나온 것이며, 그 원인으로 커머셜리즘(상업주의), 컬렉티비즘(집중주의)에 의한 대량생산과 자산계급의 속물근성 등을 꼽고 있다. 하지만 당시 조선사회가 대량생산 체제나 근대화 정책 등 자본주의 성숙기 병폐를 수용하기 이전 단계에 머물러 있었다는 사실을 감안한다면, 이러한 지적은 일본에서 수입된 사회주의의 설명적 논리를 전파한 것에 불과하다. 다만 식민지 정책과 자산계급의 속물성 등 이중적 구조를 명백히 의식하지 못하는 우매한 민중을 위해 주인공이 새로운 반동을 시도하였다는 사실은 특기할 만하다. 박영희의 『산양개』는 부르주아 사회의 추악상을 폭로하며 계급의식을 드러내기 위해 의도적으로 쓴 작품이다. 이 작품의 특징은 계급의식을 부각시키는데 있어 자산계급의 유형으로 수전노인 정호를 등장시키고, 그 반대편에 무산계급의 실체가 아닌 '사냥개'라는 동물을 삽입시켜 양심의 도적인 주인을 죽인다는 풍자성을 띠고 있다. 작가가 여기에서 말하고자 했던 것은 하나의 가공의 세계를 설정, 문예의 '투쟁적 의지'를 부여하기 위한 것이지만 무산계급의 실천적인 대응과 갈등의 원인이 너무도 간단히 처리되어 소설로서의 기본축도 마련하지 못한 꼴이 되었다. 이같이 김기진과 박영희의 소설은, 작가의 관념적 편향에 의한 인물의 단순화, 사건과 내용의 도식성, 전망의 과장 등 초기 경향소설의 한 특징을 잘 들어내고 있다. 이와 반대 입장에 서 있는 작가가 최서해라고 할 수 있다. 바로 『탈출기』는 당대의 빈궁한 현실과 그 속에서 처절하게 살아가는 모습을 리얼하게 형상화한 작품이다. 모든 것이 궁핍한 상황에서 인간의 최소한의 생존 여건도 허락하지 않은 까닭에 결국 박 군이 벼랑 끝보다 더 험한 ××단에 가입하게 된 것은 개인과 사회의 대결을 하나의 세계로 합일시켜 자기세계를 구현하려는 새로운 깨달음이라 할 수 있다.

　프로문학을 다가올 미래에 대한 강력한 꿈의 문학으로, 운동의 문학으로 내세웠던 카프문인들은 리얼리즘론을 통해 문학작품에서도 운동성과 현장성을 확보하려 했지만, 그들만의 최대 장점인 이념적인 현장지향성이 벽에 부딪히자 그들의 주체와 세계에 대한 깊은 격차를 느끼기 시작한다. 1930년대의 프로문학의 퇴조와 관련하여 함께 논의될 수 있는 것이 모더니즘 문학이다. 모더니즘 문학은 우선 문학과 사회와의 관계에서 문학을 고립적으로 생각하지 않는 사회주의 문학론의 관점에서 벗어나 문학 자체의 자족적 목적의 새로운 발견과 지향이라는 모색에 그 기반을 둔다. 결국 30년대 모더니즘을 이해하고 보면 그것이 표방한 근대성이란 것도 동시대의 역사성과 관련된 문제임을 알게 된다. 모더니즘 문학이 흔히 역사적 전망이 거세되거나 혼동되어 불투명하게 나타나는 특성을 보이는 것도 이러한 사실들에 근거하는 당대적 상황과 연결되어 있다. 모더니즘의 대표작인 이상의 『날개』나 박태원의 『소설가 구보씨의 일일』도 이런 방법론에 근거를 두고 있다.

　이상은 19세기를 부정하고 20세기의 새로운 근대성을 받아들이기 위해 누구보다 노력한 작가로서, 『날개』는 서울생활에서 인식하게 된 근대성과 그 부정의 논리가 그려 있는 작품이다. 이 소설은 그의 근대성 탐구에 대한 결론이라는 것, 그의 개인사에서 보면 이후의 동경행을 암시한 작품이라는 것, 그리고 모더니즘과 리얼리즘 간의 논쟁의 직접적인 원천이 된다는 것 등 몇 가지 중요한 의미를 지니고 있다. 특히 마지막 부분에서 주인공의 비상의 욕망이 그 욕망을 키우고 동시에 좌절시킨 군중에 쌓인 '서울거리의 한복판'에서 다시 부활하고 있다는 것에 주목할 필요가 있다. 이상은 세상에 남을 걸작과 작가로서의 명칭을 꿈꾸었지만, 합리주의를 지향하는 근대라는 제도가 '양심'을 건드릴 때 자신의 불행함을 느꼈다. 바로 날개의 주인공이 보여주고 있는 무력감, 돈에 대한 혐오 등은 아내로 표상되는 타락한 인간관계와 그것이 영위되는 사회에서의 사회에 대한 작가의 연약함과 소외의식을 말하는 것이다. 그것은 물신주의적인 사회, 즉 자본주의적 근대에 대한 소시민의 항의일 수 있다.

서울에서 출생하여, 서울에서 자란, 그야말로 도시적인 삶을 살아온 모더니스트 박태원은 식민지 사회에서의 도시 서민계층의 삶의 애환을 자신의 내면탐구 및 글쓰기를 통해 동시적으로 인식코자 한 작가였다. 박태원의 문학적 특징 역시 '도시적'이라 할 수 있으며, 조선의 중심인 '경성'의 상황을 모르고서는 박태원 문학의 의미를 파악하기가 힘들다. 바로 박태원 문학의 핵심은 경성의 화려함과 어두움의 이중성을 반영하며, 그 안에서 살아가는 사람들의 이야기를 영화적 동상으로 바라보고 있다는 특징을 가진다. 자신의 경성 체험을 경성에서 살아온 사람의 입장에서 다양한 인물들의 내적 체험을 소설로 보여주고 있는 것이다. 그의 소설에는 어떤 특별한 사건이 존재하지 않는다. 서술되는 이야기가 어떤 의미가 있어야 한다는 기존 소설의 당위성을 완전 부정하고 있기 때문이다. 이 점이 박태원 문학의 중요한 일면이며, 근대성의 개념을 새롭게 정립할 관건이라 할 수 있다.

소설의 주제는 작가의 미적 형상화의 작업과 병행하여 시대의 흐름에 따라 다양하게 변모하고 있음을 알 수 있다. 그러나 작가는 자기 나름의 해석을 통해 그 사회의 보편적 가치의 본질을 규명하는 일로 귀결된다. 곧 창작 행위란 작가의 개인성의 반영인 동시에 자신의 관심사를 통해 시대적인 상황 속에서 현실 문제의 해결을 모색하는 작업이라고 할 수 있다. 개화기에 지식인들은 민족적 위기의식을 극복하기 위해 문명개화라는 관점에서 서구의 근대적 제도나 이념을 하나의 여과도 없이 받아들이게 된다. 이때의 소설은 정치적 의도에 의해 일차적으로 생성된 문학양식이기 때문에 주제 역시 국가적 혹은 민족적 차원의 거시적 목표로 설정되어 있음을 알 수 있다. 이광수에 와서는 국가적 차원보다는 한 단계 하강한 시민계급의 문화성 탐색에 역점이 주어진다. 이인직이나 이광수에 있어 근대화란 당대의 식민지 문제와는 무관한 반봉건, 즉 문명개화와 산업화로만 이해한 보편주의적 이념이라 할 수 있다. 그런 의미에서 『혈의루』나 『무정』의 주제는 형이상학적 세계관에 바탕을 둔 윤리적, 도덕적 인간의 보편성 추구라고 정리할 수 있다. 그러나 이상주의를 추구하는 형이상학적 세계는 관념적이고 추상적인 개념을 만들어내기 때문에 곧 그들의 계몽성과 민족주의는 구체적 실천성을 상실하게 되는 것이다. 삼일운동을 통해 자본주의의 부정성을 인지하게 된 세대인 김동인에 와서는 한 개인의 삶의 현실이 주제로 놓이게 된다. 『감자』에는 자본주의 물신화의 상징인 '돈'과 인간 욕망의 본질인 '성'이라는 주제가 하나로 합일되어 우리 문학사에 처음으로 등장한다. 동시대의 염상섭의 경우에는 식민지 근대의 부정적 측면을 날카롭게 직시하면서 그것을 넘어서려는 탐색을 보여준다는 점에서 매우 의미가 있다. 진보와 이성을 앞세운 보편주의적 근대가 식민지 조선이라는 특수상황에 빠지면 부정적 양상으로 변질되는 것을 염상섭은 포착해내고 있는 것이다. 한편, 삼일운동의 실패에 따라 사회주의적 이념을 이상적 대안으로 삼았던 신경향파 문인들은 리얼리즘론을 통해 문학작품에서도 운동성과 현장성을 확보하려 했지만 관념적 이념이 그대로 노출되어 문학성에서는 별다른 성과를 거두지 못한다. 1930년대 모더니즘 문학은 문학과 사회와의 관계에서 문학을 고립적으로 생각하지 않는 사회주의 문학론의 관점에서 벗어나 문학 자체의 독자적 목적의 새로운 발견과 지향이라는 모색에 관심을 둔다. 『날개』는 아내로 표상되는 타락한 인간관계와 그것이 영위되는 사회에서의 소외의식을, 『소설가 구보씨의 일일』에서는 작가 자신의 내면탐구 및 글쓰기를 통해 식민지 사회에서의 도시 서민계층의 삶의 애환을 동시적으로 인식코자 한 작품이다. 이들 작품은 부르주아 자본주의가 낳은 사물화 현상과 소외의 산물이지만 그로부터 벗어나려는 유토피아적 삶에 대한 향수를 지니고 있었다. 즉 이들은 내적 고백이나 알레고리 같은 복잡한 삶에 대한 형식적 기법을 통해서나마 총체성의 모형을 구축하려 시도했다는 것이다. 잃어버린 총체성을 새로운 형식적 기법을 통해서 되찾으려는 모더니즘은, 외부현실 속에서 총체성을 포착하고자 하는 리얼리즘과 함께 또 다른 형식의 근대문학이라고 볼 수 있다.

Ⅴ. 결 론

　본 연구는 한국소설에 나타난 근대성의 전개 양상을 통해 우리 문학의 근대적 특질과 의미를 발견하는 것이고, 이를 근거로 하여 근대문학의 기점설정을 시도해 보는 작업이었다. 우리 문학의 일관된 흐름이나 특수성을 거시적인 관점에서 다루고자 했기 때문에 연구범위를 개화기에서 출발하여 1930년대 모더니즘까지로 제한하였고, 텍스트 선정에 있어서도 근대의 기점논의의 주요 대상으로 거론되는 일부 소설 작품만으로 한정하였다. 이들 작품들은 새로운 도전을 통해 전대 문학적 유형을 탈피하고 있으며, 특정 시기의 당대성과 문학적 특징을 가장 잘 반영하고 있다고 판단했기 때문이다. 텍스트로는 최초의 신소설 작품이라 할 수 있는 이인직의 『혈의루』, 최초의 근대적 소설이라고 평가를 받는 이광수의 『무정』, 20년대 기점논의 중심에 서있는 김동인의 『감자』와 염상섭의 『만세전』, 신경향파 문학으로서 김기진의 『붉은 쥐』·박영희의 『산양개』·최서해의 『탈출기』, 30년대 모더니즘의 대표적 소설인 이상의 『날개』와 박태원의 『소설가 구보씨의 일일』 등을 선택했다. 다만, 작품 선정에 있어 굳이 소설로 한정한 것은 근대라는 역사적 장 속에서 근대 시민사회의 특징을 현저하게 드러내는 문학양식이 바로 소설이고, 소설은 근대성을 기본 원리로 하여 근대와 더불어 성장 발전한 문학 장르이기 때문이다. 이렇게 이 책에서 연구범위를 개화기로부터 모더니즘까지 설정한 배경에는 우리 근대문학이 문학의 독창성과 함께 한국사가 지니는 보편적인 역사성을 무시할 수 없었고, 실제로 우리 문학이 보유하는 진동의 파장도 역사의 그것과 무관할 수는 없음을 확인했다. 따라서 한국근대문학의 범위를 "1) 근대문학 제1기: 19세기 후반부터 1910년대까지 2) 근대문학 제2기: 1920년대부터 1945년 해방까지 3) 근대문학 제3기: 1945년 해방 이후부터 현재까지" 세 단계로 나누어 보는 것이 바람직할 것으로 생각했다. 이런 전제조건은 당대의 시대적 상황을 감안하면서, 근대문학의 한 성과물로 자리 잡은 주요 작품을 대상으로 그 생성배경과 생성될 수밖에 없었던 동인을 파악하여, 거시적 체계를 만들어보자는 문제의식에서 출발한 것이다. 다시 말하면, 우리 문학사에서 근대기점 논의의 대상으로 떠오르는 몇몇 작품을 대상으로 시대의 흐름에 따른 근대성의 전개과정을 살펴보고, 여기에서 근대가 담고 있는 실체를 분석 추출해 보고자 한 것이었다. 우리 문학사에서 근대성을 규명하는데 필수적인 요소를 담고 있는 이들 작품들에 대한 검토, 분석은 결국 오늘의 한국문학의 실체를 파악하고, 나아가 내일의 새로운 문학적 전망을 획득할 수 있는 작업이 되기 때문이다.

이런 입장에 근거하여 제1장에서는 기존의 주요 문학사에서 우리 문학의 근대성에 관한 개념 규정 및 성격을 어떻게 규정하고 있는가를 검토한 후 1) 문학사를 기술하는 과정에서의 방법론의 단일화를 극복해야 한다. 2) 문학사에 금기사항으로 되어 있는 주변 학문과의 공동작업을 통해 총체사로서의 면모를 갖추자 3) 문학사 나름의 기준에 의거한 독창적 방법론을 구축하자 등 몇 가지 사안에 대해 지적하였다. 본 연구는 문학사적 접근을 기본으로 하고 있기 때문에 주요 텍스트의 선정과 아울러 지금까지 간행된 근대문학사와 소설사 연구물까지 포괄적으로 다루지 않을 수 없었다. 따라서 근대문학의 성격을 논하는 토대의 자료로서 이들 저작들은 언급의 대상이 되었으며, 작품의 구체적 비교 분석에 있어서도 그때마다 유용하게 사용되었다.

제2장에서는 근대라는 용어의 개념 및 근대성이 문학과 어떻게 접맥되어 근대문학이라는 실체를 형성하고, 여기서 생성된 가장 근대적인 장르인 소설의 속성은 무엇인가를 알아보았다. 그리고 근대성이 수용 정착되는 시대적 상황에 대한 이해와 함께 문학적 만남이 처음 이루어진 시기로서 개화기의 근대성 담론을 주시해 보았다. 개화기 문학 양식 중에서 근대성에 관한 다양한 논설을 살펴보면서, 우리의 근대의 수용 양상과 이것이 근대소설로서 이행되는 과정은 우리 소설문학의 근대성의 실체를 분명하게 구분하고 정립하는 계기가 되었다고 본다. 아울러 지금까지 우리 문학의 근대에 관한 기점 논의는 '근대성'의 이해를 돕는 필요 불가결한 사항이며, 본 연구의 최종 과제이기 때문에 그간 여러 각도에서 다양하게 개진된 기존의 논의를 개략적으로 정리해 보았다.

제3장에서는 이러한 전개 과정을 통해 우리 근대문학의 개념과 성격에 대한 윤곽이 어느 정도 그려짐으로 해서, 앞에서 주요 텍스트로 선정된 소설작품을 대상으로 근대성의 투영 양상과 그 전개과정을 분석해 보았다. 이 책에서는 개별 작품의 독자성을 인정하면서도, 그것이 당대라는 역사성 속에서 존재하는 보편적 가치를 어떠한 형태로 추출해 낼 것인가를 고민했다. 다만 개별 작품의 분석에 일관성을 기하기 위해 로맨스에서 노벨이 정착하게 된 배경과 이안 와트의 근대소설의 양식적 특징을 두루 포괄하면서, 각 작품별로 (1) 언어 (2) 인물 (3) 외형 (4) 주제 등의 측면을 중심으로 한

‘근대성’의 전개 양상에 대해 살펴보았고, 아울러 이들 작품의 근대적 성격과 그 한계를 제시하는데 관심을 두었다.

(1) 먼저 최초의 신소설 작품인 이인직의 『혈의루』는 고대소설에서 근대소설로 넘어오는 과도기적 성향을 보여주고 있다는 사실이다. 전대소설을 극복하는 노벨의 요소를 갖추는가 하면, 작품의 여러 부분에서 고소설의 잔재들을 상당수 발견하게 되기 때문이다. 이런 특성으로 인해 『혈의루』는 최초의 근대소설로 인정을 받기도 하고, 아니면 고소설의 잔영으로 취급되기도 하는 등 문학적 평가에 혼선을 빚었다. 『혈의루』의 근대적 성격은 언어와 주제적 측면에서 두드러지게 나타난다. 언어일치를 지향하는 구어체의 사용과 묘사의 현실성, 그리고 이를 통해 자아의 각성을 통해 계몽의지를 드러내는 주제 등은 전대소설의 전형성을 상당부분 극복하고 있다. 그러나 보통 사람의 차원을 벗어난 로맨스적 인물, 고소설과 똑같은 틀을 가지고 있는 플롯과 우연성을 남발하는 서사구조 등은 전근대적 요소가 가시지 않고 있음으로써 이 작품의 과도기적 성향을 확인시켜 주고 있다.

(2) 이광수의 『무정』은 최초의 근대소설로 인정받는가 하면, 반대로 그릇된 역사인식에서 빚어진 설교적 통속물로 부정되는 등 우리 문학사에서 극단의 평가를 받는 작품이다. 『무정』의 근대적 성격은 무엇보다 일상어 표기와 구어체를 통한 언문일치의 새로운 문장체계를 확립시킴으로써 순 한글 중심의 근대소설의 문체를 완성시켰다는 점에 있다. 또한 여러 유형의 과도기적 인물을 설정 상호 갈등을 전개함으로써 역사 전환기의 시대상과 가치관을 집약적으로 반영한 점에서 근대소설로의 이행에 큰 의미를 주고 있다. 그러나

인물의 이상화가 너무 확대되어 나타나고, 신소설의 구투도 완전 해소하지 못하고 있어 노벨로 보기에는 무리가 있음을 확인한다. 이광수의 역사인식이나 가치성향도 일정한 한계와 미숙성을 드러내고 있다. 그가 의도한 개화나 계몽사상은 식민지 현실의 실상을 제대로 이해하지 못한 상태에서 의도된 것이기 때문에 문학작품에서도 다만 이념형의 제시로 끝나고 실제 실행능력은 미약한 것으로 드러난다.

　(3) 20년대 기점논의의 중심에 있는 작품으로 김동인의 『감자』와 염상섭의 『만세전』을 들 수 있다. 삼일운동을 통해 자본주의의 부정성을 인지하게 되는 세대인 이들의 문학사적 의의는 근대 초기의 계몽사상에 내포된 과도기적인 근대적 성향을 온전히 극복했다는 데에 있다. 특히 시기는 이인직이나 이광수가 남긴 소설사적 한계를 극복하고 근대적 소설 형식의 자율성을 확립한 공적이 누구에게 돌아가느냐 하는, 어쩌면 우리 문학사의 근대문학의 최고의 정점을 가름하는 문제와 결부된다. 김동인의 『감자』는 전대 소설에서 찾아볼 수 없는 복녀라는 입체적 인물의 설정, 작가의 주관적 묘사 대신에 냉철한 객관적 묘사, 자본주의 물신화의 상징인 돈과 성을 주제로 다루는 등 우리 소설사에서 최초로 노벨의 영역으로 진입하고 있다. 그러나 자연주의를 지향하여 현실의 추악함까지 사실로 표현하려는 그의 사실주의는 민족의 현실은 보지 못하고 예술로서의 형식만 남는 공허한 양식이 되어 버렸다. 객관적 주관주의자로서, 그리고 노벨의 작가로서 우리 문학사에 처음으로 근접하고 있지만, 단편소설이라는 소설양식의 한계와 더불어 자신의 내면을 상실한 것은 큰 결점이었다.

386

동시대의 염상섭의 경우에는 한국사의 내재적 목표인 근대성을 향해 그의 소설이 포진되어 있다는 점에서 매우 중요하게 다루어지고 있다. 특히 『만세전』에서 보여주는 식민지 근대에 대한 탐구는 동시대의 어느 작가보다 현실적이며 탁월하다. 그는 식민지 조선의 내면에 감추어진 보편주의로서의 근대가 남긴 부정성을 세밀하게 관찰함으로써 서구적 근대라는 단일한 범주를 극복하고자 한다. 이 소설을 통해 당대의 봉건체제와 식민체제가 유착하는 우리의 근대적 특수성을 정밀하게 포착함으로써 비로소 근대의 실체가 무엇인가를 인식하기 시작하는 것이다. 염상섭은 중인계층이 지니는 보수적 성향과 극단적인 노선을 기피하는 가치중립적 세계관을 기본적으로 함유하고 있기 때문에 극단적인 노선을 선택할 수 있는 여지가 별로 없어 보인다. 따라서 지배와 피지배, 착취와 피착취 관계로 이루어진 식민지 조선의 현실을 분명하게 보여주면서도, 그에 따른 구체적인 전망이나 실천적 대안이 명료하게 밝혀지지 않는 것은 염상섭 개인이 안고 있는 한계라고 볼 수 있다.

(4) 사회주의적 근대성에 바탕을 둔 초기 프로문학으로 김기진의 『붉은 쥐』, 박영희의 『산양개』, 최서해의 『탈출기』를 들 수 있다. 사회주의 사상은 이념 그 자체가 근대주의의 산물이며, 제국주의적 자본주의 극복을 최대 과제로 삼고 있다. 프로문학의 출발은 당대 사회주의 이념의 수용과 근대성과의 관련성을 살피는 중요한 작업이 된다. 김기진과 박영희, 그리고 최서해의 작품세계에는 상이한 조류가 형성되고 있다. 다시 말하면 김기진의 『붉은 쥐』와 박영희의 『산양개』에서는 구체적 현실의 반영이 뚜렷하지 않은 추상적 관념이 우위에 선 주관주의적 혹은 낭만주의적 경향을 강하게 보여주고 있다.

반면 최서해의 작품세계는 생존 그 자체가 문제가 될 만큼 절박하게 핍박받는 빈곤층의 세계를 여실히 반영하는데 작품의 주안점이 놓여 있다. 이 경향은 당시 자연주의적 소설과 상당한 유사성을 보이면서 그로부터 성장해 나온 새로운 경향이라 할 수 있으며 체험 문학적인 성격을 주된 특징으로 삼고 있다. 이러한 두 계열의 상이한 경향은 결국 신경향파 소설의 주된 특징과 함께 한계도 잘 보여주고 있음을 알게 된다. 즉 의식적 관념세계와 현실묘사의 분열이 그것이다. 일정한 주제, 제재, 줄거리의 공통성을 가지면서도 이렇게 대립되었다는 것은 이들 작가의 초기 이념의 미진함, 그리고 이와 연관된 리얼리즘적 창작방법에 대한 불충분함 등의 자연스런 발로라고 하겠다. 또한 작가 자신의 과학적 세계관에 의해 밑받침되지 못함으로써 개인적 증오나 현실의 단편적 고발이라는 수준에 머물 뿐, 문학 작품으로서의 형상화에는 실패하고 있다.

(5) 30년대 미적 근대성의 특징을 보여주는 모더니즘 문학의 대표작으로 이상의 『날개』, 박태원의 『소설가 구보씨의 일일』을 들 수 있다. 30년대 중반에 이르러서는 전통적 리얼리즘과는 달리 미학적 방법을 전제로 하는 모더니즘을 받아들이게 된다. 그런데 20년대의 형식적 사실주의(formal realism)에 입각한 관점으로는 30년대의 모더니즘 소설을 전혀 이해할 수 없다는 점에 근대문학의 또 다른 전환점으로 인식하기도 한다. 형식적 사실주의는 과학과 이성이 바탕이 된 실증주의에 그 기반을 두고 있기 때문에 작가의 객관성과 이에 따른 논리성을 중시한다. 이에 반해 모더니즘 소설은 사물과 사건에 반응하는 인간의 심리를 중시하며, 인간의 존재의 의미에 더 큰 관심을 둔다. 이념적인 면에서도 전자는 부르주아

자본주의에 근거를 두고 있으나, 후자는 부르주아 자본주의의 근대성에 미학적으로 반항하는 형식을 취하고 있는 것이다. 잃어버린 총체성을 새로운 미학으로 되찾으려는 모더니즘은 외부 현실 속에서 총체성을 포착하려는 리얼리즘과 함께 또 다른 형태의 근대문학인 것이다.

이상의 『날개』에서는 '나'의 관념이나 연상들이 그대로 돌출되어 나타나고, 작중인물의 행위나 사건들도 작가의 주관적인 판단이나 느낌에 의해 무질서하게 서술되고 있다. 노벨의 직선적이고 평면적인 시공간과는 엄연하게 구별되는, 인간의 내부 심리를 서술의 대상으로 삼음에 따라 시공간의 양상도 의식의 영역까지 자유롭게 넘나들게 되는 것이다. 사실 리얼리즘의 승리로 인식되어지는 근대소설은 제한된 시간에 갇혀 사는 현실의 인간들의 이야기를 객관적으로 다룸으로써 작가의 주관성이 개입될 여지가 별로 없게 만들어 버린다. 바로 전대의 소설적 관습이 인간과 외부 세계와의 관계에서 출발한다면, 이상의 소설은 인간의 내면세계를 제시하는 심리주의 리얼리즘의 새로운 방식인 것이다.

박태원의 『소설가 구보씨의 일일』은 도시인의 생활양식을 객관적으로 관찰하며 지식인의 심층심리를 보여준 작품이다. 박태원은 이 소설을 통해 행복을 잃어버리고 타자와의 정상적인 인간관계를 맺지 못한 채 자의식 속에 칩거하거나, 자신의 심경과 내면세계를 관찰하면서 거기서 자신의 훼손되지 않은 삶의 진실을 확인하는, 이른바 심경소설이라는 새로운 소설의 영역을 만들어 낸다. 그러나 그의 소설에는 어떤 특별한 인물이나 사건이 존재하지 않는다. 인물이 설정되고 서술되는 이야기가 어떤 의미가 있어야 한다는 기존

소설의 당위성을 완전 부정하고 있기 때문이다. 이 점이 박태원 문학의 중요한 일면이며, 근대성의 개념을 새롭게 정립할 수 있는 관건이라 할 수 있다.

이러한 개별 작품에 대한 분석에 힘입어 제4장에서는 우리 소설에 나타난 근대성을 언어, 인물, 형식, 주제 등 양식사적 관점에서 시기별 변천 과정에 주안점을 두고, 근대문학의 한 원형을 제시해 보고자 했다. 그 결과 우리 문학은 작가의 개인적 감각과 당대 현실이 하나로 어우러져 발전의 단계를 지향하는 모습이 발견되었다.

(1) 언어 — 우선 김동인은 『감자』에서 이인직이나 이광수의 불완전한 구어체를 완전한 언문일치의 문장으로 정착시킴으로써 노벨의 언어를 구축하고 있다. 그러나 대상의 구체화를 저해하는 간결체 문장의 사용과 자국어 사용량의 빈곤 현상을 보이는 것은 노벨의 작가로서 한계성을 드러내는 부분이다. 반면 염상섭이 사용하는 단어는 경아리말, 즉 서민층의 말이며, 일상적으로 사용하는 생활어가 표준어이다. 또한 현실을 있는 그대로 재현하려는 노벨의 원리를 가장 충실하게 수행하려는 작가라는 점에서 김동인과 차원을 달리 한다. 『혈의루』나 『무정』은 완전한 언문일치의 문장에 미치지 못하고, 신경향파 문학은 소설로서의 형상화가 이루어지지 않았다. 『날개』와 『소설가 구보씨의 일일』에서 인간 내면의 의식의 흐름에 우선하여, 전대의 이야기 중심의 소설형식을 해체시키고 있다는 점에서 차별성을 지닌다.

(2) 인물 — 『혈의루』와 『무정』의 인물은 고소설의 영웅 중심의 전형성에서 하강하고 있지만, 보통 사람의 범위를 넘는 로맨스적 인물에 가까운 개념적이고 평면적인 캐릭터이다. 『감자』에서는 민족적

390

지도자 내지 지식인 유형에서, 일반 하층민 그것도 천한 매음녀로 인물의 하강화가 이루어져 로맨스에서 노벨로의 진입이 완성된 형태를 보여주고 있다. 나아가 『만세전』에서는 시민의식 혹은 개인의식이 앞선 개인적 인물을 형상화함으로써 근대의 부정성에 대해 개인적으로 고민하고 번민하는 노벨의 인물을 완성시킨다. 신경향파문학에서는 계급의식을 선동하기 위한 문제적 인물들을 설정하고자 했지만, 의도적인 인물이 개입하면 작품의 리얼리티가 훼손되게 마련이다. 30년대 모더니즘 소설에서는 개성이 표출되는 한 개인으로서의 중요성이 상실되고, 인간의 내면의식에 관심이 주어진다. 『날개』의 주인공은 현실의 행동이 거세되고 의식만의 남아있는 '자아'가 그 역할을 담당하며, 『소설가 구보씨의 일일』에서는 작가가 개입은 되지만 누가 주인공이라 할 것도 없이 일상의 관찰자로서의 모습만 보여줄 뿐이다.

(3) 외형―『혈의루』는 전대 소설과 동일한 플롯을 지니면서도 현실이라는 시공간 내에서 사건이 전개되고 있고 『무정』도 당대 현실을 사실적으로 묘사하는 부분에 있어 노벨적 요소를 보이지만, 이 두 작품은 기본적으로 로맨스의 형식에서 벗어나지 못하고 있다. 『감자』는 형식 면에서 가장 잘 짜여진 플롯과 사건의 응집력으로 노벨로서의 완성도를 자랑하고 있으나, 작품의 시공간이 현실에서 다소 이탈하고 있다. 반면 『만세전』의 공간은 이국으로까지 확대되지만 주인공의 생활공간으로 로맨스의 그것과는 차별성을 가진다. 특히 서울의 공간은 동경이나 여로의 공간보다 당대의 현실을 보다 구체적으로 노출시키는 풍속적 공간이며, 따라서 노벨의 공간이 된다. 신경향파 문학은 플롯의 합리성과 개연성이라는 노벨의 요소를 완비하지 못해 문학작품

으로서의 형상화를 전혀 이루어내지 못하고 있다. 『날개』와 『소설가 구보씨의 일일』은 작품의 연대기적 질서나 계기성의 서사구조에서 이탈하고 있는 심리주의 리얼리즘의 형식을 띠고 있다. 이들 작품들은 소설형식에 대한 기법적 실험을 그 특징으로 하며, 근대사회는 시민사회이기 때문에 부르주아 사회에 있어 인간과 세계, 혹은 개인과 자아의 갈등을 전제로 한 가장 근대적인 소설을 시도하고 있다.

 (4) 주제―이인직이나 이광수에 있어 근대란 당대의 식민지 문제와는 무관한 반봉건, 즉 문명개화와 산업화로만 이해한 보편주의적 이념으로 인식된다. 이들의 형이상학적 세계관에 바탕을 둔 계몽성과 민족주의는, 추상적이고 이상주의적 관념에 불과하기 때문에 구체적인 실천성을 상실하게 되는 것이다. 삼일운동을 통해 자본주의의 부정성을 인지하게 된 세대인 김동인에 와서는 한 개인의 삶의 현실이 주제로 놓이게 된다. 『감자』에는 자본주의 물신화의 상징인 '돈'과 인간 욕망의 본질인 '성'이라는 주제가 하나로 합일되어 우리 문학사에 처음으로 등장한다. 동시대의 염상섭의 경우에는 식민지 근대의 부정적 측면을 날카롭게 직시하면서 그것을 넘어서려는 탐색을 보여준다는 점에서 매우 의미가 있다. 삼일운동의 실패에 따라 사회주의적 이념을 이상적 대안으로 삼았던 신경향파 문인들은 리얼리즘론을 통해 문학작품에서도 운동성과 현장성을 확보하려 했지만 관념적 이념이 그대로 노출되어 별 다른 성과를 거두지 못한다. 30년대 모더니즘 문학은 문학 자체의 독자적 목적의 새로운 발견과 지향이라는 모색에 관심을 둔다. 『날개』는 아내로 표상되는 타락한 인간관계와 그것이 영위되는 사회에서의 소외의식을, 『소설가 구보씨의 일일』에서는 작가 자신의 내면탐구 및 글쓰기를 통해

식민지 사회에서의 도시 서민계층의 삶의 애환을 동시적으로 인식
코자 한 작품이다.

이같이 우리 근대문학의 역사를 거슬러 오르다보면 시대와 더불
어 변모하는 형식적 측면과 모든 시대를 통해 변하지 않는 정신적
일면을 동시에 발견하게 된다. 역사의 흐름 속에 변화하지 않고 지
속되는 자기 동일성(self identity)은 다름 아닌 '민족성'이라 할 수
있다. 문학은 시대마다 전개되는 민족적 생명을 기록하기 때문에
문학적 변천은 유기적 생명의 자기 전개인 것이다. 결국 근대문학
은 자본주의적 생산관계의 확립과 민족국가의 수립을 역사적 과제
로 하는 민족문학의 특성을 보이게 된다. 특히 우리의 문학의 경우
에는 전근대적 성격을 탈피하고 근대적 성격을 획득하는 가운데,
국권상실로 말미암아 반제투쟁이라는 장애물과 민주주의에 저항하
는 봉건적 세력과의 싸움이라는 이중 갈등을 겪게 된다. 곧 우리의
근대문학은 "외세에 저항하는 문학이되, 다른 한편으로 봉건적 잔
재 극복을 위해 노력하는 문학, 그러면서도 민족국가 건설을 이념
으로 하는 문학"이라는 세 가지의 의미가 중첩되는 특성을 보인다.

결론적으로 역사적 발전을 통해 전개되는 민족성을 지향하는 가
운데, "1910년대 계몽주의－1920년대 리얼리즘(비판적 리얼리즘,
사회주의 리얼리즘)－1930년대 모더니즘"을 정착시키며 그 완성을
지향해 나가는 과정이 한국의 근대문학인 것이다. 이러한 결론을
바탕으로 근대문학의 시대구분을 설정하면, "1) 근대문학 제1기:
19세기 후반부터 1910년대까지를 계몽주의시대 문학으로 2) 근대
문학 제2기: 1920년대부터 1945년 해방까지를 식민지시대 문학으
로 3) 근대문학 제3기: 1945년 해방 이후부터 현재까지를 분단시

대의 문학"이라는 세 단계로 규정지을 수 있을 것으로 보인다. 다만, 이 책에서 근대문학의 제1기라는 관점은 근대문학의 생성기를 의미하며, 제2기에서 염상섭의 『만세전』을 통해 비로소 근대문학의 완성을 지향하며, 이후 신경향파와 모더니즘 문학이 그 전통과 발전을 계승하고 있다. 제3기의 근대라는 관점은 아직도 근대가 진행되고 있다는 전제하에서 탐색을 다음 기회로 미루고자 한다.

지금까지 우리 문학사에 나타난 근대문학의 성격을 살펴본 바에 따르면, 긍정적인 측면에서의 새로운 검토 작업이 진행되어야 한다고 본다. 흔히 우리의 근대문학은 숙명적으로 여러 가지 취약점을 내포함으로써 특수한 문학사를 기록했다고 지적되기도 한다. 대체로 우리 근대문학은 1) 후진적인 것 2) 전통성의 빈곤 3) 서구 문예사조의 혼류성 4) 사상성의 결핍 5) 국토분단에 따른 비극성 등의 현상을 보여 온 것은 사실이다. 이러한 특징적 성격이 발전적인 측면에서 비판됨으로써 객관적 실상을 드러내는데 보다 가까이 갈 수 있을 것이며, 바로 이점이 우리문학을 올바로 이해하는 길이 될 것이다. 요컨대 한국문학사에서의 근대적 성격과 특징 논의는 일반적 성격의 측면에서 검토함으로써 보편성을 확보할 수 있고, 다시 개별적 성격의 측면에서 고찰됨으로써 특수성을 인정받을 수 있을 것이라 생각된다. 말하자면 이러한 보편성의 측면과 특수성의 측면을 병행한 다각적 접근에서 구체적 실상이 드러날 수 있기 때문이다. 때로 서구 문학적 기준이나 내용으로 우리의 문학을 저울질하거나 편협 된 국수주의적 태도로 끌어당기는 안이함에서 문학의 실상이 왜곡되기 때문이다.

參考文獻

1. 기본자료

권영민, 한국현대문학사, 민음사, 1993

김동인, 조선근대소설고, 조선일보, 1929. 7. 28-8. 16

김병익, 한국문단사, 일지사, 1973

김영민, 한국근대소설사, 솔, 1997

김우종, 한국현대소설사, 선명문화사, 1968

김팔봉, 한국문단측면사, 사상계, 1956. 8-12

김윤식·정호웅, 예하출판사, 1993

김태준, 증보 조선소설사, 학예사, 1939

김현·김윤식, 한국문학사, 민음사, 1977

박영희, 현대한국문학사, 사상계, 1958. 4-1959. 4

______, 초창기의 한국문단측면사, 현대문학, 1959. 8-1960. 5

백철, 한국신문학사조사, 백양당, 1949

신상성·박충록, 한국통일문학사론, 아사달의 꽃, 1993

윤병로, 한국 근·현대문학사, 명문당, 1991

이재선, 한국현대소설사, 홍성사, 1979

______, 한국현대소설사(1945-1990), 민음사, 1992

임화, 조선신문사서설, 중앙일보, 1939. 10. 9-11. 13

____, 개설 신문학사, 조선일보, 1939. 9. 1-26, 10. 5-30

____, 개설 조선신문학사, 조선일보, 1940. 11, 1941. 1-3

장덕순, 한국문학사, 동화문화사, 1975

정한숙, 현대한국문학사, 고대 출판부, 1982

전규태, 한국현대문학사, 서문문고, 1976

조동일, 한국문학통사(3, 4, 5), 지식산업사, 1988

조연현, 한국현대문학사, 성문각, 1959

홍효민, 한국문단측면사, 현대문학, 1958.9-1959.2

한국소설문학대계 1, 2, 4, 5, 9, 12, 18, 19, 동아출판사, 1995

김동인전집 16, 조선일보, 1988

2. 國內論著(韓國文學)

강인숙 편, 한국근대소설 정착과정연구, 박이정, 1999

강인숙, 자연주의 문학론Ⅰ, 고려원, 1987

_____, 자연주의 문학론Ⅱ, 고려원, 1991

강혜원, 박태원 소설의 서술구조 분석, 이대, 1988

구중서, 한국문학사 전통연결서설, 국어국문학(77), 1978

_____, 한국문학사론, 대학도서, 1978

구인환, 한국근대소설연구, 삼영사, 1977

______, 근대문학의 형성과 현실인식, 한샘, 1983

권성우, 1030년대 한국모더니즘소설 연구, 서울대 석사논문, 1989

권영민, 한국현대문학비평사(자료목록), 단대출판부, 1981

권택영, 소설을 어떻게 볼 것인가, 동서문화사, 1991

김교봉·설성경, 근대 전환기소설 연구, 국학자료원, 1991

김기림, 모더니즘의 역사적 위치, 인문평론, 1939. 10

김기진, 금일의 문학·명일의 문학, 개벽, 1924. 2

______, 당래의 조선 문학, 매일신보, 1924. 11. 16

______, 나의 회고록, 세대, 1964. 7-1966. 1

______, 문예월평, 조선지광, 1926. 12

______, 대중소설론, 동아일보, 1929. 4. 18

김동욱, 한국문학사의 문제점-일반문학사(청파문학 11집), 숙대, 1974

김동인, 춘원연구(동인접집 8), 홍자출판사, 1967

______, 한국문단30년사(동인전집, 8), 홍자출판사, 1967

______, 자기가 창조한 세계, 창조 7, 1920. 7

김병익 외, 한국현대문학의 이론, 민음사, 1974

김순전, 한일 근대소설의 비교문학적 연구, 태학사, 1998

김상태·박덕근, 문체의 이론과 한국현대소설, 한실, 1990

김상태편, 한국현대소설론, 학연사, 1993

김성기, 모더니티란 무엇인가, 민음사, 1994

김열규, 우리 전통과 오늘의 문학, 문예출판사, 1987

김우종, 한국소설의 이해, 이우출판사, 1980

김용직, 한국현대시연구, 일지사, 1974

_____, 한국근대문학의 사적 이해, 삼영사, 1982

김용직 외, 현대한국작가연구, 민음사, 1976

김윤식, 한국문학사와 장르의 문제, 국어국문학(61호), 1973

_____, 근대한국문학연구, 일지사, 1978

_____, 한국근대문학사상비판, 일지사, 1978

_____, 한국현대문예비평사연구, 일지사, 1976

_____, 근대한국문학입문, 일지사, 1973

_____, 염상섭연구, 서울대출판부, 1987

_____, 이상연구, 문학과 지성사, 1987

_____, 한국현대문학사론, 한샘, 1988

_____, 이상문학의 텍스트연구, 서울대, 1998

_____, 이상소설연구, 문학과 비평사, 1988

_____, 한국근대문학양식논고, 아세아문화사, 1990

_____, 한국문학의 근대성 연구, 문예출판사, 1993

김인환 편, 문학의 해석, 홍성사, 1978

김일근, 한국문학 근대화의 제기(문호 제3집), 건대, 1964

김정자, 한국 근대소설의 문체론적 연구, 삼지원, 1985

김주연, 문학비평론, 설화당, 1974

김종구, 한국현대소설의 시학, 한남대, 1999

김철, 한국소설의 근대성, 우리시대의 문학 6, 1987

김치수 외, 식민지 시대의 문학연구, 깊은 샘, 1980

김팔봉, 우리가 걸어온 30년, 사상계, 1958. 8-12

김현, 현대소설의 담화론적 연구, 계명문화사, 1995

나병철, 근대성과 근대문학, 문예출판사, 1995

남원진, 한국현대작가연구, 박이정, 1997

동서문화연구소, 비교문학총서(1), 계명대, 1979

문덕수, 한국모더니즘 시연구, 고려대 박사논문, 1981

문학과사상연구회, 염상섭 문학의 재인식, 깊은 샘, 1998

민족문학사연구소, 민족문학과 근대성, 문학과 지성사, 1995

박상엽, 감상의 7월, 매일신보, 1933. 7. 14

박영희, 신경향파 문학과 그 문단적 위치, 개벽, 1925. 12

______, 신흥문예의 내용, 시대일보, 1924. 1. 4

박종화, 갑자문단종횡관, 개벽 54

박철서, 한국현대문학사론, 민지사, 1990

박태원, 표현, 묘사, 기교, 조선중앙일보, 1934. 12. 31

______, 작가와 건강, 조선일보, 1938. 1. 18

백낙청편, 서구리얼리즘소설연구, 창작과 비평사, 1983

______, 문학예술과 사회상황, 민음사, 1979

백철, 국문학사 서술방법론연구, 사상계, 1957. 6

상허문학회, 1930년대 후반문학의 근대성과 자기 성찰, 깊은샘, 1998

서경석, 한국 근대리얼리즘 문학사 연구, 태학사, 1998

성기조, 한국문학과 전통논의, 신원문화사, 1990

송민호, 신소설과 혈의루 소고, 국어국문학 14, 1955

______, 한국 개화기소설의 사적 연구, 일지사, 1975

송현호, 한국현대소설의 이해, 민지사, 1992

______, 한국현대소설론연구, 국학자료원, 1993

양문규, 한국근대소설사연구, 국학자료원, 1994

안확, 조선소설사, 한일서점, 1922

염무웅, 근대문학과 민족의식(한국현대문학전집 60), 삼성출판사, 1978

염상섭, 개성과 예술, 개벽 22, 1922. 4

오규원 편, 거기서 나는 죽어도 좋았다, 문장, 1989

오양호, 한국문학과 간도, 문예출판사, 1988

        , 한국 현대소설과 인물 형상, 집문당, 1996

유영윤, 서울 중인작가와 근대소설의 양식 연구, 박이정, 1998

______, 근대소설의 형식과 사회현실, 박이정, 1998

유종호 편, 염상섭, 서강대, 1998

유종호·염무웅, 한국문학의 쟁점, 전예원, 1977

윤홍로, 한국문학의 해석학적 연구, 일지사, 1976

______, 한국근대소설연구, 일조각, 1980

이광국, 한국문학사 서술의 비교연구, 건대석사학위논문, 1979

이광수, 여의 작가적 태도, 이광수전집 16

＿＿＿, 문단생활 30년의 회고, 조광, 1931

＿＿＿, 현상소설고선여언, 이광수전집 16

＿＿＿, 문학이란 하오, 매일신보, 1916. 11. 10-23

＿＿＿, 소설문체 변경에 대하여, 매일신보, 1917. 1. 1

이경, 한국 근대소설의 근대성 수용양식, 태학사, 1999

이경선, 문학사의 방법론서설, 국어국문학(16호), 1957

이대규, 한국근대귀향소설연구, 이회, 1995

이상섭, 문학연구의 방법, 탐구당, 1972

이선영, 한국근대문학비평연구, 건대 박사학위논문, 1981

＿＿＿, 한국문학의 사회학, 태학사, 1993

이선영편, 문예사조, 민음사, 1986

이재선, 한국문학의 해석, 새문사, 1981

＿＿＿, 한국문학주제론, 서강대, 1989

이주형, ‘혈의루’·‘모란봉’의 시대적 성격 검토, 국어국문학논총,
　　　1977

임규찬, 한국근대소설의 이념과 체계, 태학사, 1998

임화, 문학의 논리, 학예사, 1940

＿＿＿, 신문학의 방법-한국문학연구의 일과제, 동아일보, 1940. 1.
　　　13-20

＿＿＿, 소설문학의 20년, 동아일보, 1940. 4. 16

＿＿＿, 김기진에게 답함, 조선지광, 1929. 11

402

임헌영, 근대문학사론고(창조와 변혁), 형성사, 1979

임형택·최원식, 한국근대문학사론, 한길사, 1982

장영태 편, 문학연구의 방법론, 홍성사, 1982

전기철, 한국 근대비평의 기능, 살림터, 1997

전광용, 신문학과 시대의식, 새문사, 1981

______, 한국소설발달사(하)/한국문화사대계 5

______, 고려대 민족문화연구소, 1967

전혜자, 현대소설사연구, 새문사, 1987

정덕준, 한국문학개론, 새문사, 1992

정선태, 개화기 신문 논설의 서사 수용양상, 소명출판, 1999

정종진, 문학사방법론, 청주대, 1989

정상균, 한국현대시문학사연구, 한신문화사, 1990

정창범, 현대문학의 방법, 지문사, 1981

조남현, 한국현대소설의 위상, 건대 인문과학논총(14), 1982

______, 소설원론, 고려원, 1982

______, 한국현대소설에 나타난 지식인상 연구, 서울대 박사논문, 1983

______, 한국현대소설연구, 민음사, 1987

______, 한국소설과 갈등, 문학과 비평사, 1990

______, 한국 현대문학사상연구, 서울대, 1994

조동일, 문학연구방법, 지식산업사, 1980

_____, 한국문학의 갈래이론, 집문당, 1992

_____, 한국문학과 세계문학, 지식산업사, 1991

조병춘, 한국현대시사, 집문당, 1980

조연현, 한국신문학사방법론서설, 문예춘추(제2권 7호), 1965

_____, 신소설 형성과정고, 현대문학, 1966

_____, 소설에서의 우연성의 문제, 동국대 논문집 1, 1964

차봉희, 현대사조 12장, 문학과 사상사, 1981

_____, 수용미학, 문학과 지성사, 1985

채훈, 1920년대 한국작가연구, 일지사, 1976

천이두, 한국현대소설론, 형성출판사, 1983

최병우, 한국 현대소설의 미적 구조, 민지사, 1997

최재서, 리얼리즘의 심화와 확대, 조선일보, 1936. 11. 7

최창록, 한국소설의 문체론적 연구, 형설출판사, 1981

최혜실, 한국모더니즘소설연구, 민음사, 1992

_____, 한국현대소설의 이론, 국학자료원, 1994

한국고전문학회, 근대문학의 형성, 문학과 지성사, 1983

한국사회사연구회, 현대 한국 자본주의와 계급문제, 문학과 지성사, 1988

한국소설학회, 현대소설 시점의 시학, 새문사, 1996

한국정신문화연구원, 한국근대문학의 쟁점(연구논총 92-5), 1992

한국현대소설학회, 현대소설론, 평민사, 1994

한기형, 한국 근대소설사의 시각, 소명출판, 1999

한길문학총서(1), 1930년대 민족문학의 인식, 한길사, 1990

한점돌, 한국 근대소설의 정신사적 이해, 국학자료원, 1993

황정현, 신소설연구, 집문당, 1997

황패강, 한국문학의 이해, 새문사, 1991

황패강외, 한국문학연구입문, 지식산업사, 1992

홍경표, 한국현대소설론, 새문사, 1999

3. 國內論著(韓國文學外)

강재언, 한국의 근대사상, 한길사, 1985

고병익외, 동아시아의 전통, 일조각, 1976

김경동, 한국사회변동론, 나남신서(220), 1993

김경동외, 근대화-그 현실과 미래, 서울대출판부, 1979

김종대, 독일문학사, 법문사, 1978

김영호, 침략과 저항의 두 가지 형태, 신동아. 1979. 6

김해종, 역사와 문화, 일조각, 1979

김현, 프랑스비평사, 문학과 지성사, 1981

나창주, 정치발전론, 대왕사, 1986

민두기편, 중국사시대구분, 창작과 비평사, 1983

민석홍, 서양근대사연구, 일조각, 1975

박성수, 역사학개론, 삼영사, 1977

박찬기, 독일문예학과 문학사의 문제점(독일문학 제6집)

_____, 한국독어독문학회, 1967

신용하, 한국근대사와 사회변동, 문학과 지성사, 1986

신일철편, 한국인의 사상, 태극출판사, 1979

안계춘, 현대사회학의 이해, 법문사, 1988

역사문제연구소, 한국근현대입문, 역사비평사, 1989

역사와 기독교, 한국사회변동연구(1, 2), 민중사, 1984

윤대원, 한국근대사, 풀빛(132), 1993

이경성, 한국근대회화, 일지사, 1980

이유영, 독일문학개론, 삼영사, 1979

임희섭, 사회변동과 가치관, 정음사, 1988

정해겸, 서양경제사상사연구, 창작과 비평사, 1981

차하순, 사관이란 무엇인가, 청란, 1982

_____, 역사의 본질과 인식, 학연사, 1993

차하순·이기백, 역사란 무엇인가, 문학과 지성사, 1972

한국경제사학회, 한국사시대구분론, 을유문화사, 1970

한국정신문화연구원, 근대화와 정치적 구심력(연구논총 86-2), 1986, 시민사회의 형성과 발달(한국의 사회와 문화 제20), 1993, 한국사 시대구분에 관한연구, 1995

한국정치외교학회, 한국현대사의 조명, 대왕사, 1992

한국현대사연구회, 현대한국자본주의와 계급문제, 문학과 지성사, 1988

한정일, 한국정치발전론, 전예원, 1982

황성모, 지성과 근대화, 서울대, 1986

홍두승 외, 사회학개론, 서울대, 1982

4. 外國書

飜 譯 書

노먼 제이콥스, 대중시대의 문화와 예술, 강현두 역, 홍성사, 1980

베네딕트 크로체, 역사의 이론과 역사, 이상신 역, 삼영사, 1978

마샬 버만, 현대성의 경험, 윤호명·이만식 역, 현대미학사, 1984

미하일 바흐찐, 장편소설과 민중언어, 전승희 역, 창작과 비평사, 1988

G. 루카치. 현대리얼리즘론, 황석천 역, 열음사, 1986

________, 소설의 이론, 반성완 역, 심설당, 1985

________, 리얼리즘문학의 실제비평, 반성완 외 역, 까치, 1987

________, 역사와 계급의식, 박정호·조만영 역, 1986

아그네스 헬러, 역사의 이론, 강성호 역, 문예출판사, 1988

아우에르바흐, 미메시스, 김우창 역, 민음사, 1987

앤서니 기든스, 현대사회학, 김미숙 외 역, 을유문화사, 1992

M. 칼리니스쿠, 모더니티의 다섯 얼굴, 이영욱 외 역, 시각과 언어, 1993

N. 프라이, 비평의 해부, 임철규 역, 한길사, 1982

E. Lunn, 마르크시즘과 모더니즘, 김병익 역, 문학과 지성사, 1986

───────, 마르크스주의, 김병익 외 역, 고려원, 1991

E. H. 카아, 역사란 무엇인가, 박성수 역, 민지사, 1983

울리히 바이스슈타인, 비교문학론, 이유영 역, 홍성사, 1977

움베르토 에코, 기호학과 언어철학, 서우석·전지호, 청하, 1987

위르겐 슈람케, 현대소설의 이론, 원당희·박병희 역, 문예출판사, 1995

제베데이 바르부, 역사심리학, 임철규 역, 차작과 비평사, 1983

존 플라메나쯔, 이데올로기란 무엇인가, 진덕규 역, 까치, 1982

차기벽·박충석 역, 일본 현대사의 구조, 한길사, 1982

H. R. 야우스, 도전으로서의 문학사, 장영태 역, 문학과 지성사, 1983

A. 하우저, 문학과 예술의 사회사, 백낙청·염무웅 역, 창작과 비평사,
    1974

原　書

A. Swingewood, The Novel and Revolution(The Macmillan
    Press LTD, 1975)

C. Brooks & R. P. Warren, Understanding Fiction(New York, 1959)

Crane, R. S; Critical and Historical Principles of Literary
    History(The University of Chicago Press, 1976)

Croce, B. ; die Geschichte als Gedanke und als Tat(Berlin, 1944)

Carr, E. H. ; What is History(Penguin Books, 1970)

408

Dray, H. william; Philosophy of History(Prentice hall, Inc. 1964)

Dewey, J. Logic; The Theory of Inquiry(New York, 1949)

Georg Lukacs; Die Theorie des Romans(Neuwied: Luchterhand, 1971)

Griesebach, M. M; Methoden der Literaturwissenschaft(7, rchgeschene Auflage, Munhen, 1979)

Guerin, L. William; A Handbook of Critical approaches to Literature(Harpper and Row Publishers, 1979)

G. W. F. Hegel, Asthetik Ⅲ, die Poesie(Stuttgart: Philippe Reclam, 1971)

Hartman, H. Geoffery; Toward Literary History, Issues in Contemporary Literary Criticism(Little, Brown and Company, boston. 1973)

Jaus, R; Literaturgeschichte als Provokation der Literaturwissenschaft, in; Rainer Warning, Rezeptionsasthetik (Munchen, 1975)

Lodge, David; 20th Century Criticism(Longman, 1972)

Rene Wellek: Concepts of Criticism(Yele Univ. Press, 1973)

Spiller, E. Robert; The Aims and Methods of Scholarship in Modern Languages and Literature(Modern Language Association of America, 1970)

Stevick, Philip; The Theory of Novel(Fre Free Press, New York. 1967)

Szymon Codak; Societal Development(New York: Oxford University Press, 1973)

Wellek, Rene; Concepts of Criticism(Yale University Press, 1963)

Rene Wellek and Warren Austin; Theory of Literature(Penguin
　　　Book, 1970)

• 저자 •

심재추　　『한국소설의 근대성』의 저자 심재추는 1958년 충북 충주에
(沈在秋)　　서 태어나 건국대학교 국어국문학과를 졸업한 후 동 대학원
　　　　　　에서 석·박사 학위를 취득했다. 건국대학교 서울 및 충주캠
　　　　　　퍼스에서 한국 현대문학과 영상문학 등을 강의한 바 있으
　　　　　　며, 논문으로 「한국 근대문학사 서술방법론 연구」, 「동서양
　　　　　　근대문학사 비교연구」 등 다수가 있다.

● **한국소설의 근대성**

• 초판 인쇄	2005년 12월 30일
• 초판 발행	2005년 12월 30일
• 지 은 이	심재추
• 펴 낸 이	채종준
• 펴 낸 곳	한국학술정보㈜
	경기도 파주시 교하읍 문발리 526-2
	파주출판문화정보산업단지
	전화　031) 908-3181(대표) · 팩스　031) 908-3189
	홈페이지　http://www.kstudy.com
	e-mail(e-Book사업부)　ebook@kstudy.com
• 등　　록	제일산-115호(2000. 6. 19)
• 가　　격	26,000원

ISBN　　89-534-4313-X 93810 (Paper Book)
　　　　　89-534-4314-8 98810 (e-Book)